詞學研究叢刊

清前期「論詞長短句」
評唐宋詞人研究

林宏達　著

目次

王序 ……………………………………………………………… 1

自序 ……………………………………………………………… 1

第一章　緒論 ………………………………………………… 1

　第一節　研究動機、現況與義界 …………………………… 1

　　一　論題研究之動機 ……………………………………… 1

　　二　論詞長短句義界 ……………………………………… 2

　　三　研究現況之展述 ……………………………………… 8

　第二節　研究範圍、方法與步驟 ………………………… 16

　　一　清代前期詞壇發展之簡述 ………………………… 16

　　二　論詞長短句研究範圍界定 ………………………… 22

　　三　論詞絕句與長短句之差異 ………………………… 23

　　四　研究方法與執行步驟說明 ………………………… 28

第二章　論詞長短句概述 ………………………………… 31

　第一節　論詞長短句之溯源與成因 ……………………… 31

　　一　論詞長短句溯源 …………………………………… 34

　　二　以詞論詞之成因 …………………………………… 41

　第二節　論詞長短句之外在特徵 ………………………… 54

　　一　論詞長短句之常用技巧 …………………………… 57

　　　　二　理性與感性之兼容批評 …………………………… 73
　　第三節　論詞長短句之發展與特色 ………………………… 78
　　　　一　體製發展與特出評家 ………………………………… 78
　　　　二　表現特色與詞學價值 ………………………………… 85

第三章　論唐、五代與女性詞人之長短句 …………… 97

　　第一節　論李白 ………………………………………………… 98
　　　　一　描摹太白之形象 ……………………………………… 99
　　　　二　慨歎才情之絕代 …………………………………… 105
　　　　三　詞家三李之並論 …………………………………… 113
　　第二節　論李煜 …………………………………………… 117
　　　　一　與亡國之君並論 …………………………………… 117
　　　　二　彰顯李詞之特色 …………………………………… 125
　　　　三　援事判詞史定位 …………………………………… 132
　　第三節　論女性詞人 ……………………………………… 137
　　　　一　與詞壇名家並論 …………………………………… 139
　　　　二　評議坎坷之身世 …………………………………… 151
　　　　三　其他女詞人評議 …………………………………… 157

第四章　論北宋詞人之長短句 ……………………… 167

　　第一節　論柳永 …………………………………………… 167
　　　　一　賞愛耆卿之風格 …………………………………… 169
　　　　二　重塑柳詞之地位 …………………………………… 176
　　　　三　領略柳詞之經典 …………………………………… 184
　　第二節　論蘇軾 …………………………………………… 189
　　　　一　專論赤壁懷古詞 …………………………………… 190

二　與柳永風格比較 ……………………………… 195

三　敬賞其人格特質 ……………………………… 207

第三節　論秦觀 ……………………………………… 212

一　名擅詞壇一聖手 ……………………………… 213

二　兼論格調與詞心 ……………………………… 223

三　取與他家比高下 ……………………………… 230

第五章　論南宋詞人之長短句 …………………… 237

第一節　論辛棄疾 …………………………………… 237

一　標舉其豪放詞風 ……………………………… 238

二　與南宋諸家比較 ……………………………… 245

三　細讀辛詞之筆意 ……………………………… 250

第二節　論姜夔 ……………………………………… 260

一　賞姜夔清空高妙 ……………………………… 262

二　與婉約諸子相較 ……………………………… 270

三　仿名作遙寄白石 ……………………………… 277

第三節　論周密 ……………………………………… 281

一　品議詞選之優缺 ……………………………… 284

二　深究詞集之殊巧 ……………………………… 292

第六章　結論 ……………………………………… 295

一　解析：論詞長短句述要 ……………………… 295

二　發展：內外變因與影響 ……………………… 297

三　價值：研究成果之綜述 ……………………… 299

四　展望：論題開發與延伸 ……………………… 301

重要參考書目 ……………………………………… 303

王序

　　詞學研究之批評資料，一九八○年代以前，大都仰賴唐圭璋主編之《詞話叢編》。一九九三、一九九四年，金啟華等人所編《唐宋詞集序跋匯編》、施蟄存主編《詞籍序跋萃編》先後問世，於是詞學批評資料，便由詞話延伸至詞籍序跋；迨乎吳熊和〈詞話叢編讀後〉（1999）一文刊出，「論詞絕句」亦為詞學界所矚目。

　　本人自二○○四年起，經由執行國科會（今已改名為「科技部」）計畫，聯合指導學生投入蒐輯、研究之行列。就前者言，業已出版《清代論詞絕句初編》（2010）一書，凡錄一百三十三家，一○六七首作品。就後者言，除發表數篇期刊論文外，更指導東吳大學博士生王曉雯撰寫《清代譚瑩「論詞絕句」研究》，並於二○○八年完成論文獲取博士學位。爾後，兩岸詞學界同好即陸續補輯，泊乎二○一四年，孫克強、裴喆編著出版《論詞絕句二千首》，此方面之資料，蓋已掌握八、九成矣！

　　此外，二○○八年，本人復經由執行國科會計畫，開始著手「論詞長短句」（即論詞詞）之蒐輯與研究。由於當時《全明詞》（2004）甫問世，漏收情形嚴重；《全清詞》亦僅出版〈順康卷〉（2002）、〈順康卷補編〉（2008）兩卷，因之蒐輯備極困難，遑論出版問世。至於此方面之研究，二○一一年，先指導研究生唐玉鳳完成《焦袁熹「論詞長短句」及其詞研究》碩士論文；二○一四年，由花木蘭出版社予

以出版問世。二○一六年，更指導研究生林宏達完成《清代前期「論詞長短句」評唐宋詞人及其作品研究》博士論文。

宏達撰寫博士論文之材料，係就清世祖順治（1644）起，迄清高宗乾隆（1795）止，一百五十年間，清人四百四十二家所填一一三一闋「論詞長短句」為文本，選擇其中一百六十闋論及唐宋詞人及其作品之作，進行論述。涉及詞家包括李白、李煜、柳永、蘇軾、秦觀、辛棄疾、姜夔、周密，以及女詞人李清照、朱淑真等；誠信經由此等資料之運用，不僅可印證其他資料之觀點，亦可使詞學接受史有更完整之面向。

今萬卷樓圖書公司基於鼓勵年輕學者之立場，願意出版此書，本人忝為指導教授，自是樂觀其成！尤期待宏達能再接再厲，將學弟妹合力蒐輯之千餘首論詞長短句，精心予以歸納分類，早日付梓，拔得兩岸詞學界之頭籌，實所至盼，是為序。

國立成功大學名譽教授

王偉勇

二○二○年五月三十日

自序

　　自最先進的資訊管理「轉行」入最傳統的中國文學系,大學習修課程中,令我心馳神往的,是那一闋闋華麗精美的小詞。研讀碩士班期間,把自己最喜愛的文學類別當成研究對象,反覆翻檢《全宋詞》,為求完整蒐集取材於唐傳奇的詞作。數年後攻讀博士班,爬梳的對象從五冊的《全宋詞》進階至四十冊的《全清詞》順康、雍乾卷及補編,除此之外,還須泛覽其他古籍叢書,採錄拾遺。撰寫論文前的資料整理工夫耗去許多時力,然而讀詞解詞,浸淫在喜愛的文類裏,令人甘之如飴。

　　本書修訂自二〇一六年的博士論文《清代前期「論詞長短句」評唐宋詞人及其作品研究》,當時申請到「財團法人中華扶輪教育基金會」2015-2016年的獎助,獲得相當大的鼓勵。題目的選定,緣於參與王偉勇老師的科技部專題計畫,因而接觸清代「論詞絕句」與「論詞長短句」,其後又投入兩宋論詞長短句的蒐集,材料漸豐,興趣益濃。在論詞韻文方面,陸續發表〈清代「論詞絕句」論李煜及其作品探析〉(2009)、〈清代「論詞絕句」論李璟及其作品探析〉(2011)、〈清代「論詞絕句」論南唐詞風述評〉(2012)、〈清人沈道寬「論詞絕句」論北宋詞人探析〉(2017)、〈清代「論詞絕句」組詩選評辛棄疾詞探析〉(2017)、〈從清人沈道寬〈論詞絕句〉四十二首建構其詞學觀〉(2019)等論詞絕句相關論文;另撰有〈宋翔鳳論詞長短句評

《絕妙好詞》三首探析〉（2010），是臺灣第一篇以「論詞長短句」為題的文章，從此揭開博論寫作的序曲。

「論詞絕句」與「論詞長短句」是以韻文評詞的姊妹作，惟民國以來學界側重前者，論詞長短句則乏人關注，迄今專門論著寥寥無幾。此二體的共通點，均為具備評議詞體內容，而實際上又是文學創作，須依既定格式書寫，不像詞話可暢所欲言。綜觀論詞長短句在有清一代，前期可見焦袁熹作〈采桑子〉組詞五十餘首，迨及清末、民初，亦有朱祖謀、盧前以〈望江南〉系統性品議詞人詞作，率皆採取小令形式，接近「論詞絕句」；實則歷來以詞評詞者，大多用長調進行評賞。體製所囿，又礙於詞非議論、敘事性文體，數重條件限制之下，清代前期仍有千餘首的論詞詞，提供後世瞭解一百五十餘年間的各方詞學意見，或是地域性詞人所凝聚的詞學共識。

文學批評應以理性客觀的角度為要，然綜觀詞學批評接受的十種類別，僅詞話與詩話涉及詞體討論，這兩類評議之理性較強，餘如詞集序跋、詞集評點、詞選、文人筆記、論詞絕句、論詞長短句、仿擬、和韻等，往往富含感性與酬和成分。其中，評點、論詞絕句與論詞長短句，就古今作家作品鑑賞評騭，或對時下流行議題抒發感想，文字簡要。論詞絕句與論詞長短句經由文人以文學創作方式，同樣表明想法、闡發心聲，但以詞論詞，申說對詞家、詞作的意見，文體一致，或更能站在填詞創作的立場、詞體認同的角度，表達自我觀點。論詞長短句的填作，雖因敘事議論減低詞體美感，仍可見其品評風格，與模仿致敬詞壇前輩的痕跡。尋繹推求，既可勾勒作者寫作旨趣，也可觀察各地詞壇往來現象，更可藉此理解無詞話專著者的詞學看法，或地域性詞人群體交流的集體共識。整體來說，值得深入探究考索。

本書保留大部分博論章節輪廓，主要著力於修改敘述不甚妥切、

觀點不夠周延之處,及文字刊謬。二〇一九年以「清代論詞長短句之
蒐集與研究」獲得科技部專題計畫補助,在博論基礎上擴大資料蒐集
整理的範圍,有助於本書之訂正訛誤、釐清疑問。感謝恩師王偉勇教
授的賜序與鼓勵。老師不管在教學、研究、創作各方面均成果裴然,
備受稱譽,是我們終身學習的典範。感謝口試委員劉少雄、林佳蓉、
高美華與郭娟玉四位教授惠賜寶貴意見,老師們提示的諸多議題和思
考方向,未來都可再開拓深研。也謝謝不吝提供資料輔助修訂論文的
學長姊與同門師兄弟。淑蘋學姊長期以來鞭策鼓勵,協助校對本書又
指出不少疏漏,非常感謝。妍伶多年相伴,包容體諒,讓我無後顧之
憂地投身教學研究,是令人珍惜的幸福。最後,感念家人全心的支
持,一路辛苦栽培至博士畢業,讓我可以選擇自己喜歡的事業。

　　筆者致力於論詞長短句的文獻整理與研究發表,目前已整理完成
「清代論詞長短句初編」,預計今年付梓;而本書集結個人近年閱讀
心得,探究清代前期「論詞長短句」如何評議唐宋詞,當有助於學界
認識其特色與價值。感謝萬卷樓圖書公司願意出版拙作,感謝晏瑞學
長的推薦。筆者喜愛詞學,勉力探研,惟囿於學識,疏漏難免,尚祈
方家不吝斧正。

林宏達

謹識於府城上弦居

二〇二〇年六月三十日

第一章
緒 論

第一節　研究動機、現況與義界

以韻文作為批評形式者，起源於《詩經》，其中一脈明確發展成「論詩絕句」，〔唐〕杜甫〈戲為六絕句〉導其先聲，後有元好問〈論詩絕句三十首〉繼之，開啟評論者以此形式抒發己見。〔南宋〕戴復古〈論詩十絕〉、〔清〕王士禎〈戲仿元遺山論詩絕句三十首〉、姚瑩〈論詩絕句六十首〉等，均步趨杜、元詩作，亦帶動當代評論家模擬仿作之風潮。然韻文式批評不再限定於論詩，進而擴大至詞、曲、文、賦、劇、小說、書、畫、印等，主題愈漸寬廣，幾無不可論者，可謂燦爛繽紛，百花齊放，舉凡文人雅事，均可入詩品評。

一　論題研究之動機

再者，韻文於有清一代數量紛若，蔚為風尚，詩、詞均達到前所未有之高峰。以韻文方式撰寫文學評論，亦隨此潮流而勃興。清代不僅復興於文學創作，在文學評論上亦春筍怒發，百家爭鳴。詞話、詞籍序跋、詞作評點等詞學批評資料倍增，包括受論詩絕句深刻影響之韻文式批評，數量亦相當可觀。

詞學之批評資料，散見於詩話、筆記、詞籍序跋、詞話、論詞

詩、論詞長短句（包含詞之題序）、詞作評點、詞選（集）箋注中。[1]
關注於詞學者，無不著力蒐輯，俾利研究。目前詩話、筆記、詞籍序
跋、詞話已有顯著成果，論詞詩方面，以孫克強、裴喆輯《論詞絕句
二千首》成果最新，數量最夥，由清初至民國共得五百五十五家，二
三五〇首論詞絕句[2]，其餘則有待費心蒐校。「論詞長短句」為論詞詩
之姊妹作，蒐羅過程較之論詞詩更為艱鉅，由於論詞詩在命題時，常
以「論詞絕句」相關字樣表示，而論詞長短句受限於先天詞調框架，
需見詞調名下之題詞與題序，或閱讀內容後，方能辨析題論之蛛絲馬
跡。且資料散見各家詩、文、詞集中，龐雜紛亂，須檢蒐前輩學者編
印之總集，摘錄其中論詞長短句，以利進一步研究。

二 論詞長短句義界

關於「以詞論詞」，有宋一代已有出現，觀察詞題便可知以詞論
詞者，較顯著如南宋詞人李彭老〈浣溪沙・題草窗詞〉、李萊老〈青
玉案・題草窗詞卷〉、李萊老〈清平樂・題草窗詞〉、毛珝〈踏莎行・
題草窗詞卷〉、王沂孫〈踏莎行・題草窗詞卷〉、張炎〈一萼紅・弁陽
翁新居，堂名志雅，詞名蘋洲漁笛譜〉等，題論周密其人與作品，惜
影響不大，未能形成風尚，故零星出現於詞集中。歷元、明二朝，風
氣猶未萌發。

---

1 王偉勇提出詞學接受評論研究，除詞集本身內容之外，大致可就十個面向來涵蓋，
　分別為：一、仿擬作品，二、和韻作品，三、詞籍（集）序跋，四、詞話，五、詩
　話，六、筆記，七、論詞詩（包含論詞絕句），八、論詞長短句（即論詞詞），九、
　詞選，十、評點資料。詳見〈清代論詞絕句之整理、研究及價值〉，《清代論詞絕句
　初編》（臺北市：里仁書局，2010年9月），頁1。

2 孫克強、裴喆編著：《論詞絕句二千首》（天津市：南開大學出版社，2014年12
　月），上冊，凡例。

　　可惜此形式並未如「論詞絕句」至明、清之際已然定名，評者多以「論詞絕句」四字為詩題進行撰寫，「論詞長短句」或「論詞詞」均係後人求以方便，概括之代名詞。如何為論詞長短句作一定義，是研究此論題之要務。

　　梳理前人觀點，程志媛在其碩士論文《宋代詞學批評研究——批評形式與文化詮釋》提出：「對於宋人以『詞』評『詞』的批評形式，嚴格說來並不能視作一種具有理論基礎的批評，事實上，他比較接近所謂『實用的談心式勸告』。」[3]質疑論詞長短句是否能成為論詞之載體，綜合西方批評理論，認為以詞論詞較接近「談心式」，即無理論依據、尋常可見之方法進行，雖以西方理論觀點看待中國批評形式，略為不妥，然在此亦彰顯宋代對於作品之評賞，透過詞體體製撰寫之事實。陳水雲於《清代詞學發展史論》一書表示，宋代至清代詞學理論表述方式中，有論詞詞（即論詞長短句）一體，陳水雲進而定義，認為論詞長短句係指：

　　　　主要指專題性論詞詞或詞集題詠，它或是以詞的形式談文學見
　　　　解，或是通過詞集題評就詞的問題發表意見。[4]

點出「專題性論詞詞」與「詞集題詠」兩大項，雖未進一步補充舉例，大致前者應指焦袁熹、朱祖謀、盧前等人撰寫之系統性論詞長短句，而後者則係論詞長短句之大宗，不外乎詞題或詞序中，涉及某人詞集題詠之作。以上二類雖可代表多數論詞長短句，卻無法涵蓋全部。在孫克強〈詞學理論的重要載體——簡論清代論詞詩詞的價值〉

3　程志媛：《宋代詞學批評研究——批評形式與文化詮釋》（南投縣：暨南國際大學中國語文學系碩士論文，2001年7月），頁61。
4　陳水雲：《清代詞學發展史論》（北京市：學苑出版社，2005年7月），頁46。

一文明確表示，以韻文形式表達文學思想，或進行文學批評，是唐宋
以來文學批評史上常見樣式。孫氏針對論詞詩詞提出如下見解：

> 題詞是文人的傳統，歷代文人詩客往往在友朋的文集詩卷首末
> 題寫詩詞，以示讚賞。宋代為詞集題詞已十分常見，尤其在南
> 宋末年詞人結社聚會，贈答酬唱，互題詞集更為普遍。……清
> 人繼承了用韻文論詞的傳統，以詩或詞的形式論詞的現象更為
> 普遍。清人閱讀歷代詞作，或編纂詞籍，有所感觸，提筆用詩
> 詞寫下心得。論詞詩和論詞詞乃成為清代詞學理論的重要形
> 式。[5]

孫氏所言，不單指詞集，包括單一首詞作之心得，亦包含在論詞長短
句中。評者將心中所感所得寫下，成為感想式、品評式之論詞作品，
即可稱之。

　　論詞長短句與論詞絕句於外在形式上相近，承載內容亦相近，故
蒐集論詞長短句之過程，可取法於論詞絕句。趙福勇《清代「論詞絕
句」論北宋詞人及其作品研究》雖未刻意將論詞絕句作一義界，然第
二章第三節「清代論詞絕句之內容」，歸納論述內容，包括詞體論、
詞人論、詞作論、詞籍論、詞派論，每項均予析理討論。詞體論主述
詞之體製，內容包含起源、音樂、調譜、押韻、詞調風格與特殊體製
等。詞人論主述詞人行實、個性形貌、交遊、作為，另外仍涉及詞人
創作之淵源、題材、情感、技巧、風格、詞集、名作、雋句、成就、
局限、地位、影響等。詞作論常與詞人一併討論，亦有評家針對作品

5　孫克強：〈詞學理論的重要載體——簡論清代論詞詩詞的價值〉，《廣州大學學報
　（社會科學版）》第7卷第1期（2008年1月），頁44-45。

之辨偽、本事、軼聞、內容、情志、造詣、風評、迴響等進行分析。
詞籍論方面，針對屬性，就別集、選集、詞話、詞譜、詞韻等分別論
述；針對內容而言，則討論詞籍之版本、流傳、內容、作意、評價等
議題。最後詞派論強調重要詞派之源流正變、組織成員、詞學主張
等。[6]從以上陳述，可知論詞絕句包羅之廣。

　　綜觀上列諸家意見，可為論詞長短句整理義界如次：論詞長短句
是韻文式論詞之一，且前承於論詩絕句，雖未定名，並散落在詞人詞
集中。利用不同詞調、詞序提出詞學主張，相對於論詞絕句之理性，
論詞長短句感性成分較高。主要類型分為系統性評論與詞集題詠，內
容涉及詞體體製、詞人生平與創作、單一詞作或詞集內容之評價，以
及詞派源流與主張。

　　至清代，因文人創作大增，詞人藉機相互品評，利用詞體進行題
贈、題論機會更多，如宗元鼎（1620-1698）〈綺羅香·題彭太史羨門
《延露詞》〉下片云：「彭王詞果並敵，把衍波延露，齊名絲竹。螢火
蓮花。擅盡繞梁人曲。是南宋、白石梅溪，傲文人、東坡山谷。暗携
來、秋水芙蓉，碧波深處讀。」[7]此詞就單一詞人詞集品評，宗元鼎
評彭孫遹詞時，取王士禎《衍波詞》相提並論，同時比附前代文人如
姜夔、史達祖等，用以說明彭孫遹相近詞風，與對應詞人為何，有
《詩品》溯祖之效果。或以詞派綜合評論，如汪森（1653-1726）〈金
縷曲·題浙西六家詞〉：

　　　　雨洗桐陰綠。捲疏簾、籤犀細展，旋消幽獨。今日填詞西浙

6　趙福勇：《清代「論詞絕句」論北宋詞人及其作品研究》（新北市：花木蘭文化出版
　　社，2012年3月），上冊，頁73-88。

7　南京大學中國語言文學系《全清詞》編纂研究室編：《全清詞·順康卷》（北京市：
　　中華書局，2002年5月），冊4，頁2299。

好，占盡湖山清淑。總一似、百泉飛瀑。二阮雙丁都競爽，更
含香、粉署金蓮燭。招紅袖，為吹竹。　　　陂塘記共浮醠酴。
況碧山、錦樹凝秋，耒邊耕玉。遙想吟窗增蝶夢，柘影疏篁低
屋。是誰唱、樵歌西麓。蟹舍漁邨拌共載，聽藕花、深處蘋洲
曲。柳溪卷，許吾續。[8]

上片點出當時浙西一帶名家輩出，風行草偃，引領詞壇，以「二阮」
（阮瑀、阮籍叔侄）比喻六家中沈皞日、沈岸登叔侄；再以「雙丁」
（丁儀、丁廙兄弟）指涉李良年、李符兄弟，說明六家身分與關係。
下片則矱括浙西六家詞集名稱，[9]並援引宋代詞家與浙江地域相關
者，如朱敦儒（著有《樵歌》）、陳允平（著有《西麓漁唱》）、周密
（著有《蘋洲漁笛譜》）等，以彼輩對應六家詞作風格。汪森除表達
對浙西六家之高度推崇外，更希冀己作能與之並駕，故結句引用與自
身背景相似之同姓鄉賢汪莘（隱居柳溪，著有《方壺存稿》），說明前
承鄉賢遺風，為浙西詞派再添生力軍。或以詞體自評所填詞集，如何
采（1626-1700）〈鵲橋仙・自題南澗詞集〉：

歌場停扇，舞場停袖，老子從無綺語。少年專拜醉鄉侯，未兼
領、溫柔鄉路。　　　張家三影，柳家三變，只合輕翻低度。一

8　南京大學中國語言文學系《全清詞》編纂研究室編：《全清詞・順康卷》，冊16，頁
　　9263-9264。

9　浙西六家包括：朱彝尊（字錫鬯，號竹垞，又號金風亭長，著《江湖載酒集》）、李
　　良年（字武曾，號秋錦，著《秋錦山房詞》）、沈皞日（字融谷，號柘西，又號茶
　　星，著《柘西精舍集》）、李符（字分虎，號耕客，著《耒邊詞》）、沈岸登（字覃
　　九，號南溟，一字黑蝶，號惰耕村叟，著《黑蝶齋詩詞鈔》）、龔翔麟（字天石，號
　　蘅圃，著《紅藕莊詞》）。

聲鐵板響鏦錚，且高唱、大江東去。[10]

由此可知，何采對己作定位明確，從「無綺語」，未入溫柔鄉等語得知，更可看出何氏紹述東坡之痕跡。填詞自評現象，宋、元、明三朝並不多見，清代卻相當常見，從中亦可透過自評理解詞人之創作觀。

此外，文人受論詞絕句盛行之影響，開始有意識用詞體進行批評；詞人結合「題序」輔助，議論抒情兼具。如王初桐（1730-1821）在〈蝶戀花·柳耆卿墓〉小序提出己見：

> 《方輿勝覽》：柳七「卒於襄陽」，「群妓合金葬之。」《獨醒雜志》：柳七「葬棗陽花山。」而《避暑錄話》稱「卒於京口，王和甫葬之。」《分甘餘話》又謂「今儀真西地名仙人掌，有柳墓」，則是卒於潤州，葬於真州也，可以訂諸說之訛。
> 敕賜填詞湖海去。應為當時，太液波翻句。歌遍紅牙檀板女。只無山抹微雲壻。　欲酹孤魂斟桂醑。荒草寒煙，落盡風前絮。宰木深中啼杜宇。春陰釀作低迷雨。[11]

王初桐透過詞序考述柳永葬地，最後認為應是「卒於潤州，葬於真州」。雖持證與論述過程不明確，並有沿襲前人觀點等因素，但此作法以詞序突顯理論，曲詞加強情感，並陳述對詞人看法，利用「詞序」進行考證之舉，已為論詞長短句開發出不同面向。

正因詞人將題序、詞作易為批評之載體，字裏行間透露自身詞學

10　南京大學中國語言文學系《全清詞》編纂研究室編：《全清詞·順康卷》，冊8，頁4641。

11　張宏生主編，南京大學文學院《全清詞》編纂研究室編：《全清詞·雍乾卷》（南京市：南京大學出版社，2012年5月），冊8，頁4653。

觀點，適可當作清代詞家未撰詞話者之詞論，更可從中觀察作家互相
交換詞學意見、或某種詞論觀點轉移之過程；復因詞調載體容字量較
絕句體製大，長短句式有助評論語調變化，更可訴諸感性言語，對前
輩詞人緬懷悵惘，可達抒發詞情、深掘詞心之作法，此點往往為「論
詞絕句」言所未盡者。既然「論詞絕句」與「論詞長短句」在體製、
討論面向、理性分析與訴諸感性所採取方式不同，更值得吾輩挖掘其
中異趣，增補詞評文獻、理解清人諸家之詞學觀。

三　研究現況之展述

　　就詞學批評研究而言，進行探討「論詞長短句」議題，可由「論
詞絕句」相關研究入門，並加以借鑑研究理路。民國以來「論詞絕
句」之研究，已有不少成果發表，筆者曾蒐羅整理〈民國以來「論
詞」詩詞研究論著目錄〉[12]。回顧相關論著，單篇論文數量逾五十
篇，可謂初具規模；在專著與學位論文方面，以此為論題者，臺灣方
面有王曉雯《清代譚瑩「論詞絕句」研究》[13]與趙福勇《清代「論詞
絕句」論北宋詞人及其作品研究》[14]兩部博士論文，前者總述譚瑩其
人與詞學思想，全面評騭譚氏「論詞絕句」一七七首作品，屬單人單
家評述歷來詞人，再進行與其他資料會通研究；後者則以北宋為範
圍，研究清代論詞絕句論及北宋十家包括柳永、張先、晏殊、蘇軾、

12　林宏達、何淑蘋，〈民國以來「論詞」詩詞研究論著目錄〉，《書目季刊》第50卷第4
　　期（2017年3月），頁115-131。

13　王曉雯：《清代譚瑩「論詞絕句」研究》（臺北市：東吳大學中國文學系博士論文，
　　2008年7月），今已修訂出版為《清代譚瑩「論詞絕句」研究》（新北市：花木蘭文
　　化出版社，2011年9月），上下冊。

14　趙福勇：《清代「論詞絕句」論北宋詞人及其作品研究》（彰化縣：彰化師範大學國
　　文研究所博士論文，2011年1月），今已修訂出版為《清代「論詞絕句」論北宋詞人
　　及其作品研究》（新北市：花木蘭文化出版社，2012年3月），上下冊。

秦觀、黃庭堅、晏幾道、賀鑄與周邦彥之相關評論，屬各家所論同一詞家，歸納其觀點，再與其他資料進行會通研究。其他尚有李家毓碩論《鄭騫〈讀詞絕句三十首〉之研究》[15]，針對鄭騫生平大致敘述，再就三十首詩歌進行細部分析解讀，最後論及論詞絕句之流變與鄭氏三十首論詞絕句之批評方法與評論特點。大陸方面有碩士論文韓配陣《清代論詞絕句研究》[16]、邱青青《清代中期論詞絕句研究》[17]與李甜甜《晚清民國時期論詞絕句研究》[18]三種。韓著主要就三種主題內容：起源論、作家論、風格論作探討，再點明論詞絕句特色。邱著對於清代中期「論詞絕句」階段性特色說明，並擇舉江昱、沈初、陳觀國、朱依真、孫爾准、沈道寬與宋翔鳳七家之論詞長短句進行剖析，選擇此七位，係因七人有完整論詞組詩，析理上較具系統與深入，惜各家論述仍過於簡要，並未能勾勒評家評詞面貌。李著則概述晚清民國論詞絕句之創作狀況，並擇舉譚瑩與劉咸炘兩家作為討論核心，最後再綜論晚清至民國論詞絕句宗風之演變。以上均是以「論詞絕句」作核心議題之專著，洵有益於今人研究以韻文論詞之相關論題。

　　至於專門討論「論詞長短句」體製之專書與博碩論文，目前僅見唐玉鳳《清初詞人焦袁熹「論詞長短句」及其詞研究》[19]與夏晨《中

---

15 李家毓：《鄭騫〈讀詞絕句三十首〉之研究》（臺中市：中興大學中國文學系碩士論文，2016年7月），頁1-106。

16 韓配陣：《清代論詞絕句研究》（廣州市：暨南大學中國語言文學系碩士論文，2011年5月），頁1-81。

17 邱青青：《清代中期論詞絕句研究》（南昌市：南昌大學中文系碩士論文，2018年5月），頁1-54。

18 李甜甜：《晚清民國時期論詞絕句研究》（南昌市：南昌大學中文系碩士論文，2018年5月），頁1-90。

19 唐玉鳳：《焦袁熹「論詞長短句」及其詞研究》（臺南市：成功大學中國文學系碩士論文，2011年7月），頁1-388。今已整理出版為《清初詞人焦袁熹「論詞長短句」及其詞研究》（新北市：花木蘭文化出版社，2014年3月），上中下冊。

國傳統論詞詞研究》[20]兩部碩士論文。前者針對焦袁熹其人與詞學觀進行探究，並關注於焦袁熹五十餘闋論詞長短句箋注且逐一剖析，是國內第一本以「論詞長短句」為議題之學位論文；後者集中於論詞長短句由宋代至晚清、民國之發展軌跡，創作成因與外在特徵等三大重點進行討論，惟整部論文僅以近七十頁篇幅撰成，大題小作，內容不免流於泛論，缺乏深入分析；其中談及論詞長短句總數量為六百餘首，約為筆者蒐輯數量之一半，況本人所輯僅清代前期一百五十年作品，遺漏之多可想而知。

其他專書部分論及者，包括程志媛《宋代詞學批評研究——批評形式與文化詮釋》、孫克強《清代詞學》[21]與陳水雲《清代詞學發展史論》，均在論及宋代或清代詞學理論表述方式時，提出論詞長短句一體，本章第一節已整理諸家相關說法，此處不再贅述。值得一提是，孫克強於《清代詞學》基礎上，撰成《清代詞學批評史論》一書，綜論「論詞詩詞」之價值，諸如「詞學批評之補充」、「組詩可視為簡明詞史」、「史料之補充」、「詞學問題析辨」與「對歷代詞人之評議」等，[22]將論詞詩與論詞詞視為一個整體。其餘則論及單家論詞長短句，包括譚若麗《民國學人詞研究》，當中第七章第二節「盧前：雄風托舉的《中興鼓吹集》與論詞詞」，綜論論詞長短句之發展脈絡，以及盧前〈望江南‧飲虹簃論清詞百家〉之整體特色與重點評述；[23]許仲南《馮煦詞學及其詞研究》於第六節「詞作與論詞之關係」，提

---

20 夏晨：《中國傳統論詞詞研究》（南昌市：南昌大學中文系碩士論文，2014年5月），頁1-68。

21 孫克強：《清代詞學》（北京市：中國社會科學出版社，2004年7月），頁68-73。

22 孫克強：《清代詞學批評史論》（上海市：上海古籍出版社，2008年11月），頁284-335。

23 譚若麗：《民國學人詞研究》（長春市：吉林大學文學院博士論文，2015年5月），頁171-177。

及馮煦論詞長短句之相關內容；[24]楊大衛《清代王沂孫詞接受史》第四章第四節「藉韻文評王沂孫詞」述及評王氏之論詞長短句；[25]施惠玲《朱孝臧與其《彊村叢書》研究》將〈望江南・雜題我朝諸名家詞集後〉二十六闋列為一節，舉例說明重要內容。[26]

　　至於討論「論詞長短句」之單篇論文，表列如下：

序號	作者	論題	刊載來源
1	王韶生	〈朱彊村〈望江南〉詞箋釋〉	《崇基學報》第5卷第1期（1965年11月），頁79-90。
2	孫克強	〈清代詞學文獻的整理和研究〉	《河南大學學報（社會科學版）》第45卷第4期（2005年7月），頁22-26。
3	代　亮、崔海正	〈從「後村詞話」看後村之詞學觀〉	中國韻文學會、江西財經大學藝術與傳播學院主辦「2006詞學國際學術研討會」會議論文，2006年8月，頁501-510。
4	孫克強	〈詞學理論的重要載體——簡論清代論詞詩詞的價值〉	《廣州大學學報（社會科學版）》第7卷第1期（2008年1月），頁44-49。後擴寫收錄於《清代詞學批評史論》（上海市：上海古籍出版社，2008年11月），頁284-335。
5	卓清芬	〈顧太清題詠女性詩詞集作品探析〉	《湖南文理學院學報（社會科學版）》第33卷第4期（2008年7月），頁12-15。

---

24 許仲南：《馮煦詞學及其詞研究》（臺北市：東吳大學中國文學系碩士論文，2011年6月），頁137-142。

25 楊大衛：《清代王沂孫詞接受史》（高雄市：中山大學中國文學系碩士論文，2014年2月），頁168-169。

26 施惠玲：《朱孝臧與其《彊村叢書》研究》（臺北市：東吳大學中國文學系碩士論文，2012年7月），頁57-59。

序號	作者	論題	刊載來源
6	夏志穎	〈論《填詞圖》及其詞學史意義〉	《文學遺產》2009年第5期（2009年9月），頁115-120。
7	張仲謀	〈明代論詞詞九首解讀〉	《南京師範大學文學院學報》2009年第3期（2009年9月），頁10-15。
8	王小英、祝　東	〈論詞詞及其詮釋方法──以朱祖謀〈望江南〉雜題我朝諸名家詞集後為中心〉	《學術論壇》2009年第9期，頁141-145。
9	林宏達	〈宋翔鳳論詞長短句評《絕妙好詞》三首探析〉	《雲漢學刊》第21期（2010年6月），頁91-102。
10	秦瑋鴻	〈蕙風詞論輯補〉	《河池學院學報》第30卷第3期（2010年6月），頁62-65。此篇係據秦氏〈況周頤詞集之詞論文獻考〉，《河池學院學報》第28卷第6期（2008年12月），頁48-51；〈論況周頤之詞集及其價值〉，《作家雜誌》2009年第20期（2009年10月），頁115-116二篇敷衍而來，提及論詞長短句內容相近。
11	陳建男	〈迦陵填詞圖題詠之文獻價值〉	香港中文大學主辦「明清研究新視野：明清研究中心研究生論文發表會」會議論文，2010年7月。
12	裴　喆	〈清初詞人焦袁熹及其論詞詞〉	陝西師範大學主辦「2010西安詞學國際學術研討會」會議論文，2010年10月，頁1-9。後收錄於《中國韻文學刊》第25卷第4期（2011年10月），頁31-36。
13	王偉勇	〈兩宋「論詞詩」及「論詞長短句」之價值〉	國立嘉義大學中國文學系主辦「第三屆宋代學術國際研討會論文」會

序號	作者	論題	刊載來源
			議論文，2011年6月，頁1-18。後收錄《成大中文學報，第38期（2012年9月），頁41-65。
14	吳　悅	〈從〈望江南‧飲虹簃論清詞百家〉看盧前詞史觀〉	《文學界（理論版）》2011年第10期，頁142-143。
15	吳　悅	〈「詞有別才兼本色」——淺論盧前的尊體意識〉	《文學評論》2011年第10期，頁11-12。
16	姚達兌	〈（後）遺民地理書寫：填詞圖、校詞圖及其題詠〉	《山東科技大學學報（社會科學版）》第15卷第1、2期合刊（2013年4月），頁57-71。
17	張宏生	〈雍乾詞壇對陳維崧的接受〉	《中國文化研究所學報》第57期（2013年7月），頁205-221。
18	譚若麗	〈論詞詞蠡測：以盧前〈望江南‧飲虹簃論清詞百家〉為中心〉	《文藝評論》2014年第2期，頁33-36。
19	王偉勇	〈析論宋末元初詞壇對周密之接受〉	《成大中文學報》第44期（2014年3月），頁121-154。
20	龍懷菊	〈論朱彝尊的題畫詞〉	《青春歲月》2014年5月上，頁15。
21	王偉勇	〈《清代詩文集彙編》之詞學價值〉	《國文學報》第55期（2014年6月），頁201-234。
22	林宏達	〈清代論詞長短句論柳永及其作品探析——以順康雍乾朝為例〉	第一屆臺北市立大學中語系研究生學術論文研討會會議論文，2015年5月，頁289-306。
23	陳雪婧	〈為同時代詞人畫像：張炎論詞詞的形象書寫〉	《天水師範學院學報》第35卷第4期（2015年7月），頁61-62。

序號	作者	論題	刊載來源
24	林宏達	〈清前期「論詞長短句」論李煜及其作品探析〉	佛光大學中國文學與應用學系「文學與文化」研究生學術論文研討會會議論文，2015年6月，頁165-177。後收錄於《彰化師大國文學誌》第31期（2015年12月），頁317-341。
25	滕聖偉	〈焦袁熹論詞詞〈采桑子·編纂《樂府妙聲》竟作〉概述〉	《唐山文學》2016年第1期，頁102-103。
26	林宏達	〈試析清代前期「論詞長短句」論秦觀及其作品〉	朝陽科技大學《止善》學報第20期（2016年6月），頁61-84。
27	林宏達	〈清代前期「論詞長短句」論周密《絕妙好詞》及其詞作探析〉	國立成功大學中國文學系第二屆「海東論壇」研究生論文發表會會議論文，2016年6月，頁1-18。
28	林宏達、何淑蘋	〈民國以來「論詞」詩詞研究論著目錄〉	《書目季刊》第50卷第4期（2017年3月），頁115-131。
29	韓鵬飛	〈論浙西六家論詞詞〉	《人文雜志》2017年第8期，頁48-54。
30	韓鵬飛	〈況周頤論詞詞評析〉	《內蒙古大學學報（哲學社會科學版）》第50卷第2期（2018年3月），頁47-52。
31	林宏達	〈從「論詞長短句」觀察家族詞人群填詞概況——以清人張玉穀為中心〉	中國詞學學會、江南大學人文學院主辦「2018詞學國際學術研討會」會議論文，2018年8月，頁867-878。
32	張仲謀、薛冉冉	〈清初論詞詞繁盛成因分析〉	《南京師範大學文學院學報》2018年第3期（2018年9月），頁80-85。

序號	作者	論題	刊載來源
33	林宏達	〈清人孫原湘「論詞長短句」評唐宋詞人探析——兼論「詞家三李」傳播狀況〉	清華大學華文文學研究所主辦「2019臺灣詞學研討會」會議論文，2019年11月，頁248-262。

　　綜觀上述諸篇，多將論詞長短句視為詞學批評史料，見諸研究面向，大約可分為三端，其一，以概論方式，述及論詞長短句之發展、內容、詮釋方法、價值與輯軼等，如序號2、4、6、10、11、13、21、28、32等；其二，為某朝論詞長短句概述，或單家論詞長短句之研究，如序號1、3、5、7、8、9、12、14、15、16、18、20、23、25、29、30、33等，其中多半集中於焦袁熹〈采桑子・編纂《樂府妙聲》竟作〉與盧前〈望江南・飲虹簃論清詞百家〉二家討論上，共有五篇；其三，為論述對象之會通研究，整理論及單一詞人之詞作，並進行綜論比較分析，如序號17、19、22、24、26、27、31，此類文章多半以清人論唐宋詞人為主，有少數如陳維崧、張玉穀等清詞人被論及。然上述論文著眼點仍在論詞長短句價值敘說與少數名家論詞長短句之概述上，再扣除清代以前與民國論詞長短句兩種，相較之下，清代論詞長短句仍有待開發研究。

　　「論詞長短句」即以詞作為評論之載體，於有清一代蓬勃開展，數量可觀，可與其他詞學批評資料相互發明，會通融貫。韻文式批評雖體製短小、旨意曖昧難辨，卻可簡明跨代綜論，逐一評騭，反映作者之詞學主張與論詞特色，其間承載之詞學史料價值，實不容忽視。

第二節　研究範圍、方法與步驟

一　清代前期詞壇發展之簡述

　　明末詞體衰敗，有心人士為端正詞風，始聚友結社，重新樹立詞風。然詞學風氣漸有新變，可從陳子龍（1608-1647）為首之雲間詞派視得。雲間詞派不僅為明詞衰頹帶來轉機，雲間詞派自身之宗旨，便是重續南唐、北宋之「詞統」。其〈幽蘭草題詞〉云：「明興以來，才人輩出，文宗兩漢，詩儷開元。獨斯小道，有慚宋轍。」[27]當時明詞風格淫哇，又詞曲混雜，調多舛誤，陳子龍為廓清陋弊，故與友人李雯和宋徵輿齊力創作，主張「高渾」，並推尊南唐二主與周邦彥、李清照為典範。其後更有西泠十子與廣陵詞壇諸家尊承雲間之說。雲間詞派影響清代詞壇，可引龍榆生《近三百年名家詞選》論及陳氏：「詞學衰於明代，至子龍出，宗風大振，遂開三百年來詞學中興之盛。」[28]

　　陳子龍等人雖有心矯弊，卻仍視詞為「小道」，實際創作多題風月，明亡後，諸子雖有較為沉鬱之作如〈唐多令〉（碧草帶芳林）、〈二郎神・清明感舊〉，卻因陳子龍殉難，悄然落幕。如龍榆生所言，陳氏餘韻流響頗盛，浙東、杭州、常州與揚州等地，均有零星詞派繼承雲間而來。其間最著名者，即浙東「柳州詞派」與杭州「西泠十子」。柳州詞派創作風格本近花間，主要代表人物為曹爾堪。鄒祇謨《遠志齋詞衷》云：

27　〔明〕陳子龍：〈幽蘭草題詞〉，收錄於馮乾輯：《清詞序跋彙編》（南京市：鳳凰出版社，2013年12月），冊1，頁1。

28　龍榆生：《近三百年名家詞選》（上海市：上海古籍出版社，1979年10月），頁4。

詞至柳州諸子，凡二百餘家，可謂極盛。無論袁、錢、戈、支諸先輩，吐納風流；如爾斐（錢繼章）、子顥（曹爾堪）、子更（陳增新）、子存（魏學渠）、卜臣（魏允枚）、古喤（孫錄）諸家，先後振藻，飈流符會，實有倡導之功。要之阮亭所云，不纖不詭，一往熨貼，則柳州詞派進矣。[29]

其中錢繼章、曹爾堪與魏學渠較負盛名，而曹氏出入京華，結交名流，詞名更盛，唱和亦夥。與宋琬、施潤章、沈荃、王士禎、王士祿、汪琬、程可則，人稱海內八家，已漸脫柳州詞派之藩籬。

另外，明清之際西泠詞人，多詞曲兼擅，故精於音律。更因詞人繁眾甚於浙西詞派，集社唱和亦多。早期以徐士俊、卓人月為代表，進而有「西泠十子」等中堅分子，包括陸圻、柴紹炳、沈謙、陳廷會、毛先舒、孫治、張綱孫、丁澎、虞黃昊、吳百朋等人，後更有門生新銳如洪昇、沈豐垣、陸進、俞士彪、張星耀、徐逢吉等人，壯大門楣。晚明詞壇多籠罩於「花間」、「草堂」之詞風下，西泠前期詞家多承續，而兼祧兩宋，明亡後，詞家多守節不仕，詞中亦顯亡國哀音。然無論柳州詞派或西泠詞家，均隨浙西詞派崛起而沒落，蔣景祁甚至提出柳州與西泠兩地詞人均應納入浙西一派。

雲間詞派亦影響王士禎與陳維崧二人。廣陵詞壇領袖王士禎，與陳子龍多有唱和，謝章鋌《賭棋山莊詞話》云：「昔陳大樽以溫、李為宗，自吳梅村逮王阮亭翕然從之，當其時無人不晚唐。」[30]可知陳子龍對王氏之影響。王氏仕宦揚州五年，結交如鄒祇謨、董以寧、彭孫遹、陳世祥、吳綺、汪懋麟與宗元鼎等人，當然座中更有陳維崧加

---

29 〔清〕鄒祇謨：《遠志齋詞衷》，收錄於唐圭璋主編：《詞話叢編》（北京市：中華書局，2005年10月），冊1，頁657。

30 〔清〕謝章鋌：《賭棋山莊詞話》，收錄於唐圭璋主編：《詞話叢編》，冊4，頁3530。

入集社唱酬。陳維崧早年曾跟隨陳子龍學詩，少年詞作較為婉麗。其
後隨鼎革易幟、父親逝世，家道中落，詞風隨處境、心境漸有轉變。
蔣景祁〈陳檢討詞鈔序〉載：

> 其年先生幼工詩歌，自濟南王阮亭先生官揚州，宣導倚聲之
> 學，其上有吳梅村、龔芝麓、曹秋岳諸先生主持之。先生內聯
> 同郡鄒程村、董文友，始朝夕為填詞。然刻於《倚聲》者，過
> 輒棄去，間有人誦其逸句，至噭嘔不欲聽，因屬志為《烏絲
> 詞》。[31]

蔣氏序中所言，可探查陳維崧填詞心境之改變。隨陳氏詞風易變為雄
渾豪健，陽羨後學嚮往追摹者愈增。除集體唱和大量創作外，亦在詞
人文集，或詞選序跋、例言中，闡述自我詞學觀。包括「推尊詞
體」，在〈詞選序〉中提及詞有「存經存史」之用途，將詞體地位提
升與經、史同等高度。再者，認為詞之內容宜訴其心聲，貴乎情真，
反對藻飾。陳氏於〈賀新郎·題曹實庵《珂雪詞》〉上片云：

> 滿酌涼州醽。愛佳詞、一編珂雪，雄深蒼穩。萬馬齊瘖蒲牢
> 吼，百斛蛟螭困蠡。算蝶拍、鶯簧休混。多少詞場談文藻，向
> 豪蘇、膩柳尋藍本。吾大笑，比蛙黽。[32]

認為時人多重詞中文藻，並向過去如蘇軾、柳永等詞家效法，僅求表
象美，卻無真性情，故笑此迂腐。陳維崧更進一步說明，情真更能表

---

31 〔清〕蔣景祁：〈陳檢討詞鈔序〉，收錄於馮乾輯：《清詞序跋彙編》，冊1，頁94。
32 南京大學中國語言文學系《全清詞》編纂研究室編：《全清詞·順康卷》，冊7，頁
   4253。

現於文人「窮而後工」上。陳氏〈王西樵《炊聞卮語》序〉云:「王
先生之窮,王先生之詞之所由工也。……所謂窮者,不過旦夕不得志
及棄墳墓、去妻子以糊口四方耳,未嘗對獄吏,則頭搶地也。……故
其所遇最窮,而為詞愈工。」[33]王士祿本仕途平穩,累官至吏部員外
郎。康熙三年(1664)因事遭逢牽連入獄,其後詞作與前期大有不
同,陳氏針對王士祿窮而後工之改變,強調生活感受對創作之特殊意
義。陽羨詞派不僅就風格與內容提出看法,亦對詞體有所建設。其中
以萬樹編撰《詞律》,揭示詞體發展之躍進。萬樹作《詞律》主要為
挽救時弊,當時詞已成案頭文學,為者不從格律,只求語順,萬樹認
為詞體專在可歌,聲律諧美,故促使萬氏整理詞律,以彰詞體之美。
陽羨詞派興衰流變,嚴迪昌略分為三時期,順治十五年(1658)至康
熙七年(1668)之形成期;康熙八年(1669)至十七年(1678)之鼎
盛期;以及康熙十八年(1679)至三十年(1691)之衰落期。[34]可窺
知詞派發展起落。

　　清代前期最後發展之詞派,即為稍晚於陽羨詞派,以朱彝尊為首
之浙西詞派。「浙西」係清代詞壇歷時最悠久之詞派,創始於康熙年
間,直至道光仍存餘響。浙西詞派之確立,主要由三部詞集編纂有
關。包括《詞綜》、《浙西六家詞》與《樂府補題》。《詞綜》一書樹立
朱彝尊之詞學主張,而《樂府補題》則體現詞派創作之風格;至於
《浙西六家詞》則奠定浙西詞派之歷史地位,〔清〕謝章鋌《賭棋山
莊詞話》云:

　　　余謂竹垞超倫絕群,以匹迦陵,洵無媿色,餘子皆當斂衽。然

---

33 〔清〕陳維崧:〈王西樵《炊聞卮語》序〉,收錄於馮乾輯:《清詞序跋彙編》,冊
　　1,頁65-66。
34 嚴迪昌:《陽羨詞派研究》(濟南市:齊魯書社,1993年2月),頁84-85。

而李氏武曾、分虎符《耒邊詞》，沈氏融谷暉日《拓西精舍集》，覃九岸登《黑蝶齋詞》，機雲競爽，咸籍並稱。竹垞先登，薾圉龔翔麟《紅藕莊詞》後勁，浙西風雅，允冠一時。[35]

龔翔麟匯編之《浙西六家詞》標舉浙西核心成員，並透過汪森修訂之《詞綜》，果然使浙西詞派絕冠一時。朱彝尊雖是浙派創始者與理論奠定者，然追溯其源，應從曹溶算起。曹溶本為清初詞壇領袖人物，亦是浙江人。謝章鋌曾提出：「諸公（吳偉業、龔鼎孳、曹溶、梁清標）在國初實開宗風，不獨提倡之功不可忘，而流派之考更不可沒。」[36]朱彝尊亦在〈靜惕堂詞序〉中言及：「往者明三百祀，詞學失傳，先生搜輯南宋遺集，尊曾表而出之。數十年來，浙西填詞者家白石而戶玉田。春容大雅，風氣之變，實由先生。」[37]說明浙西詞派主張標舉南宋，推尊姜夔、張炎與曹溶有絕大關係。朱彝尊曾填詞自評，〈解佩令·自題詞集〉云：

十年磨劍，五陵結客，把平生、涕淚都飄盡。老去填詞，一半是、空中傳恨。幾曾圍、燕釵蟬鬢。　　不師秦七，不師黃九，倚新聲、玉田差近。落拓江湖，且分付、歌筵紅粉。料封侯、白頭無分。[38]

---

35 〔清〕謝章鋌：《賭棋山莊詞話》，收錄於唐圭璋主編：《詞話叢編》，冊4，頁3462。

36 〔清〕謝章鋌：《賭棋山莊詞話》，收錄於唐圭璋主編：《詞話叢編》，冊4，頁3428。

37 〔清〕朱彝尊：〈靜惕堂詞序〉，收錄於馮乾輯：《清詞序跋彙編》，冊1，頁279。

38 南京大學中國語言文學系《全清詞》編纂研究室編：《全清詞·順康卷》，冊9，頁5280。

詞中傳達《江湖載酒集》欲彰顯「落拓江湖」之感，提出「不師秦七，不師黃九」，作詞與玉田相近。張炎於晚宋遭遇亡國傷痛，詞中之淒清況味，與浙西諸家產生共鳴，遂仿其風格。另一方面，清代前期效「花間」、「草堂」，或從陳維崧走向蘇辛風味者，末期均溺於淫靡，或淪為叫囂，經朱彝尊多次提倡姜夔最善填詞，填詞最雅等特色，推尊褒揚使姜夔成為救偏掃弊之指標人物。姜詞風格醇雅清空，正好中和婉麗與豪宕兩種極端，形成第三派詞風。〔清〕聶先《百家名詞鈔》〈藥庵詞〉評云：「海內詞家林立，而當行者最少。好婉孌則摹秦、柳；樂雄放則仿辛、陸，近來浙西一派，獨嗜姜、史，追尊南宋。」[39]可知清代前期各派風尚。

　　厲鶚前承朱彝尊，將浙西理論發揚光大，曾云：「豪邁者失之於粗厲，香豔者失之於纖褻，惟有宋姜白石、張玉田諸君清真雅正，為詞律之極則。」[40]力推姜張詞風，並以「極則」含括，以彰顯其重要性。故姜、張雅正詞風，已然成為影響清代前期詞壇之主流。姚蓉《明清詞派史論》指出：「從厲鶚對前期浙派詞學思想的繼承與發揚可知，尚『雅』崇『清』，是浙西詞派一貫的詞學宗旨，對於『格高韻勝』、『清婉深秀』的更執著的追求，使中期浙派詞更為唯美。品貌也更為清幽。然這也使其詞在審美趣味上更為單一，意境上更為狹窄，而逐漸失去鮮活的生命力。」[41]浙西詞派走向末流，相繼有常州張惠言以及常州詞派興起；浙派後期為救理論之弊病，又有郭麐與吳錫麒提出變革，惟已超出清代前期，不在本文討論時間範圍，俱略而不述。

---

39 〔清〕聶先、曾王孫編：《百名家詞鈔》（清康熙綠蔭蔭堂刻本），卷21，頁5。

40 汪沆引述其師厲鶚語，見〈籽香堂詞序〉，收錄於馮乾輯：《清詞序跋彙編》，冊2，頁503。

41 姚蓉：《明清詞派史論》（桂林市：廣西師範大學出版社，2007年7月），頁177。

二　論詞長短句研究範圍界定

　　清代論詞長短句發展歷程頗長，為求蒐集與論述周全，本文聚焦於清代前期，包括順治、康熙、雍正與乾隆四朝所涵蓋之論詞長短句。謝桃坊《中國詞學史》認為明末清初之際，詞體創作出現興旺之勢，數量上較元、明二朝有明顯成長，至康熙朝浙西詞派崛起與發展，才真正形成詞體復興。再歷嘉慶二年（1797）張惠言編輯《詞選》問世後，標誌「常州詞派」之興起，下迄新文化運動前，常州詞派之理論基本佔據近代詞壇，為詞學史極盛時期。因此，若將清代詞學分期，謝桃坊以張惠言《詞選》編纂成書之嘉慶二年作為分水嶺，將建立清朝（1644）開始，至嘉慶二年（1797）當作「詞學復興」，而自嘉慶二年（1797）到民國八年（1919）年新文化運動前，視為「詞學的極盛」。[42]本文依謝氏之說法，認定一六四四年清朝建立之始，至嘉慶二年（1797）張惠言《詞選》問世，作為「清代前期」之界說。

　　目前尚無裒輯「論詞長短句」之專著，大多附於「論詞絕句」後簡略涉及，如程郁綴、李靜編著《歷代論詞絕句箋注》僅收錄朱祖謀與盧前兩家之論詞長短句。[43]為求全面，本文自《清詞別集百三十四種》十二冊[44]、《全清詞·順康卷》二十冊[45]、《全清詞·順康卷補編》四冊[46]、《全清詞·雍乾卷》十六冊[47]、《清詞珍本叢刊》二十四

42 謝桃坊：《中國詞學史》（成都市：巴蜀書社，2002年12月），頁197-198、289。

43 程郁綴、李靜編著：《歷代論詞絕句箋注》（北京市：北京大學出版社，2014年7月），頁665-683。

44 楊家駱主編：《清詞別集百三十四種》（臺北市：鼎文書局，1976年8月），冊1-12。此書又名《清名家詞》。

45 南京大學中國語言文學系《全清詞》編纂研究室編：《全清詞·順康卷》，冊1-20。

46 張宏生主編：《全清詞·順康卷補編》（南京市：南京大學出版社，2008年5月），冊1-4。

47 張宏生主編，南京大學文學院《全清詞》編纂研究室編：《全清詞·雍乾卷》，冊1-16。

冊[48]與《清代詩文集彙編》[49]前五百冊、《稀見清代四部輯刊》[50]集部等清代詞集、叢書，爬梳整理，再加上目前可見補遺《全清詞》漏收詞之相關篇章與書目，逐一核對詞題、詞序與詞作內容，悉予網羅，以盡周延。最終蒐得凡四百四十二家，一一三一首作品，[51]數量頗為可觀。在千餘闋論詞長短句中，約有一百六十闋論及唐、五代至宋朝詞人，並兼有遼國作家，以及部分以綜述形式討論唐、宋詞人概況之作品，係本文討論對象。

三　論詞絕句與長短句之差異

韻文論詞主要以「論詞絕句」與「論詞長短句」兩種，一詩一詞在體製上本就不同，然具體細節與差異，以下逐一列點比較，將兩者相異之處悉數釐清。

（一）題名差異

清代論詞絕句初始品評，尚無「論詞絕句」或「論詞」標於詩題中，如吳偉業〈讀陳其年邗江、白下新詞四首〉、張嫻婧〈讀李易安《漱玉集》〉、錢德震〈《羅裙草》題辭〉等，以「讀」或「題」之表達方式，呈現以詩歌紀錄讀詞心得。直待厲鶚〈論詞絕句〉十二首，

---

48 張宏生主編：《清詞珍本叢刊》（南京市：鳳凰出版社，2007年12月），冊1-24。

49 清代詩文集彙編編纂委員會編：《清代詩文集彙編》（上海市：上海古籍出版社，2010年12月）。涉及作家卒年於嘉慶年間者，約前五百冊。

50 林登昱主編：《稀見清代四部輯刊》（臺北市：經學文化事業公司，2014年9月），集部範圍。

51 夏晨《中國傳統論詞詞研究》整理歷代論詞詞計二百餘家、六百多首，指涉範圍雖未言明，從行文觀察，應係指從詞體發展之初，至有清一代。筆者所整理範圍僅清初至嘉慶以前，數量即逾千首，可知其蒐羅之粗漏。

才正式出現所謂「論詞絕句」之定名，步趨者亦漸增。詩與詞二體，於有清一代並行並進，故論詞之詞最原先亦無所謂在詞題下標註「論詞長短句」或「論詞詞」之作品，較早呈現方式為：徐士俊〈惜春容·題馮又令和鳴集〉、徐咸清〈菩薩蠻·題陳迦陵填詞圖〉、陳世祥〈沁園春·題其年烏絲集〉等。第一位有意識以詞論詞者焦袁熹，聯章五十餘闋，其題名〈采桑子·編纂樂府妙聲竟作〉，並在其後加上被評者之姓名，亦無「論詞」字樣。其間，有仲恒〈瑞鷓鴣〉以「評詞」二字命題，又出現「與尤侗論詞」，以詞回應之作品，如〈滿江紅·同人辨論詞體，即席分賦〉，後雖有曹貞吉〈玉女搖仙佩·與米紫來論詞，即書其集後〉、劉榛〈送入我門來·答牧仲論詞〉、沈起鳳〈浣溪沙·秋夜與藥坪論詞，戲填此解〉與沈光裕〈探春慢·與張在舲樂圃論詞有作〉等，數量不多。實際以「論詞」二字為主題創作者，約在清末民初出現，如姚鵷雛〈滿江紅·論詞〉二首。

「論詞絕句」則有部分作者直接以此四字命名入題，如厲鶚〈論詞絕句十二首〉、鄭方坤〈論詞絕句三十六首〉、沈道寬〈論詞絕句四十二首〉等，然觀察清代論詞絕句與論詞長短句，多數均係以「題」、「讀」、「書」某詞（集），或者某詞（集）題辭為主。要言之，仍須檢讀詩詞，方能辨識是否屬於論詞之作。

（二）體製差異

論詞長短句以詞品評，必須依循「詞調」體製進行創作，此點與絕句相同，論詞詩雖亦有非絕句類型，但數量不算大宗。詞人慣用詞調，以組詞觀察，常見者以〈望江南〉為主，主要有朱祖謀二十餘首、盧前〈望江南〉百首評論清代詞人；另外清初焦袁熹亦有以〈采桑子〉調作論詞長短句五十餘闋，均膨脹該詞調被使用之數量，然實際考察清代前期千餘首論詞長短句，以「長調」作為載體之機率相當

高，例如〈賀新郎〉便超過百首，〈沁園春〉、〈念奴嬌〉、〈滿江紅〉等，亦各有六十首以上。統觀使用中長調評論者達五成以上，可見論詞長短句運用長調創作乃普遍現象，而此正好與論詞詩相異。

（三）內容差異

　　論詞絕句與論詞長短句均以當代詞人品評作品較多，此風氣盛行緣由，於第二章第一節討論成因有更深刻之論述。觀察此類型論詞長短句，內容大抵多為好友間相互酬贈、或名家崇拜（如陳維崧、朱彝尊、納蘭性德等人）風氣所產生，文辭易流於稱頌溢美，評騭詞家優劣往往不甚客觀公允。如徐在（生卒年不詳）〈滿庭芳・題晉賢詞卷〉品評汪森詞，上片云：「弱柳穿鶯，遊絲攔蝶，草堂多少春風。半簾花影，搖曳幾枝紅。贏得幽香不斷，漸吹到、縹粉壺中。爭相識，當今才子，妙句弱漁翁。」[52]冠以當今才子，眾人爭為相識；又田同之（1677-約1751）〈玉女搖仙珮〉品題曹貞吉《珂雪詞》，下片云：「歷下追前哲。平分取辛李，豪妍芳轍。又續得、牟峰灘水，搖山撼樹、後來英傑。曹珂雪。詞家大手真奇絕。」[53]曹貞吉於清初確為詞壇大家，然田氏比擬為可兼容辛棄疾與李清照詞風，甚且超越，此觀點則有商榷空間。從此詞更可見評論者常將鄉賢與時人互為比較，或劃上等號，且不免多有溢譽之處。親友互評方面，亦有此現象，如楊逢時（生卒年不詳）〈多麗・題表兄張樂圃詞鈔後〉上片云：「展瑤編。光騰字裏行間。想詞人、胸羅星宿，前身原是金仙。賦淩雲、千言立就，詩喝月、五字爭傳。更按銀箏，還彈鐵撥，外孫

---

52 南京大學中國語言文學系《全清詞》編纂研究室編：《全清詞・順康卷》，冊2，頁913。

53 張宏生主編，南京大學文學院《全清詞》編纂研究室編：《全清詞・雍乾卷》，冊1，頁103。

蠶臼踞騷壇。問眼底、誇豪矜膩,若個可隨肩。真堪繼,尚書紅杏,學士青蓮。」[54]不僅誇張玉穀乃仙人轉世,又謂可比肩宋祁與李白之文學造詣,實美聲溢譽。評女詞人方面,則喜以李清照比擬,如鄧漢儀(1617-1689)〈減字木蘭花・讀憶蕙軒詞稿,奉贈湯夫人萊生四闋〉:

> 舊家樓閣。流鶯啼過秋千索。好箇書生。綠鬢紅妝慣避人。
> 蠻箋一束。寫就新詞渾漱玉。故故憑欄。小詠東風半面寒。[55]

論及女詞人湯萊,推與李清照詞相近;尤侗(1618-1704)〈謁金門・題龔靜照鵑紅稿〉上片:「鵑紅稿。靜照恰同清照。最是銷魂新句好。迴身將夢抱。」[56]評及女詞人龔靜照,亦提出與李清照作詞同樣優質;沈光裕(生卒年不詳)〈聒龍謠・題閨秀王佩霞《咀華詩餘》〉評王瑗詞上片云:「漱玉名詞,斷腸作譜,久說騷壇二妙。驚豔誰蹤,有王家嬌小。琉璃匣、愛寫蘭荃,鼠鬚筆、不描花草。喜今朝、展盡吟箋,鶯聲滑,麝香繞。」[57]言及李清照與朱淑真詞集,意在特意拉抬受評者地位。

　　論詞絕句同樣存在不少溢美受評者之作,然絕句受限體製短小,字字珠璣,無法過度鋪張,而論詞長短句前已提及,評家多使用中、

---

54 張宏生主編,南京大學文學院《全清詞》編纂研究室編:《全清詞・雍乾卷》,冊16,頁8851-8852。

55 南京大學中國語言文學系《全清詞》編纂研究室編:《全清詞・順康卷》,冊3,頁1457。

56 南京大學中國語言文學系《全清詞》編纂研究室編:《全清詞・順康卷》,冊3,頁1520。

57 張宏生主編,南京大學文學院《全清詞》編纂研究室編:《全清詞・雍乾卷》,冊16,頁8822。

長調機率較大，詞體又主抒情，故寫作上有較多空間抒發情感，讚譽稱美，相較於絕句而言，論詞長短句容易流於感性題贈，而較少理性批評。

（四）評者心態差異

韻文式論詞常流於隨性品評，漫無章法，尤其評者於詩詞集中，僅出現少量論詞作品，如此亦較無法統攝單一詞家之詞學觀點。就論詞絕句而言，為數較多之評論者，以組詩方式進行論詞，有意識將韻文論詞架構出有機組合，形成個人之詞學觀點，如陳聶恆〈讀宋詞偶成絕句十首〉、厲鶚〈論詞絕句十二首〉、鄭方坤〈論詞絕句三十六首〉、江昱〈論詞十八首〉、汪筠〈讀《詞綜》書後二十首〉、朱方藹〈論詞絕句二十首〉、沈道寬〈論詞絕句〉四十二首、王僧保〈論詞絕句〉三十六首、華長卿〈論詞絕句〉三十六首、高旭〈論詞絕句三十首〉等，均連章書寫，又如譚瑩〈論詞絕句一百首〉、〈論詞絕句又三十六首〉（專論嶺南人）、〈論詞絕句又四十首〉（專論國朝人）等作，組織得宜，甚至可成為簡明詞史或地域性詞學評論。以上作品，的確可從中理解詞評家論詞之核心與價值。然反觀論詞長短句，在清代前期則較少此類作品，僅焦袁熹一家系統性綜論唐宋詞人，餘均零星散見，較不易見其有意識、有系統論詞。

綜觀上述差異，可知論詞長短句進行研究之困境與優勢。以詞論詞因體製多元，篇幅可長可短，使詞評家抒發意見較為詳盡，卻也因此產生較多感性語言，尤其評當代作家、師友親朋，容易過度讚美，評論不夠客觀。雖如此，若將焦點置於清人品評前代作家，就歷史宏觀角度觀察，對於不同作家之優劣得失，加以比較評述，更可直議指瑕，較具文學批評之實際意義。故本文始由清人論唐、宋詞之意見觀點出發，整理論點，闡發深義，辨析得失，梳理承啟，一方面對詞壇

大家之詞學觀做細緻解讀，另一方面亦可關照其他知名度較低者，探究其詞作詞論。

四　研究方法與執行步驟說明

將研究範圍與文本問題釐清後，再經由以下步驟與方法，進行文獻分析。本文採研究方法有以下數種，第一，文獻數位化，進行數據之比較與統計；第二，針對受評詞家採取歸納法，統整不同評論意見，分析其間異同；第三，多數討論作品採詮釋法進行細部剖析，並以傳統箋注方式，破譯詞句表面意義，探究作者援引化用、借鑑典實之內在意涵；第四，比較其他論詞意見，諸如詞話、詩話、詞籍序跋、詞籍評點、論詞絕句、筆記等相關著作，互為佐證或陳述相異意見。經由以上數種方法解析相關文本後，透過以下步驟，呈現於論文中。

一、研判所蒐羅之論詞長短句論述內容，將作品分類歸屬，例如：單一詞人論、詞人比較（比附）論、整體詞籍（選）論、唐、宋詞概述論等類別。

二、分類歸納完畢後，採取全面箋注所得之一百六十闋論詞長短句，瞭解詞人作意，並深掘用典、揭舉故實，以明整闋詞作之細緻內涵。

三、揀選重要唐、宋詞人為目標，按照朝代先後，進行章節安排，分別為論唐、五代與女性詞人、論北宋詞人、論南宋詞人等。各章安排上，均以被討論次數較多之詞人優先，立專節研析。此方法可以呈現清代評論者，對於前代作家之接受面向。清代作家因詞人有詞派譜系，無可避免發生「名家效應」，在分析過程中，亦可瞭解派別間之異同。其餘被討論之對象，多以單首呈現，若逐一討論，恐在章節安排上略嫌冗贅，且與其他節次

比例失衡，考量整體結構，則採不逐一討論之方式，相關內容可見各闋論詞長短句之箋注。在唐、五代方面，以李白、李煜討論最多，故專節評述；討論唐、宋女詞人，主要以李清照、朱淑真為主，次以花蕊夫人、聶勝瓊與蕭觀音等人進行討論；北宋方面，以柳永、蘇軾、秦觀為論述重點；最後南宋方面，主要被討論者為辛棄疾、姜夔與周密三位，故聚焦於此三人。

四、各章均以綜觀之角度看待主要詞人，以及其作品之論詞長短句，整理爬梳，統攝相近論點，再分別表述承載於各節中。

五、探析每首論詞長短句，皆解說字詞、揭明典故，以求精確詮釋詞義；遇他處有相近觀點，則擇舉引用詞作、詞話、序跋、評點、詩話、筆記、詩文、史傳、方志等資料會通析論，以闡幽抉微、追本溯源、演繹發明，從而突顯其間承啟關係，或彰顯彼此優劣。另外，為理解論詞長短句作者之撰意，解析作品前需釐清其生平經歷，與當時詞壇風尚，以明白其審美標準、詞學主張與創作意圖。

六、章節安排上，扣除「緒論」、「結論」外，第二章主要概述「論詞長短句」之起源與成因，並解構論詞長短句之模式與批評方法，最後再將整體內容分析述要，點明特色；其餘各章則以不同時期劃分，針對單一詞人看法進行表述，再將相近觀點歸納說明。

第二章
論詞長短句概述

第一節　論詞長短句之溯源與成因

　　以韻文論詩詞之形式，考其源流，周益忠在其《宋代論詩詩研究》中指出：「論詩詩之源，竟早在此三百篇中，此二篇俱見於《詩》〈大雅・蕩之什〉中，同在詩篇結尾處，稱美尹吉甫之所作。〈蕩〉「烝民」之句，言其詩作風格，雍穆如同清風，可說以具象之語──清風狀抽象之作品風味，後世論詩詩中亦常見及；至於〈崧高〉之句，其原詩為：『吉甫作誦，其詩孔碩，其風肆好，以贈申伯』則竟言其詩篇之偉大，風味之美好。亦開後世直接議論他人之詩者，……可以謂為後世論詩詩之源頭也。」[1]說明《詩經》便有論詩之內容。進一步究其體製，以絕句論詩者，今學者多接受杜甫〈戲為六絕句〉開端之說，如第二首云「王楊盧駱當時體，輕薄為文哂未休。爾曹身與名俱滅，不廢江河萬古流。」[2]論及初唐四傑對詩壇之貢獻足以名垂千古；又有〈解悶十二首〉中五首，亦論及詩歌，例如第六首云：「復憶襄陽孟浩然，清詩句句盡堪傳。即今耆舊無新語，漫釣槎頭縮頸（一作項）槎。」[3]已論及同時代詩人孟浩然。爾後以詩論詩作品

1　周益忠：《宋代論詩詩研究》（臺北市：臺灣師範大學國文學系博士論文，1989年7月），頁16。

2　〔清〕彭定求等編：《全唐詩》（北京市：中華書局，1960年4月），冊7，卷227，頁2452。

3　〔清〕彭定求等編：《全唐詩》（北京市：中華書局，1960年4月），冊7，卷230，頁2157。

漸多，足以繼承杜甫者，乃元好問。元氏有〈論詩三十首〉與〈論詩三首〉等，開詩題以「論詩」為主題之風氣，後世如王士禎〈戲仿元遺山論詩絕句三十二首〉、趙翼〈論詩四首〉等，均前承杜甫、元好問，可見影響。

至於論詞絕句，聲名遠播者，應為厲鶚〈論詞絕句十二首〉。〔清〕錢大昕《十駕齋養新錄》曰：「元遺山論詩絕句效少陵『庾信文章老更成』諸篇而作也，王貽上仿其體，一時爭效之。厥後宋牧仲、朱錫鬯之論畫，厲太鴻之論詞、論印，遞相祖述，而七絕中又別啟一戶牖矣。」[4]錢大昕概述以詩品論各物之風氣源流，提及厲鶚論詞，以其開論詞絕句先河。學者如楊海明〈從厲鶚〈論詞絕句〉看浙派詞論之一斑〉亦曰：「論詞絕句，前代罕見；有之，則似從厲鶚〈論詞絕句〉十二首始。」[5]認同論詞絕句由厲鶚發端。趙福勇則於《清代「論詞絕句」論北宋詞人及其作品研究》提出新見解，指出論詞絕句之源頭應為白居易〈何滿子〉：

> 白居易已借鑑論詩絕句而以絕句論詞，其〈聽歌六絕句〉抒聽歌之感發，而〈何滿子〉一首曰：「世傳滿子是人名，臨就刑時曲始成；一曲四調（一作詞）歌八疊，從頭便是斷腸聲。」所言殆為詞調〈何滿子〉之起源、體製與聲情。……白居易〈聽歌六絕句〉之〈何滿子〉則確乎絕句，當可視為論詞絕句之權輿。[6]

---

4 〔清〕錢大昕：《十駕齋養新錄》，收錄於《續修四庫全書》（上海市：上海古籍出版社，2002年3月），冊1151，卷16，頁306。

5 楊海明：《唐宋詞論稿》（杭州市：浙江古籍出版社，1988年5月），頁294。

6 趙福勇：《清代「論詞絕句」論北宋詞人及其作品研究》（新北市：花木蘭文化出版社，2012年3月），上冊，頁40-42。

將論詞絕句出現時間上推至中唐時期，亦是詞體開始發展之際。王偉
勇認為「於焉論詞絕句始於唐代，亦可視為定論。」[7]

　　再探論詞長短句之起源，唐玉鳳於《清初詞人焦袁熹「論詞長短
句」及其詞研究》提證：

> 而宋代「論詞長短句」之濫觴，則源於石孝友〈漁家傲・送李
> 惠言、徐元集赴試南宮〉：「夜半潮聲來枕上。擊殘夢破驚魂
> 蕩。見說錢塘雄氣象。披衣望。碧波堆裏排銀浪。　　月影徘
> 徊天澒漾。金戈鐵馬森相向。洗盡塵根磨業障。增豪放。從公
> 筆力詩詞壯。(《全宋詞》，冊三，頁2035)」石孝友之生平實無
> 定論，唐圭璋先生於《兩宋詞人時代先後考》及《全宋詞》中
> 均將石孝友列於張孝祥、樓鑰，……石孝友之生年應是北宋晚
> 期，卒於南宋中期，是跨北、南兩宋之詞人。因此「論詞長短
> 句」之濫觴可提前至北宋晚期。[8]

更進一步說明若不考慮詩詞體製界定不明之狀況，亦可將論詞長短句
源頭推至中唐，例如白居易〈楊柳枝詞八首〉之一、劉禹錫〈楊柳枝詞
九首〉之一與薛能〈柳枝詞五首〉之五，所敘述內容係以詞論曲調，
或評議作家創作優劣。因〈楊柳枝〉體裁為絕句或屬詞體，仍有爭
議，唐氏認為若以詞調觀之，乃當作論詞長短句之起源，如此一來，
可提前至唐代。[9]然迄今未成定論，始於唐代僅是聊備一說。

7　王偉勇：〈兩宋「論詞詩」及「論詞長短句」之價值〉，《成大中文學報》第38期
　　（2012年9月），頁44。

8　唐玉鳳：《清初詞人焦袁熹「論詞長短句」及其詞研究》（新北市：花木蘭文化出版
　　社，2014年3月），上冊，頁35-36。

9　唐玉鳳：《清初詞人焦袁熹「論詞長短句」及其詞研究》，上冊，頁61。

一　論詞長短句溯源

　　若要精確品定論詞長短句，可由作家是否有意識填製相關詞作判定。今學者張仲謀亦從此角度出發，進而評論明代論詞長短句。張氏於〈明代論詞詞九首解讀〉述及：「熟悉清詞的人知道，清代的論詞詞可謂屢見不鮮。而這種以詞論詞的形式應該是由明人開創的。因為在宋、元時代，似乎還沒有這種專門論詞的詞作。如李廌〈品令〉（唱歌須是玉人），雖然和詞或唱詞相關，但其意在徘諧，無心論詞。又如戴復古〈望江南〉評友人宋自然（謙父）：『詩律變成長慶體，歌詞漸有稼軒風』，亦是偶爾論及。降至金元時代，也沒有論詞之詞。陶然君所著《金元詞通論》第九章論及『金元詞論的四種表現形式』依次為『專門的詞學論著』、『詞作題序』、『詞選』和『論詞文章』也未提及論詞詞。」[10]將論詞長短句開創之功歸諸明人，更論及宋詞中無有意識以詞論詞者，此二說皆非公允，有待商榷。而譚若麗在《民國學人詞研究》「論詞詞的形成與發展」一節中，承繼張仲謀說法，亦認為宋詞中無明顯論詞作品；[11]王小英、祝東在〈論詞詞及其詮釋方法——以朱祖謀〈望江南〉雜題我朝諸名家詞集後為中心〉甚至認為宋代只有「論詩詞」，並無「論詞詞」。[12]尚能陳述論詞長短

10　張仲謀：〈明代論詞詞九首解讀〉，《南京師範大學文學院學報》2009年第3期（2009年9月），頁10。

11　譚若麗：《民國學人詞研究》（長春市：吉林大學文學院博士論文，2015年5月），頁172-174。

12　王小英、祝東：〈論詞詞及其詮釋方法——以朱祖謀〈望江南〉雜題我朝諸名家詞集後為中心〉：「以詞作為論詩文的載體，據筆者目前所見，當推宋代戴復古的幾闋（應作闋）〈望江南〉。戴氏的〈論詩十絕〉在文論界研究頗熱，但是他的論詩詞卻一直沒有受到應有的重視，如其〈望江南・僕既為宋壺山說其自說未盡處，壺山必有答語，僕自嘲三解〉其一：『石屏老，家住海東雲。本是尋常田舍子，如何呼喚作詩人。無益費精神。千首富，不救一生貧。賈島形模元自瘦，杜陵言語不妨村。

句源流者，可在夏晨《中國傳統論詞詞研究》中視得。夏氏指出論詞詞發端於南宋，惜夏氏以泛舉方式，第一首所呈現之例證為南宋末年李萊老〈清平樂〉，[13]係所謂西湖吟社互相唱和品評作品。實際上宋人以詞論詞雖不若清季那般興盛，今日仍可見一定數量作品流傳。以廣義角度待之，張仲謀所指戴復古〈望江南〉即是論詞長短句，雖非通篇論及詞人詞體，卻可清楚看出受評者在評論者心中價值。論詞長短句非絕句形式，以四句齊言方式平穩陳述詞人詞作看法，詞體本有一定抒情性，故論詞長短句通常以夾敘夾議方式進行。在敘事方面，時而帶入對被評詞人之情感於內，不一定句句議論。若以廣義角度觀察，如蘇軾〈醉翁操〉詞序云：「琅琊幽谷，山川奇麗，泉鳴空澗，若中音會。醉翁喜之，把酒臨聽，輒欣然忘歸。既去十餘年，而好奇之士沈遵聞之。往遊，以琴寫其聲，曰醉翁操，節奏疏宕，而音指華暢，知琴者以為絕倫。然有其聲而無其辭。翁雖為作歌，而與琴聲不合。又依楚辭作醉翁引，好事者亦倚其辭以製曲。雖粗合韻度，而琴聲為詞所繩約，非天成也。後三十餘年，翁既捐館舍，遵亦歿久矣。有盧山玉澗道人崔閑，特妙於琴。恨此曲之無詞，乃譜其聲，而請東坡居士以補之云。」[14]東坡說明〈醉翁操〉琴曲由來，提及歐陽脩曾

誰解學西昆。」……可惜自宋以後，隨著詞體文學的衰微，這種以詞論文藝的形式沒有得到很好的發揚，直到清代詞學中興，以詞論文藝，特別是以詞論詞，隨著詞學的復興才開始復甦發展起來。」（頁141-142）王、祝二人既搜得戴復古此〈望江南〉論詩詞，卻忽略評宋謙父之〈望江南〉（壺山好，文字滿胸中）涉及論詞長短句者，不知原因為何。

13 夏晨：《中國傳統論詞詞研究》（南昌市：南昌大學中文系碩士論文，2014年5月），頁2。

14 詞之內容錄於此：「琅然。清圓。誰彈。響空山。無言。惟翁醉中知其天。月明風露娟娟。人未眠。荷蕢過山前。曰、有心也哉此賢。　　醉翁嘯詠，聲和流泉。醉翁去後，空有朝吟夜怨。山有時而童巔。水有時而回川。思翁無歲年。翁今為飛仙。此意在人間。試聽徽外三兩絃。」見唐圭璋主編：《全宋詞》（北京市：中華書局，1998年11月），冊1，頁331。

為此曲填詞，卻因與琴聲不合而乏人問津，後因崔閑邀請才重填歌詞。至於內容，係以懷想歐公形象重填，表述心意。今〈醉翁操〉已為眾人視為詞調並相繼填製，故可認定為廣義之論詞長短句。又如黃庭堅〈千秋歲·少游得謫，嘗夢中作詞云：「醉臥古藤蔭下，了不知南北。」竟以元符庚辰，死於藤州光華亭上。崇寧甲申，庭堅竄宜州，道過衡陽。覽其遺墨，始追和其千秋歲詞〉，詞序將秦觀作〈千秋歲〉經過簡單描述，其詞云：

> 苑邊花外。記得同朝退。飛騎軋，鳴珂碎。齊歌雲繞扇，趙舞風回帶。嚴鼓斷，杯盤狼藉猶相對。　　灑淚誰能會。醉臥藤陰蓋。人已去，詞空在。兔園高宴悄，虎觀英遊改。重感慨，波濤萬頃珠沉海。[15]

雖內容無明顯論詞，卻將與秦觀間之情誼與秦氏人格形象涵蓋其中，亦可視為廣義之論詞長短句。

就嚴謹角度探查論詞長短句之起源，須就詞題是否有明顯證據，說明該詞存有品論詞作之想法，進而瞭解詞作內容是否實際評論詞人詞作。如此一來，不得不提及北宋末南宋初，於金朝生長之王嘉（1112-1170），即道教全真派創始人王重陽，原名中孚，字允卿，京兆咸陽（今陝西省咸陽市）人。入道後改名嘉，一名喆，字知明，道號重陽子。有別於金代文人詞家多崇尚蘇、辛，王喆最欣賞則為柳永。王氏有〈解佩令〉，詞題載：「愛看柳詞，遂成」，詞曰：

> 平生顛傻，心猿輕忽，樂章集、看無休歇。逸性擴靈，返認過，修行超越。仙格調，自然開發。　　四旬七上，慧光崇

---

15 唐圭璋主編：《全宋詞》，冊1，頁412。此詞與晁補之詞重出。

兀。詞中味，與道相謁。一句分明，便悟徹，耆卿言曲：楊柳
岸，曉風殘月。[16]

無論詞題或內容，均表達出對柳詞之看法，可視為較嚴謹之論詞長短
句。從其他全真道士詞，可瞭解柳詞於金朝傳播概況。例如馬鈺有
〈五靈妙仙・借柳詞韻〉、〈玉樓春・借柳詞韻，贈雲中子〉、〈傳妙
道・本名傳花枝，借柳詞韻〉等作，可見全真教部分道士偏愛柳詞。
北宋結束於宋欽宗靖康元年（1127），而王重陽於金海陵王正隆四年
（1159）悟道出家，以此詞寄寓道教理趣，大約成於悟道後，亦是南
宋初年作品。再觀察宋人作品，雖辛棄疾（1140-1207）〈鷓鴣天・讀
淵明詩不能去手，戲作小詞以送之〉[17]詞序直言對陶詩戀賞有加，然
是詞所屬論詩長短句之範疇。再觀稍晚汪莘（1155-1227）有〈鵲橋
仙・書所作詞後〉，此闋為自評詞，即自評所填詞作，對單一詞作或
詞籍申述己意。其詞云：

> 柳塘居處，方壺道號，汪姓莘名耕字。欲將丹藥點凡花，教都
> 做、水仙無計。　　家中安石，村中居易，總是一場遊戲。曲
> 終金石滿吾廬，爭奈少、柳家風味。[18]

汪莘字叔耕，號柳塘，安徽休寧（今安徽省黃山市）人，一生無任官
職。隱居黃山，鑽研《周易》，旁及釋、老。雖嘗掛心時局，關切國
政，三度上書朝廷，卻未受重視，加深其隱遁決心。晚年築室柳溪，

---

16 唐圭璋主編：《全金元詞》（北京市：中華書局，2000年10月），上冊，頁199。
17 唐圭璋主編：《全宋詞》，冊3，頁1963。錄原詞內容如下：「晚歲躬耕不怨貧。隻雞
斗酒聚比鄰。都無晉宋之間事，自是羲皇以上人。　　千載後，百篇存。更無一字
不清真。若教王謝諸郎在，未抵柴桑陌上塵。」
18 唐圭璋主編：《全宋詞》，冊3，頁2197。

自號方壺居士，與朱熹（1130-1200）相善。故此詞首數句便針對自我身家清楚描述，下片提及謝安與白居易之生活情趣，說明自己填詞風格，末句點出與柳永詞取徑不同，故無「柳家風味」，在其自序已提及「詞何必淫，顧所寓何如耳」；又指出酷愛蘇軾、朱敦儒、辛棄疾三人詞作[19]，均可與此「論詞長短句」相呼應。雖是自評己作，已是有意識地站在以詞論詞觀點進行闡述。

　　個人詞籍中有多首「論詞長短句」者，當屬劉克莊與張炎。劉克莊詞本效辛棄疾以文為詞，打破體製規範，用詞填製評論之文句亦不成問題。故有〈漢宮春・題鍾肇長短句〉、〈念奴嬌・七月望夕觀月昔方孚若每以是夕泛湖觴客云脩坡公故事〉、〈念奴嬌〉（自填曲子）、〈洞仙歌・癸亥生朝和居厚弟韻題謫仙像〉、〈最高樓・題周登樂府〉、〈鷓鴣天・戲題周登樂府〉等詞作，均是論詞長短句相關作品。以〈漢宮春・題鍾肇長短句〉觀之：

> 謝病歸來，便文殊相問，懶下禪床。雀羅晨有剝啄，顛倒衣裳。袖中贄卷，原夫輩、安敢爭強。若不是，子期苗裔，也應通譜元常。　　村叟雞鳴籟動，更休煩簫管，自協宮商。酒邊喚回柳七，壓倒秦郎。一觴一詠，老尚書、閒殺何妨。煩問訊，雪洲健否，別來莫有新腔。[20]

上片寫病中觀鍾肇贄卷，聯想鍾氏所作樂府亦有可觀。劉克莊曾撰〈鍾肇史論跋〉云：「本朝如晏叔厚、賀方回、柳耆卿、周美成輩，小詞膾炙人口，他論著世罕見，豈為詞所掩歟？抑材有所局歟？惟

19　〔宋〕汪莘：〈方壺詩餘自序〉，收錄於施蟄存主編：《詞籍序跋萃編》（北京市：中國社會科學出版社，1994年12月），頁270。

20　唐圭璋主編：《全宋詞》，冊4，頁2602。

秦、晁二公詞既流麗，他文亦皆精確可傳。余始見延平鍾君樂章而異之，及見其《史論》一斑，作而曰：『此非曲子中縛得住者，惜余已老而君方少，不得究其論而別』。」[21]兩作可能為同一時期作品。詞中所稱原夫，為〔宋〕劉敞之字。劉氏為經史名家，亦創作詩詞。劉克莊以劉敞讚許鍾肇之作品，又進階說明鍾氏應係鍾子期苗裔、鍾繇（字元常）後人，均是知音識曲之士，也指出鍾氏妙解音律。下片對鍾氏所填長短句進行批評，認為作品自合天籟，宮商叶美，堪與柳永比肩，甚而壓倒秦觀，可謂稱賞備至。正可呼應劉克莊〈鍾肇史論跋〉所言，史論見其筆力，又可填製長短句，並且為入流之作。另外，從張炎論詞長短句中，亦可觀察南宋末年詞壇交流狀況。張氏〈祝英臺近·與周草窗話舊〉、〈洞仙歌·觀王碧山花外詞集有感〉、〈一萼紅·弁陽翁新居，堂名志雅，詞名蘋洲漁笛譜〉、〈西江月·絕妙好詞乃周草窗所集也〉、〈思佳客·題周草窗武林舊事〉、〈瑣窗寒·王碧山又號中仙，越人也。能文工詞，琢語峭拔，有白石意度，今絕響矣。余悼之玉笥山，所謂長歌之哀，過於痛哭〉諸作，可看出張炎與周密、王沂孫之間交友往來。擇〈西江月·絕妙好詞乃周草窗所集也〉一例說明：

> 花氣烘人尚暖，珠光出海猶寒。如今賀老見應難。解道江南腸斷。　　謾擊銅壺浩歎，空存錦瑟唯彈。莊生蝴蝶夢春還。簾外一聲鶯喚。[22]

張炎曾於《詞源》提及《絕妙好詞》之選詞狀況，言：「近代詞人用

---

21 〔宋〕劉克莊：《後村先生大全集》，收錄於《四部叢刊初編》（臺北市：臺灣商務印書館，1967年9月），卷111，頁1026。

22 唐圭璋主編：《全宋詞》，冊5，頁3499。

功者多，如《陽春白雪集》，如《絕妙詞選》，亦自可觀，但所取不精一。豈若周草窗所選《絕妙好詞》之精粹。惜此版不存，恐墨本亦有好事者藏之。」[23]張炎提出周密《絕妙好詞》，優於趙聞禮與黃昇所選，選詞集中於南宋作家，如《四庫全書總目》云：「所編南宋歌詞，始於張孝祥，終於仇遠，凡一百三十二家。去取謹嚴，猶在曾慥《樂府雅詞》、黃昇《花庵詞選》之上。又宋人詞集，今多不傳，並作者姓名亦不盡見於世。零璣碎玉，皆賴此以存，於詞選中，最為善本。」[24]故詞中所言「解道江南腸斷」，說明南宋詞人心聲，而首尾數句，均道出周氏選詞原則，以雅調為主。另外，亦可從〈聲聲慢·題吳夢窗遺筆〉、〈醉落魄·題趙霞谷所藏吳夢窗親書詞卷〉瞭解張氏對前輩作家吳文英之看法。欲研究張炎者，不僅可透過史料、詞話、筆記等資料探得詞人輪廓，亦可內求詞籍如論詞長短句資料，看出作家彼此互動。例如研究周密者，不可忽視西湖吟社社友間，以及周密友人對其作品以詞品評之資料，如吳文英〈踏莎行·敬賦草窗絕妙詞〉、李彭老〈踏莎行·題草窗十擬後〉、〈浣溪沙·題草窗詞〉、李萊老〈青玉案·題草窗詞卷〉、〈清平樂·題草窗詞〉、毛珝〈踏莎行·題草窗詞卷〉、王沂孫〈踏莎行·題草窗詞卷〉、王易簡〈慶宮春·謝草窗惠詞卷〉等。[25]舉李萊老〈青玉案·題草窗詞卷〉一例：

吟情老盡江南句。幾千萬、垂絲縷。花冷絮飛寒食路。漁煙鷗雨，燕昏鶯曉，總入昭華譜。　　紅衣妝靚涼生渚。環碧斜陽

23 〔宋〕張炎：《詞源》，收錄於唐圭璋主編：《詞話叢編》（北京市：中華書局，2005年10月），冊1，頁266。

24 〔清〕永瑢、紀昀等撰：《武英殿本四庫全書總目提要》（臺北市：臺灣商務印書館，1983年10月），冊5，卷199，「《絕妙好詞箋》提要」，頁320。

25 關於宋末元初詞人對周密詞集之相關見解，可詳參王偉勇：〈析論宋末元初詞壇對周密之接受〉，《成大中文學報》第44期（2014年3月），頁130-134。

舊時樹。拈葉分題觴詠處。荀香猶在，庾愁何許，雲冷西湖
賦。[26]

認為周密寫盡對江南之深刻情誼，以「漁煙鷗雨，燕昏鶯曉」說明詞
作主題，多元主題，均被寫入詞譜之中，突顯周密對音樂之敏感度。
下片提及西湖吟社唱和之過程，曾經齊聚分題觴詠，對於當地景致以
詞記憶，存留於周密詞籍中。詞人間彼此唱和，相互評議，於清代屢
見不鮮；宋末諸子酬贈品題，建立地域性詞人群體，在瞭解南宋末年
與周密其人時，係不可忽視之材料。

　　以廣義角度觀之，論詞長短句成於北宋作家懷想詞人之相關作品
中，透過詞人生平經歷，引領出相關詞學議題或詞學史料；以客觀精
確之角度查探，南宋初年，金人王喆悟道後所作〈解佩令・愛看柳
詞，遂成〉一詞，可視為有意識評判詞人、詞體，亦可清楚看出論詞
長短句在南宋初年已有較明確之發展。

二　以詞論詞之成因

　　論詞長短句在宋末元初雖有西湖吟社初建規模，集體品題創作，
然此風氣並無更進一步消長，元、明二朝因詞體式微，作家不以詞作
為主力書寫之體製，對於以詞論詞而言，更無具體開展。有清一代，
詞體復興，詞人間唱和酬詠之作大增，互相以詞題贈，增加品評彼此
作品之機會，因而使「論詞長短句」得到一定數量之成長，其中更具
體之原因，可細分為三端，包括「尊體現象」、「呼應詞集」以及「逞
才炫技」等相關因素，使「論詞長短句」得以於有清一代發展茁壯。

---

26 唐圭璋主編：《全宋詞》，冊4，頁2973。

（一）尊體現象

　　清代詞學自開展以來，莫不側重詞體地位提昇之要務上，發展所謂「尊體」之評論。自〔宋〕蘇軾與李清照，曾明確指出詞體「微詞宛轉，蓋詩之裔」[27]、「別是一家」[28]等說，試圖將詞體地位拉至詩之高度，或言明詞體之獨特性，雖於當時並無極大反響，卻也為後世留下可進步之空間。元、明兩代詞學式微，雖有零星詞論為詞體發聲，仍未成氣候。直迨明末清初「尊體」一說始有進階發展，從雲間詞派為救積弊已久之詞壇發展，開始塑造詞體新可能。以陳子龍（1608-1647）為例，其〈幽蘭草題詞〉指出北宋詞：「元音自成。繁促之中，尚存高渾，斯為最盛也。」[29]以「高渾」旨趣，說明詞體發展應達此境界，並推舉李雯、宋徵輿等人作品均可比肩五代、北宋詞人之作；再觀〈三子詩餘序〉：「夫風騷之旨，皆本言情。言情之作，必託於閨襜之際。代有新聲，而想窮擬議，於是以溫厚之篇，含蓄之旨，未足以寫哀而宣志也。」[30]此論已間接將詞體與《詩經》串連，以詩教「溫柔敦厚」旨意，說明詞體亦能「託寓諷刺」，與詩無異。而陽羨、浙西、常州等詞派無不以尊體為要務，建構理論與實際創作，以提升詞體之地位。以清代前期為例，觀察陽羨詞派對詞體之主張，陳維崧（1625-1685）提出詞可「存經存史」之概念，其〈詞選序〉云：「要之，穴幽出險以屬其思，海涵地負以博其氣，窮神知化以觀

---

27 語出〈祭張子野文〉，見〔宋〕蘇軾撰，傅成、穆儔標點：《蘇軾全集》（上海市：上海古籍出版社，2005年5月），下冊，卷63，頁2021。

28 李清照〈詞論〉見於〔宋〕胡仔：《苕溪漁隱叢話》，收錄於葛渭君編：《詞話叢編補編》，冊1，頁103。

29 〔清〕陳子龍：〈幽蘭草題詞〉，收錄於馮乾輯：《清詞序跋彙編》（南京市：鳳凰出版社，2013年12月），冊1，頁1。

30 〔清〕陳子龍：〈三子詩餘序〉，收錄於馮乾輯：《清詞序跋彙編》，冊1，頁5。

其變，竭才渺慮以會其通，為經為史，曰詩曰詞，閉門造車，諒無異
轍也。……選詞所以存詞，其即所以存經存史也夫？」[31]此序將經、
史、詩、詞並論，總括各類皆文章之一體，並說明各體均以「屬其
思、博其氣、觀其變、會其通」作為組成要件，故地位應係平等，故
言「為經為史，曰詩曰詞」間「諒無異轍」；更申述己意，提出選詞
存詞，切合「存經存史」概念。陳氏於序中舉例云：「〈哀江南〉一
賦，僕射在河北諸書，奴僕《莊》、《騷》，出入《左》、《國》。即前此
史遷、班椽諸史書，未見禮先一飯；而東坡、稼軒諸長調，又駸駸乎
如杜甫之歌行與西京之樂府也。」[32]舉庾信〈哀江南〉、徐陵在河北書
信，及蘇、辛長調為例，認為與《莊子》、〈離騷〉、《左傳》、《國語》、
《史記》、《漢書》、杜甫歌行、西漢樂府，價值略等，足可以文存
史，反映時代面貌。

　　詞壇領袖先後提出相關概念，影響清初詞人試圖以不同方式體現
尊體主張。最常見者，係為他人詞集題序作跋，對象即是詞作，須先
肯定作詞之重要與必要，於是尊體說便漸發酵。除散文形式之序跋、
詞話外，以韻文撰成之論詞絕句與論詞長短句，亦受影響，詞評家連
章創作數首論詞詩詞，保留詞史名家、名作，以及相關評論，亦是陳
維崧所謂「選詞存詞」、「存經存史」之理論實踐。論詞長短句便有焦
袁熹（1661-1736）針對自編詞選為底本，以〈采桑子〉調綜評唐、
宋諸家；而民國初年盧前（1905-1951）亦作百首〈望江南〉評騭有
清以來百位詞家。焦、盧二者均有意識推崇詞體、定位詞家。此外，
論詞體亦散見於詞集詞作，例如仲恒（生卒年不詳）〈滿江紅·同人
辨論詞體，即席分賦〉云：

31　〔清〕陳維崧：〈詞選序〉，收錄於馮乾輯：《清詞序跋彙編》，冊1，頁61-62。
32　〔清〕陳維崧：〈詞選序〉，收錄於馮乾輯：《清詞序跋彙編》，冊1，頁61-62。

愁對秋光，閒檢點、破愁詩卷。還自笑、揶揄鬼市，譏評月
旦。千百載傳真蘊藉，二三子志胡冰炭。按紅牙、字字寄商
聲，隨征雁。　　今與古，誰堪辨。青與白，還相半。任少年
情緒，西園梁苑。郊島不妨寒瘦調，蘇辛翻盡風流案。喚西
風、吹淨碧天雲，明雙眼。[33]

仲恒與尤侗曾讌集品賞文學，論及詞體議題，以填詞形式保留心得。
仲氏認為不論詩詞，均「千百載傳真蘊藉」，詩詞無高下之分，故難以
明辨，宜並駕齊觀。此外，邵玘（1710-1793）〈摸魚兒・連日與海客
講論倚聲，探服家學師傳，真得此中三昧，因填此闋，以誌心折〉云：

怪髯翁、詞源滾滾，風神渾似周柳。止齊步伐精嚴甚，疑自過
庭私授。論人彀。也只在、聲聲字字無遺漏。逼真老手。愛妙
緒紛來，筆花狂舞，著紙墨痕透。　　忘形友。商略從來不
苟。堪稱脫盡窠臼。倚聲莫覷雕蟲技，作者儘饒耆耇。聽雅
奏。慨世態、悠悠音節憑誰究。君應笑否。笑學士微雲，平生
景仰，能事竟烏有。[34]

上片讚許毛大瀛為填詞好手，家學淵源，更將其比附周邦彥與柳永；
下片特意提出勿將填詞視為雕蟲小技，內容承載人情事態，以及音節
掌握考究等細節，亦正面肯定詞體，並有意提升詞之高度。沈起鳳
（1741-1802）〈鷓鴣天〉詞序說明：「詞料必從古樂府出，而後近情

---

33 南京大學中國語言文學系《全清詞》編纂研究室編：《全清詞・順康卷》（北京市：
　　中華書局，2002年5月），冊8，頁4898-4899。

34 張宏生主編，南京大學文學院《全清詞》編纂研究室編：《全清詞・雍乾卷》（南京
　　市：南京大學出版社，2008年5月），冊6，頁3445-3446。

處不同俗豔也，因填此解，示詞社中二三同志。」[35]將起源溯至古樂
府，詞首二句云：「笑倚新聲字字香，一編樂府費迴腸。」以此呼應
詞序，並拉抬詞體地位。再探田中儀（？-1758）〈一翦梅‧抄詞竟書
識〉上片云：「漫云小技不堪論。耳食紛紛。嚴謹誰聞。要知此事足
千秋，共見河流，須覓崑崙。」[36]否定時人提出詞為小道一說，主張
填詞如做詩，均可「足千秋」，同樣肯定詞體之高度；而張玉轂
（1721-1780）〈多麗‧鎔兒新學填詞作此示之〉，採以文為詞方式大
談詞體，其詞云：

> 夫詞者，漢人樂府之遺。李唐時、權輿大白，八叉漸闢町蹊。
> 宋名家、競豪鬭膩，主奴蘇柳兩宗岐。余謂非然，因題隨調，
> 銅琶牙板總相宜。但流弊、須防纖俗，恐議雅音非。金針在，
> 鴛鴦繡處，度者何稀。　　喜兒曹、詩餘學作，間能時吐新
> 奇。笑掀髯、老夫技癢，便將心得指途迷。只是詞人，恒遭天
> 媚，金荃蘭畹怎充飢。反不若、摧燒筆硯，窮病或能醫。傳家
> 學，還從汝好，聲倚無疑。[37]

開宗明義大談「詞」之生成與流變，認為詞係源於漢樂府，與沈起鳳
觀點相同，始於唐代，經宋代諸家創作，呈現多元面貌，故覺「銅琶
牙板總相宜」，不偏於任一風格，更提及因流弊而產生衰敗過程。下

---

35 張宏生主編，南京大學文學院《全清詞》編纂研究室編：《全清詞‧雍乾卷》，冊
　　4，頁2262。

36 張宏生主編，南京大學文學院《全清詞》編纂研究室編：《全清詞‧雍乾卷》，冊
　　7，頁3657。

37 張宏生主編，南京大學文學院《全清詞》編纂研究室編：《全清詞‧雍乾卷》，冊
　　7，頁4037。此詞第三句「權輿大白」〔清〕蔣重光編選：《昭代詞選》（清乾隆三十
　　二年經鉏堂刊本）（卷35，葉28）作「權輿太白」，宜從之。

片說明族人後輩學習填詞，能見佳製，張氏認為填詞家學，得傳承甚好，在在肯定詞體與其地位。

尊體現象在明末清初開始發酵後，更多評論者以詞論詞，呼應詞體如陳維崧所言具「存經存史」功能，有效提升詞之高度，更影響以韻文評論之可看性。故論詞長短句於清代獲得長足發展，數量遠勝前朝，與各家力推「尊體」一事關係最切。

（二）呼應詞集

「論詞長短句」產生條件，部分在於友朋間互相評賞題論，由於作品本身為「詞」，評論者多針對詞集內容直接填詞品論，用相同體製創造所謂「評語」，此現象大量出現於清人詞集互相品題；故許多刊刻成書之作品，在集末會出現當時讀閱後相關評論者之題贈作品。以乾嘉年間詹應甲（1760-1841）為例，整理其詩詞作品於刊刻之前，多會情商親朋好友寔正，部分讀者品賞作品後，撰寫讀後心得，並非以散文形式之序跋寫成，有時為呼應詞集內容，或擇揀詞調，或原詞和韻。內容則就某一主題，或特別有感觸、有特色之議題進行書寫，或撮舉提示詩詞集之重點，成為數闋論詞長短句。詹應甲《賜綺堂集》有〈望江南〉五十首，首闋序曰：「施州為古清江郡，距省二千里外，蠻煙瘴雨。不但之官者視如畏途，即遷客販夫亦望而裹足。自余入山以來，屢易星霜已安之若素矣，而聞者顧以太白流貶之鄉，至比之子厚柳州、東坡儋耳，非篤論也。乃作『清江好』五十章以補邑乘所未備，俾覽者有騫裳相從之志焉。」[38]詹氏有意導正一般對施州之既定印象，故刻意作此組詞，以〈望江南〉詞點出重點，再附加註語解釋當地風土民情。組詞後收錄友人題贈之作，如佟景文〈喜遷

---

38 清代詩文集彙編編纂委員會編：《清代詩文集彙編》（上海市：上海古籍出版社，2010年12月），冊465，頁591。

鶯・奉題湘亭清江詞〉（清江小駐）、彭邦鼎〈百字令・奉題湘亭大清江詞〉（南州風土）、褚上林〈邁陂塘〉（放先生，夜郎城上）[39]等。茲以恩施當地詞人褚上林（生卒年不詳）作〈邁陂塘〉品題〈望江南〉組詞為例，其上片云：「放先生，夜郎城上，謫仙今日重到。攜琴試問山亭月，底事賞音人少。掀髯笑，借山館，秋絃寫出清江好。書成上考。看縣譜新編，蠻雲瘴霧，都付筆花埽。」[40]首數句以〈望江南〉第二首提及李白放逐夜郎途中曾經施州，以此恭維來施州任職之詹氏，言及「謫仙今日重到」，不僅扣合〈望江南〉本詞，亦針對詞人進行評判；更說明「秋絃寫出清江好」，總提詹應甲作組詞五十首，刻劃施州在地人物風情。並以「好」字一語雙關，既言〈望江南〉內容，亦稱讚詹氏作法立意。其餘附於集後之論詞長短句，均係針對詹應甲詞集內〈望江南・清江好〉所作回應。

　　另外部分詞家在詞集中出現「自題詞作」，此現象亦為論詞長短句範疇之一，例如朱彝尊（1629-1709）〈解佩令・自題詞集〉：

> 十年磨劍，五陵結客，把平生、涕淚都飄盡。老去填詞，一半是、空中傳恨。幾曾圍、燕釵蟬鬢。　　不師秦七，不師黃九，倚新聲、玉田差近。落拓江湖，且分付、歌筵紅粉。料封侯、白頭無分。[41]

將填詞心路歷程、師法模仿之選擇，以及風格相近之對應詞人均明白點出。他如邵瑸〈行香子・自題詞集〉、談九敘〈穆護沙・自題詞草〉、焦袁熹〈鵲橋仙・自題直寄詞二首〉、舒夢蘭〈滿江紅・自題詞

---

39 清代詩文集彙編編纂委員會編：《清代詩文集彙編》，冊465，頁595-597。
40 清代詩文集彙編編纂委員會編：《清代詩文集彙編》，冊465，頁596。
41 南京大學中國語言文學系《全清詞》編纂研究室編：《全清詞・順康卷》，冊9，頁5280。

集〉等，均為己作以詞品題，闡述創作動機與填詞心得。故友朋或後人時而藉詞集內部「論詞長短句」進行再創作，如錢孫鍾（生卒年不詳）〈解佩令・讀《靜志居琴趣》，即用其自題詞集韻〉詞，和朱彝尊〈解佩令・自題詞集〉韻，撰詞品評。不僅從朱詞中選調題論，更特意選取集內「自題詞作」之論詞長短句進行創作；一方面步趨前輩詞評作品，二方面可讓人聚焦於兩者以詞論詞之觀點闡述，均切合詞集本身發揮。對前代作家作品亦然，方成培（1731-1789）作八首〈卜算子〉，和姜夔原韻，第七首明確評賞姜夔詞云：

> 竹逕帶香行，石澗流春咽。到處梅花一樣春，我看春尤別。
> 白石古仙人，琢句如花潔。妙絕青鬚碧蘚詞，只有花能
> 說。[42]

此詞所用詞韻，出自姜夔〈卜算子〉：

> 象筆帶香題，龍笛吟春咽。楊柳嬌癡未覺愁，花管人離別。
> 路出古昌源，石瘦冰霜潔。折得青鬚碧蘚花，持向人間
> 說。[43]

表象雖為和韻詞，實則在品評姜夔〈卜算子〉，下片讚美「妙絕青鬚碧蘚詞，只有花能說」，更呼應原作「折得青鬚碧蘚花，持向人間說」而來。

以詞品詞雖較不如詞集序跋具系統與理論性，卻更能深入作者詞

---

42 張宏生主編，南京大學文學院《全清詞》編纂研究室編：《全清詞・雍乾卷》，冊3，頁1722。

43 唐圭璋主編：《全宋詞》，冊3，頁2186。

心，用相同體製，信手拈來、隨筆記敘方式，寫出有關詞人、詞作之內容風格、主題特色，以及相關評價。「呼應詞集」之成因，也直接影響詞評家對「論詞長短句」內容操作之選擇傾向，此點可互見本章第二節。

（三）逞才炫技

　　清代除地域性詞人互相結識，集眾成派，更出現家族成員均有創作，各自揮灑，並觀摩較勁，唱和題詠，於各家詞集中經常出現此類作品。部分詞評家進行品論之過程，有刻意炫技，欲較高下之意味。如王金英（1723-？）〈七孃子‧題蔣清容《聽秋詞》後，倒用張秀才吟蘚韻〉兩首，為蔣士銓《聽秋詞》品題，刻意倒用張塤詞韻，有意與兩人較勁。蔣士銓與張塤齊名詞壇，亦相友好。張塤曾作〈七孃子‧臥心餘舟中書其《聽秋詞》後〉寫讀詞心得：

> 孤篷夜語渾如夢。離奇駿馬無鞍控。殘月一天，清笳三哢。臣之壯也非無用。　　無端十斛珍珠涌。血痕迸出烏絲縫。傀儡場頭，為誰搬弄。主持風雅休從眾。（之一）
> 江南風味金釵秀。閨中我有幽閒婦。君到家鄉，擁鑪斗酒。一心憐取文君瘦。　　卷中答家人、書家信後、舟次感成諸詞皆嗚咽不勝　　盡忠盡孝關情厚。綱常名教相廝守。書卷煙雲，文章敝帚。他年青史題名某。（之二）[44]

寄託舟中讀蔣詞之感慨，除論及詞情感人外，也讚美蔣氏人格完美，洵令後世景仰。而王金英二詞則以張塤〈七孃子〉原韻，倒序其韻腳

---

[44] 張宏生主編，南京大學文學院《全清詞》編纂研究室編：《全清詞‧雍乾卷》，冊9，頁4901。

寫成，詞云：

> 填詞翻譜蜂窠眾。瑟琴調作箏琶弄。水乳能濃，天衣無縫。於君方見文瀾湧。　　空言畢竟知何用。好音人比幽禽哢。畫艇蒲帆，華駒絲鞚。山山水水搖孤夢。
>
> 欣看卷尾名題某。掃人巨筆都如箒。紅燭分題，篷窗相守。才人自古情同厚。　　我生只為多情瘦。豪時欲變淮為酒。卻笑於今，閉藏如婦。憑渠獨作江東秀。[45]

運用張塤評蔣士銓之論詞長短句，於評論對象、採用詞調皆相同，又倒和其韻，頗有遊戲諧謔意味，亦可見與張、蔣互別苗頭，以此組詞展現自我才情。

另一現象為詞人刻意填詞作論，表現駕馭詞體之能力，例如王昶（1725-1806）字德甫，號述庵，又號蘭泉，江蘇青浦（今屬上海市）人。王氏論詞宗尚浙西，上繼朱彝尊、厲鶚，為清代中期浙派著名詞家。晚年主持婁東、敷文等書院，曾剖析當代詞壇現況，作〈大聖樂〉，詞序載：「家存素留寓楓橋，已經匝歲。翰墨之餘，與其子蓼庵兼修梵行。日來小住青瑤池館，因言婁水百餘年詞學，鹿樵生體綜北宋，未極幽妍，至小山、漢舒、今培、冏懷、素威、穎山出，乃能上繼浙西六子。同時作者，武林則樊榭、授衣，廣林則漁川、橙里，陽羨則淡存及位存兄弟，檇李則南薌、春橋、穀原，吳中則企晉、湘雲、策時、升之，共二十餘家。各擅其工，即南宋未有其盛也。眾以為快論。微吟薄醉之餘，填此記之。」[46]敘及與王愫（存素）論及當

---

45 張宏生主編，南京大學文學院《全清詞》編纂研究室編：《全清詞‧雍乾卷》，冊2，頁1119。

46 張宏生主編，南京大學文學院《全清詞》編纂研究室編：《全清詞‧雍乾卷》，冊2，頁1170-1171。

代詞學已有百年之久，較諸宋朝，詞壇才俊輩出，詞壇發展狀況亦蓬
勃興盛，更列舉當時名家，各有評點，下錄其詞云：

> 水榭吟鷗，山齋簇蝶，尋春此住。喜連朝、側帽同來，搨畫譚
> 禪不厭，臨風絮語。見說倚聲姜張後，逮秋錦、茶煙皆妙緒。
> 今何許。是一曲婁江，重新樂府。　　　烏衣無限佳侶。　　謂
> 《小山》、《滓虛》、《香雪》、《別花》四詞　況論到曇花猶共詡。盡東
> 吳西楚。舞裙歌扇，留傳法部。蘭舫半帆，溪湖近試，按拍飛
> 觴同證取。憑君數付麻沙，並傳千古。[47]

讚美小山詞社成員為詞壇菁英，姜、張而下，歷經朱彝尊、李良年等
人於詞壇鳴放，又有王時翔、王策等小山詞社成員紹述北宋詞，步趨
鹿樵生、吳偉業諸人，為百年詞壇樹立一脈。此一觀點，可與〔清〕
謝章鋌（1820-1903）《賭棋山莊詞話》卷十一「小山詞社」條所載互
見，所謂：「雍正乾隆間，詞學奉樊榭為赤幟，家白石而戶梅溪矣。
惟王小山太守（時翔）及其侄漢舒秀才（策）獨倡溫、李、晏、秦之
學，其時和之者，顧玉停行人（陳堦）、毛鶴汀博士（健）、徐岡懷秀
才（庾），又有素威（輅）、穎山（嵩）、存素（愫）三秀才，皆王門
一姓之俊。笙磬同音，塤篪迭奏，欲語差雷同，誠所謂豪傑之士矣。
太倉自吳祭酒而後，風雅於茲再盛。」[48]兩人所載資訊近同，又可互
為補充。

　　尚有「同題共構」現象，亦增加詞人間填詞品論，一較高下之機

---

47 張宏生主編，南京大學文學院《全清詞》編纂研究室編：《全清詞・雍乾卷》，冊
　　2，頁1170-1171。

48 〔清〕謝章鋌：《賭棋山莊詞話》，收錄於唐圭璋主編：《詞話叢編》，冊4，頁
　　3458。

會。所謂「同題」，係指陳維崧「填詞圖」，此畫一出，百年間不少文
人透過詩或詞進行品題，留下數量頗豐之「填詞圖」詩詞。因就同樣
畫作品題，各家無不發揮所長，填製不同詞調之題畫詞。清代目前可
見最早品題「陳維崧填詞圖」者，為徐咸清（？-1690）所作，其
〈菩薩蠻·題陳迦陵填詞圖〉云：

> 長卿文賦江郎筆。詞鴻一瀉洮湖碧。筆底燦朝霞。爭如解語花。
> 還將明玉管。描出春山遠。曲曲播新聲。春風滿洛城。[49]

作品受限小令體製，撰寫內容主要聚焦於陳維崧才情絕代。上片以司
馬相如、江淹，比附詞才；下片帶出題畫主旨，簡易描述畫中內容。
而吳旻（1611-1695）則著重於畫作構圖上描寫，〈人月圓·題陳其年
填詞圖〉云：

> 薛娘牋紙湘娥管，狼藉畫眉餘。紅牙待按，詞成猶未，莫更徐
> 徐。　　箇人畫裏，喚來曾應，羨煞髯奴。愁深夢淺，瓊簫吹
> 徹，彩鳳來無。[50]

---

49 南京大學中國語言文學系《全清詞》編纂研究室編：《全清詞·順康卷》，冊1，頁
　237。徐咸清〈菩薩蠻〉題畫詞於《全清詞補編》保留另一版本，錄原詞如下：〈子
　夜歌·題迦陵先生填詞圖〉：「西園才子心如玉。花間譜就相思曲。曲曲播新聲。吹
　來未睹名。　　還將明玉管。描出春山遠。欲識曲中情。祗看畫上人。」兩詞比較
　可識得修改痕跡，然孰先孰後，則有待進一步釐清。見張宏生主編：《全清詞·順
　康卷補編》（南京市：南京大學出版社，2008年5月），冊1，頁155。

50 南京大學中國語言文學系《全清詞》編纂研究室編：《全清詞·順康卷》，冊2，頁
　705。此詞亦於《補編》可見得同一詞調內容相近作品，〈青衫濕·題迦陵先生填詞
　圖〉云：「薛孃川紙湘娥管，珍惜裏輕裾。來催好句，詩餘就也，恰對人餘。　　畫
　裏真真，喚來曾應，爭奈長塗。愁明夢暗，手書寄也，難寄心書。」見張宏生主
　編：《全清詞·順康卷補編》，冊1，頁244。

畫作雖為靜態，吳氏卻將此畫當時進行過程，透過詞體重現：陳維崧
正屬筆填作，另一旁則有徐紫雲相伴，待詞成高歌，與徐咸清所作角
度略異。高詠（1622-？）則以長調撰成，見〈桂枝香・題迦陵先生
填詞圖〉：

> 天教付與。此妙手髯翁，評品宮羽。疑是蘇家老子，朝雲為
> 侶。偏能道、曉風殘月，大江東、竟成虛語。紫簫初弄，紅牙
> 再按，豔情如許。　　卻只恐、玉堂催取。苦上馬匆匆，誰更
> 延佇。三尺烏絲，寫未了、花間譜。揮毫又進清平調，使當
> 年、若應詞舉。定圖袍笏，凌煙閣上，風流同父。[51]

焦點仍關注於陳維崧才氣縱橫上。以蘇軾與朝雲形象指涉畫中人物，
比附陳氏與東坡同樣風流絕倫，再以天才詩人李白撰寫〈清平調〉一
事，說明以陳氏才華，定能披持袍笏，名存凌煙閣。至雍乾年間，各
詞家競以紀念角度，緬懷前輩詞人之風貌。如史承謙（1707-1756）
作〈點絳唇・題迦陵先生填詞圖〉云：

> 玉貌亭亭，當年待詔趨金馬。凌雲聲價。顧曲周郎亞。　　為
> 問詞人，誰似先生者。烏絲寫。粉沾紅藉。千載留圖畫。[52]

詞中以周瑜比況陳維崧，說明陳氏具頗深之音樂造詣；下片更將陳氏
推至經典，「千載留圖畫」而名留千古者，僅有陳維崧一人。
　　不同時期作家，透過不同詞調，題詠相同議題，各自選擇某一角

---

51 張宏生主編：《全清詞・順康卷補編》，冊1，頁509-510。
52 張宏生主編，南京大學文學院《全清詞》編纂研究室編：《全清詞・雍乾卷》，冊
　6，頁3296-3297。

度進行描摹撰寫，對「陳維崧填詞圖」展開多元詮釋，也促使雍乾年間相繼出現更多「填詞圖」與「題畫詞」。

第二節　論詞長短句之外在特徵

　　清代為詞學批評高峰期，批評文體樣式前承歷朝，亦累積諸多樣貌。以韻文形式表達詞學思想，或進行詞學批評，是清代常見模式；其中，又以論詞絕句最為突出，數量最夥。至於論詞長短句於體製上與絕句不同，字數少則二十七字〈望江南〉，如李懿曾（1755-1807）〈望江南〉之三十四云：

> 通州好，名士國朝初。紅豆詞人陳散木，白頭詩老邵潛夫。大雅倩伊扶。[53]

論詞長短句最常用之詞調之一即〈望江南〉，晚清、民國如朱祖謀與盧前均不約而同使用該調評論當代詞人，盧前甚至製作宛如詞史之百首〈望江南〉，使該調於論詞長短句群作中更顯特出。此一體製用以評論，顯然受〔唐〕白居易影響。白居易喜愛江南，以〈憶江南〉調聯章紀錄，其創作以總提分論手法，敘述江南景致：「江南好，風景舊曾諳。日出江花紅勝火，春來江水綠如藍。能不憶江南。」[54]首二句總提江南之「好」，再以三、四句分論記錄值得人遊賞之處，末句給予結論。如此結構深得詞評家喜好，故愛用此調進行評論。晚唐亦有

---

53 張宏生主編，南京大學文學院《全清詞》編纂研究室編：《全清詞・雍乾卷》，冊13，頁7599-7600。

54 曾昭岷、曹濟平、王兆鵬、劉尊明編：《全唐五代詞》（北京市：中華書局，1999年12月），上冊，頁72。

易靜製〈兵要望江南〉七百餘首，同樣以總提分論方式，紀錄兵事要點，如「賞與罰，須是要均平。不可循私行喜怒，稍偏親舊失軍情，否則禍災生。」[55]首句舉出要目，下數句則扣題敘述，其餘模式幾同。

　　至於宋代，有戴復古（1167-1248）與宋自遜相互唱和所得之〈望江南‧壺山宋謙父寄新刊雅詞，內有壺山好三十闋，自說平生。僕謂猶有說未盡處，為續四曲〉，其中戴氏一首論及宋謙父文字創作，詞云：

> 壺山好，文字滿胸中。詩律變成長慶體，歌詞漸有稼軒風。最會說窮通。　　中年後，雖老未成翁。兒大相傳書種在，客來不放酒尊空。相對醉顏紅。[56]

壺山為宋自遜號，戴復古賡續宋氏三十首〈望江南〉作品，將宋氏在創作表現上以具體比附方式說明，由內容亦可觀察模仿白居易之痕跡。而李懿曾〈望江南〉仍承繼此寫作手法，認為通州有兩位值得提及之當朝文人，即陳世祥（生卒年不詳）、邵潛（1581-1665）。陳氏字善百，號散木，有《含影詞》與《衍波》、《延露》齊名。邵氏字潛夫，號五嶽外臣，有《眉如草》。李懿曾認為詩詞雅道可經由渠輩繼承扶持。用如此精簡文字討論，正如論詞絕句之原理一般。

　　在緒論曾說明「論詞長短句」常取中長調詞調進行填製，故長篇鉅著不少，如詞調可承載最多文字之〈鶯啼序〉，凡二百四十字，杜詔（1666-1736）因校刊《詞譜》（即《康熙詞譜》）事竣，欲紀念此事，特選〈鶯啼序〉作為之抒發情志，詞云：

---

55 曾昭岷、曹濟平、王兆鵬、劉尊明編：《全唐五代詞》，上冊，頁194。

56 唐圭璋主編：《全宋詞》，冊4，頁2309。

承恩自分玉局，幾緟書削稿。按簫譜、零落無存，玉田時已無
效。　　張玉田詞注：舊譜零落，不能倚聲歌也。　　問誰是、屯田石
帚，尋宮數調何曾曉。謾勞心，書恰垂成，乞身歸早。
　　　　載向江南，剞劂鎮待，倩雕鏤匠巧。古夔近、一欋相過，
有人還共分校。　　謂王愚千、毛用雨。　　昳西田、林花尚滿，啟
東閣、賓朋應少。記當初，檀板紅牙，拂塵歌好。　　休尋往
事，且喜今朝，校讎事乍了。正鄭重、更加裝潢，　　潢，去
聲。《唐六典》有裝潢匠，作平聲讀者誤。　　裹上黃綾，齰座呈
來，御爐香繞。先生著意，意同袒傳語，　　宮詹與諸同館，趣余
入都。　　吹噓直可乘風便，忍回頭、九十親年老。翻思客邸，
多年遠隔晨昏，白雲目斷縹緲。　　天涯遊子，淚漬征衫，劇
自傷潦倒。念衣被、恩華重疊，欲去何心，為戀蓬廬，便離蓬
島。迢迢卻望，瓊樓高處，吹笙緱嶺王子晉，領群仙、高唱凌
雲表。應憐塵夢孤牽，暗寫烏絲，倚聲懊惱。[57]

〈望江南〉與〈鶯啼序〉兩詞相比，後者比前者多出十倍文字，規模
差異甚大。詞評家如何設計評論觀點、話語於其中，值得釐清深究。
又因詞以載情為主，東坡以降賦予議論，稼軒進而以文為詞，提供門
徑，令填詞者驅使體製，以詞議論。故有〔南宋〕劉克莊等人嘗試以
詞論詞，雖此風不盛行於當世，仍留存一脈，供人觀覽模仿。觀察千
餘首清代「論詞長短句」，可發現詞體本為寄心載情，書內心幽渺之
思，「論詞長短句」若用以批評，其性質如何與詞體本質取得協調？
又「論詞長短句」是文學批評，文學批評之過程係一種審美活動，故
批評寫作必須具有審美特徵，此種特徵如何展現對於情趣美之闡發幽

---

57 南京大學中國語言文學系《全清詞》編纂研究室編：《全清詞·順康卷》，冊19，頁
　　11179。

微、詩情體製之理性分析，以及深微動人之語言情趣，或滔滔論述之
辯證氣勢？以上所論使用技巧與審美特徵，本節將進一步討論。

一　論詞長短句之常用技巧

綜觀清代「論詞長短句」，可歸納其具體使用技巧，常見者包
含：（一）摘句化用，標舉詞風；（二）喜談本事，突顯議題；（三）
比附名人，類聚歸派；（四）舉事顯人，知人論世；（五）擇調和韻，
譽咎褒貶；（六）題序考證，以詞懷人。此六種操作模式，普遍存在
千餘首「論詞長短句」中，茲逐一舉例說明如次：

（一）摘句化用，標舉詞風

「摘句」為韻文式批評最常見之操作模式，利用經典詩句、詞
句，以彰顯該作家特色，尤其可提點作家風格。以論及李煜詞為例，
有焦袁熹、盛本柟、余光耿與吳鎮四人，分別摘舉〈虞美人〉（春花
秋月何時了）、〈菩薩蠻〉（花明月暗飛輕霧）、〈采桑子〉（轆轤金井梧
桐晚）、〈臨江仙〉（櫻桃落盡春歸去）與〈烏夜啼〉（林花謝了春紅）
等詞之名句，尤以〈虞美人〉一闋最常被化用。其詞云：

> 春花秋月何時了。往事知多少。小樓昨夜又東風。故國不堪回
> 首月明中。　　　雕闌玉砌應猶在。只是朱顏改。問君能有幾多
> 愁。恰似一江春水向東流。[58]

諸評論者恆摘用「小樓昨夜又東風」句，指涉李煜「故國不堪回首」

---

58 曾昭岷、曹濟平、王兆鵬、劉尊明編：《全唐五代詞》，上冊，頁741。「雕闌玉砌應
　猶在」一作「雕闌玉砌依然在」。

心情。例如焦袁熹〈采桑子‧南唐後主〉云：

> 小樓昨夜東風動，杜宇啼春。哀苦難聞。怎奈官家未了身。
>
> 　陳家叔寶劉家禪，狐兔荊榛。懵懂因循。傲煞玲瓏七竅
> 人。[59]

首句即化用〈虞美人〉詞，一方面點出詞人背景，另一方面亦間接襯
出李煜詞風，故言哀苦難聞。吳鎮（1721-1797）所作〈虞美人‧書
李後主詞後〉云：

> 汴雲遮斷江南路。淒惋成佳句。小樓憐爾又東風。何似愁多愁
> 少、任愁空。　　此間無復歸朝樂。但有牽機藥。好還天道故
> 遲遲。卻在燕山亭上、杏花時。[60]

亦以〈虞美人〉詞句說明遭遇，更提點詞人風格。再以論秦觀之作品
為例，如宋琬（1614-1673）〈念奴嬌‧高郵懷秦少游〉上片云：「武安
湖畔，問當日秦七，遺踪何處。水齧城根葭葦亂，鵝鴨紛紛無數。詞
客云亡，無人解道，山抹微雲句。停橈沽酒，一樽欲酹君墓。」[61]以
秦觀〈滿庭芳〉首句「山抹微雲」說明秦詞風格，東坡亦曾直引是句
譏諷秦觀，見〔宋〕葉夢得《避暑錄話》云：

---

59 〔清〕焦袁熹：《此木軒直寄詞》三卷附舊作一卷，《此木軒全集》（上海市：上海
　圖書館古籍室所藏鈔本），未編頁碼。

60 張宏生主編，南京大學文學院《全清詞》編纂研究室編：《全清詞‧雍乾卷》，冊
　2，頁1104。

61 南京大學中國語言文學系《全清詞》編纂研究室編：《全清詞‧順康卷》，冊2，頁
　907。

蘇子瞻於四學士中最善少游，故他文未嘗不極口稱善，豈特樂
府？然猶以氣格為病，故常戲云：「山抹微雲秦學士，露花倒
影柳屯田。」[62]

可見蘇軾亦認為秦詞以氣格為病，故「山抹微雲」成為秦觀代名詞。
又見李繼燕（生卒年不詳）〈南歌子・雷陽旅舍弔秦少游〉下片云：
「小苑東樓玉，三星枕畔痕。淒涼舊曲算誰聞。只有青山無數，抹微
雲。」[63]末二句亦是化用「山抹微雲」代指秦觀作品；盛本枏（生卒
年不詳）〈鷓鴣天・秦少游〉上片亦見化用：「才調還應擬謫仙。不從
御座徹金蓮。可憐衰草微雲句，只在歌樓舞樹間。」[64]第三句正係從
〈滿庭芳〉首句得來，並代指其風格。他如徐志鼎（1745-1799）〈踏
莎行・題胡鶴巢詞後〉上片云：「淮海微雲，屯田殘月。一般秀句從
頭說。別裁繡譜鬮鴛鴦，知君更饒腸冰雪。」[65]首二句引秦觀〈滿庭
芳〉「山抹微雲」句，柳永〈雨霖鈴〉「楊柳岸、曉風殘月」句，亦是
摘句化用方式之一。

（二）喜談本事，突顯議題

　　存留於筆記小說關於詞人之特殊事件，常為評論家所談及，例如
女詞人李清照最常因「改嫁」事件，吸引後世引事評論，「論詞絕
句」已有不少涉及，如陳文述（1771-1843）〈題查伯葵撰李易安論

---

62 〔宋〕葉夢得撰，徐時儀校點：《避暑錄話》，收錄於《宋元筆記小說大觀》（上海
　　市：上海古籍出版社，2001年12月），冊3，卷3，頁2629。

63 南京大學中國語言文學系《全清詞》編纂研究室編：《全清詞・順康卷》，冊17，頁
　　9721。

64 南京大學中國語言文學系《全清詞》編纂研究室編：《全清詞・順康卷》，冊19，頁
　　10971。

65 張宏生主編，南京大學文學院《全清詞》編纂研究室編：《全清詞・雍乾卷》，冊
　　4，頁2121。

後〉之一云：

> 談孃善訴語何誣，卓女琴心事本無；賴有琵琶查八十，清商一
> 曲慰羅敷。[66]

詩前小序云：「李清照再適之說，向竊疑之。宋人雖不諱再嫁，然考
敘《金石錄》時，年已五十有餘，《雲麓漫抄》所載〈投綦處厚啟〉，
殆好事者為之，蓋宋人小說往往污蔑賢者，如《四朝聞見錄》之於朱
子、《東軒筆錄》之於歐公，比比皆是。嘗欲製一文以雪其誣，苦未
得暇，今讀伯葵所作，可謂先得我心，因題二絕以當跋語。舊有題
《漱玉集》四詩，因併載焉。」陳氏認為改嫁一說係筆記小說誣妄，
然清人態度是否盡如此，答案並非一致，如黃永（1621-1693）〈菩薩
蠻・讀漱玉詞〉云：

> 易安居士偏瀟灑。片言落紙真無價。應是謫僊人。青蓮認後身。
> 可憐還再嫁。未了塵緣債。衣上舊茶痕。看來莫斷魂。[67]

對李清照給予高度評價，以其為李白轉世，故文采粲然如之；下片轉
寫同情改嫁一事，惟未進一步釐清改嫁真相。李清照改嫁，事見載於
〔宋〕王灼《碧雞漫志》：「趙死，再嫁某氏，訟而離之，晚節流蕩無
歸。」[68]胡仔《苕溪漁隱叢話》提出再嫁對象為張汝舟，是書載：「易

---

66 王偉勇編：《清代論詞絕句初編》（臺北市：里仁書局，2010年9月），頁166-167。

67 南京大學中國語言文學系《全清詞》編纂研究室編：《全清詞・順康卷》，冊5，頁
2849。

68 〔宋〕王灼：《碧雞漫志》，收錄於唐圭璋主編：《詞話叢編》（北京市：中華書局，
2005年10月），冊1，頁88。

安再適張汝舟，未幾反目，有啟事與綦處厚云：『猥以桑榆之晚景，
配茲駔儈之下材。』傳者無不笑之。」[69]李心傳《建炎以來繫年要
錄》亦有類似說法：「右承奉郎、監諸軍審計司張汝舟屬吏，以汝舟
妻李氏訟其妄增舉數入官也。其後有司當汝舟私罪徒，詔除名，柳州
編管。（十月己酉行遣），李氏，格非女，能為歌詞，自號易安居
士。」[70]詞評家未對文獻進一步釐清，採相信文獻紀錄，並表達其看
法。雍乾年間保培基（1693-？）〈哨遍・漱玉詞〉上片直指：「降志
辱身，變節敗名，清照哀哉悞。憶歸來，堂上樂何如，指縹緗，討論
參互。豈區區，能吟綠肥紅瘦，詩文揮灑才華露。當別弄簫聲，再牽
絲尾，全不監觀今古。問一枝連理爭生圖。笑兩字鴛鴦不解書。廿載
鍾情，一時乘興，其如德甫。」[71]開宗明義便指稱「辱身」、「變節」，
認定有改嫁事實，既不肯定其人格，亦影響論詞觀點。針對李清照改
嫁議題，較特別處在於，以「論詞絕句」進行批評者，多持改嫁為誣
妄看法，王偉勇〈清代論詞絕句之整理、研究及其價值〉一文提出：
「從上舉[72]論詞絕句涉及李清照改嫁之問題，可見眾口一致，均以為

---

69 〔宋〕胡仔：《苕溪漁隱叢話》，收錄於葛渭君編：《詞話叢編補編》（北京市：中華
　　書局，2013年3月），冊1，頁81。
70 〔宋〕李心傳：《建炎以來繫年要錄》（北京市：中華書局，1988年4月），冊2，卷
　　58，頁1003。
71 張宏生主編，南京大學文學院《全清詞》編纂研究室編：《全清詞・雍乾卷》，冊
　　1，頁404。
72 文中所舉例作品如下：陳文述〈題查伯葵撰李易安論後〉之一云：「談孃善訴語何
　　誣，卓女琴心事本無；賴有琵琶查八十，清商一曲慰羅敷。」華長卿〈論詞絕句〉
　　之三十二云：「任他謠諑嫁時身，巾幗叢中第一人；魯國男兒爭下拜，瓣香供奉滿
　　花神。」李葆恂〈題漱玉詞〉之三云：「白璧青蠅讕語疑，誰將史筆著冤詞；俞君
　　事輯王郎刻，應感芳魂地下知。」王志修〈題漱玉詞〉之二云：「衣冠南渡已無
　　家，鐘鼎圖書載幾車；畢竟不須疑晚節，西風人自比黃花。」木石居士〈名媛詞選
　　題辭十首〉之三云：「尋尋覓覓冷清清，好句天然妙手成；解作黃花簾捲語，傲霜
　　詎負歲寒盟。」見王偉勇編：《清代論詞絕句初編》，頁40。

係誣妄之事。除陳文述、方熊於絕句後，另附注辨疑外；木石居士亦附注云：『易安天才，後人未易仿效，〈聲聲慢〉一闋，尤為千古絕唱。至於改嫁之誣，昔賢已有辨之者。』皆為李清照抱屈也。」[73]相關評論均持相同看法；反觀以「論詞長短句」評論李清照改嫁事者，多贊同過去文獻所載情事為真，並提出同情或批判。

至論李煜故事，則以引用「牽機藥」毒殺李煜最為常見，如吳鎮〈虞美人・書李後主詞後〉下片云：「此間無復歸朝樂。但有牽機藥。好還天道故遲遲。卻在燕山亭上、杏花時。」[74]李煜北歸囚於汴京，封違命侯，受盡屈辱，時藉填詞解消內心愁苦，卻引發宋主不悅，據〔宋〕王銍《默記》載：

> 徐鉉歸朝，為左散騎常侍，遷給事中。太宗一日問：「曾見李煜否？」鉉對以：「臣安敢私見之！」上曰：「卿第往，但言朕令卿往相見可矣。」鉉遂徑往其居，望門下馬，但一老卒守門。徐言：「願見太尉。」卒言：「有旨不得與人接，豈可見也！」鉉云：「我乃奉旨來見。」老卒往報，徐入立庭下久之。老卒遂入取舊椅子相對。鉉遙望見，謂卒曰：「但正衙一椅足矣。」頃間，李主紗帽道服而出。鉉方拜，而李主遽下階引其手以上。鉉告辭賓主之禮，主曰：「今日豈有此禮？」徐引椅少偏乃敢坐。後主相持大哭，及坐默不言。忽長吁歎曰：「當時悔殺了潘佑、李平。」鉉既去，乃有旨再對，詢後主何言。鉉不敢隱，遂有秦王賜牽機藥之事。牽機藥者，服之前卻數十回，頭足相就如牽機狀也。又後主在賜第，因七夕命故妓

---

73 王偉勇編：《清代論詞絕句初編》，頁40-41。
74 張宏生主編，南京大學文學院《全清詞》編纂研究室編：《全清詞・雍乾卷》，冊2，頁1104。

作樂，聲聞於外，太宗聞之大怒；又傳「小樓昨夜又東風」及「一江春水向東流」之句，並坐之，遂被禍云。[75]

吳詞以李煜被賜牽機毒藥就死，點出果報相因說；並將李煜遭遇與宋室靖康之亂連結，故言「好還天道故遲遲。卻在燕山亭上、杏花時。」用宋徽宗所寫〈燕山亭〉詠杏，指涉徽宗北擄處境，正如李煜成為違命侯一般。

　　又張九鉞（1721-1803）提及李煜移植麝囊花一事，其〈滿庭芳·南唐李後主祠在圓通寺中僧像〉下片云：「心經曾寫，賜珠龕施佛，爭說宮娃。也黃繇茶褐，證果毘耶。南望蓮峰何處，飄紅淚、不到天涯。蓬萊紫，縱教移去，猶問麝囊花。」[76]詞下自註：「後主自號廬隱，又號蓮峰居士，曾寫《心經》一部賜喬宮人。汴邸薨後，喬以經施佛，終於尼。見王胵（此處應作銍）《默記》。麝囊花出廬山，後主移種金陵含風殿，名蓬萊紫。」李煜因喜愛麝囊花，而將花移植宮中，並更名「蓬萊紫」。此等雅事，張九鉞化為故實填入詞作，並以麝囊花比況李煜，用草木移植與人物北遷聯繫，說明雖處境改變，仍心存故國。以上均為以本事故實突顯詞人與相關議題之例證。

（三）比附名人，歸派類聚

　　鍾嶸《詩品》撰寫特色之一，係對各家作品，指出源於某人或某體。如稱王粲詩：「其源出於李陵」、潘岳詩：「其源出於仲宣」、陶淵

75　〔宋〕王銍撰，朱杰人點校：《默記》（北京市：中華書局，1997年12月），卷上，頁4。

76　張宏生主編，南京大學文學院《全清詞》編纂研究室編：《全清詞·雍乾卷》，冊7，頁4114。

明詩：「其源出於應璩，又協左思風力」。[77]此類源頭說，便係「比附名人，類聚歸派」之先驅。聚焦詞體，最常出現以唐詩人比附宋詞人之現象，較廣為人知者，如王國維《人間詞話》載：

> 以宋詞比唐詩，則東坡似太白，歐、秦似摩詰、耆卿似樂天，方回、叔原則大曆十子之流，南宋惟一稼軒可比昌黎。而詞中老杜，則非先生（周邦彥）不可。[78]

詩聖杜甫對近體詩格律有更精進之貢獻，王國維以此角度評價周邦彥詞；早在周濟《宋四家詞選序論》便奉周邦彥為「集大成者」，均站在對詞體發展貢獻言。又如李白為唐代詩人地位超然者，評者若有意推舉某詞家才華洋溢，便將李白提出比附，例如：田同之（1677-約1751）〈花發沁園春·黃樓弔蘇文忠〉上片云：「泗水鱗鱗，楚山鬱鬱，黃樓十丈如舊。當年水鎮，高築城頭，巍煥勢連杓斗。三人佳會，乘月夜、輕舸行酒，嘆此樂、三百年來，青蓮之後無有。」[79]後三句引用蘇軾〈百步洪二首并序〉云：「王定國訪余於彭城，一日棹小舟，與顏長道……，吹笛飲酒，乘月而歸。余時以事不得往，夜著羽衣，佇立於黃樓上，相視而笑。以為李太白死，世間無此樂三百餘年矣。」[80]東坡自喻與前代才子之繼承性，田氏此處所云「青蓮之後無有」，亦肯定東坡可與太白之曠放才性相比。

又如盛本柟（生卒年不詳）〈鷓鴣天·秦少游〉上片提出己見：

---

77 〔南朝梁〕鍾嶸撰，陳廷傑注：《詩品》（北京市：人民文學出版社，1980年2月），頁22、26、41。

78 王國維：《人間詞話》，收錄於唐圭璋主編：《詞話叢編》，冊5，頁4271。

79 張宏生主編：《全清詞·順康卷補編》（南京市：南京大學出版社，2008年5月），冊1，頁99。

80 〔宋〕蘇軾撰，傅成、穆儔標點：《蘇軾全集》，上冊，卷17，頁209。

「才調還應擬謫仙。不從御座徹金蓮。可憐衰草微雲句，只在歌樓舞
榭間。」黃永〈菩薩蠻‧讀漱玉詞〉上片云：「易安居士偏瀟灑。片
言落紙真無價。應是謫僊人。青蓮認後身。」[81]此二人亦將所評秦
觀、李清照比附李白，以顯彼才高非凡。清人評當代詞家亦常用唐、
宋詞人進行比附，例如朱彝尊（1629-1709）〈邁陂塘‧題其年填詞
圖〉上片云：「擅詞場、飛揚跋扈，前身可是青兕。風煙一壑家陽
羨，最好竹山鄉里。携硯几。坐罨畫漢陰，裊裊珠藤翠。人生快意。
但紫筍烹泉，銀箏侑酒，外緣總閒事。」[82]針對陳維崧填詞圖寫下描
摹畫境之題畫詞，將陳氏與辛棄疾並論，以「前身可是青兕」句比
附。此語出自《宋史》〈辛棄疾傳〉載義端所言曰：「我識君真相，乃
青兕也，力能殺人，幸勿殺我。」[83]用佛教輪迴說將二人合一，說明
辛、陳詞風相近。朱氏喜用比附前代詞家之法，如其〈一翦梅‧題汪
季用舍人錦瑟詞〉，上片亦云：「錦瑟新詞鳳閣成。贏得才名。不減詩
名。風流異代許誰并。是柳耆卿。是史邦卿。」[84]題汪懋麟詞集時，言
及「風流異代許誰并」，列舉柳永與史達祖，視為相互關聯。又錢孫鍾
〈解佩令‧讀《靜志居琴趣》，即用其自題詞集韻〉下片云：「花翻千
樣，絲牽五色，點霜毫、天孫機近。比儗姜張，更添了、微微臙粉。
占詞壇、後來無分。」[85]取姜夔、張炎等浙西效法之詞家與朱彝尊並
論。比附名人，區別風格或歸屬某派，是清代論詞長短句所常見。

---

81 南京大學中國語言文學系《全清詞》編纂研究室編：《全清詞‧順康卷》，冊5，頁
　2849。

82 南京大學中國語言文學系《全清詞》編纂研究室編：《全清詞‧順康卷》，冊9，頁
　5273。

83 〔元〕脫脫等撰：《宋史》（北京市：中華書局，1977年10月），卷401，頁12161。

84 南京大學中國語言文學系《全清詞》編纂研究室編：《全清詞‧順康卷》，冊9，頁
　5275。

85 張宏生主編，南京大學文學院《全清詞》編纂研究室編：《全清詞‧雍乾卷》，冊
　3，頁1270。

另一類型之比附，係就遭遇或身分近似者相比。如焦袁熹、盛本
栒舉陳後主、劉禪與李煜相提並論，焦詞下片云：「陳家叔寶劉家
禪，狐兔荊榛。懵懂因循。傲煞玲瓏七竅人。」[86] 盛詞上片云：「剗襪
香階禁院中。轆轤金井下梧桐。誰道不如陳後主，景陽宮。」[87] 均將
史上與李煜地位或遭遇相近者並舉齊觀。

（四）舉事顯人，知人論世

論者有時擇舉故實，係為強調詞人生平，與「喜談本事，突顯議
題」之類型有所不同。此處針對部分詞評家引用詞人生平事蹟，以提
點人物性格問題，故再細分此類別。讀詞懷人之作，也普遍出現於論
詞長短句中，例如陸棻（1630-1699）〈滿庭芳・讀岳武穆滿江紅詞感
賦〉云：

> 受命朱仙，啣冤三字，此恨地老天荒。人誰無死，願死在沙
> 場。未到黃龍痛飲，愁如海、精衛哀翔。臨安市，鴟夷抉目，
> 抱石汩羅江。　　思量。南渡後，將傾大廈，一木難當。想青
> 能妒李，佞可欺楊。自古奸雄謀國，多成就、兩字忠良。沉吟
> 罷，縱重興宋室，無過郭汾陽。[88]

陸氏讀岳飛〈滿江紅〉詞，所感者並非詞本身好壞，而係對岳飛忠君
愛國之情懷提出看法。又如盛本栒〈玉樓春〉論及聶勝瓊云：

---

86 〔清〕焦袁熹：《此木軒直寄詞》三卷附舊作一卷，《此木軒全集》（上海市：上海
　　圖書館古籍室所藏鈔本），未編頁碼。

87 南京大學中國語言文學系《全清詞》編纂研究室編：《全清詞・順康卷》，冊19，頁
　　10976。

88 南京大學中國語言文學系《全清詞》編纂研究室編：《全清詞・順康卷》，冊10，頁
　　5745。

倡條冶葉難常聚。鳳紙相思憑寄與。當時但覺笑啼難，今日方知離別苦。　　枕前淚共階雨。我見猶憐何況汝。相携重問鳳城人，莫遣舊歡隨水去。[89]

聶勝瓊為北宋都下名妓，相關事蹟見載於〔明〕梅鼎祚所編《青泥蓮花記》；盛氏論及聶氏生平事蹟，以強調歌妓專情與柔婉之性格。此段記載，敘述聶勝瓊創作始末。彼雖為京師名妓，閱歷亦相當豐富，於感情方面卻如此真誠專一。故盛本柟作是詞紀念女詞人。再觀程庭（1672-？）〈滿江紅・題家穎菴兄褒貞集〉提及兄長程雄（生卒年不詳）悼念其妻，因而著有《褒貞集》，下有小序解釋作意云：「兄善鼓琴，能譯滿語。《褒貞》者，悼亡嫂茅氏而作也。嫂工詩賦，吟詠極多，將逝之前夕，悉舉所著作焚之，不遺一字。」其詞曰：

猳佩豬冠，驚人狀、峨峨七尺。喜君子、翩然脫盡，書生氣習。卷舌能調邊塞語，捶琴慣作長安客。貯囊中、幾幅斷腸篇，褒貞集。　　偕伉儷，如膠漆。思容止，成今昔。恨不留綺語，焚書坑筆。絲雨濛濛秋澗冷，暗雲漠漠空山寂。譜哀詞、字字入冰絃，鮫人泣。[90]

程雄善解音律，可自度琴曲，此詞將兄長形象與相關事蹟提點於句中，用該作品保留對其妻之深情。此類型操作係詞評家感懷詞人，舉事詠懷，亦藉此彰顯人物之性格。

---

89 南京大學中國語言文學系《全清詞》編纂研究室編：《全清詞・順康卷》，冊19，頁10974。

90 南京大學中國語言文學系《全清詞》編纂研究室編：《全清詞・順康卷》，冊19，頁11101。

（五）擇調和韻，譽咎褒貶

「和韻」作品本為詞體接受之重要一環，可看出作「和韻詞」者
審美與喜好。此處和韻作品並非泛指所有和韻詞，而是其中具備論詞
觀點，並且運用和韻方式更貼近受評者，或者沿用前人某首論詞長短
句作品，加以和韻，來彰顯以詞論詞之目的。故論詞長短句中，刻意
取同詞調和韻，有其一定指涉意義。如吳秉仁（生卒年不詳）〈百字
令・論坡公赤壁舊作，用原韻〉：

> 閒中何事，論今非古是、都無定物。笑指黃州渾認作，三國嘉
> 魚赤壁。說甚孫劉，曹瞞安在，空捲長江雪。殘篇斷簡，猶言
> 當世英傑。　　詎其天意瓜分，周郎得便，借東風吹發。映日
> 艨艟兵百萬，撚指群雄隨滅。衰草寒煙，魚龍夜舞，誰作衝冠
> 髮。往時休問，舉盃遙對明月。[91]

此詞針對蘇軾〈念奴嬌・赤壁懷古〉（大江東去）單一詞作進行品
論，所用詞調〈百字令〉即〈念奴嬌〉別稱，特意選同調和韻，即扣
合前所謂「逞才炫技」之成因，有意與東坡互別苗頭。靳榮藩
（1726-1784）〈臨江仙・詠歐陽文忠公遺事，依歐陽韻〉（節鎮風流
能愛客）[92]特意選用〈臨江仙〉調，並和其韻[93]，以詠歐公軼事。此

---

91 南京大學中國語言文學系《全清詞》編纂研究室編：《全清詞・順康卷》，冊3，頁
　　1680。

92 張宏生主編，南京大學文學院《全清詞》編纂研究室編：《全清詞・雍乾卷》，冊
　　2，頁1578。錄原詞於下：「節鎮風流能愛客，更貪歐九倚聲。玳筵錦字最分明。鵜
　　釵償罷，春向鬢邊生。　　北宋新詞多婉麗，西京留守堪旌。公時為西京留守推
　　官。嘉賓讌樂繪昇平。吏曹多暇，毫素白縱橫。」

93 歐陽脩〈臨江仙〉：「柳外輕雷池上雨，雨聲滴碎荷聲。小樓西角斷虹明。闌干倚
　　處，待得月華生。　　燕子飛來窺畫棟，玉鉤垂下簾旌。涼波不動簟紋平。水精雙
　　枕，傍有墮釵橫。」（見唐圭璋主編：《全宋詞》，冊1，頁140。）

外，錢孫鍾〈解佩令‧讀《靜志居琴趣》，即用其自題詞集韻〉亦是
一例，錢氏讀朱彝尊詞，並用集中〈解佩令‧自題詞集〉（十年磨
劍）韻撰詞品評。同樣用集中論詞長短句再創作者，尚有金兆燕
（1719-1791），其〈金縷曲‧題花韻山房詞後，即用集中題樊榭詞
韻〉（傑閣飛晴靄）[94]評論邵玘作品，亦用集中邵氏題論他人作品之論
詞長短句韻。金氏品論他人作品，常直接用原作者之詞韻，如〈臺城
路‧讀王竹所《杏花邦琴趣》，偶題一闋，即用集中原韻〉（山中舊夢
雲猶自）[95]即是一例。又如傅世垚（生卒年不詳）〈沁園春‧讀辛稼軒
詞不忍去手，戲成小詞以送之〉（愛讀公詞）一首，[96]明顯於詞序中模
仿辛棄疾〈鷓鴣天‧讀淵明詩不能去手，戲作小詞以送之〉（晚歲躬
耕不怨貧）詞。[97]特未用相同詞調和韻，原因在於辛棄疾〈沁園春〉
數闋刻意「以文為詞」，傅氏有意仿效，故擇〈沁園春〉品論，再仿
〈鷓鴣天〉詞序。〈鷓鴣天〉為稼軒「論詩長短句」作品，傅氏結合
兩詞調創作論詞長短句，有傳承之意味。或如汪沆（1704-1784）〈玉
漏遲‧題《押簾詞》，用弇陽老人題夢窗《霜花腴集》韻〉：

　　　夜寒來雁少。正蓮漏、隔街聲杳。酒冷香殘。無計自消懷抱。

---

94 張宏生主編，南京大學文學院《全清詞》編纂研究室編：《全清詞‧雍乾卷》，冊
　　2，頁892。

95 張宏生主編，南京大學文學院《全清詞》編纂研究室編：《全清詞‧雍乾卷》，冊
　　2，頁989。

96 南京大學中國語言文學系《全清詞》編纂研究室編：《全清詞‧順康卷》，冊19，頁
　　11008。錄原詞如下：「愛讀公詞，樂此不疲，何其快乎。念清真匡鼎，說詩無倦，
　　孤高張謂，積卷成車。我亦年來，嗜痂成癖，日入篇中學蠹魚。呀然笑，覺一朝去
　　此，病也堪虞。　　小窗燈火清虛。似大白、頻傾讀漢書。喜將軍上陣，目眥裂
　　破，歸來捉筆，金玉霏如。自是奇人，卓然千古，豈類尋章摘句儒。吟哦處，看江
　　天無際，月影徐徐。」

97 唐圭璋主編：《全宋詞》，冊3，頁1963。

何處尊前麗句，按舊譜、梁塵低繞。還一笑。詩仙老矣，依然年少。　　故園無限青山，憶到處疏狂，短吟長嘯。迢遞歸期，孤負滿湖煙草。歲月堂堂去，嘆往事、浮雲飛鳥。燈影悄。鱗鱗硯冰凝照。[98]

雖是題論查為仁詞集，卻刻意選用周密評吳文英之論詞長短句韻[99]，一方面扣合詞人為周密《絕妙好詞》箋注一事；二方面更以周密評賞吳詞視角，透過選調和韻，摹擬周密評詞風格。

（六）題序考證，以詞懷人

前節已引蘇軾〈醉翁操〉以詞序說明歐陽脩與〈醉翁操〉間關係，並透過填詞懷念先師。其詞云：

琅然。清圓。誰彈。響空山。無言。惟翁醉中知其天。月明風露娟娟。人未眠。荷蕢過山前。曰有心也哉此賢。　　醉翁嘯詠，聲和流泉。醉翁去後，空有朝吟夜怨。山有時而童巔。水有時而回川。思翁無歲年。翁今為飛仙。此意在人間。試聽徽外三兩絃。[100]

98　張宏生主編，南京大學文學院《全清詞》編纂研究室編：《全清詞・雍乾卷》，冊6，頁3204。

99　周密〈玉漏遲・題吳夢窗霜花腴詞集〉：「老來歡意少。錦鯨仙去，紫霞聲杳。怕展金奩，依舊故人懷抱。猶想烏絲醉墨，驚俊語、香紅圍繞。閒自笑。與君共是，承平年少。　　兩窗短夢難憑，是幾番宮商，幾番吟嘯。淚眼東風，回首四橋煙草。載酒倦遊甚處，已換卻、花間啼鳥。春恨悄。天涯暮雲殘照。」（唐圭璋主編：《全宋詞》，冊5，頁3288。）

100　唐圭璋主編：《全宋詞》，冊1，頁331。

是詞雖不著意於詞體、詞人議題，然以詞序記錄〈醉翁操〉重現經過，仍可歸於論詞長短句範疇。〔北宋〕張先開創詞序先例，東坡繼續擴寫，序中偶見詞評論證，如，〈如夢令〉詞序云：「元豐七年十二月十八日浴泗州雍熙塔下，戲作〈如夢令〉兩闋。此曲本唐莊宗製，名〈憶仙姿〉，嫌其名不雅，故改為〈如夢令〉。莊宗作此詞，卒章云：『如夢。如夢。和淚出門相送。』因取以為名云。」[101]又〈浣溪沙〉詞序云：「玄真子〈漁父〉詞極清麗，恨其曲度不傳，故加數語，令以〈浣溪沙〉歌之。」[102]均保留詞調與詞人之相關文獻。

　　清人利用詞序紀錄詞壇見聞點滴，甚而用以辨明詞體、探查詞人相關議題之討論，雖係簡單敘述，仍可見詞評家觀點。如查慎行（1650-1727）〈長亭怨慢〉詞序云：「武昌縣西道士洑亦名西塞山，絕壁臨江，上有張志和祠。按西塞山在吳興。《唐書》：『張志和，金華人。顏真卿守湖州，時志和來謁，願浮家泛宅，往來苕霅間，踪跡未嘗入楚也。』陸放翁《入蜀記》云，即玄真子〈漁父詞〉云云者，第未詳考耳。」[103]序中對張志和相關文獻進行分析，並對陸游《入蜀記》所言西塞山位於鄂州大冶縣（今湖北省大冶縣）道士磯存疑。又王昶（1725-1806）所作數首論詞長短句多善用詞序，如〈步月〉詞序云：「梅村為弇州子士騏故居，亦即弇園遺址。吳祭酒復作樂志堂、梅花庵、嫣雲樓、鹿樵溪舍、橙亭諸勝。秋日往訪，則頹垣斷

---

101 唐圭璋主編：《全宋詞》，冊1，頁311。
102 唐圭璋主編：《全宋詞》，冊1，頁314。
103 南京大學中國語言文學系《全清詞》編纂研究室編：《全清詞·順康卷》，冊16，頁9093。錄原詞於下：「浮空欲黵，翠色移來，正扁舟剪渡。一峰忽轉，黃冠形狀，迎人似俯。殘霞紅斂，送幾點、神鴉飛去。指前頭、隱隱孤城，已辨黃州烟樹。　　磯邊小作遲留，向香火荒祠，笑問漁父。鰤魚肥美。算只在苕霅，溪山深處。生前好事，多著了、清吟幾句。又分得、西塞山前，別派斜風細雨。」《全清詞·順康卷》按此詞詞調有誤。

礎，僅有存者。裔孫履文出遺像見示，感而賦之。」[104]紀錄文壇祭酒
吳偉業曾於弇園建置造景，雅致美奐，今日再訪已剩斷垣殘壁，不復
當年風光。又〈三姝媚〉詞序云：「孫雲鳳及妹雲鶴，孫令宜女，有
《春草閒房》、《侶松軒》兩詞集。取法南宋，風韻蕭然，而所適皆不
偶，故多幽怨語。其第三妹□□亦能詞，猶是匏瓜無匹也。令宜為予
辛未禮闈取士，官至四川按察使，歸卒。錢塘許周生以其詞見示，琢
此題之，使留心彤管者，共知憐惜云。」紀錄孫嘉樂三女相關軼事，
特意選用〈三姝媚〉詞調，彰顯所論者。孫家三女皆善填詞，取法南
宋，並指出雲鳳、雲鶴婚姻均不理想，故詞中多幽怨情語。概述孫氏
女生平，使後人略知其人其事。詞中亦有注語，輔助後人理解辭意，
其詞云：

> 三珠誰得似。想風月湖山，深閨連理。滴粉搓酥，向西泠並
> 作，掃眉才子。減字偷聲，近稍播、茶檣酒市。豈料前生，五
> 角六張，紅絲誤繫。　　常向蓬窗憔悴。羨徐俳多情，秦嘉土
> 計。詠雪中庭，又孤鸞獨舞，季蘭小妹。鏡約荒涼，只恐老、
> 青裙縞袂。應付蜀鵑訴怨，夜號清淚。　第三女令宜按察蜀中時
> 所生。[105]

詞序亦是詞體部分，評論者用序言輔助詞所未盡，更讓吾人清楚理解
詞評家欲表達之意旨。

---

104 張宏生主編，南京大學文學院《全清詞》編纂研究室編：《全清詞·雍乾卷》，冊
　　2，頁1229-1230。錄原詞於下：「承露盤空，臨春閣圮，前塵多少荒涼。不堪故
　　里，本已歷滄桑。指瘦檀、霜高少葉，認殘梅、雪盡猶蒼。空傳說、水天閒話，
　　綵筆重宮坊。　　茫茫。玉京去，湘弦留怨曲，腸斷清商。尚餘遺挂，不似在巖
　　廊。溯蕭史、魂銷北地，念家山、淚盡南唐。傷心處，一樽重為炷名香。」
105 張宏生主編，南京大學文學院《全清詞》編纂研究室編：《全清詞·雍乾卷》，冊
　　2，頁1236。

二　理性與感性之兼容批評

　　「論詞長短句」自身便為一矛盾綜合體，既屬文學批評，又是抒情載體，兼具理性與感性。批評文學之過程，已建立所謂審美情趣，故批評寫作須具有審美特徵，並對情趣美感予以闡發幽微；另一方面亦承載傳統言志詩歌體製，作理性分析。語言表述上，時而透顯深微動人之語言情趣，又可呈現滔滔論述之辯證氣勢。一闋「論詞長短句」通常兼具理性層面之論述，與感性之抒情面貌。本小節試舉數例解析說明，以理解清代初期「論詞長短句」批評寫作美學，觀察情趣美感與理性分析間，詞評家如何操作與拿捏，及掌握議論與詞情美感。

　　詞體本身包容感性與理性兩大層面。所謂理性，係指個人運用理智客觀能力，經思考後，推理所得之合理看法；而感性是人類經由感官，對於某種事物產生直接感覺與情緒，與理性正好為相對概念。感性與理性均為人類意識，理性具參照性，而感性則無，是從虛無中而生，透過個體本身自由延展，無規則可循。就詞體而言，葉嘉瑩曾針對宋人詞作中感性與理性呈現之樣貌，提出看法：「能將理性之思致融入抒情之敘寫中，在傷春怨別之情緒內，表現出一種理性之反省與操持，在柔情銳感之中，透露出一種圓融曠達之理性的關照。」[106]感性書寫固為詞體本質，不同作家透過獨立思維，將理性文字置於詞作中。如是特質，被詞人運用於批評語言上，使詞之內容呈現個人審美標準。正如孫立《詞的審美特性》言及：「審美理性層常存有主體自身的價值觀念、審美標準，主體意志的表現傾向較為自覺。在詞中，審美理性層更充分地體現出個體的人生觀念、宇宙意識，人格精神的表現也較為明顯。」[107]當詞評家利用詞體進行評判時，除用感性言語

106　繆鉞、葉嘉瑩：《靈谿詞說》（上海市：上海古籍出版社，1987年11月），頁94。

107　孫立：《詞的審美特性》（臺北市：文津出版社，1995年2月），頁166。

表達對受評者之感受外，亦會使用理性審美，提出自身觀點。

以宗元鼎（1620-1698）〈綺羅香・題彭太史羨門《延露詞》〉為例：

> 冷露初沉，涼風向曉，飄送一天金粟。環佩秋空，宜貯洞房雲
> 屋。卷舞蝶、綴綵仙衣，烘倒鳳、啣花簫局。賽清真、寶鑑春
> 幃，枕痕一線紅生玉。　　彭王詞果並敵，把衍波延露，齊名
> 絲竹。螢火蓮花。擅盡繞梁人曲。是南宋、白石梅溪，傲文
> 人、東坡山谷。暗携來、秋水芙蓉，碧波深處讀。[108]

上片仍保留詞體主述抒情之景況，以「冷露」、「涼風」與「金粟」點
染主角。彭孫遹（1631-1700），字駿孫，號羨門，又號金粟山人，浙
江海鹽人（今浙江省嘉興市）。清順治十六年（1659）進士，官內閣中
書。康熙十八年（1679）舉博學鴻詞第一，授編修。歷十年，遂至禮
部侍郎，累官至吏部右侍郎兼翰林院掌院學士。康熙三十六年（1697）
告歸，有《延露詞》、《金粟詞話》等。可知「冷露」點詞集名，而
「金粟」則點人名字號。下數句以「舞蝶仙衣」、「倒鳳簫局」說明彭
氏詞風，再舉例驗證；而舉證之詞句，出自周邦彥〈滿江紅〉：

> 晝日移陰，攬衣起、春幃睡足。臨寶鑑、綠雲撩亂，未忺妝
> 束。蝶粉蜂黃都褪了，枕痕一線紅生肉。背畫欄、脈脈悄無
> 言，尋棋局。　　重會面，猶未卜。無限事，縈心曲。想秦箏
> 依舊，尚鳴金屋。芳草連天迷遠望，寶香薰被成孤宿。最苦
> 是、蝴蝶滿園飛，無人撲。[109]

---

108 南京大學中國語言文學系《全清詞》編纂研究室編：《全清詞・順康卷》，冊4，頁
　　2299。

109 唐圭璋主編：《全宋詞》，冊2，頁598。

宗氏「寶鑑春幬，枕痕一線紅生玉」二句，即出自周詞；蓋認為彭孫遹所寫豔詞，不輸周邦彥所作。〔清〕謝章鋌《賭棋山莊詞話》卷八云：

> 彭羨門（孫遹）真得溫（庭筠）、李（煜）神髓，由其骨妍，故辭媚而非俗艷。董東亭（潮）謂先生晚年收燬《廷露詞》，故傳本甚少。（東皋雜鈔）然迦陵之豪宕，竹垞之醇雅，羨門之妍秀，攻倚聲者所當鑄金事之，缺一不可。〈卜算子〉云：「身作合歡床，臂作遊仙枕。打起黃鶯不放啼，一晌留郎寢。」彭十豔情當家，固宜阮亭怵服。[110]

謝氏品評彭孫遹亦可呼應宗元鼎之評論。然上片即使引導讀者瞭解彭氏詞風，卻不從嚴肅理性角度切入，仍由深具美感之字詞鋪陳，運用感性與符合詞情之文字表達其中。下片轉為理性論說，將王士禛與彭孫遹相較，當時兩人詞壇齊名，合稱「彭王」，宗氏就此議題，說明「把衍波延露，齊名絲竹」。下數句又提及姜夔、史達祖，及蘇軾、黃庭堅兩組詞人並列比附彭、王二人。此兩組詞人互為比較，於詞壇仍有上下之分，故宗氏心中，彭、王二人詞作，亦可區別高低。下片舉出兩人，並試圖以理性筆觸分析此二人異同，有別於上片呈現內容；即所謂一詞中既有感性敘述，亦見理性分析。

　　進一步觀察不同詞評家品論同一詞人作品，茲以論李煜詞為例，所論者凡七家，其中以較理性層次評論者，包括焦袁熹、盛本柟。焦氏編纂詞選集作為教材，樹立詞學門徑，其五十闋〈采桑子〉，正為自身詞學觀點進行系統連結，故於詞中較常以理性角度分析。盛本柟

---

110 〔清〕謝章鋌：《賭棋山莊詞話》，收錄於唐圭璋主編：《詞話叢編》，冊4，頁3421。

雖非系統創作論詞長短句，然喜愛蘇、辛詞風，故於評論前代作家存鮮明立場，評及李煜與蘇軾論點同出一轍，均從亡國君主角度立說，盛氏認為李煜本才子帝王，無人君之能，行為與陳後主無異，通篇諷諭，詞云：

> 剗襪香階禁院中。轆轤金井下梧桐。誰道不如陳後主，景陽宮。　　青蓋北來王氣盡，玉笙吹徹小樓空。千古長城封號並，隴西公。[111]

起首化用李煜詞句，說明如是風格與陳後主詩相同；末二句再並呈兩人封號，堅定其批評立場。盛氏此詞並未採「以文為詞」作法，卻也可見該詞理性分析之景況。上述二家批評內容具參照性，對於詞體表現有所定見，故評判詞家會依一定標準進行品評，論述較為理性。此外，余光耿（1651-1705）與吳鎮兩人填製讀詞心得，保留詞體之抒情敘寫，以感性文筆藏理性批評，點出李煜前後詞風不同。以余光耿詞為例，〈臨江仙・書李後主詞後〉云：

> 繁華六代銷磨盡，朱門燕又爭飛。簫聲不管日沉西。鏤金歌袖，雙向月中垂。　　婉麗新詞填未就，一城烽舉烟迷。東風面洗淚珠兒。粉殘香斷，亡國恨依依。[112]

整體寫李煜亡國前後不同寫照。上片由歷史角度落筆，言五代時局紛

---

111 南京大學中國語言文學系《全清詞》編纂研究室編：《全清詞・順康卷》，冊19，頁10976。

112 南京大學中國語言文學系《全清詞》編纂研究室編：《全清詞・順康卷》，冊16，頁9167。「鏤金」疑為「縷金」之誤。

亂，李氏一支偏安江南，「鏤金歌袖」，短暫享和平。不料一朝「烽舉
烟迷」，本沉迷詩詞書畫之李煜，所作詩詞，僅能感慨亡國仇恨。詞中
簡述李煜遭遇，並透過化用詞人作品，點出風格，詞情具感性層次書
寫，較少理性評議。而田同之與張九鉞透過詞人故實與所聞事實，透
顯詞人性格，亦是感性鋪陳，以富有詩意字句，承載部分詞學評論。
如張九鉞（1721-1803）〈滿庭芳・南唐李後主祠在圓通寺中僧像〉云：

> 詞賦風流，江南國主，松陰殿角祠遮。方袍圓相，誰塑作僧
> 伽。豈是未終盧隱，魂歸後、只戀煙霞。淒涼煞，階蝸簷鼠，
> 懺不了繁華。　　心經曾寫，賜珠龕施佛，爭說宮娃。也黃縧
> 茶褐，証果毘耶。南望蓮峰何處，飄紅淚、不到天涯。蓬萊
> 紫，縱教移去，猶問麝囊花。[113]

透過遊覽佛寺，見李煜被塑為僧侶形象，因而起興。內容主述眼前所
見事實，再結合筆記所載故實，寫下風流才子生前欲盧隱戀煙霞，
竟於離世後始享有之。張氏文字導向抒情，雖字句間因典用故實，陳
述上理性客觀，卻無刻意說理論析。下片訴諸感性，以花喻李煜，說
明赤子誠心，即使亡國易幟，仍心繫故國人事。孫原湘〈浪淘沙・侑
南唐後主〉與張九鉞異曲同工，均透過憑弔詞人，體現感性心得。

　　詞本為抒情載體，經蘇軾、辛棄疾等用以言志敘事，再透過清人
尊體運作，豐富詞體承載之可能。既注入多元主題與寫法，使不同作
家創作「論詞長短句」，產生感性與理性兩種層面，再依所選材料、
品評角度、體製考量等條件取捨不一，運作出不同程度之感性抒發或
理性評判，甚至兩者兼而有之。「論詞長短句」有別於「論詞絕句」，

---

113 張宏生主編，南京大學文學院《全清詞》編纂研究室編：《全清詞・雍乾卷》，冊
　　7，頁4114。

因體製短長不一，可不全然理性分析，雖論詞絕句亦見感性表現，卻不如詞體運作本優於抒情敘寫，兩者文字運用在理性與感性上，仍有相當程度之差別。

第三節　論詞長短句之發展與特色

一　體製發展與特出評家

　　韻文論詞由唐、宋一路發展而下，均在清代開花結果，枝繁葉茂。「論詞長短句」一體，從北宋末、南宋初發端，在南宋末年獲得第一階段之開展，此論述可見本章前節「論詞長短句溯源」得知。雖元、明二代亦有論詞長短句之批評形式出現，惟仍屬少數。而清人前承以韻文論詞之現象，利用詩詞形式論詞可謂相當普遍。清人閱讀歷代詞作，或編纂詞集、詞選，或友朋詞作品鑒，均可屬筆撰寫相關心得。各家詞集多少存有「論詞長短句」作品，致使作者輩出，作品滋繁，無論質量均遠勝前代，成為清代論詞主要形式之一。

　　據孫克強、裴喆編《論詞絕句二千首》所載，清代最早「論詞絕句」為吳偉業（1609-1672）〈讀陳其年邗江、白下新詞四首〉[114]，論陳維崧於邗江、白下所寫詞作。至若清代「論詞長短句」之濫觴，據《全清詞》排序，應為李元鼎（1595-1670）〈臨江仙・和題海昌詞本〉，是詞云：

　　　　聞道碧窗針線暇，詩筒風月勾消。何當刀尺枉瓊瑤。覓魂飛不
　　　　到，淚逐雨絲飄。　　蘇蕙文君俱退步，茂漪書格藏嬌。柔情

---

114 孫克強、裴喆編著：《論詞絕句二千首》（天津市：南開大學出版社，2014年12月），上冊，頁1。

不斷似柔條。恍聽雲外響，雁影度虛寥。¹¹⁵

上片讚美徐燦才情過人，閒置針線、刀尺，用心詩詞之中；下片舉前
秦女詩人蘇蕙、相如妻卓文君，與徐燦相提並論，更說明若是衛夫人
茂漪見其作品，必謄寫典藏。然此詞為李氏和妻子朱中楣（1622-
1672）之作，若論今寓目所見清代首闋論詞長短句，應以朱氏〈臨江
仙・題海昌詞本〉為是，詞云：

> 欲訪名媛天際杳，小巫一見魂消。東君應已報瓊瑤。挑燈頻細
> 讀，翰墨夜香飄。　　漫道長安春色好，馬蹄蹋碎花嬌。流鶯
> 帶月織柔條。歸鴻雲外度，得意慰寥寥。¹¹⁶

朱中楣喜讀徐燦（約1618-1678）作品，數次填詞品題徐燦詞，並多
有讚美。此詞雖不載明時間，應非朱氏晚年作品，較諸吳偉業以絕句
論陳維崧邗江、白下詞作，陳氏於一六六○至一六六五年間頻繁往來
揚州邗江，大約寫於此時期，應晚於朱氏〈臨江仙〉。可知清代「論
詞長短句」之開展，與「論詞絕句」幾乎同時，甚至可能略早。更可
從此詞得見清人品評女性詞家，以及女性詞人間互相評賞之現象，如
是現象係前代鮮見。

　　清代於詞題涉及論詞者不乏其人，如徐士俊〈惜春容・題馮又令
和鳴集〉、傅占衡〈洞仙歌・書宋詞選後〉、王岱〈鵲橋仙・讀蔣京少
《桐月詞》，口占〉、陳世祥〈沁園春・題其年烏絲集〉、李漁〈送入

---

115 南京大學中國語言文學系《全清詞》編纂研究室編：《全清詞・順康卷》，冊1，頁
　　42。
116 南京大學中國語言文學系《全清詞》編纂研究室編：《全清詞・順康卷》，冊6，頁
　　3124。

我門來‧題《錦瑟詞》〉、吳秉仁〈百字令‧論坡公赤壁舊作，用原韻〉、孫枝蔚〈過秦樓‧題陳其年小像，像作搦管填詞狀，一雙鬟吹簫度曲其旁〉、閻瑒次〈臨江仙‧題彈指詞後〉、錢芳標〈無悶‧偶閱林下詞選戲題〉、陳聶恒〈百字令‧自題詞集〉、沈時棟〈浣溪沙‧柬家威音〉等，皆是其例。然清代前期「論詞長短句」中，以「題跋」形式標注於詞題者數量最多，佔整體「論詞長短句」八成。內容針對單一詞人詞集、唐、宋詞人作品、前代選集、當代選集、題畫詞、自題詞集、詞友書信等面向抒發詞學觀點。此等有關當代詞人題跋，實有過譽之嫌，然所提挈關於行實、淵源、派別、詞風、詞人本事，仍有助瞭解該詞人，亦能探得當時詞學風尚。

前述已說明「論詞長短句」並未如「論詞絕句」擁有定名，故蒐羅全靠詞題、詞序透露，或細讀原詞始可得知。雖是如此，在「論詞長短句」範疇中，仍可見系統性以詞論詞者，清初詞人焦袁熹可謂此中第一人。焦氏於康熙末年，便以數十首組詞表達詞體觀念，及關注各詞人間詞風特色，於焉建立詞史脈絡。焦袁熹所學與著述均以經學為主，時人標舉其成就亦著重之。然焦氏對品鑑詩詞文自有觀察，透過編選詞集一事，進而撰成「論詞長短句」，建立詞學理路。焦氏《此木軒詞集》中〈采桑子‧編纂〈樂府妙聲〉竟作〉凡五十五闋，所論詞人綜貫唐、五代、宋、遼數代，揀選詞家，自成詞史，具文學批評之功。其中八首係焦袁熹對詞體特徵之自我陳述，例如〈采桑子〉：

> 詞家三昧談何易，欠了溫柔。掃地風流。市上屠兒好唱酬。
> 　一場快意看渠輩，選調長謳。水調歌頭。使盡麤疏始肯休。[117]

---

117 南京大學中國語言文學系《全清詞》編纂研究室編：《全清詞‧順康卷》，冊18，頁10584。

提及所謂「詞家三昧」，並訴諸須以「溫柔」蘊藉為導向；更於下片說明，所謂豪放詞風正係悖離三昧之外者。餘四十七首則分論歷代詞人凡四十五位，包括：李白、和凝、韋莊、馮延巳、李煜、陶穀、范仲淹、晏殊、宋祁、歐陽脩、張先、柳永、蘇軾、黃庭堅、秦觀、賀鑄、周邦彥、晏幾道、趙佶、岳飛、万俟詠、向子諲、朱敦儒、張元幹、康與之、辛棄疾、陳亮、劉過、盧祖皋、陸游、姜夔、戴復古、劉克莊、史達祖、高觀國、張榘、吳文英、王沂孫、周密、蔣捷、張輯、張炎，亦論及女詞人李清照、朱淑真與蕭觀音等。所論方式基本以一人一首為限，遇特殊現象，則繫詞數首，如柳永、蘇軾各獨論一首，後又合而並論一首；陸游僅一家，而有兩首討論。亦有一詞合論多人，例如〈采桑子·辛稼軒　劉龍洲　後村〉云：

> 癡兒騃女知何恨，學語幽鳴。滴粉搓酥。看取堂堂一丈夫。
>   二劉未許曹劉敵，而況其餘。湖海尤麤。　此句謂同父　總
> 與辛家作隸奴。[118]

詞中所論者包括辛棄疾、劉過、陳亮、劉克莊等人。除此組詞外，另有〈鵲橋仙·自題直寄詞二首〉、〈解佩令·題江湖載酒集後〉等，闡述其詞學觀念，可觀察對己作及對當代詞人朱彝尊之看法，均能與組詞相互印證發明。

　　順康年間尚有兩家較為特出，包括盛本栯與杜詔。盛本栯雖僅五首「論詞長短句」，卻勾勒詞壇不同面向，所評詞人包括〔五代〕李煜、宋代女詞人聶勝瓊、北宋秦觀、南宋辛棄疾，以及清初陳維崧。雖無明確證據說明五首詞有相關聯，卻逐一將詞壇各期發展概況，以

---

118 南京大學中國語言文學系《全清詞》編纂研究室編：《全清詞·順康卷》，冊18，頁10582。

舉一家評題，並具體論述，更能探得盛氏評詞偏愛豪放詞風之狀況。
惜盛氏年未三十而歿，無法發展其詞學理路。另外杜詔所存十二首
「論詞長短句」，亦有特殊之處，不僅大量選用長調發揮，甚而以
〈鶯啼序〉開展詞論。此期間杜詔又任《欽定詞譜》編修一員，故見
相關作品，如〈鶯啼序・奉命校詞既竣，復命修詞譜，因呈同館諸
君〉、〈鶯啼序・婁東相公第中，校刊詞譜事竣，因寄呈宮詹先生暨同
館吳七雲、王雲岡、楊匯南、儲禮執、吳勗初、樓敬思、楊乘萬〉、
〈滿宮花・奉命修詞譜，恭紀〉等，即用詞體記載當下編修狀況。苟
遇難題，並以詞譜保留之角度，撰寫詞譜簡史，對研究詞譜編修過
程，及詞譜保存相關議題，具一定之學術價值。

　　雍乾年間，與杜詔作風相近者，有保培基（1693-？）一人。保
氏同樣選擇長調進行品論，所論多為前代或前輩作家，如宋代李清
照，明代女詞人王鳳嫻，清初黃儀遠、陳世祥與杜詔等人，較不涉及
同輩詞人。然所論雖據知人論世之理，卻好惡鮮明，同為女性詞人，
保氏因李清照改嫁一事，貶低其人格，認為其詞亦不足觀；對遇人不
淑之王鳳嫻，則充滿同情。金兆燕係繼焦袁熹（55首）、陳維崧（25
首）後，撰寫最多「論詞長短句」者，共存十七闋，各闋間雖無密切
關聯，卻展現不同議題與論詞角度；金氏未嘗撰相關詞話，此「論詞
長短句」洵助於瞭解其論詞觀點。

　　清代中後期較著名之「論詞長短句」作者，以晚清朱祖謀
（1857-1931）、民國姚鵷雛（1892-1954）與盧前（1905-1951）為代
表。朱祖謀作〈望江南・雜題我朝諸名家詞集後〉二十六闋組詞，內
容主要論述清代開國以來重要詞家，其中論及人物包括屈大均、王夫
之、毛奇齡、顧貞觀、陳維崧、朱彝尊、納蘭性德、王士禎、曹貞
吉、李武曾、李分虎、厲鶚、張惠言、周濟、周之琦、項鴻祚、嚴元
照、王闓運、陳漢章、陳澧、莊棫、譚獻、蔣春霖、王鵬運、鄭文

焯、文廷式、徐燦等，又續論萬樹、戈載、陳洵、況周頤等共三十一位詞家，均是清代一時之選。

　　姚鵷雛師事林紓，為文婉約，兼善詩詞，與同學林庚白（1897-1941）齊名。辛亥革命後，學堂解散南歸。後加入南社，為該社「四才子」之一，詩詞譽滿東南。所著《蒼雪詞》三卷偶見論詞長短句，然姚氏模仿朱祖謀〈望江南・雜題我朝諸名家詞集後〉，創作〈望江南・分詠近代詞家十二首〉，詞序云：

> 左列諸君子，彊老、鶴老、湛翁僅得奉手，彥通陳君尚慳一面，其餘皆投分有素，劇切相期者，卅餘年來存歿參半，懷人感逝，悽結彌襟，豈獨尋攬篇章，懷味芳華而已。至於薄殖寡聞，甄搜苦隘，其有遺缺，無關愛憎，大雅亮之。[119]

第一首便詠朱祖謀，可知承其而來。十二家分別為朱祖謀、沈惟賢、龐樹柏、吳梅、喬曾劬、冒廣生、馬浮、沈尹默、汪東、陳匪石、夏承燾、陳方恪等近代詞人。後又續作〈望江南・續詠近代詞家六首〉，補沈曾植、王國維、金兆蕃、吳庠、王蘊章、沈祖棻等人；再補〈望江南・再續詠近代詞家〉二首，增加趙熙與章士釗兩家。以上諸作約完成於一九四九年，前後共評二十家，此二十人均從清末跨入民國，故此一組詞，可視為論民國詞家之論詞長短句，深具開創性。姚鵷雛所寫論詞長短句主要為上述二十首〈望江南〉，然其近二百首詞作中，仍有屬「題詠」類型之論詞長短句，如〈木蘭花慢・題吳遇春小鹿樵室詞卷〉、〈踏莎行・題夢秋詞卷〉、〈減字木蘭花・自提詞卷時有入都意〉諸作；另外，〈滿江紅・論詞〉二首提出晚唐至清代詞

---

119 姚鵷雛：《姚鵷雛文集：詩詞集》（上海市：上海古籍出版社，2009年6月），頁206-209。

壇概況，均頗有見地。

　　同樣，盧前步趨詞壇前輩朱祖謀，亦以〈望江南〉詞調作百闋「論詞長短句」，係目前數量最多者。〈望江南・飲虹簃論清詞百家〉始自李雯，終於王國維，採一首論一人方式，總論百位作家；並吸收朱祖謀曾論及之詞人（僅屈大均、王夫之、李武曾、李分虎、陳漢章、徐燦、萬樹、戈載、陳洵等九人未論及）。此組詞寫於民國二十五（1936）年，清朝國祚已終止，盧氏更能客觀評析清代各階段重要作家、詞派代表，或其認為有特色之詞人，同時也表現對詞體之認識。

　　值得一提是，清末域外詞家包括越南阮朝從善王阮綿審（1819-1870），[120]及日本文士森槐南（1863-1911），[121]均有創作「論詞長短句」散見詞集中。阮綿審《鼓枻詞》有〈後庭花・題南唐後主詞集〉云：

　　　　櫻桃落盡春歸去。尋芳無路。哀歌未斷教誰補。城頭金鼓。

　　　　　江南不少風流主。後庭玉樹。胭脂空怨韓擒虎。一般辛苦。[122]

---

120 阮綿審，字仲淵，號倉山居士、椒園，因眉間有白毫，又別號白毫子。為阮朝（1802-1945）明命皇帝第十子，襲封從國公、從善王。與綏理王阮福綿寊、阮文超等齊名，創立「松雲詩社」，與當時文士聚合唱和。學問淵深，詩才受士人稱頌，嗣德帝（1829-1883）稱彼謂「一代詩翁」。著有《倉山詩集》、《倉山詩話》、《鼓枻詞》、《倉山文遺》、《衲被文集》、《讀我書抄》、《老生常談》、《淨衣記》、《精騎集》、《南琴譜》等。

121 森槐南，名大來，字公泰，號槐南小史，別號秋波禪侶。日本明治時期漢學家與漢詩詞作家。生於名古屋，十三歲即能作漢詩，十六於刊物上發表〈南歌子・春夕〉詞；同年示所撰《補天石》傳奇予黃遵憲，黃氏以「真東京才子」讚譽之。一生填詞時間僅十餘年，卻名留日本詞學史。著有《古詩平仄論》、《中國詩學概說》、《杜詩講義》等，後人編成《槐南全集》行世。

122 阮綿審《鼓枻詞》凡116首，收錄於龍榆生主編：《詞學季刊》第3卷第2號（上海市：民智書局，1936年6月），頁109。集中尚有〈聲聲慢・余雅有朝雲之感，偶讀玉田草堂詞，因和鄭楓人韻〉亦論及張炎詞作。

森槐南〈酹江月・書柳七曉風殘月詞後〉云：

> 耆卿絕調，奉天家聖旨，蓬萊宮闕。報道宮姑爭按拍，滿殿歌
> 雲凝咽。紅杏尚書，微雲學士，讓爾傳新曲。重來誰識，曉風
> 吹盡殘月。　　猶似眺望華清，露寒仙掌，萬古風流歇。詞客
> 遭逢如此耳，夜雨淋零淒切。不是梧桐，依然楊柳，白盡梨園
> 髮。更憐身後，酒醒寒食時節。[123]

二詞於擇調上均刻意安排：阮綿審為提舉陳後主與李煜相較，特以陳
後主所製〈後庭花〉填作；而森槐南同情柳永遭遇，刻意選擇豪放詞
家常用詞調〈念奴嬌〉填製，箇中寓意不言可喻。

二　表現特色與詞學價值

　　關於「論詞長短句」與「論詞絕句」之價值與特色，經常合一談
之，有前輩學者包括王偉勇於〈兩宋「論詞詩」及「論詞長短句」之
價值〉舉出三端；程郁綴、李靜編著之《歷代論詞絕句箋注》，前言
亦提出相關看法；孫克強於《論詞絕句二千首》一書再次總結性提出
論詞詩與論詞詞之價值。各家說法略有不同，亦可互為補充。本小節
統整前人觀點，並加入個人研究心得，針對「論詞長短句」一體，提
出「表現特色」與「詞學價值」兩端，分論於下。

（一）表現特色

　　在表現特色方面，部分已在本章第二節提出，例如內容上常用技

---

123 夏承燾選校，張珍懷、胡樹淼注釋：《域外詞選》（北京市：書目文獻出版社，
　　1981年11月），頁45-46。

巧、感性與理性兼具之批評風格等，茲不贅述，以下就尚未提及者進
行補充。

1 擇調多元，打破體製

　　論詞長短句與論詞絕句不同，在於長短句可選擇不同詞調進行創
作，可長可短，短則簡約，長則詳盡，對於論詞觀點之陳述亦有更大
空間。此外，部分詞家打破詞體原有體製，以散文形式進行創作，如
沈光裕（生卒年不詳）〈鶯啼序・代札答張樂圃〉，與張玉穀針討論詞
體，利用長調〈鶯啼序〉以書信體方式提出看法，其詞云：

> 書陳蔭嘉足下，感瑤函寵賚。啟緘讀、知入秋來，道履凡百康
> 泰。別離久、心知遠隔，芝顏想象臨風外。恨通候無因，塵忙
> 諒能寬貸。　　僕自分攜，北走易水，又羇杭四載。倦遊客、
> 彈鋏長歌，自憐皮骨空在。更歸來、家徒四壁，甚時了、青氈
> 之債。那如君，南畝收禾，北園挑菜。　　行年老矣，後顧茫
> 如，敢忘嗣續大。默自計、袞師難必，遙集堪有，竟學東方，
> 小妻何礙。掀髯自笑，空囊如洗，芳姿團扇成虛想，怎相親、
> 歷齒蓬頭態。行還自喻，飢來一飯能醫，餓夫敢厭粗糲。
> 詞雖間作，協律研聲，嘆一知半解。誦大作、辛蘇兼妙，壓倒
> 時流，拙謰郵呈，懇君刪改。回思聚首，無多年耳，遙遙雲樹
> 如隔世，謾相思、尊酒何時再。匆匆辭不宣心，握管神馳，沈
> 光裕拜。[124]

前三疊寒暄並自陳近況，直至第四疊中，提及創作詞仍一知半解，賞

---

124 張宏生主編，南京大學文學院《全清詞》編纂研究室編：《全清詞・雍乾卷》，冊
　　16，頁8844。

讀張玉轂作品，認為其作兼具蘇辛妙處，且有別於當時潮流。此詞點出張氏為詞特色，更說明多數尊崇南宋雅詞之創作路線，張氏自有其獨特性。

另外，詞人透過詞序之輔助，將部分詞學意見表述於詞序上。如吳綺（1619-1694）〈憶秦娥・朱淑真墓〉并有小序云：

> 宋錢唐閨秀也。才色絕倫，嫁為市儈婦，鬱鬱不得意，死葬青芝塢。時有士人讀書其旁者，夜夢淑真語曰：「妾有遺薰，荷魏夫人檢錄，而未行世。君韻士也，為我梓之，死且不朽。」詰旦，果得其稿於魏夫人處，即付剞劂，名曰《斷腸集》。夫薄命之嗟，古今同慨。然女而不遇其夫，士而不遇其時，同一可悲可惋。但女之傷在一身，而士之傷在當世，其輕重亦有不同，而士則較甚於女。噫嘻！前不見古人，後不見來者，阮步兵寧不登高而涕下也哉。作〈憶秦娥〉。
> 天休問。朱顏薄命寧堪論。寧堪論。彩鸞難偶，錦鴛無分。
> 斷腸腸斷縈方寸。棠梨雨後銷香暈。銷香暈。青衫紅粉，一般長恨。[125]

詞序用小說筆法敘朱淑真生平事蹟，並提出《斷腸詞》付梓一事，所敘雖嫌附會，卻也輪廓朱氏面貌。最後再運用詞體之抒情性，將朱氏一生坎坷景況訴諸詞作，此法類似詞調〈調笑轉踏〉先詩後詞之體製，[126]以小序鋪陳如本事詩，再以曲詞賦予情感。再觀察查慎行

---

125 南京大學中國語言文學系《全清詞》編纂研究室編：《全清詞・順康卷》，冊1，頁455。
126 錄毛滂〈調笑轉踏〉簡釋其形式：「春風戶外花蕭蕭，綠茵繡屏阿母嬌；白玉郎君恃恩力，尊前心醉雙翠翹。西廂月冷濛花霧，落霞凌亂牆東樹；此夜靈犀已暗

（1650-1727）〈長亭怨慢〉針對張志和之遊歷，於詞序作一考述：

> 武昌縣西道士洑亦名西塞山，絕壁臨江，上有張志和祠。按西
> 塞山在吳興。《唐書》：張志和，金華人。顏真卿守湖州，時志
> 和來謁，願浮家泛宅，往來苕霅間，踪跡未嘗入楚也。陸放翁
> 《入蜀記》云，即玄真子〈漁父詞〉云云者，第未詳考耳。
> 浮空欲壽，翠色移來，正扁舟剪渡。一峰忽轉，黃冠形狀，迎
> 人似俯。殘霞紅斂，送幾點、神鴉飛去。指前頭、隱隱孤城，
> 已辨黃州烟樹。　　磯邊小作遲留，向香火荒祠，笑問漁父。
> 鱖魚肥美。算只在苕霅，溪山深處。生前好事，多著了、清吟
> 幾句。又分得、西塞山前，別派斜風細雨。[127]

查氏認為張志和隱居苕霅間，未曾入楚，陸游《入蜀記》卻載相關事
蹟，故實有誤，詞中便就考述內容，強調張氏「算只在苕霅，溪山深
處」，說明個人看法。上述例證均係以詞序突顯理論，運用曲詞加強
情感，陳述己見，此作法於體製上亦有所突破。

2　隨想心得，信手品評

誠如程郁綴、孫克強所言，「論詞長短句」與「論詞絕句」均有
較「詞話」、「詞集序跋」等更簡約之結構，除非刻意為之如〈鶯啼

通，玉環寄恨人何處。（以上本事詩）何處。長安路。不記牆東花拂樹。瑤琴理罷
霓裳譜。依舊月窗風戶。薄情年少如飛絮。夢逐玉環西去。（以上調笑曲詞）右六
鶯鶯（以上本事題名）。本事詩末句二字需與曲詞首句用字相同。此形式為調笑轉
踏之基本結構。」詳參拙著：《宋詞取材唐傳奇之研究》（新北市：花木蘭文化出
版社，2012年3月），頁176-181。

127　南京大學中國語言文學系《全清詞》編纂研究室編：《全清詞‧順康卷》，冊16，
　　　頁9093。

序〉，否則諸長調均百餘字，仍屬短小體製。因此，更容易使詞人隨時品題，透露詞學觀點。[128]此點正可說明「論詞長短句」為何作者眾多，卻缺乏系統性之原因：「隨想心得」、「信手品評」。胡建次《中國古典詞學理論批評承傳研究》指出：「古代論詞絕句大致出現於北宋中期，其最初呈現的事在題名中未直接標示的形式。這一形式的特點是創作者在實際上已經以論詞絕句的體式在論說詞人詞作，但他們並未明確意識到這便是與論詩絕句一樣的論說之體。他們或在『無意』中以詩的形式論評到詞人詞作，或偶爾隨意地以詩作之體寫下自己讀詞、編詞、選詞的所感所想。這一創作形式在論說理念上突出地體現出『無意』性的特性。」[129]此說雖主要針對初期論詞絕句的發展方向，恰可印證論詞絕句與論詞長短句具隨性品評之特性。

3　以詞評詞，呼應原作

論詞長短句因為使用詞體進行批評，無形當中與批評對象產生內在連結，評論者對詞籍作品表達看法，經常選擇該詞集之代表作，有特殊意涵之作品，重點在呼應原作。如陳維崧〈釵頭鳳・讀蘐庵先生詞，用原韻〉評史可程、曹亮武〈賀新郎・昆陵喜遇黃艾菴先生，因題其漢南詞卷尾，即用漢南詞韻〉品題黃永詞集，閱覽詞集間，特別欣賞某闋，故用原詞原韻品評，與詞集本身產生關聯性。徐倬（1622-1711）〈青玉案・題楓香詞即和原韻。時余將南歸，亦有蘋村

---

128 「簡約而形象的詞學批評特徵」，見程郁綴、李靜編著：《歷代論詞絕句箋注》（北京市：北京大學出版社，2014年7月），前言，頁4-5。另外孫克強提出價值之一「研究綜述」，此點係指運用絕句形式論文學論藝術更為普遍，均可瞭解論詞詩詞具備簡約與易評性。見孫克強、裴喆編著：《論詞絕句二千首》，上冊，前言，頁21-22。

129 胡建次：《中國古典詞學理論批評承傳研究》（南京市：鳳凰出版社，2011年6月），頁317。

詩餘，與牧仲倡和之作居多〉，品題友人宋犖詞集，特意選用集中
〈青玉案〉並和其韻，宋犖〈青玉案〉用以解釋詞集為何用「楓香」
命名，詞云：

> 楓香橋是黃州路。曾岸幘、扶筇去。一望霜天風景暮。空山流
> 水，白雲紅樹。動我悲秋賦。　　於今屢夢高歌處。聊取嘉名
> 錫癡語。蘭畹金莖休見妒。花間低按，尊前輕度。總愧江楓
> 句。　宋高賓王詞名竹屋癡語。[130]

是知〈青玉案〉於詞中有特殊意義，故徐氏取用和韻評詞。王昶
（1725-1806）〈金縷曲・新秋讀《桐石草堂詞》，中有寄籜石一闋，
感和其韻。非識曲聽真，誰知別有懷抱耶〉一詞，特別對汪仲鈖《桐
石草堂詞》某闋有感，即利用該詞韻填作讀詞心得。其中特別值得注
意者，汪仲鈖為汪森曾孫，填詞寄予錢載，兩人同為詩壇秀水派，交
往甚密。錢載又問學於朱彝尊，故王昶除對該詞有感外，更有意突顯
浙西詞派承續脈絡。

　　另外如焦袁熹〈解佩令・題江湖載酒集後〉、錢孫鍾〈解佩令・
讀《靜志居琴趣》，即用其自題詞集韻〉均步趨朱彝尊〈解佩令・自
題詞集〉所採詞調，如焦袁熹〈解佩令〉下自注「朱自云『玉田差
近』者，謙詞耳。」[131]可知曾參考朱氏自評，意在與之對照。

　　再以孫原湘為例，其論詞長短句可見較多評論唐宋詞之作，如填
「拜李圖題詞」組詞，標舉詞家三李，並分用〈菩薩蠻〉詠李白、

---

130 南京大學中國語言文學系《全清詞》編纂研究室編：《全清詞・順康卷》，冊11，頁
　　6573。
131 南京大學中國語言文學系《全清詞》編纂研究室編：《全清詞・順康卷》，冊18，
　　頁10601。

〈浪淘沙〉詠李煜、〈醉花陰〉詠李清照，均係將足以代表三李之作品，運用該詞調，填詞題詠，另外，為李清照辨明改嫁一事，即用〈聲聲慢〉詞調撰寫；記東坡生日使用〈念奴嬌〉記之，論及姜夔則填製〈暗香〉、〈疏影〉，均是特意選用，亦在呼應前賢原作。

4　標舉鄉賢，區域審美

　　清代詞壇之發展走向地域性、群體性，許多作者對於前代著名詞家，多有標舉與推崇，將其地位推至極高，甚而出現溢美言辭，然卻意外形塑成一種特色。以柳永為例，清代李漁、葉光耀、焦袁熹、繆謨與王初桐等均出生或任職江蘇一帶。對柳永葬於鎮江北固山，存在所謂對鄉里前輩之敬重與愛賞，故而李漁盛讚「曲祖」、焦袁熹推舉宋代第一；部分作家甚至希望所作可貼近柳永，均展現高度喜愛柳永之現象。

　　再舉秦觀為例，宋琬、萬樹、王度、杜詔與凌廷堪等人，其所作以登臨懷古或即地弔唁為主，卻間接刻劃秦觀與其詞面貌。透過敬愛前代鄉賢，觸發詞心之連結，進而理解詞人風格與心境。品評師長與友朋作品，亦多比附唐、宋詞人，提升其高度與詞風之認知度。朱彝尊〈三部樂·題曹侍郎寄愁集〉品題曹溶詞，上片云：「繡虎驚才，看老去填詞，惜香還又。銀箏低按，絕勝當年秦柳。也終是、家令情多，把曉鴻夜鶴，緣窗題就。且聽班管，分付笛牀歌袖。」[132]以曹詞勝過秦觀、柳永稱譽，並點明詞風與秦、柳相近。龔勝玉（生卒年不詳）〈賀新郎·序次山香草詞　次山為鄒程村甥〉下片云：

　　　玉郎俊望原如舅。看揮毫、雲經霞緯，天孫織就。直欲置身於

---

132 南京大學中國語言文學系《全清詞》編纂研究室編：《全清詞·順康卷》，冊9，頁5368。

宋室，淮海屯田為偶。真不愧、後來之秀。一派深情多傑句，
倩雪兒、檀板傳諸口。為數語，弁其首。[133]

龔氏讚美陳枋如其舅鄒祇謨之文采深厚，均可寫出美言如錦，更直陳
若與宋代諸家相較，則可與柳永、秦觀比肩。另一類型，則溯以「遠
祖」，使受評者與前賢有所關聯。如金兆燕（1719-1791）〈高陽臺·
高東井題定郎像，詞甚美，次韻酬之〉，所評對象為高文照，詞中下
片便舉「詞家竹屋真才子，把閒情更鑄，佳句同斟。」[134]將前代同姓
之高觀國提出，並比附如其人一般，均為詞壇才俊。

（二）詞學價值

1　提供輯佚考辨之線索

　　此點沿用王偉勇之說，「論詞長短句」常保留名不見經傳者其人
其作，並簡述生平，可供後世輯佚、考辨，這些線索包含詞調、詞人
行實及作品等。[135]如王崇炳（1653-1739），字虎文，號鶴潭，浙江東
陽縣（今浙江省東陽市）人。少習舉業，後肆力於詩，魏坤（1646-
1705）亟稱之。中年篤志理學，入毛奇齡（1623-1716）門，相互講
論甚合。嘗主講婺郡書院、奎光閣書院，著述頗豐，耄年成一方學術
領袖，著有《學耨堂詩餘》。其〈減字木蘭花·於殘卷中見魏水村詞
二首〉，提及魏水村其人，詞題下標明「水村名坤，孝廉，字禹平，
有詩名，浙江嘉善人，曾再至東陽。」詞云：

---

133 南京大學中國語言文學系《全清詞》編纂研究室編：《全清詞·順康卷》，冊10，
　　頁6102-6003。

134 張宏生主編，南京大學文學院《全清詞》編纂研究室編：《全清詞·雍乾卷》，冊
　　2，頁946。

135 王偉勇：〈兩宋「論詞詩」及「論詞長短句」之價值〉，《成大中文學報》第38期
　　（2012年9月），頁44。

浙西詞伯。水村向與留村敵。金留村名人望，淮陰人。工詞，與水村友善。檢得零章。花謝猶餘未了香。　　湘靈鼓瑟。雅調獨彈人不識，縢錦成文。靄靄春空一片雲。[136]

詞中點出與魏坤相善之金人望，亦工詞，兩人於浙西均以詞聞名。詞人特地紀錄被論者生平，不僅據以瞭解其身分，論與被論者間關係亦可清楚掌握。另外陳沆（1705-1755），字湛斯，號澄齋，浙江海寧（今浙江省海寧市）人。撰有〈水龍吟·題無錫王畹仙《芙蓉舫詞》〉，詞序云：「王名一元，自號蓉漁，康熙癸未進士。占籍奉天。今陝西靈臺，尋罷，流寓卒。平生欲作萬首詞，竟如其志。」[137]提點生平經歷，而讀詞之內容，亦可瞭解詞人生平與詞風，詞云：

果然萬闋詞耶，巨編四十驚初覯。蓉湖漁者，松山羈客，筆花騰糅。此癖殊深，何思不豔，有天皆瘦。記紅綾撤燕，三年製錦，早拋了、熏香綬。　　白髮寓公關右。醉天涯、唾壺頻叩。鄉心客夢，閒愁絮景，紛紛入手。斫地歌殘，栽花人去，軼材誰又。渺梁溪、一片秦川月黑，滯吟魂否。

上片說明王氏作萬餘首詞，宏偉巨編，甚是可觀。詞人原為江蘇無錫（今江蘇省無錫市）人，卻久居北方，又轉任陝西，故下片言及「白髮寓公關右」，王氏心存思歸，多托於詞中。結句點出故鄉梁溪渺渺，只見秦川風月，伴隨吟魂。王一元所作逾萬首詞，多數散失，其晚年

---

136 南京大學中國語言文學系《全清詞》編纂研究室編：《全清詞·順康卷》，冊20，頁11849。

137 張宏生主編，南京大學文學院《全清詞》編纂研究室編：《全清詞·雍乾卷》，冊2，頁642-643。

曾自訂存詞一千六百餘首，編《芙蓉舫集》二十卷，今僅存《歲寒詠
物詞》一卷行世。陳沆題詠稱巨手，稱道肯定，同時亦存事存人。

2 補充詞人論詞之觀點

　　無論王偉勇，或孫克強、程郁綴等，均提出「論詞詩詞」可對詞
人詞論進行補充。[138]吾人建構前代詞家論詞之觀點，多依據已印行之
詩話、筆記、詞集序跋、詞話等類項，卻忽略由詞集內部探得論詞之
詩與詞。以〔南宋〕劉克莊為例，若欲建構劉氏之詞學觀，除從《後
村詩話》揀擇其中論詞意見外，更可從其文集有相關序跋、論詞詩與
論詞長短句汲取資料。

　　詞壇多數作者均無詞話專著，詞學意見均散布於詞集序跋或論詞
詩與論詞長短句中，故整理並分析「論詞長短句」，可補充及建立詞
家之詞學觀。如田同之撰有詞話著作《西圃詞說》，從中無法探得李
煜相關評論，此時即可自論詞長短句採錄。又如陳聶恒既有論詞絕
句，又有論詞長短句，兩者互補融通，可梳理出陳氏詞學意見。焦袁
熹雖無詞話創作，卻填製組詞，系統性以詞論詞。爬梳此組詞與其他
論詞詩，便能探得焦氏詞學觀點，補充無詞話著作之缺憾，而此組詞
亦可視為簡易詞史。

3 瞭解詞人交友之網絡

　　清代論詞長短句特質之一為交際酬唱，此雖為該體製之小疵，卻
也可視為重要價值。原因在於經由整理過程，可瞭解詞人交友網絡，
掌握詞家互動情況，明瞭詞作傳播接受。以雍乾年間張玉穀（1721-
1780）為例，當時論詞長短句觸及張氏者有十餘首之多。以其為中

---

138 王偉勇提出：「補助建構論詞之觀點」、程郁綴提出：「保存和豐富了詞學批評史
　　料」、孫克強亦言：「詞學家批評理論的重要補充」。

心，綜理諸詞，便可勾勒出親友關係。如張素為張玉穀姊，曾評張玉穀詞集，詞特提及家學淵源。其父張一鳴，母華宜，均善詩詞，可從華宜〈踏莎行・題夫子《曠怡軒詞鈔》後〉略知一二。而表弟楊逢時、外甥嚴廷燦（張素之子）亦對張氏詞集表達高度讚賞，甚至其子張大鎔亦填詞〈臨江仙・敬題家君《樂圃詞鈔》後，即和鈔中《夏日村郊晚眺》韻〉表現崇拜。另外張萬選係張氏族兄，張萬選曾評張氏女弟子王瑗作品，而王瑗亦曾為師母詞集作〈南鄉子・題張師母浦夫人《停梭詞草》〉，合推二人詞集「傳向詞林真合璧」[139]。又透過交友可得知其他訊息，如沈起鳳、沈光裕、錢俊選曾對張氏詞集填詞評論，亦可從中瞭解沈光裕與張氏共同參定蔣重光所輯《昭代詞選》。故透過論詞長短句內容蘊藏豐富資料，可大致瞭解張玉穀在內之關係譜系，以及創作概況。爬梳此類材料，可架構出受評者之多元面貌。

另外，「同題共構」亦可探查詞人交友面向。例如論詞長短句中題詠「填詞圖」之特殊現象，以陳維崧「迦陵填詞圖」觀察，筆者所收千餘首論詞長短句中，題詠「填詞圖」者約一百二十餘首，「迦陵填詞圖」佔總數一半以上。時人競作，加上「名家效應」，適可窺見陳維崧交遊，及觀察後世接受評論。

4　反映詞壇各期之風尚

清代為群體構築詞派之發展年代，加上詞學復興，百家爭鳴，許多重要詞人透過不同管道，表述對詞體發展之看法。從雲間詞派、柳州詞派，歷陽羨詞派與浙西詞派，造成不同階段性之發展。屬陽羨詞派者，透過評論友朋之詞集，將欣賞與效法蘇辛詞風之特點提出，彰顯詞派詞人創作特色；認同浙西詞派者，則彰顯姜張作詞特色，提倡

---

139 張宏生主編，南京大學文學院《全清詞》編纂研究室編：《全清詞・雍乾卷》，冊16，頁8852。

雅正詞風。當然亦有非詞派色彩之評論，例如焦袁熹一家，論詞並無受陽羨或浙西所框架，提出己見。透過挖掘論詞長短句之內容，可瞭解不同詞家接受詞壇風尚之細節，更可進一步組織系聯詞派脈絡。

第三章

論唐、五代與女性詞人之長短句

　　韻文式論詞源起唐、宋，興盛於有清一代，為詞學評論載體之一。詞學評論研究，除詞集本身內容外，大致涵蓋十個面向，包括：一、仿擬作品，二、和韻作品，三、詞籍（集）序跋，四、詞話，五、詩話，六、筆記，七、論詞詩（包含論詞絕句），八、論詞長短句（即論詞詞），九、詞選，十、評點資料。[1]其中韻文式論「詞」，便屬論詞詩與論詞長短句兩種。以詩論詞，自中唐便有白居易效杜甫作〈聽歌六絕句〉，中如〈何滿子〉一詩，記錄聽歌所感，或〈楊柳枝詞八首〉之一論及〈楊柳枝〉等作品，均可見評「詞」痕跡。[2]而以詞論詞，亦可在宋代覘得宋人評宋詞之現象，例如：劉克莊〈漢宮春・題鍾肇長短句〉、李彭老〈浣溪沙・題草窗詞〉與李萊老〈青玉案・題草窗詞卷〉等作。韻文論詞既深抉詞心又雋逸可喜，輒能濃縮詞學豐富理路於較小篇幅之中，頗具批評與史料價值。由評論詞人褒貶至賞析詞句，從敘說本事到論述詞體特性與創作技法，並評析詞家與後世承繼關係，以確立其人在詞壇之地位。

　　清初詞人在創作中偶見以「論詞長短句」形式表達自身詞學看法與批評賞鑒之作品，而唐宋詞正是諸家關注焦點之一，時而綜述前朝詞體興衰，時而品評各家詞作，表述唐宋詞整體觀點與諸家優劣。千

1　此為王偉勇所提出，見〈清代論詞絕句之整理、研究及價值〉，《清代論詞絕句初編》（臺北市：里仁書局，2010年9月），頁1。

2　此論證可見趙福勇：《清代「論詞絕句」論北宋詞人及其作品研究》（新北市：花木蘭文化出版社，2012年3月），上冊，頁39-42。

餘首作品中，約一百六十首與唐宋詞有關，其中以焦袁熹所作〈采桑子・編纂《樂府妙聲》竟作〉，凡「論詞長短句」五十五闋，所選皆唐、宋詞人，是百首論及唐宋詞之大宗。本章針對百餘首「論詞長短句」分類闡述，對被論及較多之詞家，特立專節敘論。清人論及唐、五代詞，多以名家導向，被討論對象包括李白、張志和、劉禹錫、韋莊、和凝、馮延巳、陶穀、花蕊夫人、李煜等。較特別者，為經常被清代常州詞派討論之溫庭筠，以及唐代作詞先驅白居易均未被清初詞人所關注。較大幅度被論及者，以李白與李煜兩人為主。另外，本章特闢一節綜論清代初期詞家評議唐宋之女性詞人，故章節安排上，共立三節，分別為：「論李白」探討太白其人與作品；「論李煜」關注李後主其人與詞作；「論唐宋女性詞人」分析花蕊夫人、遼后蕭觀音、聶勝瓊、李清照、朱淑真等。其間取用詞話、詞籍序跋，甚而詩話、筆記、論詞絕句等，予以會通析論，闡發幽微，以窺清代前期詞家「論詞長短句」對唐、五代詞作與女性詞人之接受態度和詞學宗尚。

第一節　論李白

　　李白（西元701-762），字太白，號青蓮居士，盛唐重要詩人，與杜甫齊名，世稱李杜，詩風影響後世甚深。因留下〈菩薩蠻〉與〈憶秦娥〉兩闋詞，被〔宋〕黃昇譽為「百代詞曲之祖」。[3]李白是否作詞一事，歷來學者爭執不休，至今未有定論。曾昭岷等所編《全唐五代詞》從寬收錄李白詞共十三首，匯聚歷代文獻提及李白所填詞作。清代前期「論詞長短句」中，論及李白及其作品者，有宋琬（1614-1673）、曹貞（1647-1698）、汪灝（生卒年不詳）、焦袁熹（1661-

---

3　〔宋〕黃昇：《花庵詞選》，收錄於《景印文淵閣四庫全書》（臺北市：臺灣商務印書館，1988年2月），冊1489，頁307。

1736）、俞廷舉（1743-？）與孫原湘（1760-1829）六家。雍乾間僅
俞廷舉、孫原湘二家提及，可知順康年間討論李白風氣較雍乾朝盛
行。各家皆就李白之文才縱橫絕代、性格風流瀟灑論述，茲分項縷析
如次。

一　描摹太白之形象

論詞長短句論及李白者計五家，均從沉香亭北作三首〈清平調〉
談起。李白作〈清平調〉三首，有諸多本事，較早見載於〔唐〕李濬
《松窗雜錄》：

> 開元中，禁中初重木芍藥，即今牡丹也。得四本，紅、紫、淺
> 紅、通白者。上因移植於興慶池東沉香亭前。會花方繁開，上
> 乘月夜召太真妃以步輦從。詔特選梨園弟子中尤者，得樂十六
> 部。李龜年以歌擅一時之名，手捧檀板，押眾樂前欲歌之。上
> 曰：「賞名花，對妃子，焉用舊樂詞為？」遂命龜年持金花牋
> 宣賜翰林學士李白，進〈清平調〉詞三章。白欣承詔旨，猶苦
> 宿醒未解，因援筆賦之。詞曰：「雲想衣裳花想容，春風拂曉
> （一作檻）露華濃。若非群玉山頭見，會向瑤臺月下逢。一支
> 紅艷露凝香，雲雨巫山枉斷腸。借問漢宮誰得似，可憐飛燕倚
> 新妝。名花傾國兩相歡，長得君王帶笑看。解釋春風無限恨，
> 沉香亭北倚闌干。」龜年遂以詞進，上命梨園弟子約略調撫絲
> 竹，遂促龜年以歌。[4]

4　〔唐〕李濬：《松窗雜錄》（臺北市：木鐸出版社，1982年5月），頁4-5。《新唐書》
　　亦就此本事載之。

此三首〈清平調〉作於李白最風光時，故後人常藉以描摹詩人風流，如宋琬〈摸魚兒〉：「沉香亭畔揮毫處，猶憶太真微笑」、曹章〈百字令〉：「沉香亭畔醉葡萄，濃艷新詞堪摘」、汪灝〈水調歌頭〉：「又有清平絕調，何故不公侯」、焦袁熹〈采桑子〉：「蛾眉捧硯飛香雨，不奈猖狷，之楚之秦」、俞廷舉〈賀新郎〉：「誰知道、清平佳句。傾國名花成戲謔，教玉環、飛燕相嬌妬。春山蹙，秋波怒」[5]評者多採正面角度，肯定李白清平樂章佳妙，甚能依此於事業更上層樓。〈清平調〉之絕妙，歷來亦有品評，如〔清〕沈謙《填詞雜說》：「雲想衣裳花想容，此是太白佳境。」[6]〔清〕李調元《雨村詞話》亦言：「太白詞有『雲想衣裳花想容』，已成絕唱。」[7]可惜才子天妬，得罪小人，導致官途寥落，遭遇流放。故汪灝反問「何故不公侯」，答案既是已知，汪氏藉此表達慨嘆；而焦袁熹與俞廷舉則直舉原因，指出小人進讒，使得太白無法見重於君主。當時〈清平調〉作成，《松窗雜錄》記載：

> 上自是顧李翰林尤異於他學士。會高力士終以脫烏皮六縫為深恥。異日太真妃重吟前調，力士戲曰：「此謂妃子怨李白深入骨髓，何拳拳如是？」太真妃因驚曰：「何翰林學士能辱人如斯？」力士曰：「以飛燕指妃子，是賤之甚矣。」太真頗深然之。上嘗欲命李白官，卒為宮中所捍而止。[8]

---

5 南京大學中國語言文學系《全清詞》編纂研究室編：《全清詞・順康卷》（北京市：中華書局，2002年5月），冊2，頁909；冊15，頁8495；冊17，頁9868；冊18，頁10578；張宏生主編，南京大學文學院《全清詞》編纂研究室編：《全清詞・雍乾卷》（南京市：南京大學出版社，2012年5月），冊11，頁6251。

6 〔清〕沈謙：《填詞雜說》，收錄於唐圭璋主編：《詞話叢編》（北京市：中華書局，2005年10月），冊1，頁631。

7 〔清〕李調元：《雨村詞話》，收錄於唐圭璋主編：《詞話叢編》，冊2，頁1390。

8 〔唐〕李濬：《松窗雜錄》，頁5。

可知皇帝本欲拔擢，惜遭逢讒言，使李白終不得見用。焦氏言「不奈
狺狺」，狺狺，原指狗吠聲，出於《楚辭》〈九辯〉：「猛犬狺狺而迎吠
兮，關梁閉而不通。」[9]此處引伸用指小人。李白才氣縱橫，性格自
信狂放，確易遭受謗言，最後離開長安，「之楚之秦」，異地漂泊，浪
跡江湖。俞廷舉亦將得罪貴妃一事點出，並引漢宮飛燕比附，卒未獲
更理想之發展。

　　詞人據沉香亭北作詩開展外，亦從其他本事描摹詞人形象。例如
清初名家宋琬流寓吳越前，行經采石磯，懷念起唐代名詩人，作〈摸
魚兒‧采石弔李太白作〉：

　　　　問青山、謫仙安在，招魂來下員嶠。沉香亭畔揮毫處，猶憶
　　　　太真微笑。鯨背好，髡髽有、文貍赤豹為前導。宣城謝朓。
　　　　賦佳句驚人，澄江如練，千載可同調。　　　蠶叢路，展齒當年
　　　　曾到。羊腸詰曲今猶昔，為我在歌蜀道。停蘭櫂。君不見、浣
　　　　花溪上空蘿蔦。吾將灑掃。喚起杜陵翁，峨眉山月，中夜聞
　　　　長嘯。

詞題「采石」，相傳為李白水中撈月失足溺死處，後世立墳以供弔
唁，宋琬因而睹景思人。首句提問「謫仙安在」，「謫仙」一詞係賀知
章初讀李白作品後，給予之評價：「天寶初，南入會稽，與吳筠善，
筠被召，故白亦至長安。往見賀知章，知章見其文，歎曰：『子，謫
仙人也！』」[10]宋琬此問，係滿足內心渴望期待遇見大詩人，故言招魂

9　〔漢〕王逸注，〔宋〕洪興祖補注：《楚辭補註》（臺北市：藝文印書館，2000年10
　　月），頁308-309。
10　〔宋〕宋祁、歐陽脩等撰：《新唐書》（北京市：中華書局，1975年2月），卷202，
　　頁5765。

來下員嶠。員嶠為古代仙山，謫仙既逝而歸仙班，招魂令其下得凡
塵。李白曾寫〈登高丘而望遠〉：「登高丘，望遠海。六鰲骨已霜，三
山流安在？」〈懷仙歌〉：「巨鰲莫載三山去，我欲蓬萊頂上行」[11]
「鰲」與「三山」均古代神話流傳詞彙，《列子》〈湯問〉記載：「渤
海之東有五山：岱輿、員嶠、方壺、瀛洲、蓬萊。五山飄動，帝命禺
彊使巨鰲十五舉首戴之，五山始峙。而龍伯之國大人一釣連六鰲，於
是岱輿、員嶠二山流於北極，沉於大海。」[12]宋琬此處用沉於海中之
員嶠山為招魂處，或寓意重生。想像李白如山鬼一般駕車而來，從遊
仙角度幻想李白騎鯨出現，旁有「文貍赤豹」護衛，猶如山鬼出場形
象。〈九歌‧山鬼〉開頭描摹：「乘赤豹兮從文貍，辛夷車兮結桂
旗」，借此畫面，與李白騎鯨結合，聚焦在謫仙一事上。例如杜甫
〈送孔巢父謝病歸遊江東兼呈李白〉：「若逢李白騎鯨魚，道甫問訊今
何如」[13]，亦是想像李白騎鯨隱遁。筆鋒一轉，宋琬提及李白欣賞文
壇前輩謝朓，此處係將李、謝互做比附，說明兩人詩歌皆高妙。李白
曾於〈宣州謝朓樓餞別校書叔雲〉寫下：

> 棄我去者昨日之日不可留，亂我心者今日之日多煩憂。長風萬
> 里送秋雁，對此可以酣高樓。蓬萊文章建安骨，中間小謝又清
> 發。俱懷逸興壯思飛，欲上青天覽日月。抽刀斷水水更流，舉
> 杯銷愁愁更愁。人生在世不稱意，明朝散髮弄扁舟。[14]

點出「蓬萊文章建安骨，中間小謝又清發」，將謝朓詩歌與自己之風

---

11 〔清〕彭定求等編：《全唐詩》（北京市：中華書局，1960年4月），冊5，卷163，頁
　　1689、卷167，頁1727。
12 楊金鼎等注：《楚辭注釋》（臺北市：文津出版社，1993年9月），頁178。
13 〔清〕彭定求等編：《全唐詩》，冊7，卷216，頁2259。
14 〔清〕彭定求等編：《全唐詩》，冊5，卷177，頁1809。

格相比，風格均是清新秀逸。謝朓〈晚登三山還望京邑〉名句「餘霞散成綺，澄江靜如練」[15]，歷來詩家愛賞，李白亦是其中之一，其〈金陵城西樓月下吟〉便指出：「解道澄江淨如練，令人長憶謝玄暉。」[16]自視為謝朓之異代知己。宋琬針對此點，肯定兩家「千載可同調」。

下片轉向談及入蜀之經驗。「蠶叢路，屐齒當年曾到」，透過化用李白〈送友人入蜀〉「見說蠶叢路，崎嶇不易行」[17]句開頭，說明足跡曾至此地，感嘆蜀道至今仍是羊腸徑，並無改變，亦驗證當年李白〈蜀道難〉描繪景況。此時宋氏回歸現實，船隻停泊於采石磯旁溪水上，運用李白擅長古體詩化入詞中，「君不見、浣花溪上空蘿蔦」，帶出另一位與李白交好之友人杜甫。末三句則針對杜甫緬懷李白，轉化為對文壇前輩之遙念。

另一位詞人汪灝，以相近題材，填寫懷念李白。汪灝，字紫滄，安徽休寧（安徽省黃山市）人，采石磯便在安徽省馬鞍山境內。汪灝遊歷故鄉名勝，入謫仙廟後有〈水調歌頭・泊采石題謫仙廟〉誌感：

> 筆落鬼神泣，豪氣壓千秋。胡為頻見天子，空下釣鰲鉤。既有嚇蠻新草，又有清平絕調，何故不公侯。翻謫夜郎去，瘴雨聽鵂鶹。　　騎鯨後，荒廟靜，此磯頭。煙空月冷，問誰驚落斗星浮。那是千堆雪浪，卻是一江春酒，日夜為君流。悵悵我停棹，可許共銷愁。

---

15 逯欽立輯校：《先秦漢魏晉南北朝詩》（臺北市：學海出版社，1991年2月），中冊，頁1430。

16 〔清〕彭定求等編：《全唐詩》，冊5，卷166，頁1720。

17 〔清〕彭定求等編：《全唐詩》，冊5，卷177，頁1805。

首二句便將對李白之欣賞表露無遺，認為其文筆足使鬼神泣，豪氣無人可比，此論調亦與賀知章評價李詩相同。杜甫〈寄李十二白二十韻〉紀錄賀氏評賞李白事蹟云：「昔年有狂客，號爾謫仙人。筆落驚風雨，詩成泣鬼神。」[18]此亦為杜甫心中評價。然江氏提出質疑，為何多次在天子身旁，卻仍徒勞無功？李白曾自稱海上釣鼇客，〔宋〕趙令時《侯鯖錄》載：

> 李白開元中謁宰相，封一板，上題曰：「海上釣鼇客李白。」宰相問曰：「先生臨滄海，釣巨鼇，以何物為鉤線？」白曰：「風波逸其情，乾坤縱其志。以虹蜺為線，明月為鉤。」又曰：「何物為餌？」白曰：「以天下無義氣丈夫為餌。」宰相竦然。[19]

既懷雄心壯志，欲效力朝廷，又具「嚇蠻新草」與「清平調」等功績，為何無法成就事業？其中「嚇蠻新草」係李白傳說之一環，〔明〕馮夢龍《警世通言》依此改寫為〈李謫仙醉草嚇蠻書〉，故事情節提及：「李白左手將鬚一拂，右手舉起中山兔穎，向五花箋上，手不停揮，須臾，草就嚇蠻書。……番使點頭而別，歸至本國，與國王述之。國王看了國書，大驚，與國人商議，天朝有神仙贊助，如何敵得。寫了降表，願年年進貢，歲歲來朝。」末以詩結尾亦言：「嚇蠻書草見天才，天子調羹親賜來。一自騎鯨天上去，江流採石有餘哀。」[20]可知嚇蠻書打響太白知名度，再寫下〈清平調〉，理應聖眷正

18　〔清〕彭定求等編：《全唐詩》，冊7，卷225，頁2430。

19　〔宋〕趙令時撰，孔凡禮點校：《侯鯖錄》，收錄於《歷代史料筆記叢刊》（北京市：中華書局，2002年9月），卷6，頁151-152。

20　〔明〕馮夢龍：《警世通言》（臺北市：光復書局，1998年8月），頁93、99。

隆，怎不得皇帝垂青？晚年甚且參與政治險些喪命，最後流放夜郎，
處境堪憐。會流放夜郎一事，始末見新舊《唐書》之〈李白傳〉，以
《新唐書》所載較詳：

> 安祿山反，（李白）轉側宿松、匡廬間，永王璘辟為府僚佐。
> 璘起兵，逃還彭澤；璘敗，當誅。初，白游并州，見郭子儀，
> 奇之。子儀嘗犯法，白為救免。至是子儀請解官以贖，有詔長
> 流夜郎。會赦，還尋陽，坐事下獄。[21]

時值國家處理「安史之亂」尖峰之際，宗室永王璘引兵謀反。內亂旋
被平定，李白因被永王辟為僚佐遭牽連，論罪當誅，幸得中興名將郭
子儀營救，始得逃過死刑，重判流放夜郎。夜郎乃蠻荒之地，杜甫
〈寄李十二白二十韻〉提及「五嶺炎蒸地，三危放逐臣」[22]，將夜郎
一帶假想為人煙稀少、酷暑濕熱，並充滿瘴癘之氣。遠謫荒地，身心
殊難調適，雨間聽取鵂鶹低鳴。鵂鶹，飛禽也，類屬貓頭鷹，叫聲低
沉淒厲，令人不忍聽聞，說明李白處境慘澹。

　　下片拉回現實。李白仙逝，雖後人建置廟宇紀念，然如今人煙罕
至，荒蕪廢棄。汪氏感嘆一代詩仙遭遇崎嶇，憑弔處亦寥落不堪，僅
憑江水似酒，躍浪於采石磯上，聊以悼念。故最後感性停棹，突想
〈將進酒〉詩末句「與爾同銷萬古愁」，江水為酒，同弔詩人。

二　慨歎才情之絕代

　　描摹詩仙形象外，多數詞人更肯定其風流多才。性格雅愛山水風

21　〔宋〕宋祁、歐陽脩等撰：《新唐書》，卷202，頁5766。
22　〔清〕彭定求等編：《全唐詩》，冊7，卷225，頁2430。

光，自號雲鶴山人之曹章，將李白視為心中傑出詩人，故作〈百字令・李太白〉紀念：

> 辭翰聲名，振宇宙、早識風流人物。沉香亭畔醉葡萄，濃艷新詞堪摘。聲葉鸞簫，音諧鳳管，吹落梅花雪。才華秀麗，萬古詞壇稱傑。　　但看琥珀光浮，琉璃色映，覺錦心煥發。五色烟霞凝彩筆，萬丈光芒不滅。千鎰貂裘，五花寶馬，換酒共消白髮。一飲千鍾，莫把金樽對月。

〈百字令〉又名〈念奴嬌〉，顯係和蘇軾〈念奴嬌〉（赤壁懷古）詞韻。起首開宗明義揭示愛賞李白，稱其聲名「振宇宙」，詩作舉世聞名，是「萬古詞壇」傑出人物。下片借鑑李白諸作品寫其成就萬丈光芒之原因。李白藉美酒入喉，展現高超創作力，〈客中作〉：「蘭陵美酒鬱金香，玉碗盛來琥珀光；但使主人能醉客，不知何處是他鄉。」[23]琥珀色澤之美酒，盛在琉璃酒器中，是人生一大享受。有酒相陪，李白更具錦心繡口，如持五色彩筆，搦管屬文，驚艷千古。太白〈冬日於龍門送從弟京兆參軍令問之淮南觀省序〉讚美從弟：「兄心肝五臟，皆錦繡耶？不然，何開口成文，揮翰霧散？」[24]飲酒提升創發力，即〈將進酒〉所言：

> 君不見黃河之水天上來，奔流到海不復回。君不見高堂明鏡悲白髮，朝如青絲暮成雪。人生得意須盡歡，莫使金樽空對月。天生我材必有用，千金散盡還復來。烹羊宰牛且為樂，會須一

---

23 〔清〕彭定求等編：《全唐詩》，冊6，卷181，頁1842。
24 〔清〕董誥等編：《欽定全唐文》（北京市：中華書局，1983年11月），冊4，卷349，頁3539。

飲三百杯。岑夫子,丹丘生。將進酒,君(一作杯)莫停。與
君歌一曲,請君為我側耳聽。鐘鼓饌玉不足貴,但願長醉不願
醒。古來聖賢皆寂寞,惟有飲者留其名。陳王昔時宴平樂,斗
酒十千恣歡謔。主人何為言少錢,徑須沽取對君酌。五花馬,
千金裘。呼兒將出換美酒,與爾同銷萬古愁。[25]

此為李白著名酒詩,傳達及時行樂,有酒當飲之人生觀。「天生我材
必有用」,說人生瓶頸總能解消;「鐘鼓饌玉不足貴,但願長醉不願
醒」,申尋樂勝於守財。曹章末五句即予化用,雖不如原詩佳妙,卻
點出詩人飲酒賦詩之絕佳能力。

　　上述多談及個人形象與詩氣才華,焦袁熹則就詞體發展角度,提
出對李白與詞體間關係。焦袁熹編定《樂府妙聲》後,應用此教育後
學如何填詞,選詞定篇後,更針對所選詞家詞作再填〈采桑子〉予以
評注。據焦以敬、焦以恕《焦南浦先生年譜》「康熙五十五年丙申」
條下載:「是年選定《樂府妙聲》,平日論詞推周美成,選竟以柳耆卿
為第一,猶詩中有摩詰,曲中有馬東籬也。元、明曲本亦閱之遍,著
方言凡鄉俗語多有自來,隨見書之始於是年。」[26]故較能聚焦詞體討
論。《樂府妙聲》無緣睹見,不知是否選入未被評論者之作品,然五
十餘闋論詞長短句,已可勾勒焦氏詞學觀。首闋〈采桑子・編纂樂府
妙聲竟作　李太白〉透露將李白置於第一位被評論者,已說明其開創
地位。

25　〔清〕彭定求等編:《全唐詩》,冊5,卷162,頁1681-1682。

26　〔清〕焦以敬、焦以恕編:《焦南浦先生年譜》,收錄於北京圖書館編:《北京圖書
　　館藏珍本年譜叢刊》(北京市:北京圖書館出版社,1999年4月,清光緒二十三年木
　　活字本),冊8,頁363。

　　蛾眉捧硯飛香雨。不奈猖狂。之楚之秦。身是天涯放逐臣。

　　　秦娥夢落秦樓月，感嘆千春。袍爛如銀。畢竟風流第一人。

貴妃捧硯助寫〈清平調〉三章於前文已陳述，此詞上片交代李白因個性率真豪放，得罪權貴，遭遇排擠離開京城。李白曾得勢一時，載於〔元〕辛文房《唐才子傳》：「白浮遊四方，欲登華山，乘醉跨驢經縣治，宰不知，怒，引至庭下曰：『汝何人？敢無禮。』白供狀不書姓名曰：『曾令龍巾拭吐，御手調羹，貴妃捧硯，力士脫靴。天子門前，尚容走馬，華陽縣裏，不得騎驢？』宰驚愧，拜謝曰：『不知翰林至此。』白長笑而去。」[27]性格桀驁不拘，使高力士眼紅，惹來誹謗。焦氏《此木軒雜著》「陶淵明李太白」條提出相關看法，云：「李太白醉，使高力士脫鞾，世皆盛稱之，太白誠氣蓋一世，然亦正以其無心，故可貴爾。此等事若有心為之，其胸懷卑鄙與脅肩諂笑、吮癰舐痔者，何以異哉？」[28]說明李白貴於無心，個性使然。更於〈讀唐詩二首〉之二同情李白性格不合於時，所謂：「李白清狂劇可哀，釣鰲海上久徘徊。清平一曲君王笑，博得蛾眉捧硯來。」[29]清狂使然，阻礙成就，僅獲君王、后妃短暫青眼。之後離開京城，遠離朝廷，漂泊各地。安史之亂爆發，下山赴尋陽，入永王李璘幕。永王觸怒肅宗被殺，李白因此獲罪入獄。幸得郭子儀力保，方免死，改流徙夜郎。如杜甫這般友人在詩作中關心，〈夢李白二首〉之一云：「江南瘴癘地，逐客無消息。」〈寄李十二白二十韻〉：「稻粱求未足，薏苡謗何

27　〔元〕辛文房：《唐才子傳》（臺北市：廣文書局，1969年1月），上冊，卷2，頁12。

28　〔清〕焦袁熹：《此木軒雜著》，收錄於《清代學術筆記叢刊》（北京市：學苑出版社，2005年9月），冊10，頁21。

29　王偉勇編：《清代論詞絕句初編》，頁87-88。

頻。五嶺炎蒸地，三危放逐臣。」[30]另外，亦可從李白寄內詩看出漂泊無奈，如〈南流夜郎寄內〉：「夜郎天外怨離居，明月樓中音信疏。北雁春歸看欲盡，南來不得豫章書。」[31]家訊寄情，反映無可奈何之悲哀。故焦袁熹以「身是天涯放逐臣」為註腳，解釋從春風得意至流放僻地，內心起伏跌宕。

下片第一句直接襲用李白〈憶秦娥〉詞句：

> 簫聲咽。秦娥夢斷秦樓月。秦樓月。年年柳色，灞陵傷別。
> 　　樂遊原上清秋節。咸陽古道音塵絕。音塵絕。西風殘照，漢家陵闕。[32]

〔清〕劉熙載《藝概》言：「太白〈菩薩蠻〉、〈憶秦娥〉兩闋，足抵少陵秋興八首，想其情境，殆作於明皇西幸後乎？」[33]高度推崇此詞，以杜甫〈秋興〉組詩相較，王國維更在《人間詞話》提出：「太白純以氣象勝，西風殘照，漢家陵闕，寥寥八字，遂關千古登臨之口。」[34]說明李白填詞依舊保有盛唐氣象，不若晚唐哀感委靡。此詞本事見於〔清〕黃蘇《蓼園詞評》記載較詳：「花庵詞客云：『太白此詞及〈菩薩蠻〉二詞，為百代詞曲之祖。』」按此乃太白於君臣之際，難以顯言，因託興以抒幽思耳。言至今簫聲之咽，無非秦地女郎夢想從前秦樓之月耳。夫秦樓乃簫史與弄玉夫婦和諧，吹簫引鳳，升仙之所。至今誰不慕之。豈知今日秦樓之月，乃是灞陵傷別之月耳。第二

30　〔清〕彭定求等編：《全唐詩》，冊7，卷218，頁2289、卷225，頁2430。
31　〔清〕彭定求等編：《全唐詩》，冊6，卷184，頁1885。
32　曾昭岷、曹濟平、王兆鵬、劉尊明編：《全唐五代詞》（北京市：中華書局，1999年12月），上冊，頁16。
33　〔清〕劉熙載：《藝概》，收錄於唐圭璋主編：《詞話叢編》，冊4，頁3688。
34　〔清〕王國維：《人間詞話》，收錄於唐圭璋主編：《詞話叢編》，冊5，頁4241。

闕，漢之樂遊原，極為繁盛。今際清秋古道之音塵已絕，惟見淡風斜日，映照陵闕而已。嘆古道之不復，或亦為天寶之亂而言乎？然思深而託興遠矣。」[35]〔南宋〕黃昇將〈菩薩蠻〉與〈憶秦娥〉推為「百代詞曲之祖」，明、清之際產生相當反響，詞評家持懷疑態度，就李白是否填詞一事展開諸多討論。尤以〈菩薩蠻〉、〈憶秦娥〉二詞真偽，及詞壇初祖之論辨為主，至今仍苦無定論。初始，〔明〕胡應麟《少室山房筆叢》提出質疑，認為：

> 今詩餘名〈望江南〉外，〈菩薩蠻〉、〈憶秦娥〉稱最古。以《草堂》二詞出太白也。近世文人學士或以為實。然余謂太白在當時直以風雅自任，即近體盛行七言律，鄙不肯為，寧屑事此。且二詞雖工麗，而氣衰颯，於太白超然之致，不啻穹壤，藉令真出青蓮，必不作如是語。詳其意調，絕類溫方城輩，蓋晚唐人詞嫁名太白，若懷素草書，李赤姑熟耳。原二詞嫁名太白有故，《草堂詞》，宋末人編青蓮詩，亦稱《草堂集》，後世以二詞出唐人，而無名氏故偽題太白，以冠斯編也。[36]

高度懷疑李白填詞，認定係有心人假託其名。然〔清〕吳衡照反駁胡說，《蓮子居詞話》主張〈憶秦娥〉神理高絕，非溫庭筠輩能作，認定胡氏偽託說為無見。[37]清代論詞絕句中亦有評家質疑李白是否為詞壇初祖，例如沈道寬〈論詞絕句四十二首〉之四：「野錄湘山起論

---

35 〔清〕黃蘇：《蓼園詞評》，收錄於唐圭璋主編：《詞話叢編》，冊4，頁3033。

36 〔明〕胡應麟：《少室山房筆叢》，收錄於《景印文淵閣四庫全書》（臺北市：臺灣商務印書館，1986年2月），冊886，卷25，頁438。

37 〔清〕吳衡照：《蓮子居詞話》，收錄於唐圭璋主編：《詞話叢編》，冊3，卷1，頁2400。

端，詞家三李信疑間；可應直自開天世，豫詠中興菩薩蠻。」[38]首句提及〔宋〕釋文瑩《湘山野錄》開啟李白詞爭端：

> 平林漠漠煙如織，……此詞不知何人寫在鼎州（今湖南常德）滄水驛樓，復不知何人所撰。魏道輔（泰）見而愛之。後至長沙，得古集於子宣（曾布）內翰家，乃知李白所作。[39]

點出李白作詞可疑處，認為李白無法聽聞宣宗年間流行之〈菩薩蠻〉[40]，遑論填詞，故無「詞家三李」[41]說。站在肯定角度者有鄭方坤〈論詞絕句三十六首〉之二云：「青蓮雅志存刪述，魏晉而來棄不收；卻向詞林作初祖，心傷暝色入高樓。」[42]詩後自註：「李太白〈憶秦娥〉、〈菩薩蠻〉二調為千古填詞之祖。」亦視為詞林初祖，且以〈憶秦娥〉、〈菩薩蠻〉為其代表作。焦袁熹亦偏向肯定，提出意見。下片近於襲用李白原詞「秦娥夢斷秦樓月」，僅汰「斷」為「落」，重視李白從意氣風發受皇帝賞愛，至遭遇流放，狼狽不堪之過程，置放

---

38 王偉勇編：《清代論詞絕句初編》，頁168。

39 〔宋〕釋文瑩撰，鄭世剛、楊立揚點校：《湘山野錄》，收錄於《歷代史料筆記叢刊》（北京市：中華書局，2007年8月），卷上，頁15。

40 〔明〕胡應麟：《少室山房筆叢》載：「〈菩薩蠻〉之名，當起於晚唐世。按《杜陽雜編》云：『大中初，女蠻國貢雙龍犀、明霞錦，其國人危髻金冠，瓔珞被體，故謂之菩薩蠻。當時倡優遂制〈菩薩蠻〉曲，文士亦往往效其詞。』《南部新書》亦載此事。則太白之世，唐尚未有斯題，何得預製其曲耶？又《北夢瑣言》云：『宣宗愛唱〈菩薩蠻〉詞，令狐相國假溫飛卿新撰密進之，戒以勿泄，而遽言於人，由是疏之。』按大中即宣宗年號，此詞新播，故人君喜歌之。余屢疑近飛卿，至是釋然，自信具隻眼也。」（頁438）

41 「詞家三李」一說，見〔清〕王又華《古今詞論》載沈謙語云：「男中李後主，女中李易安，極是當行本色。前此太白，故稱詞家三李。」收錄於唐圭璋主編：《詞話叢編》，冊1，頁605。

42 王偉勇編：《清代論詞絕句初編》，頁109。

歷史洪流中，同感者多矣，故下句慨言「感嘆千春」。即使如此，李
白仍因其高度成就而與眾不同，焦氏以「袍爛如銀」形容風采卓越。
古代吳地有白紵歌舞，《樂府古題要解》卷上解〈白紵歌〉云：「古詞
盛稱舞者之美，宜及芳時為樂，其譽白苧曰：『質如輕雲色如銀，製
以為袍餘作巾。袍以光軀巾拂塵。』」[43]舞者著白紵舞衣展現生動舞
姿，後漸為官宦人家高級藝術表演。李白亦撰有〈白紵辭〉三首，第
三首描述：「吳刀剪綵縫舞衣，明妝麗服奪春暉。揚眉轉袖若雪飛，
傾城獨立世所稀。」[44]讚賞舞者明妝麗服，姿態宜人，轉袖如雪，「傾
城獨立」，可見白紵舞衣特出。焦氏以衣舞喻文才，點出李白之非
凡，正如李白於〈流夜郎贈辛判官〉自況：「氣岸遙凌豪士前，風流
肯落他人後。」[45]豪情風流，不假人後。以文采粲然、舉世獨立之
姿，成就詞林初祖地位，故稱其「風流第一人」。

　　與焦袁熹看法相當者，尚有乾嘉年間俞廷舉。俞氏字石村，號一
園，又號一元山人，廣西全州（廣西省桂林市）人。其〈賀新涼・月
夜讀太白詞，次左曙樓韻　乙酉〉云：

　　　　皓月西山吐。望窗前、綠楊芳草，滿庭煙樹。朗誦青蓮天寶
　　　事，千古風流獨步。誰知道、清平佳句。傾國名花成戲謔，教
　　　玉環、飛燕相嬌妬。春山蹙，秋波怒。　　謫仙自是多才具。
　　　想當年、縱情詩酒，放懷馳騖。醉眼昏迷天地裏，終日何知朝
　　　暮。自一旦、汾陽知遇。方識平生酣是假，信高人、出沒如雲
　　　霧。身若醉，眼如炬。

43 〔唐〕吳兢：《樂府古題要解》，收錄於《四庫全書存目叢書》（臺南市：莊嚴文化
　　事業公司，1997年6月），頁5。
44 〔清〕彭定求等編：《全唐詩》，冊5，卷163，頁1696。
45 〔清〕彭定求等編：《全唐詩》，冊5，卷170，頁1751。

起句呼應詞題，皓月當空，景致依稀。夜讀之餘，遙想太白當時風流
自信。俞氏觀筆記資料載〈清平調〉本事，亦予以寫入詞中。倡李白
風流與多才為俞詞聚焦之處，與曹章、焦袁熹無異，較特別者，係點
出李白長於識人，當年搭救年少郭子儀，便知彼具將相之才，必成大
器。故結句言及「身若醉，眼如炬」，雖太白時常酩酊大醉，仍是目
光如炬，慧眼識英雄。

三　詞家三李之並論

　　論詞言及李白，評者易將「詞家三李」並列。然「詞家三李」一
詞究竟發端何時？〔明〕卓人月〈如夢令〉即並列三李，詞云：

> 欲問齋中三李。太白風流無底。後主洵多情，俊煞易安居士。
> 歡喜。歡喜。我有嘉賓如此。[46]

卓氏特賞三李，其書齋故以「三李」為名，〈如夢令〉便係自題書齋
而寫。其中提及三李特色，如太白風流、後主多情、易安才俊，正為
卓氏心摹手追者，亦是晚明文士心性之基本內涵。然卓人月雖並稱三
李，卻未以「詞家」一語涵蓋，大抵晚明之季，三李並稱已是共識。
卓氏編選《古今詞統》，保留其觀點，徐士俊〈古今詞統序〉云：「必
詳其逸事，識其遺文，遠征天上之仙音，下暨荒城之鬼語，類載而並
賞之。雖非古今之盟主，亦不愧詞苑之功臣矣。」[47]肯定《古今詞
統》成就。《古今詞統》卷四選李後主詞，下有徐氏評語云：「後主、

46　饒宗頤初纂，張璋總纂：《全明詞》（北京市：中華書局，2004年1月），冊6，頁
　　2902。

47　〔明〕卓人月匯選，徐士俊參評，谷輝之校點：《古今詞統》（瀋陽市：遼寧教育出
　　版社，2001年1月），冊1，序言，頁2。

易安直是詞中之妖。恨二李不相遇。」[48]將李煜與李清照合論,更以「詞中之妖」標舉二人。進一步並論二李者,為明末清初之沈謙。沈謙《填詞雜說》云:「男中李後主,女中李易安,極是當行本色。」[49]論及詞中最本色當行之代表人物,再次串連二李。

然「詞家三李」一說,係建立於沈氏說法之上。王又華(生卒年不詳)《古今詞論》曾轉錄沈謙評詞云:

> 沈去矜曰:男中李後主,女中李易安,極是當行本色。此前太白,故稱詞家三李。[50]

對照沈謙《填詞雜說》雖見此語,卻無「此前太白,故稱詞家三李」二句。王又華所纂《古今詞論》,雜錄各家論詞語,雖名「古今詞論」,所收前人之作甚少,係以明、清文人詞論為主。同論本色,提及沈謙說法,至於追認李白,與李煜、李清照共稱詞家三李,則首見王又華《古今詞論》。要言之,無法確認為沈謙提出,抑或王又華轉錄增易。然此說漸為當代詞壇接受,亦開始出現「詞家三李」合論之意見,如孫原湘之「拜李圖題詞」,此組詞有序云:

> 詞中三李,太白,詞之祖也;南唐後主,繼別者也;漱玉,繼禰者也。詞家多奉姜、張而不知溯其先。予與諸子學詞而設醴以祀三李,作《拜李圖》,各就三家調倚聲歌之,以當侑樂。[51]

---

48 〔明〕卓人月匯選,徐士俊參評,谷輝之校點:《古今詞統》,冊1,頁143。

49 〔清〕沈謙:《填詞雜說》,收錄於唐圭璋主編:《詞話叢編》,冊1,頁631。

50 〔清〕王又華:《古今詞論》,收錄於唐圭璋主編:《詞話叢編》,冊1,頁605。

51 清代詩文集彙編編纂委員會編:《清代詩文集彙編》(上海市:上海古籍出版社,2010年12月),冊464,頁402。

序言以江西詩派一祖三宗之法，陳述孫氏心中三人地位，並強調當世詞家多奉姜夔、張炎為圭臬，卻不知溯其先導。提及此組詞，必須先就孫氏為首之「消寒詞會」說明。據萬柳《清代詞社研究》載，嘉慶二十三年（1818），孫原湘等曾舉行「消寒詞會」，並將聚會所得之詞作彙成《消寒詞》，孫氏撰序。《消寒詞》保留集會分題吟詠內容凡九題，包括：「吳瘦青（震）白雲閣，詠紅梅、詠綠梅」、「孫小真（文杓）禮姜館，題姜白石像」、「許小漁（誥）雲眠山館，東坡生日」、「言依山（尚熤）孟晉齋，題李易安秋詞圖」、「周山樵（僖）墨君堂，元夕」、「錢南鄉（敦禮）函秋閣，詠唐花」、「孫心青（原湘）長真閣，拜李圖」、「張眉卿（爾旦）種玉堂，柳如是小印」與「同人集燕園，花朝即事」等。[52]參與者包括孫原湘、吳震、孫文杓、許誥、言尚熤、周僖、錢敦禮、張爾旦、李馨等人。各題於當時唱和不一，而「題拜李圖辭」正好為孫原湘所主導。孫氏特選三調題詠，分別代表三李作品，〈菩薩蠻・侑謫仙人〉：

> 詩仙自被蛟龍得。何人筆燦青蓮色。杯酒問寒空。一星搖酒中。
> 　辦香心禮佛。蕊向毫端活。可惜一千年。江山風月閒。[53]

〈浪淘沙・侑南唐後主〉：

> 吟管太生香，名士文章。風流強要作君王。染就一襟天水碧，褪了黃裳。　　洗面淚珠涼，春短愁長。落花休自怨蒼黃，放下射鵰詞賦手，挽住斜陽。[54]

---

52 萬柳：《清代詞社研究》（鄭州市：中州古籍出版社，2011年10月），頁236-240。
53 清代詩文集彙編編纂委員會編：《清代詩文集彙編》，冊464，頁402。
54 清代詩文集彙編編纂委員會編：《清代詩文集彙編》，冊464，頁402。

〈醉花陰‧侑易安居士〉：

> 餐盡百花人獨秀，露洗聰明透。風卷一簾秋，滿地寒香，飛上
> 新詞瘦。　　玲瓏藕孔香生九，絕調令誰又。我欲繡青蓮，有
> 箇人兒，先勸將伊繡。[55]

孫氏將李白地位推崇極高，言自從太白離世後，人間文采少有「青蓮
色」，更指「可惜一千年，江山風月閑」，下迄千年，風月閒置無人題
詠，視李白文筆無可取代。論及李煜，仍就帝王身分議論，申明本為
文士風流，卻強作君王，使得身世零落；下片針對被囚遭遇陳述，較
無涉及後主詞。最後評騭李清照，首句突顯於宋代一枝獨秀，因用詞
調〈醉花陰〉，便於詞中指出「人比黃花瘦」之新詞佳句，所創絕調
無人可比擬。

　　孫原湘與卓人月為詞作意相近，卓氏奉為書齋三友，而孫氏則就
前人提出「詞家三李」加以典範化，並以詞說明三李各自特出處。因
李白創作詞事，許多評論者尚存懷疑，如前已提及沈道寬〈論詞絕
句〉之四「詞家三李信疑間」；譚瑩（1800-1871）〈論詞絕句一百
首〉之二、之三亦云：

> 謫仙人語獨稱詩，菩薩蠻推絕妙詞；並憶秦娥疑贗作，盍將風
> 格比溫岐。
> 七言律少五言多，偶按新聲奈若何；清平樂令真衰颯，縱入花
> 菴選亦訛。[56]

---

55 清代詩文集彙編編纂委員會編：《清代詩文集彙編》，冊464，頁402。
56 王偉勇編：《清代論詞絕句初編》，頁204。

說明〈菩薩蠻〉、〈憶秦娥〉雖被宋人標榜絕代，〈清平樂〉氣象衰颯，諸作縱使選入詞選，仍無法證明為李白所作。

第二節　論李煜

李煜（西元937-978）為南唐後主，繼承中主李璟家業，自身酷愛文學，群臣有才性相當如馮延巳輩唱和。二主一相詞風相近，遂成南唐詞風，與西蜀花間一脈影響後世詞壇甚鉅。李煜詞因家破國亡而有所分界，前期清新俊逸，後期哀憐悽惋，懸殊極大，加上後主一生浪漫，軼事頗豐，增添多元討論。清代前期「論詞長短句」評李煜者七闋，論者包括余光耿（1651-1705）、焦袁熹（1661-1736）、盛本梅（生卒年不詳）、田同之（1677-1751）、吳鎮（1721-1797）、張九鉞（1721-1803）與孫原湘（1760-1829），[57]內容多經由帝王身世、處境雷同人物比較、詞風評判等面向，言及李煜與其詞之文學地位，就此可歸納論點有三，分別為「與亡國之君並論」、「彰顯李詞之特色」與「援事判詞史定位」，述論如下。

一　與亡國之君並論

李煜才情絕代，歷來多有評論，如〔明〕胡應麟《詩藪》雜編卷四云：「後主一目重瞳子，樂府為宋人一代開山祖。蓋溫、韋雖藻麗，而氣頗傷促，意不勝辭，至此君方是當行作家，清便宛轉，詞家王、孟。」[58]〔清〕沈謙《填詞雜說》：「男中李後主，女中李易安，

---

57 孫原湘詞已在上節論及，本節略而不述。
58 〔明〕胡應麟：《詩藪》，收錄於《續修四庫全書》（上海市：上海古籍出版社，2002年3月），冊1696，頁212-213。

極是當行本色。」[59]又〔清〕譚獻《譚評詞辨》卷二:「後主之詞,足當太白詩篇,高奇無匹。」[60]以上評論皆可印證李煜之成就,然擁有文人浪漫血統,卻須統理複雜之國家政治,無怪乎亡國北擄後,宋太祖出言笑諷。〔宋〕葉夢得《石林燕語》卷四載:

> 太祖嘗因曲燕問:「聞卿在國中好作詩」,因使舉其得意者一聯。煜沉吟久之,誦其詠扇云:「揖讓月在手,動搖風滿懷」。上曰:「滿懷之風,卻有多少?」他日復燕煜,顧近臣曰:「好一箇翰林學士。」[61]

太祖諷「滿懷之風」有多少,即認為帝王應磅礡如漢高祖「大風歌」充滿力量,吞吐風雲,故嘲弄李煜詩作:「寒士語耳,吾不道也。」[62]均以為李煜欠缺國君應有氣度。故詞評家每閱覽唐、五代詞至李煜時,不免發出相同慨歎,如〔清〕沈謙《填詞雜說》云:「李後主拙於治國,在詞中猶不失為南面王。」[63]拙於治國雖是事實,仍肯定李煜足以引領詞壇。郭麐〈南唐雜詠〉云:「我思昧昧最神傷,予季歸來更斷腸。作個才人真絕代,可憐薄命作君王。」[64]為李煜雖才華絕世,卻困囿於末代國主身分,感到悲哀。

歷來多位與李煜遭遇相當之才子君王,詞評家常就彼此關係聯

---

59 〔清〕沈謙:《填詞雜說》,收錄於唐圭璋主編:《詞話叢編》,冊1,頁631。

60 〔清〕譚獻:《譚評詞辨》,收錄於唐圭璋主編:《詞話叢編》,冊4,頁3993。

61 〔宋〕葉夢得撰,宇文紹奕考異,侯忠義點校:《石林燕語》(北京市:中華書局,2006年3月),卷4,頁60。

62 〔宋〕陳師道:《後山詩話》,《詩話總龜》(北京市:人民文學出版社,2006年6月),後集卷1,頁1。

63 〔清〕沈謙:《填詞雜說》,收錄於唐圭璋主編:《詞話叢編》,冊1,頁632-633。

64 王偉勇編:《清代論詞絕句初編》,頁159。

想，同發感慨，較正面者如沈初〈編舊詞存稿作論詞絕句十八首〉之
一云：「南朝樂府最清妍，建業傷心萬樹烟。誰料簡文宮體後，李王
風致更翩翩。」[65]建業一帶人文薈萃，亂世君王如梁簡文帝、陳後
主，莫不以能文著稱，然若論最具翩翩風範，僅李煜之詞可稱道；論
詞長短句同樣將李煜類比其他君王者，如焦袁熹，字南浦，號廣期，
江蘇金山（今屬上海市）人。其〈采桑子‧南唐後主〉云：

> 小樓昨夜東風動，杜宇啼春。哀苦難聞。怎奈官家未了身。
> 　　陳家叔寶劉家禪，狐兔荊榛。懵懂因循。傲煞玲瓏七竅
> 人。[66]

焦袁熹編定《樂府妙聲》後，或用此指導後學填詞，選詞定篇後，更
針對所選詞家詞作再填〈采桑子〉提出相關議論評注。是詞從李煜去
國被俘，成階下囚，此後詞篇多半寄寓亡國哀思，相較前期摹寫宮廷
富麗，與后妃間情事，後期真摯動人，更令人回味再三。焦袁熹以
「小樓昨夜東風動」說明李煜後期詞風之雋永，化用〈虞美人〉詞
句，指出亡國悲音，哀苦難聞。〈虞美人〉詞：

> 春花秋月何時了。往事知多少。小樓昨夜又東風。故國不堪回
> 首月明中。　　雕闌玉砌應猶在。只是朱顏改。問君能有幾多
> 愁。恰似一江春水向東流。[67]

---

65 王偉勇編：《清代論詞絕句初編》，頁134。

66 〔清〕焦袁熹：《此木軒直寄詞》三卷附舊作一卷，《此木軒全集》（上海市：上海
　圖書館古籍室所藏鈔本），未編頁碼。

67 曾昭岷、曹濟平、王兆鵬、劉尊明編：《全唐五代詞》，上冊，頁741。「雕闌玉砌應
　猶在」一作「雕闌玉砌依然在」。

焦氏首句化用「小樓昨夜又東風」點出家國亡滅，不堪回首。李煜降宋北歸後，鎮日抑鬱寡歡，〔宋〕王銍《默記》載：「李國主歸朝後與金陵舊宮人書云：『此中日夕，只以眼淚洗面。』」[68]花草、星月本值得賞翫之景物，如今徒存傷感，見花開花謝、月盈月缺，不再以鑑賞角度看待，反而甚感厭倦，盼終有結束之時。儘管李煜後期詞風成就非凡，在焦氏眼中仍然可議。李煜長於文采，曾迷戀於笙歌宴舞，嘗自稱「淺斟低唱、偎紅倚翠大師鴛鴦寺主」[69]，可見風流。深具文士特質，卻主掌國家命運，不禁讓人聯想遭遇相當之君主，如焦袁熹便直舉陳叔寶（西元553-604）、劉禪（西元207-271）相提並論。陳叔寶與李煜遭遇相當，李煜嘗作〈念家山破〉，陳彭年《江南別錄》載：「後主妙於音律，樂曲有〈念家山〉，親演其聲為〈念家山破〉，識者知其不祥。」[70]「破」本唐、宋樂舞名稱，為樂曲術語，指唐、宋燕樂大曲之一部分。大曲第三段稱「破」，若單演唱此段稱「曲破」。因節奏緊促，且有歌有舞，故宋代甚流行，宮廷大宴亦常與其他舞曲輪番演出。評者就樂音急促與曲調名之雙關，進而聯想為讖語，故言李煜自度曲隱藏亡國凶兆，意謂南唐國破前，亡國音聲已先預聞，一如陳後主之時。邵思《野說》即言：

> 亡國之音，信然不止〈玉樹後庭花〉也。南唐後主精於音律，
> 凡變曲莫非奇絕。開寶中因將除，自撰〈念家山〉一曲，既而
> 廣為〈念家山破〉，其讖可知也。宮中、民間日夜奏之，未及

---

68 〔宋〕王銍撰，朱杰人點校：《默記》（北京市：中華書局，1997年12月），卷下，頁44。

69 〔宋〕陶穀：《清異錄》，收錄於《景印文淵閣四庫全書》（臺北市：臺灣商務印書館，1986年8月），冊1047，卷上，頁854。

70 〔宋〕陳彭年：《江南別錄》，收錄於朱易安等主編：《全宋筆記》（鄭州市：大象出版社，2003年10月），第1編，冊4，頁209。

兩月，傳滿江南。[71]

陳後主所作〈玉樹後庭花〉，據《隋書》〈樂志〉載：「（陳後主）於清樂中造〈黃驪留〉及〈玉樹後庭花〉、〈金釵兩臂垂〉等曲，與幸臣等製其歌詞，綺豔相高，極於輕薄；男女唱和，其音甚哀。」[72]斯可見兩位末代君王遭遇相近，創作亦多雷同；再者《南史》〈陳本紀〉亦載陳後主：「奏伎縱酒，作詩不輟」[73]說明陳後主之才氣。兩人縱有過人才情，卻淪為政治之弱者。焦氏以「怎奈官家未了身」道出同情。詞中又舉三國劉禪耽溺酒色，不理朝政，聽信宦官黃皓，以致多有疑怨者，於是賢人漸退，小人日進，〔明〕鄭瑗便將劉禪、李煜合論，其《螖笑偶言》云：

> 劉禪既為安樂公，而侍宴喜笑，無蜀技之感，司馬昭哂其無情。李煜既為違命侯，而詞章悽惋，有故國之思。馬令譏其大愚。噫！國破身辱之人，瞻望故都，思與不思無往而不招誚，古人所以貴死社稷也。[74]

鄭氏旨述亡國君主無論思國與否，均必遭責難，若能「貴死社稷」，聲名或可保全。兩人均未能殉國，然比較下，李煜詞章寄託故國之思，哀民傷國，實遠勝劉禪樂不思蜀之無情。焦氏比附劉禪是否有感於前人言論，無法明確舉證，然「陳家叔寶劉家禪」一語，雖刻意類

71　〔宋〕邵思：《雁門野說》，此則收錄於鄧子勉編：《宋金元詞話全編》（南京市：鳳凰出版社，2008年12月），上冊，頁44。

72　〔唐〕魏徵等撰：《隋書》（北京市：中華書局，1973年8月），頁309。

73　〔唐〕李延壽：《南史》（北京市：中華書局，1975年5月），頁308。

74　〔明〕鄭瑗：《螖笑偶言》，收錄於王雲五主編：《叢書集成初編》（上海市：商務印書館，1939年12月），冊373，頁3。

比李煜、陳叔寶與劉禪三人身分相當，卻仍見高下。較之陳叔寶與劉禪只知懵懂因循，治國無方，以致山河易主，又落得識人未清惡名，李煜尚保憂國憂民之心，起先稱臣求安，國滅而為保全百姓安危，肉袒降宋，可見仁厚。故以「玲瓏七竅人」指涉陳後主專注戀色弄墨，劉禪縱情逸樂不思故國，李煜雖同樣亡國失位，卻較二人良善。

　　盛本柟，字讓山，浙江嘉興（今浙江省嘉興市）人，雍正年間卒。盛氏亦從此方向立說，更用〈南唐浣溪沙〉切近主題。其詞云：

　　　　剗襪香階禁院中。轆轤金井下梧桐。誰道不如陳後主，景陽宮。
　　　　　青蓋北來王氣盡，玉笙吹徹小樓空。千古長城封號並，隴西公。[75]

首二句直接化用李煜前期作品〈菩薩蠻〉與〈采桑子〉詞句，「剗襪步香階，手提金縷鞋，畫堂南畔見。」[76]描寫與小周后偷情過程，「剗襪」句更為經典名句；〈采桑子〉云：

　　　　轆轤金井梧桐晚，幾樹驚秋。晝雨新愁。百尺蝦鬚在玉鉤。
　　　　　瓊窗春斷雙蛾皺，回首邊頭。欲寄鱗遊。九曲寒波不泝流。[77]

此詞雖寫離別愁緒，但盛氏特舉「轆轤金井梧桐晚」進行剪裁，意指李煜生活富庶，另一方面則指涉李煜言情寄愁於兒女私情，朝政則漠

---

75 南京大學中國語言文學系《全清詞》編纂研究室編：《全清詞‧順康卷》，冊19，頁10976。

76 曾昭岷、曹濟平、王兆鵬、劉尊明編：《全唐五代詞》，上冊，頁754。

77 曾昭岷、曹濟平、王兆鵬、劉尊明編：《全唐五代詞》，上冊，頁758。

不關心。續言比附陳後主，實有諷諭成分，上片結於「景陽宮」三字，更是與首二句呼應。陳後主曾大費人力建造宮殿，格局以富麗見稱，《陳書》記載：

> 光照殿前起臨春、結綺、望仙三閣，閣高數丈，竝數十間，其窗牖、壁帶、懸楣、欄檻之類，竝以沉檀香木為之，又飾以金玉，間以珠翠，外施珠簾，內有寶牀、寶帳，其服玩之屬，瑰奇珍麗，近古所未有。[78]

所造宮殿窮極奢華，僅為滿足一己私欲。景陽宮則是陳後主亡國前避躲處，《陳書》〈本紀〉載：「後主聞兵至，從宮人十餘出後堂景陽殿，將自投於井，袁憲侍側，苦諫不從，後閣舍人夏侯公韻又以身蔽井，後主與爭久之，方得入焉。及夜，為隋軍所執。」[79]陳後主攜貴妃躲於景陽殿旁胭脂井，正與李煜「揮淚對宮娥」如出一轍。〈破陣子〉末三句：「最是倉惶辭廟日，教坊猶奏別離歌。垂（一作「揮」）淚對宮娥。」[80]蘇軾讀後作跋語云：

> 後主既為樊若水所賣，舉國與人，故當慟哭於九廟之外，謝其民而後行，顧乃揮淚宮娥，聽教坊離曲何哉！[81]

此論一出，〔宋〕洪邁《容齋隨筆》以及蕭參《希通錄》等無不齊聲

---

78 〔唐〕姚思廉：《陳書》（北京市：中華書局，1973年5月），卷7，頁131-132。

79 〔唐〕姚思廉：《陳書》，卷6，頁116。

80 曾昭岷、曹濟平、王兆鵬、劉尊明編：《全唐五代詞》，上冊，頁764。

81 〔宋〕蘇軾：《東坡志林》（北京市：中華書局，1921年9月），卷4，頁85。

呼應[82]，盛本栯有意突顯陳、李後主於亡國當下行為雷同，因此比附。下片提及趙匡胤揮軍南下，以象徵帝王之「青蓋」，說明南唐國祚氣數已盡，而盛氏引李璟詞「細雨夢回雞塞遠，小樓吹徹玉笙寒」[83]加以點化〈虞美人〉：「小樓昨夜又東風。故國不堪回首月明中」等句，塑為「玉笙吹徹小樓空」，說明李煜耗盡父輩積累之基業、國力，如今小樓已空，不堪回首。下片末二句亦是將陳、李後主並提，陳後主諡號「長城縣公」[84]，李煜被宋太宗封為「隴西郡公」[85]，故稱「千古長城封號並」，可知嘲諷意味甚深。盛氏師事朱彝尊，可視為浙西詞派羽翼，雖名位不顯達，作詞確有章法。盛氏年未三十而亡，就留

---

82 〔宋〕洪邁：《容齋隨筆》〈李後主梁武帝〉：「東坡書李後主去國，……以為後主失國，當慟哭於廟門之外，謝其民而後行，乃對宮娥聽樂，形於詞句。予觀梁武帝啟侯景之禍，塗炭江左，以至覆亡，乃曰：『自我得之，自我失之，亦復何恨？』其不知罪己，亦甚矣。竇嬰救灌夫，其夫人諫止之，嬰曰：『侯自我得之，自我捐之，無所恨。』梁武用此言而非也。」（北京市：中華書局，2005年11月，上冊，卷5，頁64）；蕭參：《希通錄》〈論亡國之主〉：「後主是養成兒女之態耳，如梁武帝稔侯景之禍，毒流江左，乃曰：『自我得之，自我失之，亦復何恨？』此說雖與二者不同，如窮而呼盧，驟勝驟負，無所愛惜，特付之一挼耳。」見載於《說郛》，收錄於《景印文淵閣四庫全書》（臺北市：臺灣商務印書館，1986年8月），冊876，卷6下，頁307。洪、蕭二人均由東坡評論起興，並連結南朝梁武帝造成侯景之亂作比較，認為東坡所述有理。

83 李璟〈山花子〉：「菡萏香銷翠葉殘，西風愁起綠波間。還與韶光共憔悴，不堪看。　　細雨夢回雞塞遠，小樓吹徹玉笙寒。多少淚珠無限恨，倚闌干。」見曾昭岷、曹濟平、王兆鵬、劉尊明編：《全唐五代詞》，上冊，頁726。〔宋〕陳振孫《直齋書錄解題》（上海市：上海古籍出版社，1987年12月）卷二十一云：「《南唐二主詞》一卷，中主李璟、後主李煜撰。卷首四闋〈應天長〉、〈望遠行〉各一，〈浣溪沙〉二（調應為〈山花子〉），中主所作，……餘詞皆重光所作。」（頁614-615）李璟二首〈山花子〉常被誤為李煜作品，恐盛氏亦任為此詞係李煜所作，故援引入詞。

84 〔唐〕姚思廉：《陳書》卷6載：「隋仁壽四年十一月壬子，薨於洛陽，時年五十二。追贈大將軍，封長城縣公。」（頁117）

85 〔清〕吳任臣撰，徐敏霞、周瑩點校：《十國春秋》（北京市：中華書局，1983年12月）卷17載：「太宗即位，始去違命侯，加特進，封隴西郡公。」（頁254）

存論詞長短句觀察，所觸及者包括：李煜、秦觀、聶勝瓊、辛棄疾、文天祥、陳維崧等，若不短壽，或能如焦袁熹一般廣泛關照唐、宋詞家，以論詞長短句繫年詞史。

　　焦、盛二家皆聚焦李煜治國失當，利用前代亡國君主比附，所引是否精確，仍待商議。陳叔寶風流才情，與李煜景況略近，故後代評論家常以彼此互論，尚可服眾。然劉禪才德與李煜甚不相似，焦氏提出劉禪雖為突顯李煜愛其子民，較具仁心，然恐失周全。李煜之傑出詞才，不應全然為治國無方所掩。焦、盛二人以道德倫理層之批評角度，雖扣緊史實，卻無法公允給予詞壇應有地位。

二　彰顯李詞之特色

　　詞至五代，有西蜀與南唐兩大詞壇，足以相提並論。南唐雖不似西蜀有《花間集》收錄作品，然二主一相創作直可匹敵，如陳秋帆〈陽春集箋序〉云：「五代之詞，僅西蜀、南唐為著，餘不足數。而此兩時間詞壇健手，西蜀則韋莊，南唐則二李、馮延巳而已。」[86]其中又以李煜獨樹一幟，眾評論家推舉再三。李煜前後期詞作風格迥異，前期馨逸浪漫，後期則悽惋哀豔，詞風因亡國而改易甚大。此改變亦讓多數評論者對亡國後作品給予高度評價，例如汪筠〈讀〈詞綜〉書後二十首〉之三云：「南唐悽惋太癡生，吞吐春風不自明。一拍一杯還一夢，直他亡國為新聲。」[87]首句以「悽惋」點出風格，末句以「新聲」稱譽李煜後期作品，別開古今，令人一新耳目。新聲原係指歌曲，如吳融〈水調〉：「鑿河千里走黃沙。浮殿西來動日華。可

86　金啟華、張惠民、王恆展、王增學合編：《唐宋詞集序跋匯編》（臺北市：臺灣商務印書館，1993年2月），頁9。

87　王偉勇編：《清代論詞絕句初編》，頁123。

道新聲是亡國，且貪惆悵後庭花。」[88]進階說法可由李清照評驚柳永詞看出，〈詞論〉云：「涵養百餘年，始有柳屯田永者，變舊聲，作新聲，出《樂章集》，大得聲稱於世。」[89]李清照在「創立新聲」層面上，十分肯定柳永，甚至說明經百年涵養，才得以出現一位天才詞家，可知新聲亦指涉詞體。因柳永嫻熟音樂，能有「教坊樂工每得新腔，必求永為辭，始行於世，於是聲傳一時」[90]之貢獻。以上均證新聲即指涉詞體。汪筠論詞絕句所言「新聲係一語雙關，一指李煜所作之詞，又道出亡國後，後主詞風新變，令人驚艷。清代論詞長短句中，汪筠詩末句明顯一語雙關。如〔清〕余光耿，字介遵，一字觀文，安徽婺源（今江西省婺源縣）人，〔明〕余懋衡之孫。讀李煜詞有感，除就身世議題抒發外，亦點出李煜亡國前後詞風，其〈臨江仙·書李後主詞後〉云：

> 繁華六代銷磨盡，朱門燕又爭飛。簫聲不管日沉西。鏤金歌袖，雙向月中垂。　　婉麗新詞填未就，一城烽舉烟迷。東風面洗淚珠兒。粉殘香斷，亡國恨依依。[91]

中國東南一帶地理環境富庶，亦較遠於動盪之中原，自然偏安一隅，歷來建都金陵者，皆能自給自足，維持國力。至李唐國勢衰頹後，部分勢力重新抬頭，正如〔唐〕劉禹錫〈烏衣巷〉云：「朱雀橋邊野草

---

88 曾昭岷、曹濟平、王兆鵬、劉尊明編：《全唐五代詞》，下冊，頁1042。

89 李清照〈詞論〉見於〔宋〕胡仔：《苕溪漁隱叢話》，收錄於葛渭君編：《詞話叢編補編》（北京市：中華書局，2013年3月），冊1，頁102。

90 〔宋〕葉夢得撰，徐時儀校點：《避暑錄話》，收錄於《宋元筆記小說大觀》（上海市：上海古籍出版社，2001年12月），冊3，頁2628。

91 南京大學中國語言文學系《全清詞》編纂研究室編：《全清詞·順康卷》，冊16，頁9167。

花，烏衣巷口夕陽斜。舊時王謝堂前燕，飛入尋常百姓家。」[92]繁華富麗，洵屬統治者必爭。劉氏詩中曾經沒落之「堂前燕」，而今重整旗鼓，於朱門前爭飛，南唐李氏便是其中一支。地處偏安、物產豐隆，使南唐自覺身居安全國度，君臣上下沉醉於歌舞昇平。李煜〈浣溪沙〉詞描摹宮中宴飲酒酣耳熱，嬪娥起舞，云：

> 紅日已高三丈透。金爐次第添香獸。紅錦地衣隨步皺。　　佳
> 人舞點金釵溜。酒惡時拈花蕊嗅。別殿遙聞簫鼓奏。[93]

呈現宮廷奢靡豪華、縱情聲色，並由紅色錦緞地毯隨舞步而起皺，帶引出宮中美人酣歌醉舞之景象。唐圭璋《唐宋詞簡釋》評曰：

> 此首寫江南盛時宮中歌舞情況。起言紅日已高，點外景。次言
> 金爐添香，地衣舞皺，皆宮中事，換頭承上，極寫宴樂。金釵
> 舞溜，其舞之盛可知；花蕊頻嗅，其醉之甚可知。末句，映帶
> 別殿簫鼓，寫足處處繁華景象。[94]

故余氏藉李煜寫下「簫聲不管日沉西。鏤金歌袖，雙向月中垂」，說明君臣寄情於飲宴唱和，為文則多綺豔著稱。下片話鋒一轉，以「婉麗新詞」尚未達意，便遭逢戰事「烽舉烟迷」，意旨家國亡滅猝不及防。「婉麗」正用以解釋李煜前期詞風。然歷經亡國，人生瞬變，李煜心境從情韻婉麗逐步轉化，寫下〈虞美人〉：「小樓昨夜又東風，故國不堪回首月明中」等字句。余氏以「東風」代指〈虞美人〉詞意，

---

92 〔清〕彭定求等編：《全唐詩》，冊11，卷365，頁4117。

93 曾昭岷、曹濟平、王兆鵬、劉尊明編：《全唐五代詞》，上冊，頁753。

94 唐圭璋：《唐宋詞簡釋》（北京市：人民文學出版社，2010年4月），頁34。

點出後期詞風悽苦，多為哀感黍離傷痛。整體而言，余氏持議論，前期婉麗，後期悽苦，並同情李煜亡國遭遇。余氏生於明末清初，祖、父均受朝廷重用。然久困場屋，故用詩詞寄託感慨，吟詠自遣。李煜亡國遭遇雖與余氏身世無太大關連，然後主受囚困圄之心境誘發共鳴，進而書寫觀後感，並更追和李煜〈臨江仙〉（櫻桃落盡春歸去）[95]韻，除評論外，亦傳達欣賞其詞心跡。

　　另一首讀後感為吳鎮（1721-1797）所作，閱李詞後深有所思，便以詞評之。吳鎮字信辰，一字士安，號松崖，別號松花道人，甘肅狄道（今甘肅省臨洮縣）人，著有《松花庵詩餘》。吳氏僅見此首論及唐、宋單家詞人，或可見其對李煜之欣賞。其〈虞美人・書李後主詞後〉云：

> 汴雲遮斷江南路。淒惋成佳句。小樓憐爾又東風。何似愁多愁少、任愁空。　　此間無復歸朝樂。但有牽機藥。好還天道故遲遲。卻在燕山亭上、杏花時。[96]

李煜北歸囚於汴京，成違命侯。江山易主，詞風大變，常透顯濃厚愁緒，正是國家不幸詩家幸。吳氏讀詞得此意念，故以囚於汴京之「汴雲」，阻擋李煜遠眺江南故國發想。作品瀰漫悽惋，形成李煜重要特色。詞評家亦嘗提及，如彭孫遹〈曠庵詞序〉云：「溫韋、二主、少

---

95 李煜〈臨江仙〉：「櫻桃落盡春歸去，蝶翻輕粉雙飛，子規啼月小樓西。畫簾珠箔，惆悵卷金泥（又作惆悵暮煙垂）。　　門巷寂寥人去後，望殘煙草低迷，鑪香閒嫋鳳凰兒。空持羅帶，回首恨依依。」見曾昭岷、曹濟平、王兆鵬、劉尊明編：《全唐五代詞》，上冊，頁743-744。

96 張宏生主編，南京大學文學院《全清詞》編纂研究室編：《全清詞・雍乾卷》，冊2，頁1104。

游、美成諸家，率皆以穠至之景寫哀怨之情。」[97]陳聶恒〈讀宋詞偶成絕句十首〉之九云：「南唐小令憐悽惋」[98]、汪筠〈讀〈詞綜〉書後二十首〉之三云：「南唐悽惋太癡生」；陳廷焯《白雨齋詞話》卷一亦提出：「後主詞，思路悽惋，詞場本色。」[99]眾家所評皆標舉李煜詞之主要特色，亦可知南唐詞風梗概。吳鎮填製〈虞美人〉書寫讀詞感懷，又於第三句化用李煜〈虞美人〉（春花秋月何時了）經典詞句，原本客觀之「小樓昨夜」句一變為主觀、哀憐；下片扣緊〈虞美人〉詞故實，寫「牽機」禍，據王銍《默記》卷上載：「後主在賜第，因七夕命故妓作樂，聲聞於外，太宗聞之大怒；又傳『小樓昨夜又東風』及『一江春水向東流』之句，併坐之，遂被禍云。」[100]太宗趙光義怒此詞心懷思故國，遂賜藥毒殺。末三句峰迴路轉，以天道報應，結合李煜另一本事。〈燕山亭〉為宋徽宗著名詞作，徽宗係神宗第十一子，王士禎《池北偶談》載：「宋徽宗諸事皆能，獨不能為君耳。」[101]所言甚是。徽宗書畫、詞賦名滿後世，卻難解政治重大危機，選擇退位，留予其子欽宗收拾，終有靖康之難。《宋史》〈欽宗本紀〉：

> 三月辛卯朔，帝在青城。丁酉，金人立張邦昌為楚帝。庚子，

97　〔清〕彭孫遹：《松桂堂全集》收錄於《景印文淵閣四庫全書》（臺北市：臺灣商務印書館，1987年8月），冊1317，卷37，頁302。

98　王偉勇編：《清代論詞絕句初編》，頁90。

99　〔清〕陳廷焯：《白雨齋詞話》，收錄於唐圭璋主編：《詞話叢編》，冊4，頁3779。

100　〔宋〕王銍撰，朱杰人點校：《默記》，卷上，頁4。又〔清〕吳任臣撰，徐敏霞、周瑩點校：《十國春秋》卷17載：「三年七月辛卯薨。」下註：「宋太宗使徐鉉見後主於賜第，後主忽吁嘆曰：『當時悔殺潘祐、李平。』鉉不敢隱，遂有賜後主牽機藥之事。蓋餌其藥則病，前却數十回，頭足相就如牽機狀也。又後主在賜第，七夕，命故伎作樂，聲聞於外。太宗聞之大怒，又傳『小樓昨夜又東風』，又『一江春水向東流』句，併坐之，遂被禍云。」（頁254）

101　〔清〕王士禎：《池北偶談》（北京市：中華書局，1997年12月），上冊，頁202。

金人來取宗室，開封尹徐秉哲令民結保，毋藏匿。丁巳，金人脅上皇（徽宗）北行。四月庚申朔，大風吹石折木。金人以帝（欽宗）及皇后、皇太子北歸。[102]

《金史》〈太宗本紀〉：「（天會六年，1127）婁室敗宋兵於華州，訛特刺破敵於渭水，遂取下邽。丁丑，以宋二庶人素服見太祖廟，遂入見於乾元殿。封其父昏德公、子重昏侯。」[103]靖康二年（1127），徽、欽二宗遭擄北遷，受盡屈辱；徽宗於北地又屈度九年，正如李煜降宋遭遇。〔宋〕無名氏《朝野遺記》載：

徽廟在韓州，會虜傳至書。一小使始至，見上登屋，自正芰舍，急下，顧笑曰：「堯舜茅茨不翦，方取縅眹。」又有感懷小詞。末云：「天遙地闊，萬水千山，知它故宮何處？⋯⋯無據。和夢也、有時不作。」真似李主「別時容易見時難」聲調也。後顯仁歸鑾，云此為絕筆。[104]

北行途中見杏花燦爛，徽宗感而填〈燕山亭〉：

裁翦冰綃，輕疊數重，冷淡燕脂勻注。新樣靚妝，豔溢香融，羞殺蕊珠宮女。易得凋零，更多少、無情風雨。愁苦。閒院落淒涼，幾番春暮。　　憑寄離恨重重，這雙燕，何曾會人言語。天遙地遠，萬水千山，知他故宮何處。怎不思量，除夢

102　〔元〕脫脫等撰：《宋史》（北京市：中華書局，1977年10月），卷23，頁436。

103　〔元〕脫脫等撰：《金史》（北京市：中華書局，1975年7月），卷3，頁59。

104　〔宋〕佚名：《朝野遺記》，此則收錄於鄧子勉編：《宋金元詞話全編》，下冊，頁1777。

裏、有時曾去。無據。和夢也、有時不做。[105]

此闋詠花以寓己，字裏行間透露從帝王敗落為階下囚之心境。梁啟超
《飲冰室評詞》論曰：「昔人言宋徽宗為李後主後身，此詞感均頑
豔，亦不減『簾外雨潺潺』諸作。」[106]李煜〈浪淘沙令〉云：

　　簾外雨潺潺，春意闌珊。羅衾不耐五更寒。夢裏不知身是客，
　　一晌貪歡。　　　獨自莫憑欄，無限江山，別時容易見時難。流
　　水落花春去也，天上人間。[107]

兩詞意境極為相似，敘述口吻亦多雷同。趙詞借花寓己，「易得凋
零，更多少、無情風雨」，與風雨寒侵之後主無異；又如「夢裏不知
身是客」與徽宗「除夢裏、有時曾去」均藉夢回望故國，對於家國深
諳「別時容易見時難」，唯一遣懷排悶之出口「作夢」，亦「無據。和
夢也、有時不做」，正如「天上人間」般遙遠難企，故詞評家常互見
比較二詞。因此導出如譚瑩〈論詞絕句一百首〉之十六所云：「孟婆
風緊太郎當，誰憶君王更斷腸。說到故宮無夢去，三生端是李重
光。」[108]將後主與徽宗視作前世今生。然吳鎮不取此說，用天道報應
觀直指宋太宗手段兇狠激烈，終究轉落因果於後世子孫身上。

　　透過摘句化用、詞人故實、揀調和韻三面向進行操作，余氏較具
審美角度進行分析，傳達具詩意之批評美學；吳鎮詞上片亦是屬審美
判斷，下片轉而理性比附，以已知視角將宋室靖康衰敗原因導向報應
說，又歸於一種道德性批評。

---

105 唐圭璋主編：《全宋詞》（北京市：中華書局，1998年11月），冊2，頁898。
106 梁啟超：《飲冰室評詞》，收錄於唐圭璋主編：《詞話叢編》，冊5，頁4305。
107 曾昭岷、曹濟平、王兆鵬、劉尊明編：《全唐五代詞》，上冊，頁765。
108 王偉勇編：《清代論詞絕句初編》，頁206。

三　援事判詞史定位

　　「論詞絕句」與「論詞長短句」之共同特質，即喜談作者本事，尤其李煜生在帝王家，舉止皆成焦點，見載於筆記、雜史。論者擇取一、二事件抒發，以勾勒詞家性格，申知人論世之理。故以詞論詞亦有意識援引詞家故實，藉之突顯詞家作品面貌，評議後主便是如此，田同之（1677-1751）即其一也。田氏字彥威，一字在田、硯思，號小山姜，晚號西園老人，山東德州（今山東省德州市）人，作系列懷古詞，聚焦金陵一代，不得不提及成就最高之李煜，〈滿江紅‧金陵懷古其七〉云：

> 文采風流，又續向、金陵繾綣。消受那、清涼臺榭，翠微香豔。樂府新聲凄以切，宮中早把家山念。偶娛情、了不類齊陳，詞宗擅。　　瑤篋裏，法書遍。金檢內，畫圖滿。羨鍾山隱士，般般清鑒。臥榻難容人鼾睡，江南故國空回盼。抱離愁、寂寞鎖清秋，梧桐院。[109]

田氏與余光耿同感而發，起句皆以金陵六代消長說起，田氏更切中文學脈絡言說。南方文學如「吳歌」、「西曲」等，風格清麗，可愛動人，影響南朝文風甚深，以及梁、陳期間衍生之宮體詩。《樂府詩集》卷四十四云：「《晉書》〈樂志〉曰：『吳歌雜曲，並出江南，東晉以來，稍有增廣。』其始皆徒歌，既而被之管弦。蓋自永嘉渡江之後，下及梁、陳，咸都建業，吳聲歌曲起於此也。」[110] 又卷四十七

109　張宏生主編，南京大學文學院《全清詞》編纂研究室編：《全清詞‧雍乾卷》，冊1，頁93。

110　〔宋〕郭茂倩：《樂府詩集》（北京市：中華書局，1998年11月），卷44，頁639-640。

云：「按西曲歌出於荊、郢、樊、鄧之間，而其聲節送和與吳歌亦異，故依其方俗而謂之西曲云。」[111]吳歌、西曲為東晉以降樂府民歌之主流，備受東晉、南朝士人所喜，擬作亦多。東晉至南朝諸國均定都建業，文學在宮廷與民間相互交流。吳歌、西曲呈現之風尚，深切影響梁、陳宮體詩發展，又因上位者推崇，建業一帶無不瀰漫此種文風，下迨唐初猶未稍墜。如梁簡文帝〈春日〉：「年還樂應滿，春歸思復生；桃含可憐紫，柳發斷腸青。落花隨燕入，游絲帶蝶驚；邯鄲歌管地，見許欲留情。」[112]其中「桃含可憐紫，柳發斷腸青」，即被劉希夷化用於〈公子行〉：「可憐楊柳傷心樹，可憐桃李斷腸花。」[113]予以傳唱。此文風至南唐發揚光大，加上李煜妙解音律，自製〈念家山〉一曲，對樂府新聲之掌握更甚前代。然李煜除繼承前代餘緒外，由於心憂北方勢力坐大，製〈念家山〉曲節奏焦殺[114]，田氏認為早在此時便已展現「淒切」曲風，有別於齊梁綺豔宮體，故能突破格局，而成詞壇名家，後期作品更是齊梁體所無法規模涵蓋。《十國春秋》卷十七引《南唐拾遺記》云：「後主歸宋後，鬱鬱不自聊，常作長短句『簾外雨潺潺』云云，情思悽切，未幾下世。」[115]亦指出淒切情思。「淒切」、「悽惋」為相近詞彙，係評者總論李煜後期詞風所常用。

　　下片前五句則就李煜才情敘說。沈括《夢溪筆談》卷十八云：

111　〔宋〕郭茂倩：《樂府詩集》，冊1，頁689。

112　逯欽立輯校：《先秦漢魏晉南北朝詩》，下冊，頁1957。

113　〔清〕彭定求等編：《全唐詩》，冊3，卷82，頁885。

114　〔明〕胡震亨：《唐音癸籤》卷十三〈唐曲〉載：「『〈念家山〉、〈念家山破〉、〈邀醉舞破〉、〈恨來遲破〉。』注云：『南唐後主翻舊曲為〈念家山破〉，其音焦殺，名尤不祥，識者以為亡徵。』」收錄於周維德輯校：《全明詩話》（濟南市：齊魯書社，2005年6月），冊5，頁3685。又見〔清〕吳任臣撰，徐敏霞、周瑩點校：《十國春秋》卷十七：「後主常造〈念江山破〉及〈振金鈴曲〉，其聲嘹殺，辭多不祥。」（頁257-258）

115　〔清〕吳任臣撰，徐敏霞、周瑩點校：《十國春秋》，卷17，頁254。

「江南庫中書畫至多，……後主善畫，尤工翎毛。或云，凡言鍾隱筆者皆後主自畫。後主嘗自號鍾山隱士，故晦其名謂之鍾隱，非姓鍾人也。」[116]又《宣和畫譜》載：「（李煜）政事之暇，寓意於丹青，頗到妙處。……能文善書畫，書作顫筆摎曲之狀，遒勁如寒松霜竹，謂之『金錯刀』，畫亦清爽不凡，別為一格。」[117]凡此均指其書畫造詣不凡。因精通書畫，故言「般般清鑒」，明其鑑賞高明。此處「羨」字，指田氏羨慕李煜為多才雅士。下句引宋太祖語，顯示趙氏統一天下之決心。《十國春秋》卷十七引《宋通鑑》云：

> 逾月復遣鉉乞緩師，以全一邦之命。鉉見太祖，反復論辨不已，太祖怒曰：「不須多言，江南亦有何罪，但天下一家，臥榻之側豈容他人鼾睡邪！」[118]

南唐終究覆滅，後主悔恨頻於詞句間回首故國，〈菩薩蠻〉：「故國夢重歸，覺來雙淚垂」、〈虞美人〉：「故國不堪回首月明中」、〈浪淘沙〉：「獨自莫憑欄，無限江山。別時容易見時難。流水落花春去也，天上人間。」[119]夢境、現實回望過去，千憂萬愁糾結於心，積鬱不解，只好頹然度日。最後田同之化用李煜〈烏夜啼〉詞，為懷古之情，感傷作結。詞云：

> 無言獨上西樓，月如鉤。寂寞梧桐深院鎖清秋。　　剪不斷、

116　〔宋〕沈括撰，張富祥注譯：《夢溪筆談》（北京市：中華書局，2009年10月），續筆談卷2，頁320。

117　〔宋〕無名氏：《宣和畫譜》（長沙市：湖南美術出版社，2002年4月），頁349。

118　〔清〕吳任臣撰，徐敏霞、周瑩點校：《十國春秋》，卷17，頁251。

119　曾昭岷、曹濟平、王兆鵬、劉尊明編：《全唐五代詞》，上冊，頁743、741、765。

理還亂，是離愁。別是一般滋味在心頭。[120]

李煜受擄後失去自由，內心愁苦，無人可訴，寂寞孤情，如秋景蕭颯，思念故國之離情別緒，亦僅能訴諸文字，透過文字傳達深刻旨意。田氏立於欣賞詞壇巨擘才華洋溢角度，並同情其身不由己、愁苦不堪之遭遇。田氏《西圃詞說》並未專論李煜，則此可補詞話未盡處。

持同樣角度立論者，尚有張九鉞（1721-1803），字度西，號紫峴、陶園，世稱「陶園詩老」，湖南湘潭（今湖南省湘潭市）人，其〈滿庭芳・南唐李後主祠在圓通寺中僧像〉透過遊覽佛寺，見李煜被塑為僧侶形象，因而起興：

> 詞賦風流，江南國主，松陰殿角祠遮。方袍圓相，誰塑作僧伽。豈是未終盧隱，魂歸後、只戀煙霞。淒涼煞，階蝸簷鼠，懺不了繁華。　　心經曾寫，賜珠龕施佛，爭說宮娃。也黃縣茶褐，証果毘耶。南望蓮峰何處，飄紅淚、不到天涯。蓬萊紫，縱教移去，猶問麝囊花。[121]

詞後自註：「後主自號盧隱，又號蓮峰居士，曾寫心經一部賜喬宮人。汴邸薨後，喬以經施佛，終於尼。見王銍（此處應作銍）《默記》。麝囊花出盧山，後主移種金陵含風殿，名蓬萊紫。」上片針對所見僧像立說，從李煜帝王身世與塑為僧者之強烈對比進行直觀討論。張氏認為李煜生性瀟灑，從未貪戀人主之位，少時號盧隱、蓮峰，皆顯示心跡。無奈被推為帝王，故張氏就此反問「豈是未終盧

---

120 曾昭岷、曹濟平、王兆鵬、劉尊明編：《全唐五代詞》，上冊，頁767。

121 張宏生主編，南京大學文學院《全清詞》編纂研究室編：《全清詞・雍乾卷》，冊7，頁4114。

隱」，見其僧像，認為李煜歿後，終可「只戀煙霞」，歸隱山林、吟風
弄月。張氏自小被袁枚譽為「太白後身」，親友眼中早慧才子，背景
與李煜相似，故引發相惜之情。張氏雖未居高官，然性情瀟灑自得，
吟笑諧談，盡責愛民，亦受治下百姓愛戴。張氏深感寺院光景淒涼，
蕭條人稀，蝸爬滿階，蝙蝠駐簷，與過去帝王榮景相去甚遠。《十國
春秋》曾載李煜篤信佛教：

> 素溺竺乾之教，度僧尼不可勝算，以崇佛故，頗廢政事。更置
> 澄心堂於內苑，引能文士及徐元橋、元機、元榆、元樞兄弟居
> 其間，中旨由之而出，中書、密院乃同散地。兵興之際，降御
> 札移易將帥，大臣無知者。皇甫繼勳誅死之後，夜出萬人斫
> 營，招討使但署牒遣兵，竟不知何往，蓋皆澄心堂直承宣命
> 也。長圍既合，內外隔絕，城中惶怖無死所。後主方幸淨居
> 室，聽沙門德明、雲真、義倫、崇節講《楞嚴圓覺經》。[122]

李煜好佛，頂禮膜拜，課誦不已。更甚於亡國之際，竟乞福佛前，希
冀挽救頹勢。下片便從李煜熟悉佛經，曾手書《般若心經》一卷，賜
與宮人喬氏，成為一段佳話。今睹僧服形象褐衣黃縧，似已修得正
果。然回首過往，李煜遭囚之際，嘗數度夢裏尋鄉。此言「南望蓮峰
何處」，曾瀟灑風流稱尚、自號蓮峰居士之南唐國主，而今風采消
逝，更甚流下斑斑血淚，也送不回故都所在。李煜曾將麝囊花移植金
陵宮殿，更名蓬萊紫。張氏用此花比況李煜，說明即使北遷遠鄉，猶
魂牽故國，內心探問不斷。張氏此詞雖未論及詞作，藉僧像表達對後
主在世遭遇備感同情，觀點與田同之暗合。

---

122 〔清〕吳任臣撰，徐敏霞、周瑩點校：《十國春秋》，卷17，頁257。

第三節　論女性詞人

　　明、清之際，女性填詞作家備出，亦有以此聞名者，如〔清〕徐燦、顧太清、吳藻等。女性積極創作，激發之品評語辭更勝以往，故以韻文論女詞人，雖非大宗，然已遠邁前代。當時致力創作之女詞人，除與文士、顯宦交往密切之名伎外，尚有許多宦家女眷。細究清代文人關係，可發現藉由父子、兄弟、師生、翁婿等不同身分，交織成綿密輻輳之網絡，經歷時間孕育、淘選，逐漸形成在地文學勢力。其間延聘名士擔任幕客或西席，積極培育子弟出仕，以振興、維繫家族聲望與利益；同時燕集酬唱，舉辦各式活動，彰顯對雅愛文學、文化之喜好。然此類活動多以男性為主，且家族是否支持女性創作，皆影響閨中女子之宿命。由於延師入府授業、書籍刊刻，於清代相對便利開放，故對族中女子教育學習，有所助益，也進一步成就才媛創作。

　　綜觀對女性詞作之評論，往往聚焦於當代女詞人互評，或家族族人互評上，如朱中楣（1622-1672）與徐燦（約1618-1678）相有往來，朱中楣作〈臨江仙・題海昌詞本〉、〈滿江紅・丁酉仲夏，讀陳素菴夫人詞感和〉凡三首，品評徐燦作品，〈臨江仙〉說明愛賞徐燦文字，故而「挑燈頻細讀，翰墨夜香飄」[123]，又於〈滿江紅〉言及「句清新、堪齊絡緯，並稱雙絕」，作品句意清新，與其姑婆〔明〕徐媛《絡緯吟》可合稱雙絕，更譽徐氏「英才盡是人中傑」，均對徐燦持正面評價[124]；另外鍾筠（生卒年不詳）亦常品題女性作家之作品，如〈浣溪沙・題楊倩玉閨友遠山遺稿〉、〈減字木蘭花・讀余夫人蘭馨

123　南京大學中國語言文學系《全清詞》編纂研究室編：《全清詞・順康卷》，冊6，頁3124。

124　南京大學中國語言文學系《全清詞》編纂研究室編：《全清詞・順康卷》，冊6，頁3126。

集，偶摘佳句，填詞寄懷〉三首，與〈西江月・題海昌陳相國夫人徐湘萍拙政園詞後〉，[125]時而反應受評者作品風格，時而讚許受評者詞壇地位可與南唐北宋諸子比肩，均提出女性角度評賞女性作品之看法。文集透過族人互評，於有清一代實屬常見，如鄭方坤（1693-？）作〈燭影搖紅・題伯姊《蛩吟集》後〉[126]品評鄭徽柔《雲窗蛩響集》，說明其姊才情「謝家有姊號林風，不共釵裙伍」，如謝道韞「有林下風氣」，更進一步指出「非緣牙慧，獨出心苗」，別具新意；或師生關係如任兆麟（約1736-1819）〈鳳凰臺上憶吹簫・題散花女弟浣紗詞卷，自度腔〉三首，紀錄學生沈纕作品及師生情誼。

　　至於論及清以前女詞人者，比例較低，而最常為人評跋者，仍以〔宋〕李清照（1084-1151）、朱淑真（約1179-1133）為主；其他則包括〔後蜀〕花蕊夫人（約西元940-976）、〔宋〕歌妓聶勝瓊（生卒年

---

125 數詞轉錄於此：〈浣溪沙・題楊倩玉閨友遠山遺稿〉：「悵望巫山一段雲。落花飛絮奈溫存。莫教容易訴離魂。　　蝴蝶枕前思舊夢，杜鵑聲裏泣餘春。淒風楚雨做黃昏。」〈減字木蘭花・讀余夫人蘭馨集，偶摘佳句，填詞寄懷〉之一：「深深庭院，乍捲珠簾朝雨散。雲外清江，花裏琵琶應繞梁。　　夢魂飛去，卻怪韶光留不住。遠樹風微，但見青山列畫眉。」之二：「風來水面。片片落花隨澗轉。鶯語垂楊。佳句題成吐異香。　　瞳瞳旭日。惆悵春風空獨立。嫩綠殘紅。人在芙蓉水閣中。」之三：「菱花嬌映。巧畫蛾眉難與並。上苑花開卜，無數飛紅逐浪迴。　　融融淑氣。嫋嫋芙蕖初出水。燕語流香。寂寞重門春恨長。」〈西江月・題海昌陳相國夫人徐湘萍拙政園詞後〉：「燈火平津閣上，鶯花拙政園中。五雲深處鳳樓東，一枕遼西幽夢。　　蘇蕙迴文錦字，班家團扇秋風。龍吟鶴和幾人同，聲壓南唐北宋。」南京大學中國語言文學系《全清詞》編纂研究室編：《全清詞・順康卷》，冊9，頁4969-4970。

126 鄭方坤：〈燭影搖紅・題伯姊《蛩吟集》後〉：「織素裁衣，閨房伎倆原如許。謝家有姊號林風，不共釵裙伍。笑煞蕭孃呂姥。看淋漓、一池墨雨。非緣牙慧，獨出心苗，宮商徵羽。　　寡宿孤辰，情懷何止如荼苦。啾啾唧唧動微吟，不絕音如縷。詎比鶯歌燕語。是寒蛩、聲聲院宇。挑燈讀罷，助我淒清，疏林秋杵。」見張宏生主編，南京大學文學院《全清詞》編纂研究室編：《全清詞・雍乾卷》，冊1，頁358。

不詳），及遼后蕭觀音（1040-1075）。本節主論李清照與朱淑真二人，間及其他被評女詞人概況。

　　李清照才名聞於當世，詞如「莫道不銷魂，簾捲西風，人比黃花瘦」、「知否？知否？應是綠肥紅瘦」等，多名篇佳句，為人稱道，後世更以「婉約之宗」、「青蓮後身」推許；然而傳言其曾再醮，復訴離無終，以此招致譏評。另一方面，李清照與朱淑真為宋代女詞人雙璧，輒見合論兩家。今梳理清代前期「論詞長短句」論李、朱者凡十首，細究其內容，或敘述身世，或評騭才情，或議論節操，而持論者對其人其事，亦有推重讚揚、寄語同情，以及藉詞貶抑兩種不同態度。以下分就「與詞壇名家並論」和「評議坎坷之身世」兩端論述，最後針對其他女性詞人逐一討論。

一　與詞壇名家並論

　　關於易安詞及其詞風，〔宋〕王灼《碧雞漫志》、朱彧《萍洲可談》、胡仔《苕溪漁隱叢話》，〔明〕楊慎《詞品》、瞿佑《香臺集》，〔清〕沈謙《填詞雜說》、陳維崧〈金天石吳日千詞稿序〉、王士禛《花草蒙拾》、《分甘餘話》等均有評說。茲引與易安時代相近之評論，以見先後。王灼云：

> 才力華贍，逼近前輩。在士大夫中已不多得，若本朝婦人，當推詞采第一。[127]
> 本朝婦人能文，只有李易安與魏夫人。[128]

127　〔宋〕王灼：《碧雞漫志》，收錄於唐圭璋主編：《詞話叢編》，冊1，頁88。
128　〔宋〕黎靖德編，王星賢點校：《朱子語類》（北京市：中華書局，1986年3月），冊8，卷140，頁3332。

同時期王灼論易安詞作，仍囿於性別議題，過去通曉文學之女性不多，上述言論，雖譽為不讓鬚眉、閨閣之秀，卻無法突顯其詞壇地位，雖謂易安詞實具「出言吐句，有奇男子之所不如」[129]處，終不夠明確。另外如〔南宋〕胡仔以「綠肥紅瘦」稱其「語新」；[130]〔宋〕張端義舉〈永遇樂·元宵〉、〈聲聲慢·秋詞〉為例，論易安能「以尋常語度入音律」，造語平常不落俗套，實屬難得，而善用疊字，一下十四疊者，前所未有，勝似公孫舞劍之手。[131]縱使胡仔對易安〈詞話〉不以為然，指其專摘短處，抑人揚己。然回歸填詞一事論之，正若〔明〕楊慎之主張「宋人中填詞，李易安亦稱冠豔。使在衣冠，當與秦七、黃九爭雄，不獨雄於閨閣也。……山谷所謂以故為新，以俗為雅者，易安先得之矣。」[132]打破性別規範，一視同仁進行比較。又〔明〕卓人月《古今詞統》有徐士俊評語，稱其詞為「正宗第一」，亦是將易安詞置於整體詞壇與他家較量，顯見明人對女性作家較為公允之處。[133]

雖各家著眼處不一，然評價易安詞，大抵不離正宗「婉約」二字。至清初對易安詞及其詞壇地位之評價愈發提升，如《四庫全書總目》評云：

> 清照以一婦人，而詞格乃抗軼周、柳。張端義《貴耳集》極推

129　〔宋〕朱淑真撰，〔宋〕魏仲恭輯，〔宋〕鄭元佐注，冀勤輯校：《朱淑真集注》（北京市：中華書局，1985年1月），序，頁1。

130　〔宋〕胡仔：《苕溪漁隱詞話》，收錄於葛渭君編：《詞話叢編補編》（北京市：中華書局，2013年3月），冊1，頁81。

131　〔宋〕張端義撰，李保民點校：《貴耳集》，收錄於《宋元筆記小說大觀》（上海市：上海古籍出版社，2001年12月），冊4，頁4273。

132　〔明〕楊慎：《詞品》，收錄於唐圭璋主編：《詞話叢編》，冊1，頁450-451。

133　〔明〕卓人月匯選，徐士俊參評，谷輝之校點：《古今詞統》，上冊，頁36。

其「元宵詞」〈永遇樂〉,「秋詞」〈聲聲慢〉,以為閨閣中有此
文筆,殆為間氣,良非虛美。雖篇帙無多,固不能不寶而存
之,為詞家一大宗矣。[134]

易安以一婦人填詞,不讓男性詞人專美於前,故援張端義語,推許為
重要詞家。〔清〕李調元《雨村詞話》則以為「易安在宋諸媛中,自
卓然一家,不在秦七、黃九之下。」於宋代女性詞人中,易安詞獨樹
一幟,其才情與成就不在秦觀、黃庭堅之下;論用字,精巧處更勝吳
文英;論文采,瑰麗處直追周邦彥,故云:「其煉處可奪夢窗之席,
其麗處真參片玉之班。蓋不徒俯視巾幗,直欲壓低鬚眉。」[135]更有將
易安與李煜並論者,如卓人月《古今詞統》卷四云:「後主、易安直
是詞中之妖。恨二李不相遇。」[136]明末清初雲間詞人,亦時標舉二李
為詞家代表人物。沈謙《填詞雜說》云:「男中李後主,女中李易
安,極是當行本色。」[137]沈氏為雲間詞派代表,「西泠十子」之一,
其主要活動時間橫跨明、清兩代,著有《沈氏詞韻》、《填詞雜說》、
《東江別集》,沈氏主張代表雲間詞派對易安詞之評價。

易安與後主被目為婉約派代表,有「二李」之稱,復與幼安同為
濟南人,經歷南渡,分主婉約、豪放,遂合稱「二安」。故田中儀
(?-1785)作〈望江南〉吟詠濟南地區,不得不提及當地著名詞人
「二安」,「濟南雜詠」第十四首云:「填詞筆,歷下二安新。柳絮泉

---

134 〔清〕永瑢、紀昀等撰:《武英殿本四庫全書總目提要》(臺北市:臺灣商務印書
　　館,1983年10月),冊5,卷198,「《漱玉詞》提要」,頁295。
135 〔清〕李調元:《雨村詞話》,收錄於唐圭璋主編:《詞話叢編》,冊2,頁1431。
136 〔明〕卓人月匯選,徐士俊參評,谷輝之校點:《古今詞統》,上冊,頁143。
137 〔清〕沈謙:《填詞雜說》,收錄於唐圭璋主編:《詞話叢編》,冊1,頁631。

頭花似雪,四風閘口草如茵。綺語更誰倫。」[138]田中儀,字無咎,號
白巖,山東德州(今山東省德州市)人,官鑾儀衛經歷。與紀昀
(1724-1805)、董元度(1712-1787)、趙虹(生卒年不詳)交遊。著
有《紅雨齋詞》。田氏曾填製《和韻李清照漱玉詞》一卷,並自為序
云:

> 橐中攜易安《漱玉詞》一卷,依其原詞韻盡和之。夫綺語未
> 忘,風雅幾墜;而寓興有在,騷怨為多。若云芳澤雜揉,役
> 周、秦為蓋輪;絲竹漸近,拜姜、史於廊廡,則謝不敏矣。[139]

可見田氏對李清照詞之愛賞。同為山東區域文人,對當地鄉賢自然無
限敬賞,故論二人詞以「新」字統攝,說明「二安」詞別出心裁,引
人注目。用「花似雪」與「草如茵」點其故居輪廓,又隱射詞風,指
出兩人填製婉約綺語,亦一代作手。〔明〕卓人月匯選、徐士俊參評之
《古今詞統》,針對王世貞〈論詩餘〉一文下注語,以為:「正宗易安
第一,旁宗幼安第一。二安之外無首席矣。」[140]又〔清〕王士禎《花
草蒙拾》:「張南湖論詞派有二:一曰婉約,一曰豪放。僕謂婉約以易
安為宗,豪放惟幼安稱首,皆吾濟南人,難乎為繼矣。」[141]徐君野與
王士禎論詞言及「二安」,視「二安」為婉約與豪放兩派代表作家。

　　再觀察〔清〕黃永(1621-1693)〈菩薩蠻・讀漱玉詞〉云:

---

138 張宏生主編,南京大學文學院《全清詞》編纂研究室編:《全清詞・雍乾卷》,冊
　　7,頁3654。

139 〔清〕田中儀:〈和韻李清照漱玉詞序〉,收錄於馮乾輯:《清詞序跋彙編》(南京
　　市:鳳凰出版社,2013年12月),冊1,頁453。

140 〔明〕卓人月匯選,徐士俊參評,谷輝之校點:《古今詞統》(瀋陽市:遼寧教育
　　出版社,2001年1月),上冊,頁36。

141 〔清〕王士禎:《花草蒙拾》,收錄於唐圭璋主編:《詞話叢編》,冊1,頁685。

易安居士偏瀟灑。片言落紙真無價。應是謫僊人。青蓮認後身。
可憐還再嫁。未了塵緣債。衣上舊茶痕。看來莫斷魂。[142]

黃永，字雲孫，號艾庵，江蘇武進人。清順治十二年（1655）進士，
官刑部員外郎。存有《漢南詞》。黃氏此作以〈菩薩蠻〉論易安《漱
玉詞》，以其作瀟灑不泥於古，對易安詞作極為肯定，更擬作謫仙，此
處「謫僊人」、「青蓮」均與李白有關。李白自號青蓮居士，而賀知章
曾譽為「天上謫仙人」，故上片「應是謫僊人」、「青蓮認後身」二句，
巧妙聯繫太白、易安。不僅將李清照比喻為李白轉世，同是山東人之
李澄中（1629-1700），亦在〈易安居士畫像題辭〉云：「小窗簾卷早涼
初，幸傍詞人舊里居。吟到黃花人瘦句，買絲爭繡女相如。」[143]此詩
佩服李詞妙語動人，最後以「女相如」一詞讚譽，「女相如」為〔唐〕
馮贄《南部煙花記》誇獎女眷文才之形容，此處特用此詞，欲令司馬
相如與李清照兩人才華劃上等號。下片焦點轉向易安身世，以再嫁議
題進行發揮，相較於諷刺譏貶易安晚節流蕩，黃永對其際遇應是同情
多於批判，將再嫁視作人間未了塵緣；末以易安當年與趙明誠翻書賭
茶故事做結。古代文人雅士既行酒令，亦行茶令，迄宋代尤盛。李清
照不僅愛茶，更喜行茶令遊戲，常在閨中與夫婿趙明誠烹茶煮茗，賭
書戲茶。〈金石錄後序〉載：「余性偶強記，每飯罷，坐歸來堂烹茶，
指堆積書史，言某事在某書某卷第幾頁第幾行，以中否角勝負，為飲
茶先後。中即舉杯大笑，至茶傾覆懷中，反不得飲而起。甘心老是鄉
矣，故雖處憂患困窮，而志不屈。」[144]回首前塵，曷勝唏噓！

---

142 南京大學中國語言文學系《全清詞》編纂研究室編：《全清詞‧順康卷》，冊5，頁
2849。

143 見孫克強、裴喆編著：《論詞絕句二千首》，上冊，頁9。

144 〔宋〕李清照：《金石錄》〈後序〉，收錄於《景印文淵閣四庫全書》（臺北市：臺
灣商務印書館，1985年8月），第681冊，頁375。

此外，王初桐〈臺城路‧題《漱玉集》〉，亦題論《漱玉集》，其詞云：

> 詩豪筆虎都奇絕，填詞更推高手。一代才名，千秋佳話，肯落
> 會夫人後。香閨豔友。慣縞粉侵編，翠茶沾袖。簾捲西風，況
> 無好句敵重九。　　已將金石序了，閒情圖打馬，消盡春晝。
> 故國滄桑，扁舟書畫，幾度南遷東走。嬌花寵柳。變霜鬢風
> 鬢，綠肥紅瘦。玉鏡臺前，新人如故否。[145]

王初桐，原名丕烈，字於陽，一字耿仲，號竹所，又號𡹆塍山人，江
蘇嘉定（今屬上海市）人。諸生。乾隆四十一年（1776）授四庫館謄
錄，歷署山東新城、淄川、平陰、壽光知縣，遷寧海州同知。著述甚
富，撰有《古香室叢書》、《北游日記》、《方泰志》、《𡹆塍山人詞
集》、《選聲集》等，又嘗輯《貓乘》、《奩史》。此闋上片力讚易安文
才，「詩豪」蓋指詩家出類拔萃者，白居易曾稱劉禹錫為詩豪，見
《新唐書》本傳曰：「素善詩，晚節尤精，與白居易酬復頗多。居易
以詩自名者，嘗推為詩豪。」[146]而「筆虎」則典用〔宋〕周越《古今
法書苑》云：「唐李陽冰工篆書，人號之為筆虎。」此處當指李陽冰
好古，與易安所好相同。上片結句「簾捲西風，況無好句敵重九」，
則化用李清照〈醉花陰〉：

> 薄霧濃雲愁永晝。瑞腦消金獸。佳節又重陽，玉枕紗廚，半夜

---

145 張宏生主編，南京大學文學院《全清詞》編纂研究室編：《全清詞‧雍乾卷》，冊
　　8，頁4671。

146 〔宋〕宋祁、歐陽脩等撰：《新唐書》（北京市：中華書局，1975年2月），卷168，
　　頁5131。

涼初透。　　東籬把酒黃昏後。有暗香盈袖。莫道不銷魂，簾
卷西風，人比黃花瘦。[147]

易安於重陽填作此詞，寄予夫婿。趙明誠以三日之力創作十五闋，並
清照所填雜入其間，送請詩友品鑑，結果仍以清照最佳，從此甘拜下
風。餘如「已將金石序了」、「閒情圖打馬」等句，係指易安才華多
元。易安除填詞為人稱賞外，嘗與夫婿典衣購書、廣蒐金石碑拓，纂
成《金石錄》；後作〈金石錄後序〉，詳數一生雅愛金石書畫、古玩器
物，然先得後失，感嘆事物聚散猶如人間離合。而「打馬」係古代博
戲名，流行於兩宋，由樗蒲演變，遊戲方式以擲采行棋，以棋子類行
馬，至終點為勝，常作為賭博用。易安曾作〈打馬圖經序〉、〈打馬
賦〉、〈打馬圖經命詞〉三篇，可知易安對「打馬」遊戲之喜愛。王氏
對易安才情相當折服，便以「一代才名，千秋佳話」等字句讚揚。

　　清代前期以長短句評宋代女詞人，除了將易安與李白比擬外，亦
有並論時代相近之女詞人者，如焦袁熹〈采桑子・李清照　朱淑
真〉：

文星墮在犀帷底，檢校看詳。金石商量。茗汁反來笑語香。
　　朔風吹破雙鸞影，暮景蒼涼。何似朱娘。一世紅顏早斷
腸。[148]

將易安比作天上文曲。中國自古即認為星宿深具影響力，文曲掌管人
間文運，舉凡科舉掄魁或盛名才子，皆被目為文星降世。焦氏云「文

147 唐圭璋主編：《全宋詞》（北京市：中華書局，1998年11月），冊2，頁929。
148 南京大學中國語言文學系《全清詞》編纂研究室編：《全清詞・順康卷》，冊18，
　　頁10584。

星墮犀帷」,「犀帷」係以犀角裝飾之帷幕,借指女子閨房,以文星落犀帷,強調易安才如文星,不亞於男子。細數易安生平作為,曾與夫婿趙明誠蒐羅金石古玩、追訪碑拓、流連廠肆、翻書賭茶,後更同纂《金石錄》三十卷,伉儷傾力蒐羅,裒集先秦至漢唐器石刻,董理校定,成宋代金石名著。二人琴瑟和諧,惜卻不敵時局動蕩。

下片以「朔風」代指北方金人。金人侵擾中原,攻破汴京,擄走徽、欽二帝,史稱靖康之難(1127)。北宋覆滅,宋室南渡,趙氏夫婦被迫棄家奔至江寧。明誠奉詔任官,病歿建康。先生離,後死別,易安獨自攜帶二人珍藏古物金石,避禍南方,縱使臨別時趙明誠有言,遇險可先捨器物,然南去道塗顛沛,宵小覬覦,沿途幾番劫難,畢生藏品多散佚,使易安深受打擊,暮年尤覺飄零,晁公武《郡齋讀書志》:「然無檢操,後適張汝舟,不終晚節,流落江湖間,以卒。」[149]王灼《碧雞漫志》:「趙死,再嫁某氏,訟而離之,晚節流蕩無歸。」[150]均著眼易安再嫁失節,操守蒙塵,言其晚景孤苦淒涼。針對易安才情,焦氏更舉一人與之同論,即同時才女朱淑真。「朱娘」即朱淑真,「一世紅顏早斷腸」亦指其遭遇。一說朱早年嫁市井民家,抑鬱不得志,病歿而卒;一說出身官宦,惜所嫁平庸,故多怨詞。魏端禮嘗輯其作,顏曰《斷腸集》。

此處可與吳綺(1619-1694)〈憶秦娥・朱淑真墓〉合觀,是詞下有長序云:

宋錢唐閨秀也。才色絕倫,嫁為市儈婦,鬱鬱不得意,死葬青芝塢。時有士人讀書其旁者,夜夢淑真語曰:「妾有遺薰,荷

---

149 〔宋〕晁公武撰,孫猛校證:《郡齋讀書志》(上海市:上海古籍出版社,1990年10月),頁1033。

150 〔宋〕王灼:《碧雞漫志》,收錄於唐圭璋主編:《詞話叢編》,冊1,頁88。

魏夫人檢錄，而未行世。君韻士也，為我梓之，死且不朽。」
詰旦，果得其稿於魏夫人處，即付剞劂，名曰《斷腸集》。夫
薄命之嗟，古今同慨。然女而不遇其夫，士而不遇其時，同一
可悲可惋。但女之傷在一身，而士之傷在當世，其輕重亦有不
同，而士則較甚於女。噫嘻！前不見古人，後不見來者，阮步
兵寧不登高而涕下也哉。作〈憶秦娥〉。[151]

吳綺，字薗次，一字豐南，號聽翁，一號菭叟，別號紅豆詞人，江蘇
江都（江蘇省揚州市）人。清順治拔貢，授中書舍人。奉詔譜楊椒山
傳奇稱旨，出守湖州知府，人以「三風太守」稱之，謂其多風力、尚
風節、饒風雅也。罷官家居，凡慕名索詩文者，以花木潤筆，不數月
而成林，因名種字林；有《林蕙堂集》、《藝香詞》。託夢事或屬傳
言，頗似龍女囑柳毅、秦可卿告鳳姐，吳氏以士不遇於時，猶如婦不
遇夫，同情朱淑真遭遇。其〈憶秦娥〉詞云：

天休問。朱顏薄命寧堪論。寧堪論。彩鸞難偶，錦鴛無分。
　　斷腸腸斷縈方寸。棠梨雨後銷香暈。銷香暈。青衫紅粉，
一般長恨。[152]

此詞同情朱氏遭遇，薄命紅顏斷腸詞，可呼應焦袁熹述及朱淑真之寫
照。焦氏末句則以程度衡量，兩人皆才女，易安有夫婿曾相知相惜，
雖晚年遭遇不幸，尚存美好回憶相陪；反觀朱淑真，嫁入夫家便生諸

151 張宏生主編：《全清詞‧順康卷補編》（南京市：南京大學出版社，2008年5月），
　　冊1，頁455。
152 張宏生主編：《全清詞‧順康卷補編》，冊1，頁455。

多惋歎，其夫又不良，難偕琴瑟，迫使抑鬱而終。

再看毛重倬（1617-1685）〈浣溪沙・錢塘舟中讀朱淑真《斷腸集》〉：

> 數卷新詩咽復鳴。佳人何限獨憐卿。箜篌月冷下吳亭。　　誰與著成金石錄，那堪孤向玉山行。玲瓏仙語隔瑤京。[153]

毛氏字卓人，號闓仙，江蘇武進（江蘇省常州市）人。清順治三年（1645）舉人，官太湖教諭，遷知浙江石門縣知縣，以奏銷案降補江西贛州府經歷。有《卓人詞》。針對朱淑真詞及其風格進行說明，並將朱、李作一簡單比較。與易安晚景飄零相較，朱淑真始終未得一志趣相投者為伴，抑鬱一生，此論與焦袁熹觀點相同。

另外，焦袁熹尚有一闋〈采桑子・朱希真　淑真〉云：

> 嶔奇歷落真男子，篇帙模糊。墮落眉鬚。好似江壖大小孤。　　朱娘不少傷春句。元夜城隅。又是虛無。聞道羅敷自有夫。　《元夜詞》，今在《六一詞》中，蓋非朱作。[154]

此首以詞人誤辨與詞作混淆立說。「希真」為朱敦儒字號，易與朱淑真相混淆。上片「好似江壖大小孤」句，化用蘇軾〈李思訓畫長江絕島圖〉：

---

153 南京大學中國語言文學系《全清詞》編纂研究室編：《全清詞・順康卷》，冊3，頁1450-1451。

154 南京大學中國語言文學系《全清詞》編纂研究室編：《全清詞・順康卷》，冊18，頁10584-10585。

山蒼蒼。水茫茫。大孤小孤江中央。崖崩路覺猿鳥去，惟有喬木摻天長。客舟何處來，棹歌中流聲抑揚。沙平風軟望不到，孤山久與船低昂。峨峨兩煙鬟，曉鏡開新妝。舟中賈客莫漫狂。小姑前年嫁彭郎。[155]

焦氏用江中兩孤山比喻朱希真、朱淑真，縱然相似，實為二家。下片則替朱氏辨駁，提及歐陽脩詞與朱淑真詞之混置。「元夜城隅。又是虛無。」之「元夜城隅」，係指〈生查子〉一詞：

去年元夜時，花市燈如晝。月上柳梢頭，人約黃昏後。　　今年元夜時，月與燈依舊。不見去年人，淚濕春衫袖。[156]

淑真因此受後世譏評不守婦德，但該詞作者尚存爭議，故焦氏自注「《元夜詞》，今在《六一詞》中，蓋非朱作。」是為朱氏鳴冤。《四庫全書總目》載：「楊慎《升庵詞品》載其〈生查子〉一闋，有『月上柳梢頭，人約黃昏後』語，晉〈跋〉遂稱為白璧微瑕。然此詞今載歐陽脩《廬陵集》第一百三十一卷中，不知何以竄入《淑真集》內，誣以桑濮之行。慎收入《詞品》，既為不考。而晉刻《宋名家詞六十一種》，《六一詞》即在其內。乃於《六一詞》漏注互見《斷腸詞》，已自亂其例。於此集更不一置辨，且證實為白璧微瑕，益鹵莽之甚。今刊此一篇，庶免於厚誣古人，貽九泉之憾焉。」[157]劉熙載《藝概》

155　〔宋〕蘇軾撰，傅成、穆儔標點：《蘇軾全集》（上海市：上海古籍出版社，2005年5月），上冊，卷17，頁203。
156　唐圭璋主編：《全宋詞》，冊1，頁124。
157　〔清〕永瑢、紀昀等撰：《武英殿本四庫全書總目提要》，冊5，卷199，「《斷腸詞》提要」，頁315。

稱永叔填詞，實得「馮正中詞之深」[158]，其詞情深婉媚，不乏擬作閨語者，若「離愁漸遠漸無窮，迢迢不斷如春水」、「寸寸柔腸，盈盈粉淚」。[159]朱淑真有〈元夜〉一首：「火燭銀花觸目紅，揭天鼓吹鬧春風。新歡入手愁忙裏，舊事驚心憶夢中。但願暫成人繾綣，不妨常任月朦朧。賞燈那得功夫醉，未必明年此會同。」[160]與〈生查子〉內容、風格彷彿，錯訛或由此出。

焦氏末句以「聞道羅敷自有夫」作結。〈陌上桑〉題解引《古今注》有云：「秦氏，邯鄲人有女名羅敷，為邑人千乘王仁妻。……羅敷出採桑於陌上，趙王登臺見而悅之，因飲酒欲奪焉。羅敷乃彈箏，乃作〈陌上桑〉之歌以自明。」[161]故詩中有「使君自有婦，羅敷自有夫」句。蓋焦氏取羅敷故事，表明對朱氏於節操爭議之觀點；而前舉〈采桑子〉以朱氏、易安並論，或可間接推知對易安之同情。

歷來評騭文采，除分析其作品風格、用字遣詞外，或取異代之人相較，爬梳脈絡，論其承繼，而取同時期風格相近、相異者比評，進而彰顯特色。清人以長短句論易安者之作不多，如黃永能將易安上溯李太白，與李煜並稱帝后，於詞人中已是出類拔萃，難見能出其右者。正如譚瑩〈論詞絕句一百首〉之九十五有詩云：

> 綠肥紅瘦語嫣然，人比黃花更可憐。若並詩中論位置，易安居士李青蓮。[162]

158　〔清〕劉熙載：《藝概》，收錄於唐圭璋主編：《詞話叢編》，冊4，頁3689。

159　唐圭璋主編：《全宋詞》，冊1，頁123。

160　〔宋〕朱淑真撰，〔宋〕魏仲恭輯，〔宋〕鄭元佐注，冀勤輯校：《朱淑真集注》，頁33。

161　〔宋〕郭茂倩編：《樂府詩集》，卷28，頁410-411。

162　見王偉勇編：《清代論詞絕句初編》，頁216。

前二句化用易安詞，未論詞學地位堪比詩中太白。而與易安同時之女詞家，常見比論者，有魏夫人及朱淑真。陳廷焯《詞壇叢話》評曰：「李易安詞，風神氣格，冠絕一時，直欲與白石老仙相鼓吹。婦人能詞者，代有其人，未有如易安之空絕前後者。」[163]顯將李清照與姜夔比論。又云：「朱淑真詞，風致之佳，情詞之妙，真不亞於易安。宋婦人能詩詞者不少，易安為冠，次則朱淑真，次則魏夫人也。」[164]其所著《白雨齋詞話》則云：「宋閨秀詞，自以易安為冠。朱子以魏夫人與之並稱，魏夫人祇堪出朱淑真之右，去易安尚遠。」[165]清代前期以長短句品評諸位女詞人者，大概不出陳廷焯所論。品評前代女詞家之作品與才情外，尚可見其等第。

二　評議坎坷之身世

　　清代前期「論詞長短句」評議易安，除文采風格外，其身世遭遇與「再嫁」一事，亦是關注焦點。梳理目前所得論詞長短句，對此多表同情，以為局勢蕩亂，士大夫尚自顧無暇，況婦人無依，處境堪憐。抱持此態度者，如黃永〈菩薩蠻〉：「衣上舊茶痕，看來莫斷魂。」焦袁熹〈采桑子〉：「朔風吹破雙鸞影，暮景蒼涼。何似朱娘。一世紅顏早斷腸。」若王初桐〈臺城路〉云：「玉鏡臺前，新人如故否。」則語帶保留。「玉鏡臺」代稱婚嫁，原指晉時溫嶠之玉鏡臺。溫嶠北征劉聰，獲玉鏡臺一枚。從姑有女，囑代覓婿，溫欲自婚，乃

163　〔清〕陳廷焯：《詞壇叢話》，收錄於唐圭璋主編：《詞話叢編》，冊4，頁3724-3725。

164　〔清〕陳廷焯：《詞壇叢話》，收錄於唐圭璋主編：《詞話叢編》，冊4，頁3727。

165　〔清〕陳廷焯：《白雨齋詞話》，同前註，冊4，頁3910。

以玉鏡臺下定。事見《世說新語‧假譎》。[166]至於嚴詞批判者，如保培基（1693-？）。保氏以豪放詞派喜用之詞調填寫看法，其〈哨遍‧漱玉詞〉云：

> 降志辱身，變節敗名，清照哀哉悞。憶歸來，堂上樂何如。指縹緗，討論參互。豈區區，能吟綠肥紅瘦。詩文揮灑才華露。當別弄簫聲，再牽絲尾。全不監觀今古。問一枝連理爭生圖。笑兩字鴛鴦不解書。廿載鍾情，一時乘興，其如德甫。
> 惡於汝安乎。碑文果實攜歸處。不記同咀嚼，欲窮奇玩無揩。遇接腳牛星，扶頭駔儈，　易安詞有「扶頭酒醒」句。　語言面目何情趣。委半老羞顏，一丁俗子，嘗新可也思故。謂文章知己殆非歟。況貧賤之交其舍諸。又曾偕流離辛苦。遙望舟中付託，生別猶酸楚。但提與物存亡，一句更覺，此心難負。四鄉鄉史日鳴呼，一錢不值此婦。[167]

保培基，字岐庵，號西垣、井谷，汪蘇南通人。雍正十三年（1735）官浙江嘉興府同知。著有《西垣集》。保氏與黃永、焦袁熹、王初桐均就改嫁議題抒發己見，卻抱持不同看法。首句總括對李清照個人之觀點，認為李氏「降志辱身，變節敗名」。上片極言李清照夫婦恩愛情

---

166 〔南朝宋〕劉義慶編撰，楊勇箋：《世說新語校箋修訂本》（臺北市：文正書局，2000年5月）記載：「溫公喪婦，從姑劉氏，家值亂離散，唯有一女，甚有姿慧，姑以屬公覓婚。公密有自婚意，答云：『佳婿難得，但如嶠比云何？』姑云：『喪敗之餘，乞粗存活，便足慰吾餘年，何敢希汝比？』卻後少日，公報姑云：『已覓得婚處，門地粗可，婿身名宦，盡不減嶠。』因下玉鏡臺一枚。姑大喜。既婚，交禮，女以手披紗扇，撫掌大笑曰：『我固疑是老奴，果如所卜！』玉鏡臺，是公為劉越石長史，北征劉聰所得。」（上冊，頁677）

167 張宏生主編，南京大學文學院《全清詞》編纂研究室編：《全清詞‧雍乾卷》，冊1，頁404。

篤，志趣相投。「憶歸來，堂上樂何如。指縹緗，討論參互」句，「縹緗」代指書卷。「縹」，淡青色；「緗」，淺黃色。古代常用淡青、淺黃色之絲帛作書囊書衣。此句指李氏夫婦「翻書賭茶」之生活情趣。「連理枝」、「鴛鴦」均化用他人成詞寫情濃至堅，突顯下片質疑力度。

下片猶化用易安詞句，然嚴厲批判再醮對象鄙俗，「扶頭」用李清照〈念奴嬌〉：

> 蕭條庭院，又斜風細雨，重門須閉。寵柳嬌花寒食近，種種惱人天氣。險韻詩成，扶頭酒醒，別是閑滋味。征鴻過盡，萬千心事難寄。　　樓上幾日春寒，簾垂四面，玉闌干慵倚。被冷香消新夢覺，不許愁人不起。清露晨流，新桐初引，多少游春意！日高煙斂，更看今日晴未？[168]

「駔儈」，原指販馬仲介，後泛指居中介紹買賣之商人，或謂市儈者。後又責其背棄前盟，「況貧賤之交其舍諸。又曾偕流離辛苦。」、「遙望舟中付託，生別猶酸楚。但提與物存亡，一句更覺，此心難負。」李清照〈金石錄後序〉：「六月十三日，始負擔，捨舟坐岸上，葛衣岸巾，精神如虎，目光爛爛射人，望舟中告別。余意甚惡，呼曰：『如傳聞城中緩急，奈何？』戟手遙應曰：『從眾，必不得已，先去輜重，次衣被，次書冊卷軸，次古器，獨所謂宗器者，可自負抱，與身俱存亡，勿忘也。』遂馳馬去。」保氏以易安守護不力，又不念舊情另嫁他人，深切責之。保氏所言雖不近人情，然歷代以此事為易安人生汙點、白璧蒙塵者亦不在少數。前述〔宋〕晁公武《郡齋讀書志》、王灼《碧雞漫志》均言及再嫁為晚節無檢，對易安提出負面

---

168 唐圭璋主編：《全宋詞》，冊2，頁931。

批評。惟評者仍多肯定其才，未若保氏以「一錢不值」譏詆。

關於易安再醮，頗多爭議。最早見諸記載再嫁，係署名易安所作〈投翰林學士綦崇禮啟〉，內容交代再嫁張汝舟前因後果，故有「忍以桑榆之晚節，配茲駔儈之下才」、「友兒橫者十旬」、「居囹圄者九日」等語。而最早收錄此信者為〔宋〕趙彥衛《雲麓漫鈔》。〔宋〕胡仔《苕溪漁隱叢話》、阮閱《詩話總龜》；〔明〕瞿佑《秀公集》，〔清〕宋長白《柳亭詩話》、褚人獲《堅瓠集》、沈瑾輯《漱玉詞》附錄等，皆視此信為易安作品。王灼《碧雞漫志》、晁公武《郡齋讀書志》、洪适《隸釋》、陳振孫《直齋書錄解題》、李心傳《建炎以來繫年要錄》等亦據此事發論。然而持反對立場者亦有之，清人如俞正燮《癸巳類稿》、陸心源《儀顧堂題跋》、李慈銘《越縵堂乙集》、陳廷焯《雲韶集》、《白雨齋詞話》，咸以此書信已遭人篡改，不足採信。陳廷焯《詞壇叢話》更發此議論，曰：

> 易安名清照，格非之女，嫁趙明誠。趙彥衛《雲麓漫鈔》，謂易安再適張汝舟。《漁磯漫鈔》中，又作張汝舟，諸家皆沿其說。又偽撰易安〈投內翰綦公崇禮啟〉云：「清照啟，素習義方，粗明詩禮。近因疾病，欲至膏肓，牛蟻不分，灰釘已具。嘗藥雖存弱弟，應門惟有老兵。既爾蒼黃，因成造次。信彼如簧之說，惑茲似錦之言。弟既可欺，持官文書來輒信；身幾欲死，非玉鏡架亦安知。僶俛難言，優柔莫決；呻吟未定，強以同歸。視聽才分，實難共處。忍以桑榆之晚節，配茲駔儈之下才。身既懷臭之可嫌，惟求脫去；彼素抱璧之將往，決欲殺之。遂肆侵陵，日加毆擊。可念劉伶之肋，難勝石勒之拳。局地叩天，敢效談娘之善訴；升堂入室，素非李赤之甘心。外援難求，自陳何害。豈期末事，乃得上聞。取自宸衷，付之廷

尉。被桎梏而置對，同凶醜以陳詞。豈惟賈生羞絳灌為儕，何啻老子與韓非同傳。但祈脫死，莫望償金。友凶橫者十旬，蓋非天降；居囹圄者九日，豈是人為。抵雀捐金，利當安往；將頭碎璧，失固可知。實自謬愚，分知獄市。伏遇內翰承旨，縉紳望族，冠蓋清流；日下無雙，人間第一。奉天克復，本緣陸贄之詞；淮蔡底平，實以會昌之詔。哀憐無告，雖未解驂；感戴鴻恩，如真出己。故茲白首，得免丹書。清照敢不省過知慚，捫心識愧。責全責智，已難逃萬世之譏；敗德敗名，何以見中朝之士。雖南山之竹，豈能窮多口之談；惟智者之言，可以止無根之謗。高鵬尺鷃，本異升沉；火鼠冰蠶，難同嗜好。達人共悉，童子皆知。願賜品題，與加湔洗。誓當布衣蔬食，溫故知新。再見江山，依舊一瓶一缽；重歸畎畝，更須三沐三薰。忝在葭莩，敢茲塵瀆。」《漁磯漫鈔》中，謂易安再適張汝舟，竟至對簿，〈啟〉在臨安時作。案：易安竝無再適事，〈啟〉乃好事者偽作無疑。考《金石錄》語，辨之於後。[169]

陳氏此語意在辨誣，甚至認為並無再嫁一事。此議題蔓延至清末民初仍持續發酵，況周頤〈校補斷腸詞跋〉云：「詞學莫盛於宋，易安、淑真尤為閨閣雋才，而皆受奇謗。國朝盧抱孫（見曾）、俞理初（正燮）、金偉軍（鱉）三先生并為易安辨誣。吾鄉王幼遐（鵬運）刻《漱玉詞》，即以理初先生〈易安事輯〉附焉。顯微闡幽，庶幾無憾。」[170]況氏所述諸子，均站在為易安發聲辨駁之一方，盼導正訕

---

169 〔清〕陳廷焯：《詞壇叢話》，收錄於唐圭璋主編：《詞話叢編》，冊4，頁3725-3726。

170 〔清〕況周頤：〈校補斷腸詞跋〉，收錄於施蟄存主編：《詞籍序跋萃編》（北京市：中國社會科學出版社，1994年12月），頁287。

謗，使先賢無憾。

論詞長短句中，其餘為李清照辨明之聲，如孫原湘〈聲聲慢〉，下有長序云：「易安居士此闋千古絕調，當是德父亡後無聊淒怨之作，玩其祭夫文云，白日正中，歎龐公之機絕，堅城自墮，憐杞婦之悲深，此正所謂悲深也，豈有與秦處厚者云云，偶與改七香言之，七香仿詞意作圖，余填此解為居士一雪前謗，願普天下有心人同聲和之。」[171] 其作意清楚，旨在為李清照止謗，更願天下有心人同聲相挺，戮力為李氏發聲。其詞云：

> 何須訴出，滿紙淒風，如聞欲語又咽。夢已無蹤還似，夢中尋覓。心頭幾許舊事，盡交他、玉階殘葉。雨外雁，雁邊雲，并作一天秋黑。　　我讀秋聲愁絕，千古恨，除非見伊親說。畫不能言，卻勝未曾省識。黃花尚憐瘦影，抱寒香、共守寂寂。縱自怨，怎肯負霜後晚節。

特用李清照曠世鉅作〈聲聲慢〉，標舉女子有才如此，人格卻遭受污損。詞中亦化用李氏詞句，點出〈聲聲慢〉尋覓句優，〈醉花陰〉黃花句傑等佳處；下片提出「千古恨，除非見伊親說」，孫氏堅信易安節操，不採納流言蜚語，謗言穢語。末句說明「縱自怨，怎肯負霜後晚節」，即使詞多怨懟，夫婦情深，怎願失節，以此為易安解套。

持論兩方針鋒相對，然以今人眼光檢視，易安縱使再醮，實無損其文學成就。汪筠〈讀《詞綜》書後二十首〉之十五云：「漱玉天才韻最嬌，魏夫人亦解清謠。晦庵定不輕相許，閨閣能文屬本朝。」[172]

171　清代詩文集彙編編纂委員會編：《清代詩文集彙編》，冊464，頁401。
172　見王偉勇編：《清代論詞絕句初編》，頁124。

若連道學家朱熹尚且肯定易安之才，如此「豪宕一時無」[173]、冠蓋群倫，已是文壇不朽明珠，奈何後世或以守節苛薄貶抑，不亦過乎？

三　其他女詞人評議

其他詞評家尚有金兆燕（1719-1791）論及花蕊夫人，盛本栜提及〔宋〕聶勝瓊，以及焦袁熹與舒位評論遼后蕭觀音。

首先觀察金兆燕〈解語花・題花蕊夫人小像〉云：

> 巫雲夢杳，蜀國絃悲，腸斷江南路。故宮禾黍。堪惆悵、一片錦城春暮。降旗乍豎。早零落、粉香脂嫷。應最憐、池冷摩訶，那日消魂處。　　猶記宮詞夜譜。正玉階橫水，花氣深貯。玉容描取。依稀認、道服澹妝宣與。徐娘老去。又閱遍、滄桑幾度。須更添、一抹青城，留舊時眉嫵。[174]

金氏此作為題畫詞，目的在寫花蕊夫人形象，然內容主述花蕊夫人生平概況，並結合其〈宮詞〉內容，道盡才貌兼具美人之一生。金氏字鍾越，號椒亭，安徽全椒人（今安徽省全椒縣）。乾隆三十一年（1766）進士，官揚州府學教授。工詩詞曲。曾入翁方綱（1733-1818）幕；與吳敬梓（1701-1754）、吳錫麒（1746-1818）等交遊，有《椒亭詞鈔》。金氏十七首論詞長短句中，僅二首提及清代以前作家。本首雖非全然言及詞人與詞體關係，基於清代詞評家對唐、宋女

---

173 語出宋翔鳳〈論詞絕句二十首〉之十七：「易安豪宕一時無，劍器公孫勝大夫。但是有才天已妒，卻傳晚景詠蘼蕪。」見王偉勇編：《清代論詞絕句初編》，頁176-177。

174 張宏生主編，南京大學文學院《全清詞》編纂研究室編：《全清詞・雍乾卷》，冊2，頁917。

詞人之觀察，略陳此說，以見脈絡。

花蕊夫人說法有二，金氏所涉者，為後蜀孟昶之后妃費氏（一說為徐氏），青城（今四川省成都都江堰市）人，以宮詞聞名，存詞半闋。因有「花不足以擬其色，蕊差堪狀其容」，故號花蕊夫人。此詞上片陳述後蜀亡國之際，花蕊夫人心中感慨。成都古稱「錦城」，花蕊夫人〈宮詞〉亦將該地以「長似江南好風景，畫船來去碧波中」比擬。以「蜀國」、「江南道」、「故宮」、「錦城」說明後蜀地理環境；以「夢杳」、「絃悲」、「禾黍」點出亡國悲涼；詞中「堪惆悵、一片錦城春暮」，亦可聯想花蕊夫人所作半闋〈采桑子〉云：「初離蜀道心將碎，離恨綿綿。春日如年，馬上時時聞杜鵑。」[175]春景雖好，卻已近暮春，指涉國家已然亡滅。上片末二句「應最憐、池冷摩訶，那日消魂處。」講述夫人人生最得意片段，是與後主孟昶「避暑摩訶池上，為作小詞以美之，國中爭為流傳。」[176]當時受國主專寵，摩訶池上纏綿，後人喜談此事，包括蘇軾〈洞仙歌〉小序云：「余七歲時，見眉山老尼，姓朱，忘其名，年九十歲，自言嘗隨其師入蜀主孟昶宮中。一日大熱，蜀主與花蕊夫人夜納涼摩訶池上，作一詞，朱具能記之。今四十年，朱已死久矣，人無知此詞者。但記其首二句，暇日尋味，豈洞仙歌令乎，乃為足之云」[177]亦就此事發揮。故金氏回顧夫人一生，從受寵至亡國，濃縮於半闋詞中。下片道出夫人代表作〈宮詞〉，並將詩中如「淨甃玉階橫水岸，御爐香氣撲龍床」、「欲試澹妝兼道服，面前宣與唾盂家。」等句，化用入詞句中；詞末更彰顯亡國後，面對容顏逐漸老去，有感以色事人之蒼涼。雖文人筆記載夫人備

---

175 曾昭岷、曹濟平、王兆鵬、劉尊明編：《全唐五代詞》（北京市：中華書局，1999年12月），上冊，頁734。

176 〔清〕吳任臣撰，徐敏霞、周瑩點校：《十國春秋》，卷50，頁748。

177 唐圭璋主編：《全宋詞》，冊1，頁297。

為宋室後宮，然下場依舊不幸，故言「又閱遍、滄桑幾度」，美人遲暮，少時姣好容顏，也僅能於回憶取得。

盛本栴喜評唐宋詞家，前已多有敘述，在其五首論詞長短句中，特舉聶勝瓊一人言說，〈玉樓春・聶勝瓊〉云：

> 倡條冶葉難常聚。鳳紙相思憑寄與。當時但覺笑啼難，今日方知離別苦。　　枕前淚共階雨。我見猶憐何況汝。相攜重問鳳城人，莫遣舊歡隨水去。[178]

聶勝瓊為北宋都下名妓，資質敏慧，李之問詣京師，見而悅之，遂與結好。事見〔明〕梅鼎祚《青泥蓮花記》載：

> 李之問儀曹解長安幕，詣京師改秩。都下聶勝瓊，名倡也，質性慧黠，公見而喜之。李將行，勝瓊送別，餞欽於蓮花樓，唱一詞，末句曰：『無計留春住，奈何無計隨君去。』李復留經月，為細君督歸甚切，遂飲別。不旬日，聶作一詞以寄李云云，蓋寓調〈鷓鴣天〉也。之問在中路得之，藏於篋間，抵家為其妻所得。因問之，具以實告。妻喜其語句清健，遂出妝奩資夫取歸。瓊至，即棄冠櫛，損其妝飾，委曲以事主母，終身和悅，無少間焉。[179]

聶、李情事亦可見於馮夢龍《情史》。盛氏感佩聶勝瓊為京師名妓，

178　南京大學中國語言文學系《全清詞》編纂研究室編：《全清詞・順康卷》，冊19，頁10974。

179　〔明〕梅鼎祚編，陸林校點：《青泥蓮花記》（合肥市：黃山書社，1998年12月），頁185。

閱歷甚廣，卻在感情上如此真誠與專一，故特填此詞，表達對聶氏追尋愛情之肯定。首句以「倡條冶葉」點出聶氏身分，並由下句陳述故事情節，因離別之苦，寫相思之言。三、四句承接情書撰寫原委，款款道出當時愁緒，以及真正離別後，內心空虛苦楚。下片首句則化用聶勝瓊所填〈鷓鴣天・別情〉，原詞如下：

> 玉慘花愁出鳳城，蓮花樓下柳青青。尊前一唱陽關曲，別個人人第五程。　　尋好夢，夢難成。有誰知我此時情，枕前淚共階前雨，隔個窗兒滴到明。[180]

其中「枕前淚共階前雨，隔個窗兒滴到明」，實亦化用溫庭筠〈更漏子〉：「梧桐樹，三更雨，不道離情正苦。一葉葉，一聲聲，空階滴到明。」[181]表述離情，以雨聲渲染，雨如為情人流下之淚水，無眠聽雨至天明。現實落空，好夢難成，亦難怪盛氏直言「我見猶憐何況汝」，表達對聶勝瓊專情癡心之憐憫。最後藉聶氏口吻，道出「相攜重問鳳城人，莫遣舊歡隨水去」，除寫下聶氏當時心情，亦將此詞故事背景深化，盼望情郎勿始亂終棄。聶勝瓊只存詞一首，此詞不僅讓李妻「出妝奩資夫取歸」，獲重生與常伴情郎左右之機會，更使聶氏得到異代知己盛本栯為此歌頌操行，瞭解聶氏對真愛之追求。

最後，再論蕭觀音（1040-1075）。蕭氏為遼女詞人，係遼道宗耶律洪基（1032-1101）皇后，號懿德，死後追諡宣懿。自小能誦讀詩歌，並旁及經、子；加上容貌嬌豔絕冠，性格柔美仁淑，常行善積德，國人常以觀音目之，故得小字「觀音」。《遼史》載蕭氏「工詩善談論，

---

180 唐圭璋主編：《全宋詞》，冊2，頁1046。
181 曾昭岷、曹濟平、王兆鵬、劉尊明編：《全唐五代詞》，上冊，頁107。

自製歌詞，尤善琵琶」[182]，可謂多才多藝。曾作〈伏虎林應制〉、〈君臣同志華夷同風應制〉等詩，雖為應制，仍於其中表達關心社會、致主澤民之思維，如此才貌俱佳，遼道宗更譽為「女中才子」[183]。

　　蕭觀音不僅為一國之后，更有詩詞與音樂之造詣。後人論及蕭氏作品，不得不提及自創〈回心院〉詞。以焦袁熹〈采桑子・遼后〉觀察，首句亦由〈回心院〉詞起興：

　　　　回心院裏明如畫，月衫燈光。一半空床。那得君心似太陽。
　　　　　　漢宮合德前身是，今日思量。軟玉雕香。惹得閒人也斷腸。[184]

「回心院裏明如畫」亦總提〈回心院〉詞內容，首闋「掃深殿。閉久金鋪暗，游絲絡網空作堆，積歲青苔厚階面。掃深殿。待君宴。」[185]命人整理打掃環境，寫出日常生活細節，由準備飲宴、寢具擺設、照明燃香、絲竹娛樂諸方面，聯章鋪敘，反覆詠嘆，組成一完備統合之面貌。十闋詞中心思維明確，即希望重獲寵幸。大費周章整頓起居，更反映主角內心急切，並將失寵後寂寞苦悶之感細膩道出，以柔和婉轉方式呈現。如此費盡心思，只為待「君」前來。焦氏點破結局，以「那得君心似太陽」，說明道宗內心無動於衷。

　　遼道宗疏遠蕭觀音主要原因在於蕭氏見皇帝終日以畋獵飲酒為

182　〔元〕脫脫等撰：《遼史》（北京市：中華書局，1974年10月），冊3，卷71，頁1205。

183　〔遼〕王鼎：《焚椒錄》收錄於《叢書集成新編》（臺北市：新文豐出版公司，2008年9月），冊85，頁17。

184　〔清〕焦袁熹：《此木軒直寄詞》三卷附舊作一卷，《此木軒全集》（上海市：上海圖書館古籍室所藏鈔本），未編頁碼。

185　〔遼〕王鼎：《焚椒錄》，頁18。

樂,怠忽朝政,故上〈諫獵疏〉:

> 妾聞穆王遠駕,周德用衰;太康佚豫,夏社幾屋。此游佃之往
> 戒,帝王之龜鑑也。頃見駕幸秋山,不閑六御,特以單騎從
> 禽,深入不測。此雖威神所居,萬靈自為擁護,倘有絕群之
> 獸,果如東方所言,則溝中之豕,必敗簡子之駕矣。妾雖愚
> 暗,竊為社稷憂之。惟陛下尊老氏馳騁之戒,用漢文吉行之
> 旨,不以其言為牝雞之晨而納之。[186]

道宗雖接受蕭氏意見,內心卻已產生厭惡之情。蕭氏因勸諫而遭冷
落,乃作〈回心院〉詞十首,並命人成曲,待來時演奏,盼可重拾君
心。然君心不得,又遭遇報復。焦袁熹下片所陳,以蕭氏遭人設計,
悲慘入獄,最終自盡身亡一事抒發。《遼史》載:「好音樂,伶官趙惟
一得侍左右。大康初,宮婢單登、教坊朱頂鶴誣后與惟一私,樞密使
耶律乙辛以聞。詔乙辛與張孝傑劾狀,因而實之。族誅惟一,賜后自
盡,歸其尸於家。」[187]其中宮婢單登為關鍵人物。當時皇太叔耶律重
元妻,因蕭氏誕皇子入賀,艷冶自矜,蕭觀音見其狀告誡云:「為貴
家婦,何必如此!」[188]引得重元妻不滿,後重元父子叛謀,未幾,亂
事平定,而單登者,即重元家舊婢。據王鼎《焚椒錄》載,單登善彈
箏與琵琶,曾與蕭后爭能,均不如后;道宗欲幸單登,蕭后提及此女
為叛家之婢,不得不防,阻斷單登躐進之路,使單氏深嫉之。時值耶
律乙辛得勢,乙辛者為平定重元叛亂有功,功高震主,對蕭后與皇子
睿頗有顧忌,後施計捏造蕭后與樂官趙惟一私通事,命人撰〈十香〉

---

186 〔遼〕王鼎:《焚椒錄》,頁17-18。
187 〔元〕脫脫等撰:《遼史》,冊3,卷71,頁1205。
188 〔元〕脫脫等撰:《遼史》,冊3,卷71,頁1205。

詞[189]，假託宋國皇后所作，由單登央請蕭后題字。蕭后讀之，有感遭遇冷落，故不假思索筆書之，後又感賦題上〈懷古〉一首，內容為：「宮中只數趙家妝，敗雨殘雲誤漢王。惟有知情一片月，曾窺飛燕入昭陽。」因詩中嵌有「趙惟一」三字，就此留下被構陷之證據。[190]焦詞下片首句「漢宮合德前身是」便就蕭后題下〈懷古〉詩而發。此詩藉懷古以傷今，批評趙氏姊妹失后妃之德，以女色擾亂漢室；亦藉此表明己心忠貞不渝，與趙氏不同。焦氏以趙飛燕妹「趙合德」相比，后妃多以色事人，擁有豔麗外貌，得皇帝恩寵；然蕭后以趙氏姊妹為戒，以德正己，卻遭逢設計，並敕令自盡之悲慘結局，下場深值同情。故以形塑女子之「軟玉雕香」，一方面描述女子堪憐形象，另一方面投射〈十香〉詞使其喪命。如此不幸命運，人格清白遭玷污，使遼道宗廢庶，甚至賜死後，「歸屍於家」，不得入祀宗廟。此般慘烈遭遇，無怪乎焦氏以「惹得閑人也斷腸」做結，深表對蕭后之同情。

另外舒位（1765-1815）〈翠樓吟・書蕭觀音〈回心院〉詞後〉，亦是讀〈回心院〉詞後有感而發：

> 綠海觀魚，青山射虎，深宮故國何處。低唱回心院，向金屑、檀槽按譜。美人樂府。似永巷閒愁，長門遙妒。空記取。翠華

---

189 錄〈十香〉詞原文如下：「（髮香）青絲七尺長，挽出內家裝。不知眠枕上，倍覺綠云香。（乳香）紅綃一幅強，輕闌白玉光。試開胸探取，尤比顫酥香。（頰香）芙蓉失新艷，蓮花落故妝。兩般總甚比，可似粉腮香。（頸香）蝤蠐那足并，長須學鳳凰。昨宵歡臂上，應惹頷邊香。（舌香）和羹好滋味，送語出宮商。定知郎口內，含有暖甘香。（口香）非關兼酒氣，不是口脂芳。卻疑花解語，風送過來香。（手香）既摘上林蕊，還親御苑桑。歸來便攜手，纖纖春筍香。（足香）鳳靴抛合縫，羅襪卸輕霜。誰將暖白玉，雕出軟鉤香。（裙內香）解帶色已戰，觸手心愈忙。那識羅裙內，消魂別有香。（全身香）咳唾千花釀，肌膚百和裝。無非啖沉水，生得滿身香。」見〔遼〕王鼎：《焚椒錄》，頁18。

190 〔遼〕王鼎：《焚椒錄》，頁18。

消息，落花無路。　　那更婢學夫人，有紅箋小疊，傳言玉
女。便晨書暝寫，題遍了、斷腸香句。者番飛語。肯潛伴諸
郎，暮為行雨。添幾許。三年碧血，四時白紵。[191]

舒位字立人，小字犀禪，號鐵雲，直隸大興（今北京市）人。幼承家
學，早慧，七歲下筆成文，十四歲隨父官廣西永福（今廣西桂林市永
福縣），賦〈銅柱〉詩，傳誦一時。乾隆五十三年（1788）舉人，久
上春官不第。嘉慶元年（1796）入河間知府王朝梧幕，隔年隨朝梧入
黔，任雲貴總督勒保文書。客遊南北，賓佐為生二十年。詩與孫原
湘、王曇齊名，兼工書畫。著有《青燈詞》（又名《琴尾詞》）。舒位
作品多羈旅行役、詠史之作，如以七律詠明妃、諸葛亮、陶淵明、項
籍等人作法新警；並精通曲律，劇作人稱當行，作品亦涉及不少以女
性人物為主題者，如《卓女當爐》、《樊姬擁髻》、《圓圓曲》等。蕭觀
音故事與其〈回心院〉詞，在舒位尋訪寫作素材時，曾留意此事，並
填詞寫下讀後心得，此詞亦為寄予同情之作。

　　首三句以「觀魚」、「射虎」描述宮中娛樂，點出蕭后面對曩昔美
好生活，而今感嘆「故國何處」之強烈對比；隨即便接續受道宗冷
落，原因前已述及，係勸諫不應頻繁畋獵，更呼應首數句提及宮廷娛
樂一事。為求改變局勢，用心譜就〈回心院〉詞，甚盼君上回心轉
意，其中「向金屑、檀槽按譜，美人樂府」，正如〔唐〕張祜所撰
〈王家琵琶〉：「金屑檀槽玉腕明，子弦輕撚為多情」[192]，以最擅長之
琵琶，彈奏誠懇心曲，此情此景，正似陳皇后特請司馬相如作〈長門
賦〉一般。然蕭后自作〈回心院〉詞，誠意更佳，可惜此舉無用，故

---

191 張宏生主編，南京大學文學院《全清詞》編纂研究室編：《全清詞‧雍乾卷》，冊
　　15，頁8390。

192 〔清〕彭定求等編：《全唐詩》，冊15，卷511，頁5844。

以「翠華消息，落花無路」說明事情無可轉圜。下片濃縮單登請蕭后題〈十香〉詞一事，〈十香〉為歡快淫詞，並無傷感字句，於蕭后眼中，成為回憶與道宗之甜蜜舊事，故言「便晨書暝寫，題遍了、斷腸香句。」內心嚮往重回往日時光，提筆而書，句句斷腸。又以「飛語」說明蕭后遭人誣陷，偷情趙惟一事。末句以「三年碧血，四時白紵」作結，典用《莊子》〈外物〉：「萇弘死於蜀，藏其血三年而化為碧。」[193]化碧典實常用於形容剛直忠正，為正義事業而蒙冤抱恨，此指蕭后遭設計淪為不忠於夫之淫婦非事實，蓋因勸諫畋獵而遭冷落，舒位為其抱屈；又用〔南朝梁〕沈約〈四時白紵歌〉典之〈秋白紵〉寫下：「雙心一意俱回翔，吐情寄君君莫忘」[194]，永結同心為夫妻由衷祈願，尤其身為女子，更希望夫婿能永遠相知相惜；另外迴環覆出「翡翠群飛飛不息，願在雲間長比翼」句，亦點出蕭后內心深刻之盼願。

雖焦袁熹與舒位均由蕭后生平軼事切入，未真正對〈回心院〉詞提出相當看法，但仍可從其他詞話、序跋探得蛛絲馬跡，如王鼎《焚椒錄》有西園歸老〈跋〉語云：「皆有唐人遺意，恐有宋英、神之際諸大家，無此四對也。」[195]西園歸老之意見，正與〔清〕徐釚看法相當，認為：

> 怨而不怒，深得詞家含蓄之意。斯時，柳七之調，尚未行於北國，故蕭詞大有唐人遺意也。[196]

---

193 〔清〕郭慶藩撰，王孝魚點校：《莊子集釋》（北京市：中華書局，1985年8月），頁920。

194 〔宋〕郭茂倩編：《樂府詩集》，卷56，頁806。

195 〔遼〕王鼎：《焚椒錄》，頁19。

196 〔清〕徐釚：《詞苑叢談》，收錄於朱崇才編：《詞話叢編續編》（北京市：人民文學出版社，2010年6月），冊1，頁454。

晚清況周頤亦針對〈回心院〉詞提出觀察，評曰：「音節入古，香豔入骨，自是《花間》之遺。北宋人未易克辦，南渡無論，金源更何論焉。」[197]大抵蕭氏所作〈回心院〉詞，氣格有唐人遺風，情致纏綿近花間，雖寫情愛，仍包容詞體含蓄之美。焦袁熹、舒位讀〈回心院〉詞，有感蕭后正義諍諫，下場卻如此慘然，填詞論及身世，為遭人污衊平反。

---

197 〔清〕況周頤：《蕙風詞話》，收錄於唐圭璋主編：《詞話叢編》，冊5，頁4455。

第四章
論北宋詞人之長短句

　　清代前期「論詞長短句」論及北宋詞人雖不如南宋詞人多，仍具可觀之處，其中較多人集中論述者，以柳永、蘇軾為大宗，均達十闋以上，秦觀亦有九闋，此現象在南宋詞人中僅姜夔（十二闋）有之。其他北宋詞人包括：張先、晏殊、范仲淹、宋祁、歐陽脩、黃庭堅、周邦彥、晏幾道、賀鑄與趙佶等人，以歐陽脩四首為最夥；而以評論人角度而言，多數論詞詞均出自焦袁熹之手。本章以被多數討論之詞家為主，分立「論柳永」、「論蘇軾」與「論秦觀」三節，細緻觀察清人如何品評其人其詞，以及在清代造成之影響。

第一節　論柳永

　　柳詞歷來評價不一，褒貶互見，透過論詞長短句評柳詞及其軼事，可略窺清代前期對柳永之看法。評柳永十闋長短句中，論者包括李漁（1611-約1679）、葉光耀（生卒年不詳）、焦袁熹（1661-1736）、繆謨（1667-？）、王初桐（1730-1821）、林兆鯤（生卒年不詳）、凌廷堪（1757-1809）與屠廷楫（1615-約1694）等詞人。對前代知名詞家評價為何，應透過詞作文字爬梳分析。

　　宋代詞人柳永（約西元987-1058）[1]，初名三變，字景莊；吳曾

1　生卒之判定，據〔宋〕柳永撰，薛瑞生校註：《樂章集校註》（北京市：中華書局，2007年10月），頁1-14。

《能改齋漫錄》載：「後改名永，方得磨勘轉官」²，字耆卿。故實可見胡仔《苕溪漁隱叢話》〈後集〉卷三十七引嚴有翼《藝苑雌黃》語曰：

> （柳永）喜作小詞，然薄於操行。當時有薦其才者，上曰：
> 「得非填詞柳三變乎？」曰：「然。」上曰：「且去填詞。」由
> 是不得志，日與獧子縱游娼館酒樓間，無復檢約，自稱云：
> 「奉聖旨填詞柳三變」。³

崇安（今福建武夷山）人，於家族中排行第七，故稱「柳七」，曾任屯田員外郎，世稱「柳屯田」。《宋史》無傳，著《樂章集》。宋人筆記載「凡有井水飲處，即能歌柳詞」⁴，可見在當時影響之廣。然柳詞最為人詬病者，是內容較俚俗，如沈義父《樂府指迷》提及：「柳耆卿音律甚諧，句法亦多好處。然未免有鄙俗氣。」⁵因此歷代評論家意見分歧，然也緣此特點，使柳永於詞壇上產生新定位。以下據清代前期「論詞長短句」論柳永其人其詞所得八家十闋詞整理，經歸納有就詞人風格、詞壇地位，以及經典解讀三方面，茲分項討論。

2　〔宋〕吳曾：《能改齋漫錄》（臺北市：木鐸出版社，1982年5月），卷16，「柳三變詞」條，頁480。

3　〔宋〕胡仔：《苕溪漁隱叢話》，收錄於唐圭璋主編：《詞話叢編》（北京市：中華書局，2005年10月），冊1，頁171。

4　〔宋〕葉夢得撰，徐時儀校點：《避暑錄話》，收錄於《宋元筆記小說大觀》（上海市：上海古籍出版社，2001年12月），冊3，頁2628。

5　〔宋〕沈義父：《樂府指迷》，收錄於唐圭璋主編：《詞話叢編》，冊1，頁278。

一　賞愛耆卿之風格

　　李漁（1611-約1679）悉心從事戲曲創作及理論研究，在《窺詞管見》中，常見辨析詩、詞、曲不同處，是書開宗明義便舉：

> 作詞之難，難於上不似詩，下不類曲，不淄不磷，立於二者之中。大約空疏者作詞，無意肖曲，而不覺彷彿乎曲。[6]

李漁是劇作家，也嘗填詞，故為填詞之難提出自身看法。也因這層關係，讓李漁識得柳詞況味。李氏早年遠遊四方，最後流寓南京，移居杭州。家設戲班，周遊演出，因此鄰近居所之古蹟，為李氏尋訪必到景點。其間是否真實參與清明弔唁柳永之傳統慶會，抑或廣覽古籍時而起興，因此填詞感發，今已不得而知，其詞〈多麗・春風吊柳七〉云：

> 到春來。歌從字裏生哀。是何人、暗中作祟，故令舌本慵擡。因自向、神前默禱，纔知是、作者生災。柳七詞多，堪稱曲祖，精魂不肯葬蒿萊。思報本、人人動念，釀分典金釵。纔一霙、風流塚上，踏滿弓鞋。　　問郎君、才何恁巧，能令拙口生乖。不同時、惱翻後學，難偕老、怨殺吾儕。口裊香魂，舌翻情浪，何殊夜夜伴多才。只此儘堪自慰，何必悵幽懷。做成例、年年此日，一奠荒臺。[7]

6　〔清〕李漁：《窺詞管見》，收錄於唐圭璋主編：《詞話叢編》，冊1，頁549。

7　南京大學中國語言文學系《全清詞》編纂研究室編：《全清詞・順康卷》（北京市：中華書局，2002年5月），冊2，頁699-700。

柳永歿後，出現所謂「弔柳會」，曾敏行《獨醒雜志》卷四記載：

> 柳耆卿風流俊邁，聞於一時。既死，葬於棗陽縣花山。遠近之
> 人，每遇清明日，多載酒肴飲於耆卿墓側，謂之弔柳會。[8]

此外，祝穆（？-1255）《方輿勝覽》卷十一曾載：「（柳永）遂流落不
偶，卒於襄陽。死之日，家無餘財，群妓合金葬之於南門外。每春月
上冢，謂之吊柳七。」[9]以上筆記傳說，說明柳永在當時影響甚巨。
李漁之詞題以「春風吊柳七」為名，係化用馮夢龍（1574-1646）《喻
世明言》中〈眾名姬春風吊柳七〉而來。文中提及：「諸名姬不約而
同，各備祭禮，往柳七官人墳上，掛紙錢拜掃，喚做吊柳七，又喚做
上風流家，……後來成了個風俗，直到高宗南渡後，此風方止。」[10]
南宋後此俗已不復見，李氏甚覺可惜，詞題下註明「此題絕佳，詞中
未有，願海內同人和之。」[11]欲透過和題填詞，將「弔柳七」一事重
新流行起來。而詞中「思報本、人人動念，醵分典金釵。繞一霎、風
流塚上，踏滿弓鞋」等句，將故實轉化詞句，貼合旨意。清人引用弔
柳七事論柳永者，尚有謝啟昆（1737-1802），其〈讀全宋詩仿元遺山
論詩絕句二百首〉之六十二云：

> 淺斟低唱曉風清，三變填詞獨擅名；贏得年年人上塚，萬花雨

---

8 〔宋〕曾敏行撰，朱杰人校點：《獨醒雜志》，收錄於《宋元筆記小說大觀》（上海
  市：上海古籍出版社，2001年12月），冊3，頁3234。

9 〔宋〕祝穆撰，祝洙增訂：《方輿勝覽》（北京市：中華書局，2003年6月），卷11，
  頁197。

10 〔明〕馮夢龍：《喻世明言》（臺北市：光復書局，1998年8月），頁155。

11 見清代詩文集彙編編纂委員會編：《清代詩文集彙編》（上海市：上海古籍出版社，
  2010年12月），冊31，頁62。

泣弔者卿。[12]

又沈道寬（1772-1853）〈論詞絕句〉第十首提及：

> 淺斟低唱柳屯田，肯把浮名換綺筵；身後清聲誰會得，墓門紅
> 襄拜年年。[13]

兩人均肯定柳永生前死後皆留名，贏得眾人揮淚憑弔。然而李漁在詞
中以「柳七詞多，堪稱曲祖，精魂不肯葬蒿萊」等句，標舉詞壇貢
獻，甚至以「曲祖」予以高度頌揚，名垂不朽。如此盛讚稱賞為清初
首見，也影響後代詞評家如〔清〕錢裴仲（生卒年不詳）《雨華盦詞
話》所言：「柳詞與曲，相去不能以寸。」[14]張德瀛（？-約1914）《詞
徵》亦提出柳永詞「隱約曲意」，並視為「曲家導源」。[15]

實則南宋詞人劉克莊（1187-1269）推崇之北宋詞人，柳永便是
其一，由劉氏諸多評詞言論可知。如〈翁應星樂府序〉勉翁氏：「當
參取柳（永）、晏（幾道）諸人，以和其聲，不但詞進，而君亦自此
官達矣。」[16]視柳永為學詞榜樣，要後輩以此入門；其論詞詩、論詞
詞亦有相關句子提及，如：

> 相君未識陳三面，兒女多知柳七名。（〈哭孫李蕃二首〉之二）
> 蜀公喜柳歌仁廟，洛叟譏秦媟上穹。可惜今世同好者，樽前憶

---

12 王偉勇編：《清代論詞絕句初編》，頁144。
13 王偉勇編：《清代論詞絕句初編》，頁169。
14 〔清〕錢裴仲：《雨華盦詞話》，收錄於唐圭璋主編：《詞話叢編》，冊4，頁3012。
15 〔清〕張德瀛：《詞徵》，收錄於唐圭璋主編：《詞話叢編》，冊5，頁4086。
16 〔宋〕劉克莊：〈翁應星樂府序〉，收錄於施蟄存主編：《詞籍序跋萃編》（北京市：
中國社會科學出版社，1994年12月），頁297。

殺老花翁（〈自題長短句後〉）

柳七葬淮頭，營妓歲瀝酒。不知花翁墳，有人擘紙否。（〈病中
雜興五言十首〉之八）[17]

劉氏將好友孫惟信（1179-1243）比為柳永，說明詞名頗盛。另外
〈漢宮春・題鍾肇長短句〉云：「自協宮商。酒邊喚回柳七，壓倒秦
郎。」[18]亦以柳永善音樂讚譽鍾氏詞。崔海正〈詞之理論與批評研
究：斷代個體詞論研究──後村詞學觀略說〉一文即揭櫫劉氏推崇柳
永原因有三：「一是柳永知音曉律，詞多可歌，符合後村重音律的詞
學觀；二是柳永詞描繪出了北宋的承平氣象，這又暗合後村的故國之
思；三是柳永個人的不幸遭際激起了後村的同情之心。此外，柳永與
後村俱為福建人，對柳氏的稱道或許也與推舉鄉賢的心理有關。」[19]
又如後村〈跋劉叔安感秋八詞〉云：

長短句昉於唐，盛於本朝。余嘗評之：耆卿有教坊丁大使意
態，美成頗偷古句，溫李諸人困於撏撦。近歲放翁、稼軒，一
掃纖豔，不事斧鑿，高則高矣，但時時掉書袋，要是一癖。[20]

「教坊丁大使意態」，就趙曉濤、劉尊明觀點，一則意味上層高雅文
化對下層通俗文化具某種程度之承認與吸納，並促進雅俗兩種不同文

---

17 北京大學古文獻研究所編：《全宋詩》（北京市：北京大學出版社，1995年3月），冊
　 58，頁36320、36584、36597。
18 唐圭璋主編：《全宋詞》（北京市：中華書局，1998年11月），冊4，頁2602。
19 崔海正：《中國詞學研究體系建構稿》（濟南市：齊魯書社，2007年10月），頁149。
20 〔宋〕劉克莊：〈跋劉叔安感秋八詞〉，收錄於施蟄存主編：《詞籍序跋萃編》，頁
　 296。

化間產生交流和滲透；一則係丁仙身分—如當時宋代教坊領導，善於
製曲編舞，以此比附柳永之才情、才華。[21]然兩宋正面肯定柳永之相
關評論並不多，間接影響元、明詞評家，李漁試圖導正觀念，重新欣
賞柳永樹立之風格，給予相應評價。

　　步趨李漁悼念柳永者，尚有同鄉後輩葉光耀。葉氏字斗文，號在
園，新城（今浙江省杭州市）人。舉明經，授吳興外翰。著有《浮玉
詞》。與李漁相識，李漁曾於〈葉斗文廣文〉云：「年十五而為人師，
當時僅見文中子；歲三九而選博士，今朝復賭漢終軍。」[22]可知彼此
詩文交流。同鄉前輩登高一呼，葉氏即仿效李漁用同一詞調與主題填
製弔念柳永之作〈多麗・曉風殘月弔柳七〉：

　　　曲闌干，紫簫吹落雲間。正花飛、春光蕩漾，敲殘馬上吟鞭。
　　　採芳蘭、艷傾羅綺，攜紅藥、嬌闢嬋娟。翠帶輕翻，彩繩斜
　　　挽，綠楊影裏競鞦韆。幾回惜人歸深院，誰為拾遺鈿。試問
　　　取、酒醒何處，珠珮闌珊。　　　看山河、依然繡錯，不堪重憶
　　　當年。星郎句、惟餘柳色，鳳池筆、剩有江煙。異代如君，生
　　　今似我，斷腸一曲譜湘絃。空拋撇、無邊風月，都付與啼鵑。
　　　祇留得、情詞數闋，千古同憐。[23]

差別在於葉詞主要以仿擬柳永風格為基調，再加入個人感懷，與李漁
大異其趣。上片以春景述春情，用紅花美人織出歡樂景象，情境頗似

---

21 詳見趙曉濤、劉尊明：〈「教坊丁大使」考釋〉，《學術研究》2002年第9期，頁143-
　146。

22 見〔清〕李漁：《笠翁一家言文集》，收錄於《李漁全集》（杭州市：浙江古籍出版
　社，1991年8月），冊1，頁291。

23 張宏生主編：《全清詞・順康卷補編》（南京市：南京大學出版社，2008年5月），冊
　1，頁136。

柳永〈拋毬樂〉:「豔杏暖、妝臉勻開,弱柳困、宮腰低亞。是處麗質
盈盈,巧笑嬉嬉,手簇鞦韆架。戲綵毬羅綬,金雞芥羽,少年馳騁,
芳郊綠野。」[24]此詞本身即是一闋清明節令詞,葉氏仿效柳永,點出
清明弔柳七之時間性。上片末四句情緒轉變,逐步營造憑弔氛圍,以
「試問取、酒醒何處,珠珮闌珊」點題運用柳永名作〈雨霖鈴〉「今
宵酒醒何處,楊柳岸、曉風殘月」[25]作為感傷情懷之切入點。下片藉
弔古而傷今,將柳永與作者自身重疊比附,導出「異代如君,生今似
我,斷腸一曲譜湘絃」,宛如異代知交,甚至標舉柳永之重要性,最
後推尊柳永情詞情調雋永,感動古今。

　　將己比附柳永一事亦是模仿李漁而來。李漁多次用己與柳永共
論,其《耐歌詞・自序》即自喻為「當今柳七」[26];又《閒情偶寄》
卷二「演習部・授曲第三」云:「聲音之道,幽渺難知。予一生作柳
七,交無數周郎,雖未能如曲子相公身都通顯,然論其生平製作,塞
滿人間,亦類此君之不可收拾。」[27]另一首〈滿江紅・讀丁藥園扶荔
詞,喜而寄此,勉以作劇〉論詞長短句中提及:「愧儂詞場,三十
載、謬稱柳七。向只道、中原才少,果然無敵。」[28]均以柳永自比,
可見李氏對柳七愛賞有加。而葉光耀景仰前輩,同題模仿,也視李漁
崇拜之對象為學詞目標,甚至以前世今生言說連結三人,在在可見柳
永影響力。

　　推崇柳永情詞影響自我頗深者,尚有焦袁熹弟子繆謨。繆謨
(1667-?),字丕文,號雪莊,別號虞皋,江蘇華亭(一說婁縣,今

---

24 唐圭璋主編:《全宋詞》,冊1,頁31。
25 唐圭璋主編:《全宋詞》,冊1,頁21。
26 〔清〕李漁:《耐歌詞》,收錄於《李漁全集》,冊2,頁378。
27 〔清〕李漁:《閒情偶寄》,收錄於《李漁全集》,冊3,頁90-91。
28 南京大學中國語言文學系《全清詞》編纂研究室編:《全清詞・順康卷》,冊2,頁
　　685。

上海市松江縣）人。與張梁、張照合稱「焦村三鳳」，有《雪莊樂府》。繆氏〈醉思仙‧舟夜同幻花醉後看柳詞〉云：

> 雨星星。正漁邨路暗，官渡潮生。艤蘭艭那裏，野店燈青。賓共主，斟和酌，草草八分醒。晚寒天，怎奈是、被兒鋪下如冰。
> 　睡也知無味，憑何撥遣深更。展屯田詞卷，倦睫都清。紅么譜，烏闌字，香語滑春鶯。又無端，打動我，十年花底心情。[29]

詞題署名「幻花」，正是焦村三鳳之一張梁。兩人醉飲間讀柳詞，提出愛賞之心得體會。上片描述賓主相聚時節，冬天細雨如絲，飲酒暖身近深夜，仍了無睡意，便展卷讀詞。如此不經意，應係從案牘隨手拿取之書冊，說明柳詞原便為繆氏經常閱覽。而賞讀後竟「倦睫都清」，醉意消除殆盡。接續三句，「紅么譜」即以紅牙拍板、么弦伴奏之曲；「烏闌字」指古籍寫本所謂烏絲欄或烏絲界，係言古籍字行間之外框。古代刻字於竹片間，每片刻寫文字數量相同。後書於縑帛，仍沿舊習，將每行字以黑線框住，如同於帛上陳列片片竹簡。此二句意指柳永所作曲與詞，下句「香語滑春鶯」則點出柳詞主體風格。此句化用白居易〈琵琶行〉「間關鶯語花底滑」[30]，勾勒柳永情詞所展現之主要特色。繆謨刻意中標舉柳永情詞動人，應是受老師焦袁熹影響，此於下節再深入討論。

---

29 南京大學中國語言文學系《全清詞》編纂研究室編：《全清詞‧順康卷》，冊19，頁11236。

30 〔清〕彭定求等編：《全唐詩》（北京市：中華書局，1960年4月），冊13，卷435，頁4822。

二 重塑柳詞之地位

除李漁將柳永文學地位提高至「曲祖」外，清初亦有焦袁熹（1661-1736）為彼發不平之鳴。清初有意識「以詞論詞」者，推焦氏為代表，且系統性鋪敘自我詞學觀點。焦袁熹字南浦，號廣期，江蘇金山（今屬上海市）人。以經學著稱，學人稱「南浦先生」。事親至孝，曾兩赴禮部試，因奉事祖母、鞠母，不求仕進。曾以實學通經薦，事親固辭。後銓授山陽縣教諭，仍乞終養不赴。既無公務案牘勞心損神，焦氏得以戮力讀書，著述頗為豐富，[31]主要以經學與文學兩類作品居多，其中文學類又多有選本及評論，應係為教學編纂之教材。

焦袁熹共作五十八首論詞長短句，[32]除具名談論者五十首外，另有八首填詞心得，五十首中僅三首論及清代詞人（包括自己），餘均論唐、宋詞人。其中柳永、蘇軾與辛棄疾各評三首，為談論最多者；評及兩次者，包括歐陽脩、朱淑真、陸游、劉克莊等。柳永與蘇軾之

---

31 焦氏可見著作有：《春秋闕如編》八卷、《小國春秋》一卷、《四書說》八卷、《此木軒經說彙編》六卷、《經字韻編》一卷、《儒林譜》一卷、《太玄解》一卷、《潛虛解》一卷，以上經部著作。《此木軒直寄詞》二卷、《此木軒詩鈔》十六卷、《此木軒論詩彙編》八卷、《此木軒四六文選》八卷，以上文學著作。《此木軒雜著》八卷、《此木軒食木贅語》（即《食木尚譚佛乘》與《贅語》合為一）一卷、《舊雨錄》一卷、《經世輯論》五卷、《制義源流》一卷等，以上為各類雜著。詳見唐玉鳳：《清初詞人焦袁熹「論詞長短句」及其詞研究》（新北市：花木蘭文化出版社，2014年3月），頁64-75。

32 裴喆：〈清初詞人焦袁熹及其論詞詞〉發現《全清詞》漏收焦袁熹之詞作，文中說明：「筆者在南開大學圖書館所見題為《此木軒全集》中所收《此木軒直寄詞》四卷，恰為『附舊作一卷』的本子，兩相比較，焦袁熹的舊作一卷八十一首在二卷本中完全未收，前三卷中亦有一些詞作不見於二卷本，如本文所欲討論的〈采桑子·編纂《樂府妙聲》竟作〉組詞，在二卷本中為四十七首，而在四卷本中則為五十六首。」輯補共得九首。見《中國韻文學刊》第25卷第4期（2011年10月），頁32。然九首之一〈采桑子·見諸詠梅之作什九說著和羹，故有此解〉因內容與論詞無涉，故不納入論詞長短句之列。

所以被一再提及，蓋因焦袁熹視兩人為對照組，分別於專論、合論與論詞心得中反覆出現。專論柳永之長短句中，焦袁熹將其詞壇地位推舉甚高，〈采桑子〉云：

> 井華汲處須聽取，駐得行雲。落得梁塵。三變新聲唱得真。
> 　香山竈嫗君知否，俚俗休嗔。絕代超倫。只在當場動得人。[33]

柳永詞廣泛被當代群體接受，造成流行，係焦袁熹首要肯定之事實。詞中運用「響遏行雲」與「遠動梁塵」兩事讚譽柳永善製曲，且曲音優美，得以駐雲動塵。前者據《列子》〈湯問〉：「薛譚學謳於秦青，未窮青之技，自謂盡之，遂辭歸。秦青弗止，餞於郊衢，撫節悲歌，聲振林木，響遏行雲。」[34]以秦青謳歌之高深，來媲美柳永製曲之美。後者見漢代劉向《別錄》所載：「漢興以來，善歌者魯人虞公，發聲清哀，遠動梁塵，受學者莫能及也。」[35]援典用以說明柳永詞曲聲情正如古代秦青、虞公之流，技高一籌。然不只廣為流行，也非緣善於製曲，更重要原因，在於上片末句所言「新聲唱得真」。焦氏此句以「真」字呈現，呼應下片所舉，與柳永不分軒輊之白居易而來。白居易〈新樂府序〉說明詩歌體製之理念，云：「其辭質而徑，欲見之者易諭也；其言直而切，欲聞之者深誡也；其事覈而實，使采之者

---

33 南京大學中國語言文學系《全清詞》編纂研究室編：《全清詞・順康卷》，冊18，頁10580。

34 楊伯峻集釋：《列子集釋》（臺北市：華正書局，1987年9月），卷5，頁177。

35 〔漢〕劉向：《七略》，收錄於嚴靈峯編：《書目類編》（臺北市：成文出版社，1978年7月），冊1，頁23。

傳信也。」[36]樂府詩在創作過程中，要求文辭質樸易懂，以利讀者理
解；內容直接明白，切中要點，使閱聽者足以警戒；敘事需要憑據，
令人信服；還要詞意通順，最好合於聲律，可以入樂。此為白居易對
「真」之表現手法。柳永作品詞意平暢，合於聲樂，又為時人易於理
解而得以流傳，正與白居易如出一轍，也因此多位詞評家常將兩人比
況。如劉熙載《藝概》即提出：「詞品喻諸詩，東坡、稼軒，李杜
也。耆卿，香山也。」[37]更進一步說明：「耆卿詞細密而妥溜，明白而
家常，善於敘事，有過前人。」[38]所謂「細密妥溜」與「明白家常」，
均與白氏理念相當。此項特色也與李漁說法暗合，《窺詞管見》云：
「意之曲者詞貴直，事之順者語宜逆，此詞家一定之理。」又云：
「詩詞未論美惡，先要使人可解，白香山一言，破盡千古詞人魔障，
爨婦尚使能解，況稍稍知書識字者乎。」[39]指出詞真語順之理。而句
中「新聲」一詞，亦為焦袁熹欲彰顯柳永特色之一。李清照評騭柳永
已然採用，其〈詞論〉云：

> 涵養百餘年，始有柳屯田永者，變舊聲，作新聲，出《樂章
> 集》，大得聲稱於世。[40]

李清照在「創立新聲」層面上，十分肯定柳永，甚言百年涵養才得出
現如此天才詞家。也因柳永嫻熟音樂，方能有「教坊樂工每得新腔，

---

36 見〔唐〕白居易：《白居易集》（臺北市：里仁書局，1980年10月），冊1，卷2，頁
 30。
37 〔清〕劉熙載：《藝概》，收錄於唐圭璋主編：《詞話叢編》，冊4，頁3697。
38 〔清〕劉熙載：《藝概》，收錄於唐圭璋主編：《詞話叢編》，冊4，頁3689-3690。
39 〔清〕李漁：《窺詞管見》，收錄於唐圭璋主編：《詞話叢編》，冊1，頁554。
40 李清照〈詞論〉見於〔宋〕胡仔：《苕溪漁隱叢話》，收錄於葛渭君編：《詞話叢編
 補編》（北京市：中華書局，2013年3月），冊1，頁102。

必求永為辭，始行於世，於是聲傳一時。」[41]這般貢獻。因此柳詞存有與民間相結合之「新聲」，從而減少沿襲舊曲，獲當世文人肯定。既承襲中唐文壇領袖詩歌遺風，又流行於當時，甚有變舊曲為新聲之功，焦袁熹就此反擊曾批判柳永俚俗為病等論者「俚俗休嗔」。宋人確當點出柳詞缺失，如陳師道《後山詩話》云「柳三變游東都南北二巷，作新樂府，骪骳從俗」[42]，王灼《碧雞漫志》則謂：

> 世多愛賞該恰，序事閒暇，有首有尾，亦間出佳語，又能擇聲律諧美者用之。惟是淺近卑俗，自成一體，不知書者尤好之。[43]

沈義父《樂府指迷》亦提及：

> 柳耆卿音律甚諧，句法亦多好處。然未免有鄙俗氣。[44]

如王、沈並見優缺，終卻以「俚俗」抹煞柳永對詞壇之功勞與貢獻，類此評論不少。焦袁熹反駁如是說法，認為柳永才是「絕代超倫」，地位無法取代。給予如此崇高地位與評價，原因可見另一首合論東坡之〈采桑子〉：

> 大唐盛際詩天子，穆穆垂裳。樂句琳琅。宋代王維柳七郎。
> 　　誰交銅鐵將軍唱。不是毛嬙。卻似文鴦。可笑髯蘇不自

41　〔宋〕葉夢得撰，徐時儀校點：《避暑錄話》，收錄於《宋元筆記小說大觀》（上海市：上海古籍出版社，2001年12月），冊3，頁2628。

42　〔宋〕陳師道：《後山詩話》，此則收錄於鄧子勉編：《宋金元詞話全編》，中冊，頁694。

43　〔宋〕王灼：《碧雞漫志》，收錄於唐圭璋主編：《詞話叢編》，冊1，頁84。

44　〔宋〕沈義父：《樂府指迷》，收錄於唐圭璋主編：《詞話叢編》，冊1，頁278。

量。[45]

明、清以來，詞評家多以唐詩人高下以比附宋詞人，諸如〔清〕宋翔鳳《樂府餘論》云：「詞家之有姜石帚，猶詩家之有杜少陵，繼往開來，文中關鍵。」[46]王國維《人間詞話》云：「故以宋詞比唐詩，則東坡似太白，歐、秦似摩詰，耆卿似樂天。」[47]而先於兩人之焦袁熹也善此道。上片四句，便是以唐詩人稱賞宋詞人模式書寫。唐玉鳳《清初詞人焦袁熹「論詞長短句」及其詞研究》解析此詞指出：

> 宋犖《漫堂說詩》：「三唐七絕，並堪不朽。太白、龍標、絕倫逸群，龍標更有『詩天子』之號。……」其七言絕句更可與李白並稱，自唐至清多推崇其七絕成就，故稱「詩天子」。然而，焦袁熹此處所指「詩天子」，並非人人稱道之王昌齡，而是另一位盛唐詩人—王維。焦袁熹於《此木軒論詩彙編·戲題絕句》中，有專論王維之詩云：「王維自是詩天子，穆穆垂裳宣王音。好教杜甫作宰相，李白終當入翰林。」……對王維之詩壇地位推崇備至。[48]

可知此詞首二句，係焦袁熹更改己作而來。許王維以詩家天子之尊貴頭銜，視杜甫為宰相，李白為翰林學士，可知三人在焦氏心中地位高下。焦袁熹認為唐代詩人得詩歌三昧者，僅王維與白居易兩人，《此

---

45 南京大學中國語言文學系《全清詞》編纂研究室編：《全清詞·順康卷》，冊18，頁10580。

46 〔清〕宋翔鳳：《樂府餘論》，收錄於唐圭璋主編：《詞話叢編》，冊3，頁2503。

47 王國維：《人間詞話》，收錄於唐圭璋主編：《詞話叢編》，冊5，頁4271。

48 唐玉鳳：《清初詞人焦袁熹「論詞長短句」及其詞研究》，中冊，頁231。

木軒論詩彙編》卷一即云：「香山真得詩中三昧。」又於卷三云：

> 摩詰所以踞第一座者，尤在〈和聖製登降聖觀〉、〈送不蒙都
> 護〉，及〈望春觀禊〉等作，垂裳穆穆，簫韶奏而鳳皇儀，真
> 千秋絕調也。近者見選三昧集者，多棄不錄，不知所謂三昧
> 者，果何昧也？又如宋人詞柳屯田第一，而今人亦復懵然，甚
> 且謂不如白石、梅溪之大雅，豈非門外漢哉？[49]

慨歎王維得詩中三昧，時人卻不知欣賞；又明確表示柳永為宋人第
一，誇讚其於詞壇之地位。焦袁熹所引王維三詩，均突顯當時太平盛
世氣象。焦氏欣賞王維此類作品，自然可接受柳永歌詠太平。下片則
點評蘇軾曾取柳永作品與己相較一事，故實可見蘇軾〈與鮮於子駿
書〉云：「近頗作小詞，雖無柳七郎風味，亦自是一家。呵呵。」[50]信
中蘇軾對於己詞無「柳七風味」頗為得意。又嘗以豪放詞風角度並觀
柳永與秦觀，所謂：「山抹微雲秦學士，露花倒影柳屯田。」[51]各引詞
中名句說明風格相近，藉此譏秦觀〈滿庭芳〉詞學柳七句法，[52]可知
蘇軾鄙視柳七風味。更有俞文豹《吹劍續錄》載東坡問客對己詞與柳
詞之看法：

---

49 〔清〕焦袁熹：《此木軒論詩彙編》，收錄於《此木軒全集》（上海市：上海圖書館
　　古籍室所藏未鉛印本），卷1、卷3。焦氏所舉三首詩，原題應為：〈奉和聖製登降聖
　　觀與宰臣等同望應制〉、〈奉和聖製送不蒙都護兼鴻臚卿歸安西應制〉與〈奉和聖製
　　上巳於望春亭觀禊飲應制〉，見〔清〕彭定求等編：《全唐詩》，冊4，卷125，頁
　　1235；卷127，頁1285。

50 〔宋〕蘇軾撰，傅成、穆儔標點：《蘇軾全集》（上海市：上海古籍出版社，2005年
　　5月），下冊，卷53，頁1754。

51 〔宋〕葉夢得撰，徐時儀校點：《避暑錄話》，收錄於《宋元筆記小說大觀》（上海
　　市：上海古籍出版社，2001年12月），冊3，卷3，頁2629。

52 〔清〕劉熙載：《藝概》，收錄於唐圭璋主編：《詞話叢編》，冊4，頁3690。

東坡在玉堂，有幕士善謳，因問：「我詞比柳詞何如？」對
曰：「柳郎中詞，只好十七八女孩兒執紅牙拍板，唱『楊柳
外、曉風殘月』；學士詞，須關西大漢鐵板，唱『大江東
去』」。公為之絕倒。[53]

又如趙令時《侯鯖錄》載東坡語云：「世言柳耆卿曲俗，非也，如
〈八聲甘州〉之『霜風淒緊，關河冷落，殘照當樓』，此語於詩句，
不減唐人高處。」[54]東坡「自是一家」，柳詞能入眼者，僅〈八聲甘
州〉而已，餘評價不高。東坡雖能指出柳詞高處，卻礙於偏見，無法
賞其全貌，故焦袁熹提出疑問「誰交銅鐵將軍唱」。焦氏主張婉約為
美，舉「毛嬙」、「文鴛」兩人作婉約與豪放之代名詞。「毛嬙」，《莊
子》云：「毛嬙、麗姬，人之所美也；魚見之深入，鳥見之高飛，麋
鹿見之決驟，四者孰知天下之正色哉。」[55]此處反用其典，將毛嬙與
正色劃上等號，亦標誌婉約即正宗之信念。「文鴛」，三國武將，勇武
媲美趙雲，以此人物形象比附詞之豪放風格。然將軍持鐵板唱〈大江
東去〉，就焦氏詞學觀點並未勝過紅牙拍唱〈雨霖鈴〉，蓋此詞在歷代
評論者心中多深具高度評價，如〔清〕劉熙載《藝概》云：

詞有點染，柳耆卿〈雨淋鈴〉云：「多情自古傷離別，更那堪
冷落清秋節。今宵酒醒何處，楊柳岸、曉風殘月。」上二句點
出離別。「冷落」、「今宵」二句，乃就上二句意染之，點染之
間，不得有他與相隔，隔則警句亦成死灰矣。[56]

---

53 〔宋〕俞文豹：《吹劍續錄》，此則收錄於鄧子勉編：《宋金元詞話全編》，中冊，頁
1398。
54 〔宋〕趙令時：《侯鯖錄》（北京市：中華書局，2004年9月），卷7，頁183。
55 陳鼓應註譯：《莊子今註今譯》（臺北市：臺灣商務印書館，2004年3月），頁88。
56 〔清〕劉熙載：《藝概》，收錄於唐圭璋主編：《詞話叢編》，冊4，頁3705。

條下按語說明：「點與染分開說，而引詞以證之，閱者無不點首。得畫家三昧，亦得詞家三昧。」雖主要稱賞劉熙載論詞有理有據，然亦間接讚美所引詞作為一佳構，且得詞中三昧。沈謙《填詞雜說》亦云：「詞不在大小淺深，貴於移情。『曉風殘月』、『大江東去』，體製雖殊，讀之皆若身歷其境，倘恍迷離，不能自主，文之至也。」[57] 持平而論，兩人詞作均屬至情。〔清〕宋翔鳳《樂府餘論》曾舉東坡〈蝶戀花〉下片：「回首長安佳麗地。三十年前，我是風流帥。為向青樓尋舊事。花枝缺處餘名字。」並云：

> 按其詞恣褻，何減耆卿。是東坡偶作，以付餞席。使大雅，則歌者不易習，亦風會使然也。山谷詞尤俚絕，不類其詩，亦欲便歌也。柳詞曲折委婉，而中具渾淪之氣。雖多俚語，而高處足冠群流，倚聲家當尸而祝之。如竹垞所錄，皆精金粹玉。以屯田一生精力在是，不似東坡輩以餘事為之也。[58]

不論俚俗或婉麗詞風，雖不為東坡所欣賞，然柳詞流露情真，與對音樂文學之貢獻，並非以豪放單一角度即可掩蓋。故用蘇軾曾稱賞王維「詩中有畫，畫中有詩」，與柳永連結。對焦袁熹而言，柳永地位必然遠高於蘇軾。

焦袁熹雖以經學聞名，也於一闋〈采桑子〉提及：「填詞不是吾家物」[59]，卻對詞體別有見地。除數十闋「論詞長短句」外，詞集存多首效唐、宋詞人風格之作，或可見其喜好，如效溫庭筠、柳永、宋

---

57 〔清〕沈謙：《填詞雜說》，收錄於唐圭璋主編：《詞話叢編》，冊1，頁629。
58 〔清〕宋翔鳳：《樂府餘論》，收錄於唐圭璋主編：《詞話叢編》，冊3，頁2499。
59 南京大學中國語言文學系《全清詞》編纂研究室編：《全清詞・順康卷》，冊18，頁10586。

祁、晏幾道、黃庭堅、晁无咎、陳允平、蔣捷等，既效其體製，亦多愛賞該詞人風格。焦氏所效法詞家多為作風婉約者，其中亦包含柳永在內；加上焦氏長年著書，作育菁莪，故編選讀本，用以課徒習詩作文，就詞體而言，柳詞或為焦氏傳授填詞門徑之一。焦氏以婉約為本，直白情真為法，又因柳永專事填詞，妙解音律，導致評論柳、蘇高下與他人迥異。至於愛賞柳詞，除上述外，亦可能存在對鄉賢之敬意。柳永長眠處與焦氏籍貫有地緣關係，子柳涗將其葬於鎮江北固山，而柳涗久居終老於鎮江，可視為鎮江人。[60]焦氏為江蘇金山人，金山、鎮江皆屬江蘇地區，金山位於江蘇丹徒縣西北七里，清改置金山縣，後移治朱濕鎮，屬江蘇松江府，今屬江蘇滬海道；而鎮江於清代為鎮江府，丹徒縣為治；北固山在該縣北方一里處。[61]緣此，焦氏或為推舉鄉賢故而刻意揚柳抑蘇。

三　領略柳詞之經典

柳永於史書無傳，許多事蹟無法細緻釐清，包括死後葬於何處，說法分歧。《東南紀聞》卷三載「葬棗陽縣之花山」，為最早紀錄相關事蹟者。此說與曾敏行《獨醒雜志》所載相同。異於清初王士禛據〔宋〕葉夢得《避暑錄話》，《池北偶談》與《分甘餘話》分別陳述柳永墓地所在：

儀真縣西地名仙人掌，有柳耆卿墓。按《避暑錄》，柳死，旅

60 相關考證詳參薛瑞生校註：《樂章集校註》（北京市：中華書局，2007年10月），前言，頁1-14。

61 見謝壽昌等編：《中國古今地名大辭典》（臺北市：臺灣商務印書館，1987年9月），頁183、539、1326。

殯潤州僧寺，王平甫為守，出錢葬之。真、潤地相接，或即平甫所卜兆也。[62]

柳耆卿卒於京口，王和甫葬之，然今儀真西地名仙人掌有柳墓，則是葬於真州，非潤州也。[63]

王士禛未明所據為何？引發多家說法莫衷一是。雍乾年間王初桐（1730-1821），字於陽。作詞加入討論，其〈蝶戀花·柳耆卿墓〉提出己見：

《方輿勝覽》：柳七「卒於襄陽」，「群妓合金葬之。」《獨醒雜志》：柳七「葬棗陽花山。」而《避暑錄話》稱「卒於京口，王和甫葬之。」《分甘餘話》又謂「今儀真西地名仙人掌，有柳墓」，則是卒於潤州，葬於真州也，可以訂諸說之訛。敕賜填詞湖海去。應為當時，太液波翻句。歌遍紅牙檀板女。只無山抹微雲壻。　　欲酹孤魂斟桂醑。荒草寒煙，落盡風前絮。宰木深中啼杜宇。春陰釀作低迷雨。[64]

王初桐在詞序為柳永葬地作一番考述，最後認定應係「卒於潤州，葬於真州」，此論點容或受王士禛影響。[65]王氏生於江蘇嘉定（今屬上海

---

62 〔清〕王士禛撰，靳斯仁點校：《池北偶談》（北京市：中華書局，2006年2月），下冊，卷21，頁494。

63 〔清〕王士禛撰，張世林點校：《分甘餘話》（北京市：中華書局，1989年2月），卷1，頁7。

64 張宏生主編，南京大學文學院《全清詞》編纂研究室編：《全清詞·雍乾卷》（南京市：南京大學出版社，2012年5月），冊8，頁4653。

65 唐圭璋《詞學論叢》（上海市：上海古籍出版社，1986年6月）發表〈柳永事迹新證〉據葉夢得《避暑錄話》與明萬曆《鎮江府志》，判定潤州（今江蘇省鎮江市）（頁609），以及薛瑞生《樂章集校註》考述均說明應為鎮江北固山。然據官桂銓

市），畢生閱歷頗豐，歷署山東新城、淄川、平陰、壽光知縣，遷寧海州同知。宦遊間寫下不少遊歷作品，然而此詞應是廣覽群書後之心得，而非真實遊訪柳墓。首三句典用〔宋〕王闢之《澠水燕談錄》載〈醉蓬萊〉故實：

> （柳永）皇祐中，久困選調，入內都知史某愛其才而憐其潦倒，會教坊進新曲〈醉蓬萊〉，時司天臺奏：「老人星見。」史乘仁宗之悅，以耆卿應制。耆卿方冀進用，欣然走筆，甚自得意，詞名〈醉蓬萊慢〉。比進呈，上見首有「漸」字，色若不悅。讀至「宸遊鳳輦何處」，乃與御製真宗挽詞暗合，上慘然。又讀至「太液波翻」，曰：「何不言波澄！」乃擲之於地。永自此不復進用。[66]

說明柳永無法得仕全肇因於〈醉蓬萊〉一詞，白衣卿相奉旨填詞，導出「歌遍紅牙檀板女」事實。詞情轉而感嘆，柳永詞名遠播，卻後繼

〈關於柳永的葬地〉一文引清代考據學家葉名澧（1811-1859）《橋西雜記》述及柳永墓一則云：「漁洋山人〈真州絕句〉注：『柳耆卿墓在城西仙人掌』真州，今儀徵縣也。後人求墓不可得。及閱宋人（失名）《東南紀聞》云：『耆卿死葬棗陽縣之花山，遠近之人，每於清明日多載酒肴飲於耆卿墓側，謂之吊柳會。』（曾氏敏行《獨醒雜志》同）棗陽今為襄陽府治，《湖北通志》不載棗陽有柳墓，亦無所謂花山者。宋王象之《輿地紀勝》丹陽府卷七有花山。注『東山亦名花山』。元至順《鎮江志》卷七引《潤州類集》：『花山在州東北，今城東有花山寺，可證是潤州確有地名花山者，當即柳墓所在。』漁洋云『在真州仙人掌』不知何據。《東南紀聞》之棗陽則丹陽之誤耳。」（《福建論壇》1982年第6期，頁108）葉名澧之考證，為清代有條理、論證較詳實者，時間亦早於唐圭璋說。學者包括王輝斌：〈柳永生平訂正〉，《南昌大學學報（人文社會科學版）》第35卷第5期（2004年9月）、張瓊：〈柳永蹭蹬科場原因及相關問題新考〉，《廈門教育學院學報》第12卷第1期（2010年2月）亦認為柳永葬地應為江蘇鎮江之北固山。

66 〔宋〕王闢之撰，呂友仁點校：《澠水燕談錄》（北京市：中華書局，1981年3月），卷8，頁106。

無人，「只無山抹微雲壻」表示惋惜。王初桐透過考證柳永墓地，進而引發追念與感嘆。

　　同期稍晚尚有凌廷堪（1757-1809，字次仲）弔唁柳永之作。凌氏刻意選用柳永名作詞調填製，以憑弔所敬賞之文壇前輩，〈雨霖鈴〉詞云：

> 秋容初肅。向城南道，細訪幽躅。春風柳七曾弔，尋仙掌跡，親攜醽醁。欲酹秋墳，寂寞處、應薦寒菊。更喚取、誰按紅牙，唱徹當年曉風曲。　　那知望古空縈目。膭淒迷、野草年年綠。無人解道陳跡，惟只見、亂鴉相逐。指點吟魂，一縷斜陽，挂在疏木。但悵望、無語江潮，暗打寒山麓。[67]

詞題「真州城南訪柳三變墓，詢之居人，並無知者」，表明尋訪柳永墓地欲行親唁，實際狀況卻是無人知曉塚墓所在。凌氏蓋亦由王士禎筆記得來，從「春風柳七曾弔，尋仙掌跡，親攜醽醁」可知。探訪過程中，思緒勾勒出柳永一生輪廓。在凌廷堪眼中，喚取紅巾翠袖，按紅牙唱曉風曲，畫面最是經典。標舉〈雨霖鈴〉一詞，揭示該詞為柳永代表作外，亦為凌氏心中一流之佳構。此作法於焦袁熹〈采桑子〉亦可得見，其詞云：

> 生生死死塵緣在，長短離亭。歡會飄零。人到中年百事經。　　今來古往情何極，一例惺惺。夜雨淋鈴。清唱哀弦字裏聽。[68]

---

67 張宏生主編，南京大學文學院《全清詞》編纂研究室編：《全清詞・雍乾卷》（南京市：南京大學出版社，2012年5月），冊14，頁7810。

68 南京大學中國語言文學系《全清詞》編纂研究室編：《全清詞・順康卷》，冊18，頁10584。

感慨塵世無常、聚散飄零，焦袁熹娓娓道出「人到中年百事經」之生命觀。人事瞬變，至情至性託諸何作？焦氏心中，〈雨霖鈴〉動人心弦，詞裏行間溢滿哀情愁緒。〔宋〕楊无咎〈滴滴金〉云：「憶得歌翻腸斷句，更惺惺言語。」[69]與焦詞「惺惺」，均指動聽之旋律。所指〈雨霖鈴〉，正是焦氏愛賞之柳永作品。

另外，屠廷楫與林兆鯤亦曾述及喜愛柳詞。屠氏字爾際，號東蒙，浙江嘉興（今浙江省嘉興市）人。屠氏曾提及過往欣賞柳永詞作之經過，見其〈酹江月・不作淫豔語四十餘年矣，近得周草窗《絕妙好詞》，殊佳，但與老人不相入，率筆道意〉：

> 疇昔擒辭，愛屯田柳七，曉風殘月。學得銷魂香豔句，妄意騷壇稱絕。嗣見秀公，告涪翁道，莫做泥犁業。一時悔過，筆端划去淫褻。　　而今向老情懷，寒岩枯木，暖氣三冬竭。尚有壯心磨不盡，欲把唾壺敲缺。屠楮伸毫，非無綺語，卻與花間別。免教它日，阿旁睚眦雙裂。[70]

上片主要寫屠氏學詞經過，年少最愛柳永，更賞其「曉風殘月」佳句。意想透過學習柳詞，揚名詞壇。然正如黃庭堅遇法秀禪師，法秀告誡云：「以筆墨勸淫，於我法中，當下犁舌之獄。」[71]認為山谷以筆墨誨淫，反令人起淫欲念頭，依佛法必墮落地獄。屠氏當年或許正遇人生轉折，因故不再作淫褻之詞。屠氏詞中表達年老不填淫豔詞語，

---

69 唐圭璋主編：《全宋詞》，冊2，頁1189。

70 此詞見陳雪軍：〈屠廷楫生平考辨及其《鹿干草堂詞》輯補〉，《中文自學指導》2008年第4期，頁34。陳氏所據為上海圖書館所藏《鹿干草堂集》善本。

71 〔宋〕黃庭堅：〈小山集序〉，《豫章黃先生文集》，收錄於《四部叢刊正編》（臺北市：臺灣商務印書館，1967年11月），卷16，頁163。

亦未否定年少曾將柳永視為模仿對象。另外，林兆鯤，字南池，號崇象，福建莆田（今福建省莆田市）人。就周旁友朋畫像，先從圖像構圖加以形容後，再結合其人事蹟，傳達圖像主人之生平經歷。見〈金縷曲〉題某人小照：

> 極目江天闊。是何人、蟬紗霧縠，翩翩清絕，厭入市塵塵撲面。一棹煙波咿軋。卻好趁、芙蓉初發。解意雙鬟頻進酒，笑志和、奴僕多癡拙。身世事，休饒舌。　　鶯門促膝匆匆別。憶當日、傳杯換盞，涼秋時節。愛唱屯田詞句好，柳岸曉風殘月。驚屈指、十年飄忽，對此欣君猶未老，歎衰顏、我已蒼浪髮。磯邊鷺，堪頡頏。[72]

下片轉入懷想與友人相會，席間促膝長談，卻也匆匆分別。當日景況，恰巧秋涼十分，席間友人唱和屯田舊詞，最愛〈雨霖鈴〉，標舉「曉風殘月」妙句，說明友人對此詞之喜好。

第二節　論蘇軾

蘇軾（1037-1101），字子瞻，一字和仲，自號東坡居士，眉州眉山（今四川省眉山市）人，諡文忠，著有《東坡樂府》。蘇軾為歷代詞評家關注焦點之一，於論詞長短句上亦是如此。清代前期詞評家以詞體進行評論者，有吳秉仁（生卒年不詳）、何采（1626-1700）、方炳（生卒年不詳）、吳唐（生卒年不詳）、陳聶恒（1672-1724）、焦袁熹（1661-1736）、傅世垚（生卒年不詳）、田同之（1677-約1751）與

---

72 清代詩文集彙編編纂委員會編：《清代詩文集彙編》（上海市：上海古籍出版社，2010年12月），冊391，頁274。

孫原湘（1760-1829）等九家，其中焦袁熹有意識撰寫三闋討論東坡
與其他詞家之關係。綜觀十二闋作品可析理出三項論題，分別為：
「專論赤壁懷古詞」、「與柳永風格比較」及「敬賞其人格特質」。以
下逐項析論，並取詞話、詞籍序跋，甚而詩話、筆記、論詞絕句等，
予以會通說明。

一　專論赤壁懷古詞

　　論及蘇軾詞，可直接聯想其名作，如：〈念奴嬌〉（大江東去）、
〈水調歌頭〉（明月幾時有）、〈定風波〉（莫聽穿林打葉聲）等，歷代
大抵如此，出入不致太大。學者王兆鵬便運用統計之專業學理，計算
出「宋詞排行榜」[73]，榮登第一者，便是蘇軾〈念奴嬌・赤壁懷古〉；
此點與清人品評東坡詞之景況，並無二致。就清代前期論詞長短句而
言，蘇軾〈念奴嬌〉係被熱議之名作。為方便討論，先錄全詞如下：

> 大江東去，浪淘盡、千古風流人物。故壘西邊人道是，三國周
> 郎赤壁。亂石穿空，驚濤拍岸，捲起千堆雪。江山如畫，一時
> 多少豪傑。　　遙想公瑾當年，小喬初嫁了，雄姿英發。羽扇
> 綸巾談笑間，強虜灰飛煙滅。故國神遊，多情應笑，我早生華
> 髮。人間如夢，一尊還酹江月。[74]

起數句描寫神宗年間遊黃州赤壁，見滔滔江水奔流，險峻宏偉，赤壁
佇立眼前，突興發感懷。慨歎人事幾經遷換，遙想三國動亂頻繁，英

---

73 王兆鵬、郁玉英、郭紅欣：《宋詞排行榜》（北京市：中華書局，2012年1月），前
　　言，頁4-7。
74 唐圭璋主編：《全宋詞》，冊1，頁282。

雄豪傑輩出。眼前江水連結至歷史洪流，當年群英競逐爭霸，其中周
瑜年輕得意、從容應敵，反觀自己鬢髮斑斑、落拓沉淪，情感起而復
落，道出「人間如夢」嗟歎。結語則以「一尊還酹江月」之曠放舉
止，擺脫現實諸多無奈，重整心中負面情緒，展現蘇詞特有之超凡曠
達思維。〔南宋〕胡仔《苕溪漁隱叢話》云：「東坡『大江東去』赤壁
詞，詞意高妙，真古今絕唱。」[75]此言道出諸多人之心聲。金人元好
問〈題閑閑書赤壁賦後〉更進一步引伸：「夏口之戰，古今喜稱道
之。東坡〈赤壁〉詞殆戲以周郎自況也。詞纔百許字，而江山人物無
復餘蘊，宜其為樂府絕唱。」[76]歷代讚賞聲浪頗多，而清代傾慕該詞
者亦夥，何采（1626-1700）便是其一。何采字敬與，號南礀，一號
省齋，安徽桐城（安徽省安慶市）人。其〈浪淘沙·書東坡赤壁詞
後〉云：

> 兩賦一扁舟。風月全收。無端春夢戀黃州。亂石驚濤渾似畫，
> 卻被勾留。　　千古去悠悠。故國神遊。多情華髮笑盈頭。雪
> 捲大江東去浪，淘盡風流。[77]

東坡寫赤壁主題，不僅〈念奴嬌〉詞，更有前後〈赤壁賦〉文，並是
聲稱籍甚。何詞首二句便以此切入，正與〔宋〕張侃《拙軒詞話》所
述暗合：

> 蘇文忠〈赤壁賦〉不盡語，裁成〈大江東去〉詞，過處云：

---

75 〔宋〕胡仔：《苕溪漁隱叢話》，收錄於唐圭璋主編：《詞話叢編》，冊1，頁168。

76 〔金〕元好問：《遺山先生文集》收錄於《四部叢刊初編》（臺北市：臺灣商務印書
　　館，1967年9月），頁175。

77 南京大學中國語言文學系《全清詞》編纂研究室編：《全清詞·順康卷》，冊8，頁
　　4640。

> 「人道是、三國周郎赤壁。」赤壁有五處,嘉魚、漢川、漢
> 陽、江夏、黃州,周瑜以火敗操在烏林,《後漢書》、《水經》
> 載已詳悉。陸三山〈入蜀記〉載韓子蒼云:「此地能令阿瞞
> 走。」則直指為公瑾之赤壁。又黃人謂赤壁曰赤鼻,後人取詞
> 中「酹江月」三字名之。[78]

張侃不僅提及二賦一詞間關係,更論及赤壁由來,引〈入蜀記〉說黃
州赤壁與周瑜兩者淵源,證東坡所謂「人道是」何為周郎赤壁之因。
東坡因烏臺詩案被謫黃州,內心困頓,無所適從。藉書寫解消愁苦,
並融入佛道思維,降低負面情緒積累。黃州時期,東坡常以「夢」看
待人生,正如〈念奴嬌〉「人間如夢」、〈西江月〉「世事一場大夢」、
〈南鄉子〉「萬事到頭都是夢」[79],未來茫然,陷入消極心態。何采藉
東坡於黃州度日似夢,卻創作許多佳構,點出文窮而後工之感,並引
入「亂石穿空,驚濤拍岸,捲起千堆雪。江山如畫」等句,鎔鑄成
「亂石驚濤渾似畫」,令人動容,駐足遙想。思古之悠悠,嘆白髮盈
頭,下片仍不出是詞框架,身處清代再讀〈念奴嬌〉,東坡已成為歷
史洪流之一環,隨浪去風流。此詞正面肯定東坡立意,雖無太多評論
言語,刻意標舉,並填詞化用,已表達對該詞之愛賞。

　　而傅世壵,字賓石,河南汝陽(今河南省汝陽縣)人。旅經赤
壁,回想感懷,因而填詞誌念,見〈瑞鶴仙·過赤壁讀坡仙詞〉:

> 大江東去曲。悵磨滅遺文,剝蘚難讀。滄桑變陵谷。但西邊故
> 壘,至今還矗。周郎沉陸。檣艫間、興亡倚伏。嘆驚濤、斷岸
> 橫江,依舊山水天相續。　　非速。世同傳舍,電抹駒馳,流

---

78 〔宋〕張侃:《拙軒詞話》,收錄於唐圭璋主編:《詞話叢編》,冊1,頁191。

79 唐圭璋主編:《全宋詞》,冊1,頁284、290。

　　光何酷。風流淪忽。遊賞地，也翻覆。問先生把酒，酹江月處，消得幾場痛哭。奈兩山、可免無言，江流自綠。[80]

實際遊歷東坡赤壁，是否於赤壁附近題上此闋詞？今已不得而知。然透過「磨滅遺文，剝蘚難讀」等句，似透露當時應有好事者將詞題於景點某處，以供人憑弔。傅氏見其文字模糊，爬滿蘚苔，感時之情油然生起，歎惜滄海桑田，事過境遷，回神於現實，見赤壁仍完好矗立與江水相望，正惟物是人非。人非在於周郎於歷史功績論斷，的確為敗方，吳國最後喪失國土，故傅氏言「興亡倚伏」，一場赤壁之戰不足以改變局勢，是興是亡仍分秒相互影響亂世。惟一未改變者，即傅氏眼前所見景，與當年東坡遊覽並無二致。下片即提出今昔變化並非時光快慢與否，「世同傳舍，電抹駒馳，流光何酷」等論調，恰似李白〈春夜宴從弟桃花園序〉：「夫天地者，萬物之逆旅；光陰者，百代之過客」[81]，傳舍為驛站所設供行人休息房舍，與逆旅意同；流光如電抹駒馳，轉動極快，未把握係人為因素，而非時光殘忍不願趨緩。續又提出「風流淪忽」，呼應上片提及「磨滅遺文，剝蘚難讀」，「賞遊地」內雅美藝文，至今少有關注。李白〈古風〉之三二：「良辰竟何許，大運有淪忽。」[82]王琦注：「淪忽，暮也。」文壇名士風尚不再，衰微且無人聞問，即使大詩人賞遊處，亦沒落蕭條。結尾處反詰東坡，當時「一尊還酹江月」超脫物外之情，係歷幾番磨難才悟得之理，怎值得爾苦於執著？傅氏認為詩人墨客過度投射感情，雖美文佳篇如林，然實際青山綠水持續流轉生息，不更既有頻率。此番對現實

---

80 張宏生主編：《全清詞・順康卷補編》（南京市：南京大學出版社，2008年5月），冊4，頁2313。

81 〔清〕董誥等編：《欽定全唐文》，冊4，卷349，頁3536。

82 〔清〕彭定求等編：《全唐詩》，冊5，卷161，頁1674。

故景有所感悟，亦透過景色舊詞緬懷東坡。

持較否定態度品評者有吳秉仁。吳秉仁字子元，號慎庵，浙江山陰（今浙江省山陰縣）人，吳綺（1619-1694）從兄。吳氏針對〈念奴嬌〉內容，與史書或筆記紀錄，對蘇軾詞持較否定看法，特作〈百字令‧論坡公赤壁舊作，用原韻〉：

> 閒中何事，論今非古是、都無定物。笑指黃州渾認作，三國嘉魚赤壁。說甚孫劉，曹瞞安在，空捲長江雪。殘篇斷簡，猶言當世英傑。　　詎其天意瓜分，周郎得便，借東風吹風發。映日艨艟兵百萬，撚指群雄隨滅。衰草寒煙，魚龍夜舞，誰作衝冠髮。往時休問，舉盃遙對明月。[83]

「百字令」即「念奴嬌」別稱，吳氏特和其韻，亦刻意就赤壁詞內容提出反對意見，係此類別中較特殊者。首句點出當年蘇軾撰寫是詞身分，一名僅有虛銜，無法執行實際公務之「團練副使」，故言其「閒中何事」，為何品論古今，今已無憑無證。續而點出東坡指鹿為馬，錯認嘉魚赤壁。此事前已引張侃《拙軒詞話》說明，〔宋〕朱彧《萍州可談》亦提及：

> 孫權破曹操於赤壁，今沔，鄂間皆有之。黃州徙治黃岡，俯大江，與武昌縣相對。州治之西距江，名赤鼻磯，俗呼鼻為弼，後人往往以此為赤壁。武昌寒溪，正孫氏故宮，東坡詞有「人道是周郎赤壁」之句，指赤鼻磯也。坡非不知自有赤壁，故言

---

83 南京大學中國語言文學系《全清詞》編纂研究室編：《全清詞‧順康卷》，冊3，頁1680。

「人道是」者，以明俗記爾。[84]

朱氏當時已提出因孫家故宮建於此地，居民如是記憶赤鼻磯，等同為周瑜敗曹操之赤壁，而非東坡誤會，係順應民說。今亦有文赤壁、武赤壁以區分兩者不同。上片第五句以降，就原詞反面敘說，認為東坡所指英雄人物、當時豪傑，吳氏認為係天意使然，天下分久必合，合久必分；再者周瑜擁東風借箭之好運，順應天時地利人和，才能迅速殲滅敵軍。末五句似聚焦宋朝國祚問題而發，分別化用三位詞人詞句剪裁出「衰草寒煙，魚龍夜舞，誰作衝冠髮」等句，姜夔〈淒涼犯〉：「情懷正惡、更衰草寒煙淡薄。似當時、將軍部曲，迤邐度沙漠」、辛棄疾〈青玉案〉：「鳳簫聲動，玉壺光轉，一夜魚龍舞」、岳飛〈滿江紅〉：「怒髮衝冠，憑闌處、瀟瀟雨歇」[85]，先引姜夔詞描寫當時淮水前線遭兵亂後蕭條荒涼景象，說明北宋末期國勢已非，金人崛起。汴京王朝仍陶醉在魚龍夜舞之昇平中，誰能如岳飛挺身報效，守衛家國，宋室終究南渡。感嘆至此，吳氏慨「往事休問」，雖結句與東坡句意近似，然感慨整體國勢動盪無奈，東坡純就個人遭遇進行解消。東坡在世時，宋室並未遭遇巨大國難，彼秉持儒家精神，欲經世濟民，卻屢遇挫折，吳氏則就歷史全知角度看待，微詞苛責，並未設身思考，實非公允之評判。

二　與柳永風格比較

唐末宋初詞壇流於穠豔浮靡，前有花間諸子，後有柳永流風所

---

84 〔宋〕朱彧撰，李偉國點校：《萍州可談》，收錄於《歷代史料筆記叢刊》（北京市：中華書局，2007年11月），頁140。

85 唐圭璋主編：《全宋詞》，冊3，頁2183、1884；冊2，頁1246。

及，籠罩詞壇，故蘇軾有意以詩為詞，導正纖弱之弊，在填詞上始有創舉，多處文獻均見載此事，例如〈與鮮於子駿書〉云：

> 近頗作小詞，雖無柳七郎風味，亦自是一家。呵呵。數日前，獵於郊外，所獲頗多。作得一闋，令東州壯士抵掌頓足而歌之，吹笛擊鼓以為節，頗壯觀也。[86]

信中提及作品即〈江城子〉（老夫聊發少年狂）一闋，詞情壯觀，東坡對此頗有自信。詞作氣概異於柳永綺柔婉媚詞風，足以「自成一家」。東坡將己作與當時風行之柳詞相提並論，並有意另立豪放詞風，此舉引發歷朝諸多討論。〔南宋〕胡寅〈酒邊詞序〉云：「眉山蘇氏，一洗綺羅香澤之態，擺脫綢繆婉轉之度，使人登高望遠，舉首高歌，而逸懷浩氣，超然乎塵垢之外；於是花間為皂隸，而柳氏為輿臺矣。」[87]〔清〕尤侗《西堂雜俎》〈二集〉卷三曰：「世人論詞，輒舉蘇、柳兩家。然大蘇『瓊樓玉宇，高處不勝寒』，神宗嘆為愛君；而柳七『曉風殘月』有登溷之譏；至『太液波翻』忤旨抵地而罷；何遭遇之懸殊耶？予謂二子立身各有本末，即詞亦雅俗自別。東坡『柳綿』之句，可入女郎紅牙；使屯田賦〈赤壁〉，必不能製將軍鐵板之聲也。」[88]從創作手法、承載內容與人格高下等角度，將蘇、柳二人相比，導出蘇勝於柳之結論。另一面向，則如沈謙《填詞雜說》云：「詞不在大小淺深，貴於移情。「曉風殘月」、「大江東去」，體製雖

86　〔宋〕蘇軾撰，傅成、穆儔標點：《蘇軾全集》，下冊，卷53，頁1754。

87　〔宋〕胡寅：〈酒邊詞序〉載於〔宋〕向子諲：《酒邊詞》，收錄於《景印文淵閣四庫全書》（臺北市：臺灣商務印書館，1988年2月），冊1487，頁527。

88　〔清〕尤侗：《西堂文集》〈西堂雜俎二集〉（上海市：上海古籍出版社，2011年），卷3，頁131。

殊，讀之皆若身歷其境，倘恍迷離，不能自主，文之至也。」[89]又如
徐釚《詞苑叢談》提出：「蘇東坡『大江東去』，有銅將軍、鐵綽板之
譏。柳七『曉風殘月』，謂可令十七八女郎按紅牙檀板歌之。此袁綯
語也，後人遂奉為美談。然僕謂東坡詞，自有橫槊氣概，固是英雄本
色；柳纖艷處，亦麗以淨耳。」[90]此等言論，持平呈現兩人優點，不
以豪放、婉約囿限詞人特色。

　　論詞長短句針對蘇、柳並論，亦各有意見，例如方炳，字文虎，
浙江會稽（今浙江省紹興市）人，其〈瑞鷓鴣・書蘇公詞後〉云：

> 亂頭粗服自嫣然。巷語街談總值錢。能與坡公為後輩，好呼稼
> 老作同年。　　詞中有史應難識，頰上添毫豈易傳。我見魏徵
> 多嫵媚，不能更學柳屯田。[91]

首句引劉義慶《世說新語》典故，說明東坡詞即使無華麗詞句包裝，
依舊嫵媚美好。該書〈容止〉篇云：「裴令公有儁容儀，脫冠冕，粗
服亂頭皆好。時人以為『玉人』。」[92]雖周濟《介存齋論詞雜著》亦取
之形容李煜[93]，然方炳更先於周濟形塑東坡詩詞風格。本質若佳，即
使外在形式無法令人一眼看穿，終究得以披沙揀金，尋獲內在精粹。

89　〔清〕沈謙：《填詞雜說》，收錄於唐圭璋主編：《詞話叢編》，冊1，頁629。

90　〔清〕徐釚：《詞苑叢談》，收錄於朱崇才編：《詞話叢編續編》（北京市：人民文學
　　出版社，2010年6月）冊1，頁291。

91　南京大學中國語言文學系《全清詞》編纂研究室編：《全清詞・順康卷》，冊10，頁
　　5794。

92　〔南朝宋〕劉義慶編撰，楊勇箋：《世說新語校箋修訂本》（臺北市：文正書局，
　　2000年5月），上冊，頁556。

93　〔清〕周濟：《介存齋論詞雜著》云：「毛嬙、西施，天下美婦人也，嚴妝佳，淡妝
　　亦佳，粗服亂頭不掩國色。飛卿，嚴妝也；端己，淡妝也；後主，則粗服亂頭
　　矣。」（《詞話叢編》，冊2，頁1633）

故第二句便引〔宋〕朱弁《風月堂詩話》卷上所載:「參寥與客論蘇
軾詩,客曰:『街談巷說、鄙俚之言,一經坡手,似神仙點瓦礫為黃
金,自有妙處。』」[94]蓋能提升文學本質者,在於創作者自身才情,引
東坡相關本事,證明東坡才華絕冠古今,常可點石成金。上片後二句
則將東坡視為效法對象,宗法於彼,亦將視東坡為偶像之稼軒,成為
同時向東坡學習之同儕關係。此處可知方炳對東坡之景仰。下片續寫
東坡詞特點,提及「詞中有史」概念,尤侗《西堂雜俎》云:「夫古
人詩史之說,詩之有話,猶史之有傳也,詩既有史,詞獨無史乎
哉。」[95]詩詞應存在保留歷史痕跡之作品,東坡詞作便有此項功能。
常州詞派周濟《介存齋論詞雜著》云:

> 感慨所寄,不過盛衰:或綢繆未雨,或太息厝薪,或己溺己
> 饑,或獨清獨醒,隨其人之性情學問境地,莫不有由衷之言。
> 見事多,識理透,可為後人論世之資。詩有史,詞亦有史,庶
> 乎自樹一幟矣。若乃離別懷思,感士不遇,陳陳相因,唾瀋互
> 拾,便思高揖溫、韋,不亦恥乎?[96]

前雖有王士禛、陳維崧與尤侗等提及相關概念,仍未得發揮與重視提
出,直至張惠言、周濟建立較完整理路後,「詞史」概念始明確,而
方炳亦是「詞史」概念篳路藍縷提出者之一。東坡於當世以詩為詞令
人詬病,至清代卻獲得建立詞史之功。樹立詞中有史路線,正如頰上

94　曾棗莊輯:《蘇詩彙評》(成都市:四川文藝出版社,2000年1月),頁2075。
95　〔清〕尤侗:《西堂文集・西堂雜俎二集》(臺北市:廣文書局,1970年12月),卷
　　3,頁78。
96　〔清〕周濟:《介存齋論詞雜著》,收錄於唐圭璋主編:《詞話叢編》,冊2,頁
　　1630。

添毫，讓詞體增色不少，方氏引《晉書》〈顧愷之傳〉故事：「嘗圖裴楷象，頰上夾三毛，觀者覺神明殊勝。」[97]當時繪圖人像，時於臉上增添毫毛幾許，觀之更覺真實生動。用以比喻東坡作法更具豐富性，然詞句言「應難識」、「豈易傳」，均指當代知己甚少，不懂欣賞。為此，方氏正是東坡異代知交，故結句言：「我見魏徵多嫵媚」，此引唐太宗、魏徵典故，《新唐書》載：

> 後宴丹霄樓，酒中謂長孫無忌曰：「魏徵、王珪事隱太子、巢剌王時，誠可惡，我能棄怨用才，無羞古人。然徵每諫我不從，我發言輒不即應，何哉？」徵曰：「臣以事有不可，故諫，不從輒應，恐遂行之。」帝曰：「弟即應，須別陳論，顧不得？」徵曰：「昔舜戒群臣：『爾無面從，退有後言。』若面從可，方別陳論，此乃後言，非稷、蒦所以事堯、舜也。」帝大笑曰：「人言徵舉動疏慢，我但見其嫵媚耳！」徵再拜曰：「陛下導臣使言，所以敢然；若不受，臣敢數批逆鱗哉！」[98]

太宗能視魏徵別有用心，即使他人認為魏徵對皇帝舉止疏慢、個性倔強，正如方氏識得東坡詞經營之與眾不同，最後取柳永相較，提出不能更學柳永詞風、作法，證明方氏認定東坡詞中存史之立意。

另一位將蘇、柳並論者為陳聶恒（1672-1724，字曾起，一字秋田，江蘇武進人），其〈黃金縷·讀東坡居士詞〉云：

> 居士文豪應絕世。春去春來，也復關心事。芳草天涯燕子。歌時又有悲秋意。　　本色尚疑終不是。柳七何如，此問真知

---

97 〔唐〕房玄齡等撰：《晉書》（北京市：中華書局，1974年11月），卷92，頁2405。
98 〔宋〕宋祁、歐陽脩等撰：《新唐書》，卷97，頁3870。

己。願作後塵今未已。可能重下朝雲淚。[99]

詞調〈黃金縷〉即〈蝶戀花〉別名。陳聶恒有〈讀宋詞偶成絕句十首〉，但未專言蘇軾，僅以豪放詞風為論，仍可將此闋與其論詞絕句作品合觀。陳氏首句極度讚揚東坡文才絕世，下則點出詞風特色，不論傷春悲秋等感時之作，或羈旅行役、詠物抒懷等主題，均見乎詞作。下片轉折提及「本色」一詞。最早提出「本色說」是在劉勰《文心雕龍》，〈詮賦〉云：「原夫登高之旨，蓋睹物興情。情以物興，故義以明雅；物以情觀，故詞必巧麗。麗詞雅義，符采相勝，如組織之品朱紫，畫繪之著玄黃。文雖新而有質，色雖糅而有本，此立賦之大體也。」[100]指文學既須外在華麗，內在仍宜建立於雅義之上；又〈通變〉云：「今才穎之士，刻意學文，多略漢篇，師範宋集，雖古今備閱，然近附而遠疏矣。夫青生於藍，絳生於蒨，雖踰本色，不能復化。」[101]寫作固然可以新創，卻仍須維持傳統之繼承，此後，「本色論」成為詩學理論重要命題，甚而運用於詞學。《後山詩話》進一步提出對本色論之詮釋，並評及蘇軾：

> 退之以文為詩，子瞻以詩為詞，如教坊雷大使之舞，雖極天下之工，要非本色。今代詞手，唯秦七、黃九爾，唐諸人不迨也。[102]

99　南京大學中國語言文學系《全清詞》編纂研究室編：《全清詞‧順康卷》，冊18，頁10434。

100　〔南朝梁〕劉勰撰，周振甫注釋：《文心雕龍注釋》（臺北市：里仁書局，1998年9月），頁137。

101　〔南朝梁〕劉勰撰，周振甫注釋：《文心雕龍注釋》，頁569。

102　〔宋〕陳師道：《後山詩話》，收錄於鄧子勉編：《宋金元詞話全編》，上冊，頁213。《後山詩話》內容涉及陳師道身後事，是已遭江西詩派後學增改，冠以「後山詩話」行之。

作家往往以所擅長文體，套於其他文體上，如韓愈、蘇軾用寫文作詩法，去創作詩與詞，因不若原即擅長詞體之秦觀與黃庭堅，顯示各種文體自有其特色。本色在傳統詞學中，為婉約風格一脈貫之。《後山詩話》雖已遭後人增改，然略可從中窺見時人謂東坡詞非本色。陳氏是詞所持觀點與《後山詩話》所述相近。此詞亦提及柳永、蘇軾對比，以「此問真知己」回答，末二句引東坡姬室朝雲唱詞落淚典故，見〔宋〕吳子良《荊溪林下偶談》：

> 子瞻在惠州，與朝雲閒坐。時青女初至，落木蕭蕭，淒然有悲秋之意。命朝雲把大白，唱「花褪殘紅」。朝雲歌喉將囀，淚滿衣襟，子瞻詰其故，曰：「奴所不能歌者，『枝上柳綿吹又少，天涯何處無芳草』也。」子瞻翻然大笑曰：「是吾正悲秋，而汝又傷春矣。」遂罷。朝雲不久抱疾而亡，子瞻終身不復聽此詞。

陳氏或讀至該詞有感而發。東坡〈蝶戀花〉名作：

> 花褪殘紅青杏小，燕子飛時，綠水人家繞。枝上柳綿吹又少，天涯何處無芳草？　　牆裏鞦韆牆外道，牆外行人，牆裏佳人笑。笑漸不聞聲漸悄，多情卻被無情惱。[103]

朝雲可謂東坡之真知己。東坡曾坦腹問僕人，此中為何物，僅朝雲回答「一肚子不合時宜」，最深契彼心。朝雲感動〈蝶戀花〉之柔婉情真，〔清〕王士禎《花草蒙拾》亦云：「『枝上柳棉』，恐屯田緣情綺

103　唐圭璋主編：《全宋詞》，冊1，頁300。

靡，未必能過。孰謂東坡但解作『大江東去』耶？」[104]可知東坡填製婉約風格詞亦有其佳處。陳氏欲效仿，但仍未填詞，因怕教朝雲再度淚下，可知陳氏愛賞風格偏向婉約一路。試看陳氏〈百字令・自題詞集〉：

> 何事干卿，向歌筵、紅豆拈來如擣。滴粉搓酥兒女態，也要蛾眉澹掃。夢躡楊花，醉題桐葉，只恨春歸早。相如妖麗，上宮閒館誰到。　　有分展卷爭訶，盈盈句裏，謾寫人年少。數片肉應相似耳，認是嘔心須笑。有冢埋文，莫教枝上，又誤栖鴛鳥。生天墮地，任他隨意顛倒。[105]

起首數句，均自陳詞風偏於兒女情感，或詞作形塑美人樣態，所引詞句亦化用婉約詞家馮延巳、晏幾道等人得來，又自比司馬相如。相如〈美人賦〉自諷天性風流，貪杯愛色。陳氏認為己詞正似相如一般，華麗盈句寫風流年少，然嘔心鋪寫，守律甚嚴，亦是相如作賦特色，此點亦陳氏特意提及處，故以「數片肉應相似耳，認是嘔心須笑」相證。〔清〕謝章鋌《賭棋山莊詞話・續編》評陳聶恒詞云：

> 而東坡詞詩、稼軒詞論，骯髒激揚之調，尤為世所詬病。即秋田論詞絕句亦云：「敢言豪氣全無與，詩論天然非所宜。千古風流歸蘊藉，此中安用莽男兒。」而秋田之詞，則正病懨懨無氣耳。

---

104 〔清〕王士禎：《花草蒙拾》，收錄於唐圭璋主編：《詞話叢編》，冊1，頁680。

105 南京大學中國語言文學系《全清詞》編纂研究室編：《全清詞・順康卷》，冊18，頁10376。

謝氏賞蘇、辛，常為豪放詞風發言，此段評論即是平反之論調。陳氏
論詞絕句批判豪放詞風，說明「風流蘊藉」若是詩教精髓，詞作較豪
氣魯莽者，如何體現詩歌之美。而謝章鋌指出若無法施展豪情氣度，
創作正如陳氏作品般病弱無氣。由此亦可見陳鼐恒評詞之觀點與立場。

　　立場相同者，尚有焦袁熹。焦氏針對柳永與蘇軾，作數首論詞長
短句予以比較，其中〈采桑子·柳耆卿　蘇子瞻〉一首合觀兩人：

　　　大唐盛際詩天子，穆穆垂裳。樂句琳琅。宋代王維柳七郎。
　　　　　誰交銅鐵將軍唱，不是毛嬙。卻似文鳶。可笑髯蘇不自
　　量。[106]

此詞析論已見第一節「論柳永」，茲不贅述。焦氏更針對東坡詞單獨
評論，如〈采桑子·子瞻〉：

　　　一生不耐專門學，天雨才華。亂撒泥沙。唱出樽前別一家。
　　　　　逢場作戲三分假。海角天涯。譏笑喧嘩。比似吾纍曠達
　　些。[107]

〔清〕鄧廷楨《雙硯齋詞話》云：「東坡以龍驥不羈之才，樹松檜特
立之操。故其詞清剛雋上，囊括群英。」[108]東坡天才縱橫，睥睨文
壇，後世常與李白相提並論，故焦氏起句便以「一生不耐專門學，天

---

106 南京大學中國語言文學系《全清詞》編纂研究室編：《全清詞·順康卷》，冊18，
　　頁10580。

107 南京大學中國語言文學系《全清詞》編纂研究室編：《全清詞·順康卷》，冊18，
　　頁10581。

108 〔清〕鄧廷楨：《雙硯齋詞話》收錄於唐圭璋主編：《詞話叢編》，冊3，頁2529。

雨才華」，讚美兼備各體，詩、詞、文、賦均有可取，備受眾人愛賞。「亂撒泥沙，唱出樽前別一家」，說明詞壇地位。〔宋〕朱弁《風月堂詩話》卷上所載：「參寥與客論蘇軾詩，客曰：『街談巷說、鄙俚之言，一經坡手，似神仙點瓦礫為黃金，自有妙處。』」[109]指出有點石成金、化俗為妙之能。自可於詞壇別樹一格。「別是一家」為李清照對詞體之定義，與東坡「自是一家」略有不同，焦氏並無講究此點，直用「別一家」代指東坡創作態度。焦袁熹《此木軒雜著》論及：

> 子瞻只是聰明太過，不但人不奈子瞻何，子瞻亦自不奈何。開眼無非妙理，落筆無非妙文，率然頹然見為拙矣，乃然更巧也。謂無意而為之，然亦豈得無意也？甚至為偶對之文，則欲人不覺其偶對；有韻之文讀之，亦如未嘗叶韻者，凡此皆聰明太過之為也。噫！西子之矉美矣，而矉豈所以美哉？吾惡夫似之而非者，故有云爾。[110]

焦氏肯定東坡天才橫溢，然創作文學自恃聰明，妙處間猶見拙劣痕跡。東坡打破體製，刻意顛覆原始作法，乍看下有所創發，卻也失去原有美感。焦氏對此抱持異見，故不喜東坡詞作。此外，音律亦焦氏著重處。焦氏特重音律，曾以七絕詩評豪放詞風者流，〈戲題絕句〉之二云：「麤豪氣象真傖父，輕靡音情不大夫；要使元聲諧律呂，洋洋盈耳解聽無。」[111]顯將「元聲諧律」作為填詞標準。東坡常被詬病

109 曾棗莊輯：《蘇詩彙評》（成都市：四川文藝出版社，2000年1月），頁2075。

110 〔清〕焦袁熹：《此木軒雜著》，收錄於徐德明、吳平主編《清代學術筆記叢刊》（北京市：學苑出版社，2005年9月），冊10，卷3，頁48。

111 〔清〕焦袁熹：《此木軒詩鈔》（清嘉慶十年〔1805〕刻本，藏於中國國家圖書館古籍室），卷1。

「不協音律」，如吳曾《能改齋漫錄》引晁補之「評本朝樂章」語云：「蘇東坡詞，人謂多不諧音律，然居士詞橫放傑出，自是曲子中縛不住者。」[112]李清照〈詞論〉亦提出晏殊、歐陽脩、東坡等詞作：「學際天人，作為小歌詞，直如酌蠡水於大海，然皆句讀不葺之詩爾，又往往不協音律。」[113]陸游《老學庵筆記》云：「世言東坡不能歌，故所作樂府詞多不協。」[114]當世作家既已點出，可見東坡「以詩為詞」作品可能產生之音律問題；因此，終不能受焦袁熹所賞。焦氏另一首〈采桑子〉特別提及：

> 詞家三昧談何易，欠了溫柔。掃地風流。市上屠兒好唱酬。
> 　　一場快意看渠輩，選調長謳。水調歌頭。使盡麤疏始肯休。[115]

此闋與前述〈戲題絕句〉呼應，雖未明言所論為何，綜觀之，亦係在批評豪放詞風。此中提及詞家三昧問題，焦氏認為「溫柔」乃詞體主調概念，故不喜豪放詞表現之況味，故以「屠兒」說明魯莽。擇調上，豪放詞家多選如〈水調歌頭〉、〈八聲甘州〉、〈念奴嬌〉等長調謳歌，內容風格均是麤疏，欠缺溫柔，此說可視為焦氏對東坡以降豪放派之看法。焦氏《此木軒論詩彙編》卷二更直說：「煉得金丹一粒真，何

---

112 〔宋〕吳曾：《能改齋漫錄》（臺北市：木鐸出版社，1982年5月），卷16，頁469。

113 李清照〈詞論〉見於〔宋〕胡仔：《苕溪漁隱叢話》，收錄於葛渭君編：《詞話叢編補編》（北京市：中華書局，2013年3月），冊1，頁103。

114 〔宋〕陸游：《老學庵筆記》，此則收錄於施蟄存、陳如江輯錄：《宋元詞話》（上海市：上海書店出版社，1999年2月），頁401。

115 南京大學中國語言文學系《全清詞》編纂研究室編：《全清詞‧順康卷》，冊18，頁10584。

妨赤手是貧人；東坡居士原無賴，亂灑泥沙作玉塵。」[116]東坡性真情摯，用本心創作，立意雖好，卻瑕瑜互見，拋沙為雪，以醜為美。焦氏仍強調東坡「以詩為詞」，失去溫婉柔美之特色，非填詞者所當習。焦氏雖不喜東坡作法，卻未全然否定蘇詞開創之功，認為其詞非本色用語，內容上已脫離花間詞派「不是相思，便是離別，不是綺語，便是醉歌」[117]等主題，故以「唱出樽前別一家」稱賞別開生面。

下片起首以「逢場作戲三分假」揭示東坡諧謔遊戲之作頗多，此類別亦非焦氏所賞，如〈南歌子〉：

> 師唱誰家曲，宗風嗣阿誰。借君拍板與門槌。我也逢場作戲、莫相疑。　　溪女方偷眼，山僧莫眨眉。卻愁彌勒下生遲。不見老婆三五、少年時。[118]

宋僧惠洪《冷齋夜話》載：「東坡鎮錢塘，無日不在西湖常攜妓謁大通禪師。大通慍形於色。東坡作長短句，令妓歌之。」[119]係指〈南歌子〉一詞；〈如夢令〉：「水垢何曾相受。細看兩俱無有。寄語揩背人，盡日勞君揮肘。輕手。輕手。居士本來無垢。」[120]以澡浴寓佛理而出以遊戲手筆，均是詞人筵聚應酬語，語詞自然輕挑不恪。雖說信手拈來，妙趣橫生，然文字嬉笑戲謔，置於詞體之中，在焦氏看來並不得體，故言：

---

116 〔清〕焦袁熹：《此木軒論詩彙編》收錄於《此木軒全書》（無出版項，藏於上海圖書館古籍室），卷2。

117 胡適：《詞選》（臺北市：臺灣商務印書館，1980年5月），頁286。

118 唐圭璋主編：《全宋詞》，冊1，頁293。

119 〔清〕王弈清等撰：《歷代詞話》，收錄於唐圭璋主編：《詞話叢編》，冊2，頁1171。

120 唐圭璋主編：《全宋詞》，冊1，頁311。

> 子瞻以詩文規切時政出放，忠愛之誠心，而詞氣不免譎詭，頗
> 褾戲謔，幾及大禍。[121]

東坡將詩文創作之法用於詞體，雖別有創發，卻打破詞體之美。東坡
世途顛簸，宦海波瀾，更一度瀕臨死關，造就其豁達胸懷，「人生如
夢」之生命見解，常體現詞作中。逢場作戲之人生態度，正是詞風曠
達原因之一。歷來詞評家稱賞蘇軾率真曠達，出入老莊，援引佛理，
自我解消，將本欲經世濟民之不順遂，重新思維，尋求超脫，讓心境
自達平衡，而為後世讚許佩服。焦氏立於同情際遇之角度，認為東坡
雖不似柳永直抒性情，多以豪蕩文辭，掩蓋消沉意志，傷感至谷底
後，返回漸趨達觀。東坡政治遭遇曲折不得志，焦氏以「海角天涯」
勾勒其官場失意面貌。東坡曾被貶儋州海南島，時稱天涯海角之地。
如是景況，理念無法實現，抱負不得施展，劣勢如彼，僅能一笑置
之，故焦氏稱「譏笑喧嘩」。一方面指出作品風格諧謔、疏曠，認為
其藉由創作解消對人生困境與當局之不滿；另一方面則指不見容於朝
廷，面對內部譏諷嘈雜，選擇寄情詩酒山水。固然豪放不羈、不協音
律與遊戲填詞均是焦氏所不樂見，然面對東坡開拓詞之內容，心靈自
由逍遙，表現曠放瀟灑，終非凡俗可比，故仍予認同肯定，所謂「比
似吾儕曠達些」即此意也。

三　敬賞其人格特質

與焦袁熹觀點不同者有吳唐一人。吳氏字仲文，江蘇宜興（今江
蘇省宜興市）人。吳唐亟賞東坡作品呈現之曠達精神，其〈水調歌

---

121 〔清〕焦袁熹：《此木軒贅語》，收錄於《此木軒全書》，卷5。

頭‧讀東坡集有感〉即云：

> 遙想東坡叟，思買蜀山田。不知此地煙柳，堪餉幾回眠。我住
> 溪頭十載，未識龍池罨畫，清妙絕人天。慣向月中宿，誰信月
> 中妍。　　泛清綺，升翠岫，響朱絃。賞心樂事，一聲嬌鳥藥
> 闌前。莊子濠梁天籟，茂叔光風庭草，是處可忘年。願盡千鍾
> 飲，不費買山錢。[122]

此作以文為詞，即仿以蘇、辛填製。起句即用典：相傳東坡欲在畫溪
之東獨山買田築室，見得此地山勢頗似老家眉山，由衷感嘆似蜀。後
人遂易獨山名為蜀山，正是宜興丁蜀鎮境內蜀山之由來。[123]蜀山所在
本為東坡故鄉，東坡觸景移情，將獨山比作蜀山，令身為宜興人之吳
唐倍感親切。東坡本欲買田養老，最終未能如願常居宜興，故吳氏以
「堪餉幾回眠」說若東坡定居於此，又得居處多久？此處亦化用東坡
〈次韻蔣穎叔〉詩：「江上秋風無限浪，枕中春夢不多時。瓊林花草
聞前語，罨畫溪山指後期。」[124]當時與同榜蔣之奇相約卜居宜興（蔣
氏亦宜興人），或係讌集時描摹故鄉景致，引發東坡欣羨，正如唐代四
川詩人雍陶〈送人歸吳〉：「吟詩好向月中宿，一叫水天沙鶴孤。」[125]
以如宿月宮相譬，可知此地景色宜人，而吳氏亦以清妙絕人標舉故鄉
之美。下片描摹山光水色，美輪美奐，管弦相伴，更是人間樂事。一
片鶯聲鳥語，花欄千紅點綴，又可與莊周神交，與濂溪思辨，成忘年

---

122 南京大學中國語言文學系《全清詞》編纂研究室編：《全清詞‧順康卷》，冊12，
　　頁7054。

123 見陳永躍：〈山水有情傳佳話──蘇軾與宜興的蜀山〉，http://big5.wuxi.gov.cn/mlxc/
　　wxrw/wxss/7245156.shtml（檢索日期2015年11月23日）。

124 〔宋〕蘇軾撰，傅成、穆儔標點：《蘇軾全集》，上冊，卷24，頁297。

125 〔清〕彭定求等編：《全唐詩》，冊15，卷518，頁5921。

友。東坡〈濠州七絕・觀魚臺〉云：「欲將同異較錙銖，肝膽猶能楚越知。若信萬殊歸一理，子今知我我知魚。」[126]遊歷懷古，詮解濠梁，深解其意，可謂莊子知交。又〈水調歌頭・快哉亭作〉下片云：「堪笑蘭臺公子，未解莊生天籟，剛道有雌雄。一點浩然氣，千里快哉風。」[127]認為宋玉將「天籟」等級化、雌雄化，均係錯誤曲解。詞中「茂叔」即周敦頤，黃庭堅〈濂溪詩並序〉小序云：「濂溪人品甚高，胸中灑落，如光風霽月。」[128]形容人品甚高絕。朱熹加以解釋說：「山谷為周子灑落者，只是形容一個不疑所行、清明高遠之意。若有一毫私吝心，何處更有此等氣象邪？」又贊其像：「風月無邊，庭草交翠。」均頌揚周氏品格高潔。舉莊子、濂溪，係指閱讀東坡文集，除神交外，又可遨遊於彼之學識、交遊等附加價值中，皆是吳唐所獲得寶藏。結句「願盡千鍾飲」，正如東坡〈滿庭芳〉下片所言：「幸對清風皓月，苔茵展、雲幕高張。江南好，千鍾美酒，一曲滿庭芳。」[129]陶醉詩詞美好，忘卻名利污穢，不必浪費財貨買山歸隱。此處典用〔南朝宋〕劉義慶《世說新語》〈排調〉所載：「支道林因人就深公買岇山，深公答曰：『未聞巢、由買山而隱。』」[130]才德高潔之人毋需倚靠買山自證賢能，吳唐以此典讚許東坡乃真名士也。

　　另位表達敬賞東坡人格者，係田同之（1677-約1751）。田氏字在田，又字彥威，號小山疆，晚號西園老人，山東德州（今山東省德州市）人。其〈花發沁園春・黃樓弔蘇文忠〉云：

126　〔宋〕蘇軾撰，傅成、穆儔標點：《蘇軾全集》，上冊，卷6，頁64。

127　唐圭璋主編：《全宋詞》，冊1，頁279。

128　見北京大學古文獻研究所編：《全宋詩》（北京市：北京大學出版社，1995年3月），冊17，卷1016，頁11589。

129　唐圭璋主編：《全宋詞》，冊1，頁278

130　〔南朝宋〕劉義慶編撰，楊勇箋：《世說新語校箋修訂本》（臺北市：文正書局，2000年5月），上冊，頁717。

泗水鱗鱗，楚山籩籩，黃樓十丈如舊。當年水鎮，高築城頭，
巍煥勢連杓斗。三人佳會，乘月夜、輕舸行酒，嘆此樂、三百
年來，青蓮之後無有。　　極目金沙峻陡。望南山脂流，磐石
拖逗。潭淵岸上，萃墨亭邊，榦國恤民誰偶。坡仙往矣，惟剩
得、東門雄搆。夕照裏、襆被經過，幾番憑弔荊口。[131]

田氏登樓憑弔，懷想古今變遷，正如東坡作〈永遇樂〉[132]心情。神宗
熙寧十年（1077），東坡治徐州，彭城曾遇水患，東坡親自解決水
禍，隨即於東門築一高樓，可俯看寬闊泗水，樓面塗以黃土，取五行
土克水意，名「黃樓」。秋日完工，雅士齊聚，飲宴祝賀。東坡大
喜，作長詩〈九日黃樓作〉紀念：

去年重陽不可說，南城夜半千漚發。水穿城下作雷鳴，泥滿城
頭飛雨滑。黃花白酒無人問，日暮歸來洗鞾韈。豈知還復有今
年，把盞對花容一呷。莫嫌酒薄紅粉陋，終勝泥中千柄錘。黃
樓新成壁未乾，清河已落霜初殺。朝來白露如細雨，南山不見
千尋剎。樓前便作海茫茫，樓下空聞檜鴉軋。薄寒中人老可
畏，熱酒澆腸氣先壓。煙消日出見漁村，遠水鱗鱗山籩籩。詩
人猛士雜龍虎，楚舞吳歌亂鵝鴨。一杯相屬君勿辭，此景何殊
泛清雪。[133]

---

131 張宏生主編：《全清詞‧順康卷補編》，冊1，頁99。

132 〈永遇樂〉全詞：「明月如霜，好風如水，清景無限。曲港跳魚，圓荷瀉露，寂寞
無人見。紞如三鼓，鏗然一葉，黯黯夢雲驚斷。夜茫茫、重尋無處，覺來小園行
遍。　　天涯倦客，山中歸路，望斷故園心眼。燕子樓空，佳人何在？空鎖樓中
燕。古今如夢，何曾夢覺，但有舊歡新怨。異時對、黃樓夜景，為余浩嘆。」
（《全宋詞》，冊1，頁302）

133 〔宋〕蘇軾撰，傅成、穆儔標點：《蘇軾全集》，上冊，卷17，頁202。

田氏首二句便化用自「遠水鱗鱗山齾齾」，融入黃樓故實，並引東坡詩，用李白美喻東坡，以三百年來僅東坡似李白才情絕代，瀟灑豪情、浪漫為文。東坡〈百步洪二首并序〉云：

> 王定國訪余於彭城，一日棹小舟，與顏長道攜盼、英、卿三子，游泗水，北上聖女山，南下百步洪，吹笛飲酒，乘月而歸。余時以事不得往，夜著羽衣，佇立於黃樓上，相視而笑。以為李太白死，世間無此樂三百餘年矣。定國既去逾月，復與參寥師放舟洪下，追懷曩遊，以為陳跡，喟然而歎。故作二詩，一以遺參寥，一以寄定國，且示顏長道、舒堯文邀同賦云。[134]

此序提及李白謝世已三百年餘，隱然自喻與前代才子之繼承性，故田氏云「青蓮之後無有」，僅東坡能如太白曠放。〔清〕鄭文焯《手批東坡樂府》評〈水調歌頭〉（明月幾時有）指出：「發端從太白仙心脫化，頓成奇逸之筆。」[135]說法雷同。下片寫今景，立於黃樓對面黃河峻嶺，向南有百步，洪流湍激，拍石裂岸，觀者撫思追昔，心馳神往，大詩人曾造訪之堤岸、憩亭，均紀錄東坡一心為民勞苦，故言「韓國恤民誰偶」，誰可與並論？以此突顯東坡愛國愛民，情操高潔。最後感懷詩人往矣，僅遺建築聊供憑弔。旅人如田氏，夕照下背負行囊，悼念一代文豪言語德行，遂填詞予以憑弔。

　　以憑弔作法遙憶東坡者，尚有孫原湘，其〈念奴嬌・東坡生日用赤壁懷古調以為公壽〉特用〈念奴嬌〉詞調祝壽。詞首句便將東坡比

---

134 〔宋〕蘇軾撰，傅成、穆儔標點：《蘇軾全集》，上冊，卷17，頁209。

135 此則收錄於吳熊和主編：《唐宋詞匯評・兩宋卷》（杭州市：浙江教育出版社，2006年12月），冊1，頁418。

擬星辰,「問公前世,是星辰還是,天邊明月」,又於下片點出才人不遇,言及「當日天子憐才,憐仍不用,用又何曾徹。幾箇蛾眉工掩褒,拋得孤臣頭白。」[136]東坡曾受仁宗、神宗賞識,二帝給予極高評價,雖經舉用,又時遭貶抑,甚陷「烏臺詩案」風波。孫氏透過標舉此事,說明東坡之能力與人格。另外孫氏又作〈念奴嬌・臘月十九為東坡生日,祀以酒脯,填此侑神〉,下片云:「為問當代詞人,誰堪消受,萬古寒香祭。死縱得傳傳已死,何況傳人能幾。」[137]以梅花高潔之形象,呼應東坡人格特質,雖意在紀念冥誕,仍點明孫氏心中東坡人品崇高無比。

第三節　論秦觀

秦觀(1049-1100),字太虛,改字少游,號淮海居士、邗溝居士,高郵(今江蘇高郵市)人,時以行第稱其秦七,與黃庭堅、張耒、晁補之合稱「蘇門四學士」;神宗元豐八年(1085)進士,授蔡州教授,官至秘書省正字,兼國史院編修官,著有《淮海居士長短句》(一作《淮海詞》)。清代前期「論詞長短句」有關秦觀之評論,凡八家,共得九首[138],分別為宋琬(1614-1673)、萬樹(約1360-

---

136 清代詩文集彙編編纂委員會編:《清代詩文集彙編》(上海市:上海古籍出版社,2010年12月),冊464,頁377。

137 清代詩文集彙編編纂委員會編:《清代詩文集彙編》,冊464,頁404-405。

138 就詞題而言,侯嘉繙(1697-1746)有〈滿庭芳・題秦少游蓬萊詞,寄懷秦沐雲〉一闋,詞云:「蕉雨臨窗,梅風灑壁,玉鑰牢鎖樓門。掩燈春夜,歌吹歇琴樽。無限吟花逸韻,空相望、蕙樹繽紛。珠簾下,月華似水,霞綺散村村。　　尋思無此樂,羅帷不捲,鈿合初分。浪呼得兄妹,惟爾孤存。是夢何年再續,楊柳上、籠看煙痕。輕帆卸處,小犬吠黃昏。」(張宏生主編:《全清詞・順康卷補編》,冊4,頁2289)侯氏字元經,號彝門、夷門,晚號碧浪溪白眉叟,浙江臨海人。詞題所指蓬萊詞,即〈滿庭芳〉(山抹微雲)詞,雖運用相同詞調,並且和其韻,然旨

1688）、王度（生卒年不詳）、李繼燕（生卒年不詳）、焦袁熹（1661-
1736）、盛本栚（生卒年不詳）、杜詔（1666-1736）與凌廷堪（1757-
1809）等，論點可歸納為「名擅詞壇一聖手」、「兼論格調與詞心」與
「取與他家比高下」三端，以下分點敘論。

一　名擅詞壇一聖手

　　宋琬，字玉叔，號荔裳，山東萊陽（今山東省煙臺市）人。因受
親戚董樵牽連，被誣告與登州起義有關，遭繫獄中，放還後流寓吳
越。行經高郵，因懷當地名詞家秦觀，故填〈念奴嬌·高郵懷秦少
游〉以表悼念之情：

> 武安湖畔，問當日秦七，遺踪何處。水齧城根葭葦亂，鵝鴨紛
> 紛無數。詞客云亡，無人解道，山抹微雲句。停橈沽酒，一樽
> 欲酹君墓。　　樂府名擅無雙，烏絲寫罷，擅板歌金縷。同調
> 東坡居士在，高唱大江東去。紅豆拋殘，白楊凋盡，郭外漁舟
> 鼓。流螢千點，月明還繞烟樹。[139]

高郵地區湖多，名目繁夥。武安湖地處高郵南方，宋氏遊湖所至，以
詢問方式查探秦觀曾遊何處，泛覽現今高郵，所見景色是否一如當
時？繼而轉向描摹高郵地方特色，水鄉澤國，湖泊眾多，猶如受湖水
齧蝕，秋季蒹葭雜亂繁生，禽鳥無數憩立岸邊湖上。隨後自答遺蹤，

　　在寄懷好友秦錫淳（字即瞿，號沐雲，人稱赤城先生1710-1786），詞題雖下題秦觀
　　詞，卻與秦詞較無涉。

139　南京大學中國語言文學系《全清詞》編纂研究室編：《全清詞·順康卷》，冊2，頁
　　907。「擅板歌金縷」，「擅」宜作「檀」。

言詞人已逝，更無人能解「山抹微雲」歌詞。宋氏經繫獄放還，過秦觀故里，思及詞人身世：秦觀歷元祐黨爭，遭受牽連，一再貶謫，愁緒難安，寄託詞間，〈滿庭芳〉即寄情之作。〔清〕陳廷焯《白雨齋詞話》指出：

> 少游〈滿庭芳〉諸闋，大半被放後作，戀戀故國，不勝熱中，其用心不逮東坡之忠厚。而寄情之遠，措語之工，則各有千古。[140]

宋氏領略詞意，有感與詞人身世相近，故而「停橈沽酒，一樽欲酹君墓」，有「借他人酒杯，澆胸中塊壘」之慨。此情此景亦如〔唐〕李白〈金陵城西樓月下吟〉：「解道澄江淨如練，令人長憶謝玄暉。」[141] 為此感念，停棹欲弔，於墓前舉酒敬獻。

下片直指秦觀填詞無雙，無人匹敵。道出其詞風係用擅板歌唱〈金縷〉，如是形容，已與柳永相比附。蘇軾嘗病秦觀：「少游自會稽入京，見東坡。坡曰：『久別當作文甚勝，都下盛唱公『山抹微雲』之詞。』秦遜謝。坡遽云：『不意別後，公卻學柳七作詞。』秦答曰：『某雖無識，亦不至是。先生之言，無乃過乎？』坡曰：『銷魂，當此際，非柳詞句法乎？』秦慚服。」[142] 可知「山抹微雲」詞流行當時，係秦觀代表詞作之一，詞調為〈滿庭芳〉，茲錄如下：

---

140 〔清〕陳廷焯，《白雨齋詞話》；收錄於唐圭璋主編，《詞話叢編》，冊4，頁3785。

141 〔清〕彭定求等編：《全唐詩》，冊5，卷166，頁1720。

142 〔宋〕黃昇選編，鄧子勉校點：《唐宋諸賢絕妙詞選》，蘇軾〈永遇樂·夜登燕子樓，夢盼盼，因作此詞〉題下附注，見上海古籍出版社編：《唐宋人選唐宋詞》，冊下，卷2，頁601。

山抹微雲，天連衰草，畫角聲斷譙門。暫停征棹，聊共引離尊。多少蓬萊舊事，空回首、煙靄紛紛。斜陽外，寒鴉萬點，流水繞孤村。　　銷魂。當此際，香囊暗解，羅帶輕分。謾贏得、青樓薄倖名存。此去何時見也，襟袖上、空惹啼痕。傷情處，高城望斷，燈火已黃昏。[143]

〔南宋〕胡仔《苕溪漁隱叢話》引嚴有翼《藝苑雌黃》載：「其詞極為東坡所稱道，取其首句，呼為『山抹微雲君』。」[144]可知東坡亟為欣賞。葉夢得《避暑錄話》卷三亦載：「秦觀少游亦善為樂府，語工而入律，知樂者謂之作家歌，……蘇子瞻於四學士中最善少游，故他文未嘗不極口稱善，豈特樂府，然尤以氣格為病，故嘗戲云：『山抹微雲秦學士，露花倒影柳屯田。』」[145]東坡點出兩人詞風相近。東坡為秦觀亦師亦友之知己，除賞識其文采，譽為「有屈、宋之才」[146]，並將詞作〈踏莎行〉題於常用扇面，[147]四學士中，少游亦最得彼心。因此，宋琬將兩人並提，秦觀詞唱如〈金縷衣〉婉約；東坡詞則如唱「大江東去」雄渾。此處所指「金縷」，非別名〈金縷曲〉之〈賀新郎〉，而為唐、宋之際流行樂曲，如晏幾道〈虞美人〉上片：「疏梅月

---

143 唐圭璋主編：《全宋詞》，冊1，頁458。

144 〔宋〕胡仔：《苕溪漁隱叢話》，收錄於葛渭君編：《詞話叢編補編》（北京市：中華書局，2013年3月），冊1，頁98-99。

145 〔宋〕葉夢得撰，徐時儀校點：《避暑錄話》，收錄於《宋元筆記小說大觀》（上海市：上海古籍出版社，2001年12月），冊3，卷3，頁2629。

146 〔元〕脫脫等撰：《宋史》，卷444，頁13112。

147 《冷齋夜話》云：「少游到郴州，作長短句云：『霧失樓臺，月迷津渡，桃源望斷無尋處，可堪孤館閉春寒，杜鵑聲裏斜陽暮。　　驛寄梅花，魚傳尺素，砌成此恨無重數，郴江幸自繞郴山，為誰流下瀟湘去。』東坡絕愛其尾兩句，自書於扇，曰：『少游已矣，雖萬人何贖。』」此則收錄於鄧子勉編：《宋金元詞話全編》，中冊，頁684。

下歌金縷。憶共文君語。更誰情淺似春風。一夜滿枝新綠、替殘
紅。」[148]詞中所歌「金縷」應為調性柔和，纏綿具情思之旋律。餘仿
秦詞風格，作紅豆以下五句，末二句從「斜陽外，寒鴉萬點，流水繞
孤村」名句改易得來，意向秦觀詞致敬。〔清〕董俞〈《二鄉亭詞》小
引〉：

> 先生復出其小令，為曼聲歌之，如新箏乍調，雛鶯初囀，尖佻
> 新豔，不數齊梁〈子夜〉、〈讀曲〉諸歌，噫！觀止矣。……閨
> 帷之製，銜官秦、柳，此真子建天人之才。[149]

可知宋琬詞風亦近於婉約，刻意弔念秦觀，視為模仿對象，十分合理。
　　《詞律》著者萬樹（約1360-1688），字花農，一字紅友，自號三
野先生，江蘇宜興（今江蘇省宜興市）人。田氏透過參謁秦觀祠，遙
念此位詞壇能手。見〈鷓鴣天・謁淮海先生祠，在錫山秦氏里中〉：

> 文彩千秋響未沉。玉盂微笑悵藤陰。再生猶剩詞翁手，一死能
> 甘美女心。　　坡蹟在，蜀山岑。余邑蜀山為坡公所名，今有祠
> 在。知公雲際共登臨。鶯花亭子今存否，香火高堂草樹深。[150]

首句將秦觀詞至今為詞壇稱道事實點出，肯定其於詞壇之崇高地位。
「玉盂」典出〔宋〕惠洪《冷齋夜話》：

---

148 唐圭璋主編，《全宋詞》，冊1，頁248。
149 〔清〕董俞〈《二鄉亭詞》小引〉，收錄於馮乾輯：《清詞序跋彙編》（南京市：鳳
　　凰出版社，2013年12月），冊1，頁96。
150 南京大學中國語言文學系《全清詞》編纂研究室編：《全清詞・順康卷》，冊10，
　　頁5530。

秦少游在處州，夢中作長短句曰：「山路雨添花，花動一山春色，行到小溪深處，有黃鸝千百。　飛雲當面化龍蛇，天矯挂空碧。醉臥古藤陰下，杳不知南北。」後南遷，久之北歸，逗留於藤州，遂終於瘴江之上光華亭，時方醉起，以玉盂汲泉欲飲，笑視之而化。[151]

末句「醉臥古藤陰下」，後人遂以為是死於藤州之「詞讖」。詞題「夢中作」，營造一種神秘色彩。詞人自貶居後，心情無法紓解，僅能於夢中超脫現實束縛，獲得短暫自由。詞中境界，尤為朦朧奇幻。上片寫夢中春遊，雨花映山色，小溪黃鸝聲動，可謂聲色俱佳。下片描述飛雲走霧，形如龍蛇，碧空間翻捲起雄勁姿態。夢中少游醉飲，景致與酒意薰陶，酣睡古藤蔭下，剎時忘卻人世。醒後回歸現實，故萬樹直言「悵藤陰」，面對前途堪慮，不知如何應對，無奈悵惘，進而故作曠達，寫下「杳不知南北」。正如王國維《人間詞話》云：「馮夢華《宋六十一家詞選序例》謂：『淮海、小山，古之傷心人也。其淡語皆有味，淺語皆有致。』余謂此唯淮海足以當之。」[152]傷心人以平淡詞語，自然流露深刻情致。透過秦觀絕筆，銜接轉世之說，萬樹認為即使秦觀在世，仍為詞中勝手。以秦觀為作詞能手，許多評論家均提及，例如：

晁補之〈評本朝樂章〉：「近世以來作者，皆不及秦少游。」[153]
張綖《詩餘圖譜》凡例：「秦少游之作，多是婉約，蘇子瞻之作，多是豪放。大抵詞體以婉約為正，故東坡稱少游為今之詞

151　〔宋〕惠洪：《冷齋夜話》，收錄於鄧子勉編：《宋金元詞話全編》，中冊，頁686。
152　王國維：《人間詞話》，收錄於唐圭璋主編：《詞話叢編》，冊5，頁4245。
153　〔宋〕吳曾：《能改齋漫錄》，卷16，頁469。

手。」¹⁵⁴

《四庫全書總目提要》：「詞則情韻兼勝，在蘇黃之上。流傳雖少，要為倚聲家一作手。」¹⁵⁵

胡薇元《歲寒居詞話》云：「淮海詞一卷，宋秦觀少游作，詞家正音也。故北宋惟少游樂府語工而入律，詞中作家，允在蘇、黃之上。」¹⁵⁶

李調元《雨村詞話》云：「秦少游淮海集，首首珠璣，為宋一代詞人之冠。」¹⁵⁷

不論當時或清代評家，均認為秦詞一流，甚至超越東坡。故萬樹再以女甘為彼死故實，說明秦觀受歡迎之程度。〔清〕趙翼《陔餘叢考》卷四十一評云：「秦少游南遷至長沙，有妓生平酷愛秦學士詞，至是知其為少游，請於母，願託以終身。少游贈詞，所謂『郴江幸自繞郴山，為誰流下瀟湘去』者也。念時事嚴切，不敢偕往貶所。及少游卒於藤，喪還，將上長沙，妓前一夕得諸夢，即逆於途，祭畢，歸而自縊以殉。按二公（少游、東坡）之南，皆逐客，且暮年矣，而諸女甘為之死，可見二公才名震爍一時；且當時風尚，女子皆知愛才也。」¹⁵⁸文士才華冠蓋，女子愛賞心儀，超越年歲、身分限制，真心甘願付出，說明文采出眾令人心折忻慕。

154　〔明〕張綖：《詩餘圖譜》，收錄於《續修四庫全書》（上海市：上海古籍出版社，2002年3月），冊1735，頁473。

155　〔清〕永瑢、紀昀等撰：《武英殿本四庫全書總目提要》（臺北市：臺灣商務印書館，1983年10月），冊5，卷198，「《淮海詞》提要」，頁285。

156　〔清〕胡薇元：《歲寒居詞話》，收錄於唐圭璋主編：《詞話叢編》，冊5，頁4029。

157　〔清〕李調元：《雨村詞話》，收錄於唐圭璋主編：《詞話叢編》，冊2，頁1394。

158　〔清〕趙翼：《陔餘叢考》，收錄於《續修四庫全書》（上海市：上海古籍出版社，2002年3月），冊1152，卷41，頁111。

下片提及萬樹與兩位異代前輩處同地而不同時空，提及東坡易山名，留下建物古蹟供人憑念，而今無錫惠山亦有祠堂可弔唁前人。末二句提及鶯花亭，亦是秦觀所到處，見〈千秋歲〉：

> 水邊沙外，城郭春寒退。花影亂，鶯聲碎。飄零疏酒盞，離別寬衣帶。人不見，碧雲暮合空相對。　　憶昔西池會，鵷鷺同飛蓋。攜手處，今誰在。日邊清夢斷，鏡裏朱顏改。春去也，飛紅萬點愁如海。[159]

《花庵詞選》於詞下注云：「今郡治有鶯花亭，蓋因此詞而取名。」范成大〈次韻徐子禮提舉鶯花亭〉其一，序云：「秦少游『水邊沙外』之詞，蓋在括蒼監征時所作。予至郡，徐子禮提舉按部來過，勸予作小亭，記少游舊事，又取詞中語，名之曰『鶯花』。賦詩六絕而去。明年亭成，次韻寄之。」[160]范成大建置此亭，亦言命名由來。然處州為今浙江省衢縣，萬樹刻意標舉此亭，欲指出秦觀曾至處州，且留下一定影響，或混淆無錫與衢縣之地理（今浙江省亦有淮海先生祠），則不得而知。要之，錫山秦氏時隸屬常州，轄境相當今大陸地區江蘇武進、江陰、無錫、宜興等地，萬樹同是宜興人，緬懷鄉前輩，為之憑弔，亦以此喻己。萬氏工詞曲，甚而整理詞律，雖一度受大司馬吳興祚憐才，攬為幕府，仍懷才不遇，鬱鬱而終。其透過秦觀遭遇隱喻自身經歷，亦不無可能。

同為江蘇高郵人，王度，字式如，號香山，推舉前代鄉賢，填詞

---

159 唐圭璋主編：《全宋詞》，冊1，頁460。

160 〔宋〕范成大：《石湖居士詩集》，收錄於《四部叢刊初編》（臺北市：臺灣商務印書館，1967年9月），卷10，頁56。

兩闋，一以紀錄遊歷事蹟，一以表彰詞人才華絕代。[161]其〈水龍吟·
惠山壞　秦少游先生先生葬惠山上〉云：

> 惠山幾度維舟，二泉亭上勾留住。涓涓石乳，當年鴻漸，茶經
> 獨注。建業城邊，南泠岸側，嘗來都誤。旋瘦瓢汲得，清如寒
> 玉，瓦鐺沸，松毛煮。　　　兩腋風生栩栩，捫藤蘿、眾峰環
> 處。秦郵太史，文孫移葬，松揪茲土。曠代才人，揮毫對客，
> 風流千古。借泉香七碗，生芻一束，學邯鄲步。[162]

惠山位於江蘇無錫。首句說明王度已非首次造訪，常因二泉好水駐足
逗留。此詞紀錄遊賞，同時申地靈人傑，名人長眠於此。數次蒞臨冶
遊，首次寫下對秦觀之景仰。二泉即無錫惠泉，〔唐〕茶聖陸羽曾譽
為「天下第二泉」，故名。〔清〕納蘭性德〈憶江南〉之六即賞：「江
南好，水是二泉清。」[163]涓涓數句，針對二泉與陸羽關係言說。宋元
豐二年（1079），秦觀偕蘇軾、參寥至無錫惠山觀覽賞景，並撰〈同
子瞻賦游惠山三首〉，表達愛慕無錫山水。是詩之三云：「樓觀相複
重，邈然閟深樾。九龍吐清泠，虢虢曾未絕。罌缶馳千里，真珠猶不
滅。況復從茶僊，茲焉試葵月。岸巾塵想消，散策佳興發。何以慰遨
嬉，操觚繼前轍。」[164]描寫九龍山清泉如真珠般名貴，引發遠近遊客
以瓶汲水，爭相品茗。又因二泉一說係陸羽品定，秦觀效仿追隨茶仙
以二泉水試煮團茶葵月。詩中記載遊蹤，亦說明秦觀之子將其墓移至

161 王度〈水龍吟·讀淮海詞〉闋，見本節「三、取與他家比高下」處。

162 南京大學中國語言文學系《全清詞》編纂研究室編：《全清詞·順康卷》，冊13，
　　頁7867。

163 〔清〕納蘭性德撰，趙秀亭，馮統一箋校：《飲水詞箋校（修訂本）》（北京市：中
　　華書局，2009年3月），頁6。

164 見北京大學古文獻研究所編：《全宋詩》，冊18，卷1055，頁12075。

惠山山巔之原由。

　　詞裏透顯對二泉水質之喜愛，化用〔唐〕盧仝〈走筆謝孟諫議寄新茶〉：「一碗喉吻潤，兩碗破孤悶。三碗搜孤腸，唯有文字五千卷。四碗發輕汗，平生不平事，盡向毛孔散。五碗肌骨清。六碗通仙靈，七碗喫不得也。唯覺兩腋習習清風生，蓬萊山。」[165]盧氏言說飲茶不須七碗即「通仙靈」，極贊飲茶妙用。王度以「七碗茶」與「生芻」作為弔唁祭品，紀念風流千古之曠世才人。《詩經》〈小雅·白駒〉：「生芻一束，其人如玉。」[166]亦被後人常引用以表達「禮敬賢人」。

　　藉弔唁進以窺詞人風貌者，尚有淩廷堪（1757-1809）。淩氏字次仲，號仲子，安徽歙縣（今安徽省黃山市）人[167]。其〈木蘭花慢·南呂宮　高郵弔秦七〉云：

　　　　挂蒲帆十幅，趁春色、過秦郵。看水繞孤村，天粘芳草，景倩誰收。溫柔。泥人句好，正輕寒、惻惻尚如秋。何處東風乍起，畫橈搖到前洲。　　悠悠。過客偶停舟。慨古意難休。笑黨籍碑中，干卿甚事，也預清流。深幽。故山夢冷，問風光、

165　〔清〕彭定求等編：《全唐詩》，冊12，卷388，頁4379。

166　〔漢〕毛公傳，鄭玄箋，〔唐〕孔穎達正義：《毛詩正義》，收錄於〔清〕阮元編：《十三經注疏》（臺北市：藝文印書館，2001年12月），冊1，頁377。

167　淩廷堪少孤，棄學從商，年二十餘復讀書，慕鄉賢江永、戴震之學，乃究心經史。乾隆四十八年（1783）遊京師，受業於翁方綱，習制藝帖括，三應順天鄉試，始中副榜。乾隆五十四年（1789）舉江南鄉試，明年成進士，選知縣，改安徽寧國府教授。嘉慶十一年（1806）以母憂去官，先後主郡中敬亭書院、紫陽書院。嘉慶十三年（1808）阮元巡撫浙江，延至杭州節署，聘以教子。學識精深，無所不窺，自六書曆算以迄古今疆域沿革、職官異同、史傳參錯，靡不條貫，而尤精於《禮》，錢大昕、王念孫、孫星衍輩皆極推重之。兼長於文學，詩、文、詞皆工。著有《梅邊吹笛譜》二卷。見張宏生主編，南京大學文學院《全清詞》編纂研究室編：《全清詞·雍乾卷》，冊14，頁7796。

可似古藤州。寂寂吟魂未返，覽湖煙柳生愁。[168]

凌氏此詞，應是春遊過秦郵，進而思及秦觀佳詞。「看水」三句，點出美景如畫，僅能由秦詞探得，說明〈滿庭芳〉詞妙處；「溫柔」三句，則謂秦詞佳妙，使人著迷。泥人意指纏膩，謂秦詞令人神往。凌氏已然讀出秦詞輕寒如秋之況味。下片直述秦觀平生最大轉捩點，即坐黨籍而遷謫事，〔宋〕徐度《卻掃編》卷中載：

> 崇寧初，蔡太師持紹述之說為相，既悉取元祐廷臣及元符末上書論新法之人，指為謗訕而投竄之。又籍其名氏刻之於石，謂之「黨籍碑」，且將世世錮其子孫。其後再相也，亦自知其太甚而未有以為說。[169]

宋徽宗時，蔡京等奸佞用事，斥迫元祐諸賢，並奏請立碑於太學端禮門外，刻司馬光等三百餘人姓名「黨籍碑」。紹聖初，秦觀坐黨籍，移為通判杭州（今浙江省杭州市），歷經諸事，又徙郴州（今湖南省郴州市），繼編管橫州（今廣西省橫縣），又徙雷州（今廣東省湛江市）等。徽宗立，復宣德郎，放還，至藤州（今廣西省梧州市）道中卒。凌廷堪為秦觀可惜，不禁提問「干卿甚事，也預清流」？無端受黨禍波及，流離失所，不幸死於道中。再問詞人長眠於此，放眼所及，可似離開人世前之藤州景致？嘆息詞人一生流離坎坷，故此時凌氏觸目所見，亦愁湖苦柳之象。凌氏此詞挖掘文人詞心，透過憑弔，

---

168 張宏生主編，南京大學文學院《全清詞》編纂研究室編：《全清詞・雍乾卷》，冊14，頁7807-7808。

169 〔宋〕徐度：《卻掃編》，收錄於《宋元筆記小說大觀》（上海市：上海古籍出版社，2001年12月），冊4，頁4497。

進而仿其風格，殷勤探問，將秦觀一生遭遇、詞風點染敘述，不僅具
理趣，亦保有詞體風貌。

二　兼論格調與詞心

　　除讚許秦觀為作詞能手外，部分評家亦將詞風點出，主要則聚焦
討論其代表作品。李繼燕，字駿詒，號參里，廣東東莞（今廣東省東
莞市）人。曾任職於雷陽訓導，亦對曾貶謫雷州之秦觀進行弔祭，其
〈南歌子·雷陽旅舍弔秦少游〉云：

> 畫角吹徂夜，梨花獨掩門。天教詞客黯銷魂。斷送天涯芳草，
> 幾黃昏。　　小苑東樓玉，三星枕畔痕。淒涼舊曲算誰聞。只
> 有青山無數，抹微雲。[170]

哲宗紹聖元年（1094）親政，重用新黨，而舊黨成員則多遭罷黜，秦
觀即其一也。先是出杭州通判，道貶處州，任監酒稅之職，後徙郴
州，編管橫州，又徙雷州。雷州郡府稱「雷陽」，秦觀曾寫下〈雷陽
書事〉詩三首。李氏此作幾化用〈滿庭芳〉（山抹微雲）詞，首二句
以〔南朝梁〕張率〈詠霜詩〉：「凝陰同徂夜，遰雁獨歸飛。」[171]之情
境，營造霜天冷夜意象。此生無法安定，天涯漂泊，居無定所，只徒
教黯然傷魂。上片統括秦觀一生縮影，將貶謫四處，才子無用之情刻
畫而出。下片二句，點出傳言兩位紅粉知己。據〔明〕楊慎《詞品》

---

170 南京大學中國語言文學系《全清詞》編纂研究室編：《全清詞·順康卷》，冊17，
　　頁9721。
171 逯欽立輯校：《先秦漢魏晉南北朝詩》（臺北市：學海出版社，1991年2月），中
　　冊，頁1785。

透露兩段情事，說明秦觀在蔡州與營妓樓婉關係甚密。樓婉字東玉，秦觀為伊人填作〈水龍吟〉，並鑲嵌「樓東玉」名字入詞，作「小樓連苑橫空」、「玉佩丁東別後」；又載名「陶心兒」之歌妓，秦觀亦曾贈〈南歌子〉詞，末句「天外一鉤殘月，帶三星」，亦是雙關嵌名入詞。[172]李氏將故實透過秦觀鑲嵌作法，亦嵌為詞句。隨後感傷淒涼舊曲誰聞，同情秦觀遭遇，最後點出「山抹微雲」名句作為收束，呼應舊曲誰聞？聞者即李氏本人，藉憑弔突顯對秦觀與〈滿庭芳〉之賞愛。

焦袁熹論及秦觀，亦標舉〈滿庭芳〉詞進行評判，可見〈采桑子・秦少游〉云：

才名秦七齊黃九，餘子紛紛。齒頰生芬。山抹微雲女婿聞。

女郎詞筆流傳久，吾亦云云。醉死紅裙。作女人身定是君。[173]

開始便揭示蘇門弟子詞學成就，並言秦觀、黃庭堅文壇齊名。《宋史》載：「黃庭堅與張耒、晁補之、秦觀俱游蘇軾門，天下稱為四學士。」[174]四學士中，詞名較巨者，僅秦、黃二人，而前已說明，蘇軾尤賞秦觀。〔宋〕陳師道曾云：「今代詞手，惟秦七、黃九耳，餘人不逮。」[175]認為秦、黃詞學成就在伯仲間，然陳氏此說造成秦、黃優

---

172 〔明〕楊慎：《詞品》：「秦少游〈水龍吟〉，贈營妓樓東玉者，其中『小樓連苑』及換頭『玉佩丁東』隱『樓東玉』三字。又贈陶心兒『一鉤殘月帶三星』，亦隱『心』字。」（唐圭璋主編：《詞話叢編》，冊1，頁475）

173 南京大學中國語言文學系《全清詞》編纂研究室編：《全清詞・順康卷》，冊18，頁10581。

174 〔元〕脫脫等撰：《宋史》，卷444，頁13110。

175 〔宋〕陳師道：《後山詩話》，收錄於鄧子勉編：《宋金元詞話全編》，上冊，頁213。

劣之反響爭訟，清人評論尤勝，如彭孫遹《金粟詞話》云：「詞家每以秦七黃九並稱，其實黃不及秦甚遠。猶高之視史，劉之視辛，雖齊名一時，而優劣自不可掩。」[176]馮煦《蒿庵論詞》：「后山以秦七、黃九並稱，其實黃非秦匹也。」[177]陳廷焯《白雨齋詞話》：「黃九於詞，直是門外漢，匪獨不及秦、蘇，亦去耆卿遠甚。」[178]多數評論家認為兩人無法相提並論，均持秦詞優於黃詞看法。焦袁熹以陳師道說法「才名秦七齊黃九」一句，間接認同此說，然其此言意在彰顯秦觀詞聞名當時，故可使後人「齒頰生芬」。〔宋〕羅大經《鶴林玉露》丙編卷六載：「後山出境而見東坡，宜其足以馨千載之齒頰也。」[179]因流傳頗廣，方能出現如「山抹微雲婿」此等傳聞。〔宋〕蔡絛《鐵圍山叢談》卷四載：

> 溫（范溫）嘗預貴人家會，貴人有侍兒善歌秦少游長短句，坐間略不顧溫。溫亦謹，不敢吐一語。及酒酣歡洽，侍兒者始問：「此郎何人耶？」溫遽起，叉手而對曰：「某乃『山抹微雲』女婿也。」聞者多絕倒。[180]

說明秦詞盛唱於歌樓舞榭。秦觀能為曼聲、以樂府語工以合律、入律，宜於歌唱，因此歌妓傳唱度高，更強調「山抹微雲」詞能見度之

---

176 〔清〕彭孫遹：《金粟詞話》，收錄於唐圭璋主編：《詞話叢編》，冊1，頁722。

177 〔清〕馮煦：《蒿庵論詞》，收錄於唐圭璋主編：《詞話叢編》，冊4，頁3586。

178 〔清〕陳廷焯：《白雨齋詞話》，收錄於唐圭璋主編：《詞話叢編》，冊4，頁3784。

179 〔宋〕羅大經撰，王瑞來點校：《鶴林玉露》（北京市：中華書局，2008年6月），頁342。

180 〔宋〕蔡絛：《鐵圍山叢談》，收錄於《筆記小說大觀》（臺北市：新興書局，1975年2月），第6編，冊2，頁664。

廣，可視為秦詞代表。

下片起句「女郎詞筆流傳久」，「女郎」風格，焦氏應係前承金人元好問〈論詩絕句三十首〉，詩云：

> 有情芍藥含春淚，無力薔薇臥曉枝。省識退之山石句，始知渠是女郎詩。[181]

秦觀詩風似女性婀娜多姿，詞風亦清麗婉媚，實與東坡詞扞格不入。焦袁熹認為秦觀詩詞維持相同風格，故以「女郎詞筆」為喻，並提出自己亦附和此說。多數評家議論秦詩，均以其詩似詞言說，表示秦詩具詞之本質，既本為詞體特色，焦氏特舉女郎詞筆解釋秦詞，實無太大意義。針對秦詞深入詞心，馮煦《蒿庵論詞》所論涉及此概念：

> 少游以絕塵之才，早與勝流，不可一世，而一謫南荒，遽喪靈寶。故所為詞，寄慨身世，閒雅有情思，酒邊花下，一往而深，而怨悱不亂，悄乎得小雅之遺，後主而後，一人而已。……他人之詞，詞才也，少游，詞心也。得之於內，不可以傳。[182]

馮煦認為秦觀貶謫南荒，始寄慨身世，以精微麗語，深入詞心，可謂詞人之詞。葉嘉瑩評論亦見類似說法：「秦觀原是一位在感性方面極為敏銳纖細的詩人，因之他一向的長處，原是對於景物及情思都能以

---

181 〔金〕元好問撰，〔元〕張德輝編，〔清〕施國祁箋，〔清〕蔣枕山校：《元遺山詩集》（臺北市：廣文書局，1973年），下冊，卷11，頁574。

182 〔清〕馮煦：《蒿庵論詞》，收錄於唐圭璋主編：《詞話叢編》，冊4，頁3586-3587。

其銳感做出最精確的捕捉和敘寫，而且善於將外在之景與內在之情，做出一種微妙的結合。」[183]秦觀掌握詞體特色，善從心靈觸發最柔婉精微之感受，並結合詞人辭采、情事，甚至學問、修養等素材，創發絕妙作品。秦詞特色乃在於回歸至詞體柔婉精微之醇正本質。葉嘉瑩亦提出：

> 「詞」這種韻文體式，是從開始就結合了一種女性化的柔婉精微之特美，足以喚起人心中某一種幽約深婉之情意。而秦觀的這一類詞，就是最能表現詞之這種特質的作品。[184]

從此可理解秦詞之女性化特質。加上秦詞反覆替女性代言，不管書寫歌妓心聲、與歌妓互動等之相關情事，甚至填寫十首〈調笑令〉分別為十位女子立傳，均見其細膩和婉。故焦氏認為秦觀懷如是晶瑩敏銳之心，若轉世投胎定能成為善於感發之女性。雖言存莞爾，實則盛讚秦觀細膩為詞。

再看杜詔（1666-1736），字紫綸，號雲川，自號蓉湖詞隱，別號浣花詞客，學者稱半樓先生，江蘇無錫（今江蘇省無錫市）人。杜氏憑弔秦觀時，點出對渠之相關看法，見〈闌干萬里心‧秦郵弔淮海先生〉：

> 嬾拈詞筆笑攜壺。何處扁舟著酒徒。一抹微雲覽社湖。悵模糊。此際魂銷解得無。[185]

183　繆鉞、葉嘉瑩：《靈谿詞說》（上海市：上海古籍出版社，1987年11月），頁258。

184　葉嘉瑩：《唐宋詞名家論集》（臺北市：正中書局，1990年1月），頁253。

185　南京大學中國語言文學系《全清詞》編纂研究室編：《全清詞‧順康卷》，冊19，頁11166。

〈闌干萬里心〉即〈憶王孫〉別名，杜氏特意以此詞調名填製，又撰寫秦觀生平議題，實別有用意。康熙四十四年（1705），聖祖南巡，獻迎鑾詞十二章，召試稱旨，特命供職內廷。杜氏嘗與同人寫御製金蓮花賦，各賦紀恩詩；杜氏獨進一詞，拔置第一。旋命纂修《御選歷代詩餘》及《欽定詞譜》等書，為後世研究詞調格律者所倚重。《欽定詞譜》載單調三十一字體之〈憶王孫〉為秦觀所創調，[186]宋、元人照此填寫。雖實非秦觀所創，然當時《詞譜》溯源考據不周，讓杜氏信以為真。而刻意擇調，誠心弔念，顯見其用心。

　　首二句應是得自明、清之際混淆張綖詞而為是秦觀作之〈念奴嬌〉：

　　　　畫橋東過，朱門下，一水閑縈花草，獨駕一舟千里去，心與長
　　　　天共渺。乍暖扶春，輕寒弄曉，是處人蹤少。黯然望極，酒旗
　　　　茅屋斜嬝。　　少年無限風流，有誰念我，此際情難表。遙想
　　　　藍橋何日到，暗把心期自禱。柳陌輕蹋，沙汀殘雪，一路風煙
　　　　好。攜壺自飲，閑聽山畔啼鳥。[187]

其中「獨駕一舟千里去」與末句「攜壺自飲，閑聽山畔啼鳥」鎔鑄詞中，取其瀟灑形象，以襯秦觀。後三句化用秦觀〈滿庭芳〉（山抹微雲）詞，高郵多湖，璧社湖為其中之一，位於江蘇高郵縣西北。此處透過摘句點出秦觀詞風，明其代表作，周濟評〈滿庭芳〉詞云：「將

---

186 〔清〕王奕清等編撰：《欽定詞譜》（北京市：學苑出版社，2008年6月），上冊，頁69-70。〈憶王孫〉為北宋李重元所撰，詞云：「萋萋芳草憶王孫。柳外樓高空斷魂。杜宇聲聲不忍聞。欲黃昏。雨打梨花深閉門。」（唐圭璋主編：《全宋詞》，冊2，頁1039）當時考證未詳，故所引有誤。

187 唐圭璋於秦觀存目詞標舉〈念奴嬌〉（畫橋東過）為「疑亦張綖作」，參見《全宋詞》，冊1，頁474。

身世之感打并入豔情，又是一法。」[188]寄託身世漂泊於離別詞中，滿眼男女離情難捨，實感懷作客他鄉，傷離念遠，情景交融，得言外之意。尤其「斜陽外，寒鴉萬點，流水繞孤村」數句，〔南宋〕胡仔《苕溪漁隱叢話》引晁无咎語：「少游如寒景詞（斜陽三句），……雖不識字，亦知是天生好言語。」[189]對此詞評價甚高。陳廷焯《白雨齋詞話》亦云：

> 秦少游自是作手，近開美成，導其先路；遠祖溫、韋，取其神不襲其貌。大抵北宋之詞，周、秦兩家，皆極頓挫沉鬱之妙，而少游託興尤深。[190]

雖蘇軾病秦觀詞氣格孱弱，對其未能充分施展抱負，沉溺兒女情思，頗有微詞；然秦觀自遭遷謫，詞境由和婉漸轉入淒清，寄身世哀感於穠情，留下深刻至情之作，寫出自家特色。透過作家作品與讀者同感共鳴，評者不禁發出「此際魂銷解得無」之疑問。

秦觀〈滿庭芳〉對清人而言，既屬名作，亦是可突顯秦詞風格之代表作。以定量分析，秦觀現存詞八十餘首，據王兆鵬統計，在「宋代主要詞人綜合名次排行榜」與「宋代著名詞人綜合名次排行榜」，[191]均獲得第四名成績，僅次於辛棄疾、蘇軾、周邦彥、姜夔等，能見度

---

188 〔清〕周濟：《宋四家詞選目錄序論》，收錄於唐圭璋主編：《詞話叢編》，冊2，頁1652。

189 〔宋〕胡仔：《苕溪漁隱叢話》，收錄於葛渭君編：《詞話叢編補編》，冊1，頁101。

190 〔清〕陳廷焯：《白雨齋詞話》，收錄於唐圭璋主編：《詞話叢編》，冊4，頁3785、3890。

191 見王兆鵬：《唐宋詞的定量分析》（北京市：北京大學出版社，2012年2月），表4-3「宋代主要詞人綜合名次排行榜」、表4-4「宋代著名詞人綜合名次排行榜」，頁138-142。

在宋代詞人中，實不容小覷；就單篇詞作而言，錢錫生、陳斌〈從歷代詞選、詞評和唱和看秦觀詞的傳播和地位〉一文中，統計秦觀詞最受歷代詞選家青睞之詞作，得分前五強分別為：〈滿庭芳〉（山抹微雲）、〈踏莎行〉（霧失樓臺）、〈滿庭芳〉（曉色雲開）、〈八六子〉（倚危亭）、〈江城子〉（西城楊柳弄春柔）、〈阮郎歸〉（湘天風雨破寒初）、〈鵲橋仙〉（纖雲弄巧）、〈千秋歲〉（水邊沙外）、〈浣溪沙〉（漠漠輕寒上小樓）、〈水龍吟〉（小樓連苑橫空）、〈如夢令〉（門外鴉啼楊柳）、〈如夢令〉（遙夜沉沉如水），[192]其中〈滿庭芳〉（山抹微雲）與〈踏莎行〉（霧失樓臺）二闋最受關注；若以宋詞整體觀察，王兆鵬《宋詞排行榜中》，秦觀進入百大排行榜者五闋，分別為：〈踏莎行〉（霧失樓臺）（20名）、〈鵲橋仙〉（纖雲弄巧）（26名）、〈滿庭芳〉（山抹微雲）（29名）、〈千秋歲〉（水邊沙外）（42名）與〈望海潮〉（梅英疏淡）（89名），[193]可知諸作傳播狀況。

三　取與他家比高下

詞評家常將史上齊名之作者相提並論，欲細緻理解其中差別。在討論秦觀時，必然會將與彼齊名之黃庭堅納入比較。如前舉焦袁熹判別「秦七黃九」高下，他如王度〈水龍吟・讀淮海集〉云：

> 吾鄉國士秦郎，揮毫對客如珠走。何人耳食，齊驅分席，柳三黃九。便是眉山，大江東去，瞠乎其後。看湖光百里，水天一

---

192 見錢錫生、陳斌：〈從歷代詞選、詞評和唱和看秦觀詞的傳播和地位〉，《中國韻文學刊》第28卷第2期（2014年4月），頁51。

193 王兆鵬、郁玉英、郭紅欣：《宋詞排行榜》（北京市：中華書局，2012年1月），前言，頁7-11。

色，應難比，心如繡。　　小妓郴陽邂逅。獨憐才、懇勤紅
袖。金雞初放，玉樓旋赴，綵雲歸岫。造物無情，古今同嘆，
何須眉皺。向騷壇俎豆，風流淮海，五百年後。[194]

王度因與秦觀同屬高郵人，基於對鄉賢之愛戴，故特書淮海集讀後，
以表敬懷。首二句均以黃庭堅對秦觀之讚賞，黃曾讚譽少游「國士無
雙」，又於〈病起荊江亭即事十首〉之八提及：「閉門覓句陳無己，對
客揮毫秦少游。」[195]說明秦觀優秀突出，文才敏捷。王氏認為既如
此，又何有與柳永、黃庭堅並駕齊驅之傳聞？前述已瞭解梗概，而柳
永與秦觀因詞風相近，故評者亦多並論之。首當由蘇軾戲稱「山抹微
雲秦學士，露花倒影柳屯田」，以致後人品評多合而評論。如〔清〕
顧仲清云：「宋名家詞最盛，體非一格。辛、蘇之雄放豪宕，秦、柳
之嫵媚風流，判然分途，各極其妙。」[196]揭示秦、柳同為婉約名家；
又如蔡宗茂〈拜石山房詞鈔序〉云：「詞盛於宋代，自姜、張以格
勝，蘇、辛以氣勝，秦、柳以情勝，而其派乃分」[197]，突顯秦、柳均
以情致纏綿專擅。清代「論詞絕句」品評詞人亦常連舉秦、柳二家，
如茹綸常〈國朝諸名家逸事雜詩〉之九：「新詞曾譜竹枝工，按拍摧
彈興未窮；彭十風情誰比擬，秦淮海與柳郎中。」[198]論及詞人風格

---

194 南京大學中國語言文學系《全清詞》編纂研究室編：《全清詞·順康卷》，冊13，
　　頁7867。

195 〔宋〕黃庭堅撰，〔宋〕任淵等注，劉尚榮校點：《黃庭堅詩集注》（北京市：中華
　　書局，2003年5月），卷14，頁520。

196 〔清〕高佑釲〈迦陵詞全集序〉引顧仲清之說，見〔清〕陳維崧：《陳迦陵文
　　集》，收錄於《四部叢刊初編》（臺北市：臺灣商務印書館，1967年9月），頁347。

197 見〔清〕顧翰：《拜石山房詞鈔》，收錄於《續修四庫全書》（上海市：上海古籍出
　　版社，2002年3月），冊1726，頁110。

198 〔清〕茹綸常：《容齋詩集》，收錄於《續修四庫全書》（上海市：上海古籍出版
　　社，2002年3月），冊1457，卷2，頁175。

時，亦舉秦、柳為之類比。王度則認為將柳永、黃庭堅與秦觀等而論
之，係未明所以，甚而提出包括眉山蘇軾也僅能「瞠乎其後」，無法
追步。〔明〕徐師曾《文體明辨序說》提及：

> 秦少游之詞，傳播人間，雖遠方女子，亦知膾炙，至有好而至
> 死者，則其感人，因可想見，……第作者既多，中間不無昧於
> 音節者，如蘇長公（軾）者，人猶以鐵綽板唱『大江東去』譏
> 之，他復何言哉？[199]

說明秦觀詞傳播鼎盛，感動紅粉知己為之殞命，再以瞭解音樂進而填
詞觀點，說明蘇軾缺失，亦表述蘇遜於秦；蘇、秦兩人亦常被並舉為
豪放、婉約代表，王氏認為於詞體創作上，秦觀仍技高一籌。而
〔宋〕蔡伯世評當代詞家曾謂：「蘇東坡辭勝乎情，柳耆卿情勝乎
辭，辭情兼稱者，唯秦少游而已。」[200]東坡與柳永均有擅長，然兼容
二者僅秦觀而已，此說更可呼應王度詞上片想法。

下片針對秦觀生平與詞作內容反應之特點，以詞句方式提點呈
現。述及與紅粉知己間愛色憐才之情感，貶謫放還卻喪命途中事。
「金雞初放，玉樓旋赴」二句，出自李白〈流夜郎贈辛判官〉：「我愁
遠謫夜郎去，何日金雞放赦回」[201]，金雞係古代頒布赦詔時所用儀
仗，金首雞形。徽宗即位後，秦觀放還為宣德郎，途經藤州逝世，王
度以「赴玉樓」示詞人辭世，此典李商隱為李賀作傳時亦曾提及：

---

199 〔明〕徐師曾撰，羅根澤校點：《文體明辨序說》（北京市：人民文學出版社，
　　1998年5月），頁164。

200 〔宋〕孫兢：〈竹坡老人詞序〉，收錄於施蟄存編：《詞籍序跋萃編》，頁137。

201 〔清〕彭定求等編：《全唐詩》，冊5，卷170，頁1751。

長吉將死時，忽晝見一緋衣人，駕赤虬，持一版，書若太古
篆，或霹靂石文者，云當召長吉。長吉了不能讀，欻下榻叩
頭，言阿彌老且病，賀不願去。緋衣人笑曰：「帝成白玉樓，
立召君為記。天上差樂，不苦也。」長吉獨泣，邊人盡見之，
少之長吉氣絕。嘗所居窗中勃勃有煙氣，聞行車嚏管之聲，太
夫人急止人哭待之。如炊五斗黍許時，長吉竟死。[202]

以詩人在死前被召引前去仙境之故實，美化名士落拓亡故。最後以
〔清〕王士禎〈高郵雨泊〉：「寒雨秦郵夜泊船，南湖新漲水連天。風
流不見秦淮海，寂寞人間五百年」[203]讚揚秦觀風靡後世，立於一宗。
雖看似溢美，然秦觀聲名至今不墜，永垂詞壇，可見影響接受之深
遠。

　　立論更特殊者，尚有盛本㮵。盛氏字讓山，浙江嘉興（今浙江省
嘉興市）人。其〈鷓鴣天・秦少游〉云：

才調還應擬謫仙。不從御座徹金蓮。可憐衰草微雲句，只在歌
樓舞榭間。　　悲鵩鳥，濕青衫。人生何處似尊前。銀鈎寫就
紅牙譜，總是蕭郎白雪篇。[204]

首句即提出秦觀才高可與李白並論。多數評家會將蘇軾與李白互作比
附，如〔清〕尤侗〈詞苑叢談序〉：「唐詩以李杜為宗，而宋詞蘇、

202　〔唐〕李商隱：〈李賀小傳〉，見〔清〕董誥等編：《欽定全唐文》，冊8，卷780，
　　頁8149。

203　〔清〕王士禎撰，李毓芙、牟通、李茂肅整理：《漁洋精華錄集釋》（上海市：上
　　海古籍出版社，1999年12月），上冊，卷1，頁130。

204　南京大學中國語言文學系《全清詞》編纂研究室編：《全清詞・順康卷》，冊19，
　　頁10971。

陸、辛、劉，有太白之風，秦、黃、周、柳，得少陵之體。」[205]又王
國維《人間詞話》云：「以宋詞比唐詩，則東坡似太白，歐、秦似摩
詰。」[206]少有人將秦觀與李白連結。歷來評論秦觀詩詞，有所比附
者，如王安石曾提出秦詩清新似鮑照、謝朓[207]，從詩歌角度而言，李
白、秦觀皆向謝朓學習，風格上略同；又如〔清〕譚獻《復堂詞話》：
「淮海在北宋，如唐之劉文房。」[208]蔡嵩雲《柯亭詞論》：「少游詞，
雖兼有《花間》遺韻，其小令深婉處，實出自六一，仍是《陽春》一
脈。」[209]從詞體角度視之，譚獻認為秦詞地位略近於〔唐〕劉長卿，
蔡嵩雲則認為秦詞取徑歐公、遠溯馮延巳。盛氏獨有創見，認為秦觀
本可並駕太白，於詞壇獨樹一幟，然取徑狹隘，格調卑弱如「山抹微
雲」詞風，致使作品僅於歌樓舞榭流傳，恰似柳永詞僅在市井歌詠。
下片言及遭遇，用賈誼、白居易點出文人不遇之感懷，繼而述及秦觀
詞風「銀鈎寫就紅牙譜」，再次附和傳於歌樓間，亦指出與柳永相
近。末句感嘆秦詞作品兒女情長，雖白雪高曲，卻無更深刻內涵。

　　盛氏因喜蘇、辛詞而貶抑秦觀。秦觀於詞壇正宗之地位，歷來皆
有評賞，實不容磨滅，況周頤《蕙風詞話》云：

> 有宋熙豐間，詞學稱極盛。蘇長公（軾）提倡風雅，為一代山
> 斗。黃山谷、秦少游、晁无咎（補之），皆長公之客也。山
> 谷、无咎皆工倚聲，體格於長公為近。唯少游自闢蹊徑，卓然

205 朱崇才編：《詞話叢編續編》（北京市：人民文學出版社，2010年6月），冊1，頁
　　230。
206 〔清〕王國維：《人間詞話》，收錄於唐圭璋主編：《詞話叢編》，冊5，頁4271。
207 〔元〕脫脫等撰：《宋史》（北京市：中華書局，1977年10月）卷444，頁13112-
　　13113。
208 〔清〕譚獻：《復堂詞話》，收錄於唐圭璋主編：《詞話叢編》，冊4，頁3990。
209 蔡嵩雲：《柯亭詞論》，收錄於唐圭璋主編：《詞話叢編》，冊5，頁4911。

名家。蓋其天分高，故能抽秘騁妍於尋常濡染之外。而其所以契合長公者獨深。張文潛（耒）〈贈李德載詩〉有云：「秦文倩麗舒桃李。」彼所謂文，固指一切文字而言。若以其詞論，直是初日芙蓉，曉風楊柳，倩麗之桃李，容猶當之有愧色焉。王晦叔（灼）《碧雞漫志》云，黃、晁二家詞，皆學坡公，得其七八。而於少游獨稱其俊逸精妙，與張子野（先）並論，不言其學坡公，可謂知少游者矣。[210]

秦觀雖在蘇門，不刻意學蘇，另圖新徑，自開詞壇婉約詞風。況氏以其天分高，可「抽秘騁妍」，又評其詞「初日芙蓉，曉風楊柳，倩麗之桃李，容猶當之有愧色」，均給予高度讚揚。屹立詞壇，豈不與太白伯仲乎？

---

210 況周頤：《蕙風詞話》，收錄於唐圭璋主編：《詞話叢編》，冊5，頁4426-4427。

第五章
論南宋詞人之長短句

　　清代前期「論詞長短句」評析唐、宋詞人，其對象以南宋為最夥，不僅批評者數量上增加，總數亦最多，究其顯著原因有二：第一，清代前期恰逢浙西詞派興起，以朱彝尊（1629-1709）為首之學詞途徑，均聚焦南宋諸家，故以詞品題南宋詞人，比例相對增高；第二，就兩宋詞壇發展而言，靖康之難南渡諸詞人亦屬南宋作家，詞壇發展至南宋，創作與質量上均獲得較高成就，故以詞論詞涉及南宋詞人與其作品機會亦較大。然品題南宋諸家數量雖多，卻較為零散，不如論北宋詞人多聚焦特定名家身上。南宋諸家當中，姜夔（約1155-1221）乃最被集中討論之對象，此與浙西詞派發展深有淵源，浙派詞人群宗主姜夔，爰多填詞讚賞其人其詞。其次為辛棄疾（1140-1207）、周密（1232-1298）、張炎（1248-1302），均有多家關注討論。故本章立「論辛棄疾」、「論姜夔」與「論周密」等三節，梳理南宋三家對清代前期詞壇構成之影響，以及清人如何評賞其人、其詞。

第一節　論辛棄疾

　　清代論詞長短句中，論及南宋詞人者，多聚焦姜、張為首之婉約詞人群，論及豪放詞人則略少，主要焦點仍以辛棄疾為首。稼軒創作六百二十九首詞，成為宋詞之最，更繼承東坡，開創「以文為詞」作法，實有被討論之價值。

　　辛棄疾，原字坦夫，改字幼安，自號稼軒居士，山東濟南（今山

東省濟南市）人。出生金國，卻為抗金名人，少時受祖父辛贊影響，抗金歸宋係其重要使命。歸宋後不被重用，即使先後上〈九議〉與〈美芹十論〉，表達經綸濟世之才能與看法，仍受限「歸正北人」身分，無法施展長才。曾任江陰簽判、廣德軍通判、江西安撫使、福建安撫使與司農主簿等職。追贈少師，諡忠敏。稼軒為南宋豪放派代表詞人，與蘇軾合稱「蘇辛」，又和李清照並稱「濟南二安」，更與詩人陸游雙峰並峙，均以「愛國」聞名。稼軒詞風「雄深雅健」[1]、「清壯頓挫」[2]，代表南宋豪放詞最高成就。綜觀有清一代，每時期總有承繼蘇辛詞風者，而於清初最顯著之例，便係陳維崧。至於浙西詞派因標舉南宋姜夔為模仿對象，此時期對稼軒之接受則較為低落。就「論詞長短句」角度而言，評論稼軒者，包括金人望（約1650-？）、焦袁熹（1661-1736）、盛本梓（生卒年不詳）、傅世垚（生卒年不詳）、田中儀（？-1758）五家，其中焦氏論及稼軒多達三闋。此七闋作品中，可歸結出「標舉其豪放詞風」、「與南宋諸家比較」與「細讀辛詞之筆意」三端，以下分點敘論，並旁取詞話、詞籍序跋、詩話、筆記及今人著作，予以會通析論。

一　標舉其豪放詞風

稼軒豪放風格於受到歷朝詞家喜愛，走出婉約詞框架，馳騁才學於文體間，當代便出現「稼軒風」之稱譽。如戴復古（1167-1248）〈望江南・壺山宋謙父寄新刊雅詞，內有壺山好三十闋，自說平生。

1　〔清〕鄒祇謨撰：《遠志齋詞衷》，收錄於唐圭璋主編：《詞話叢編》（北京市：中華書局，2005年10月），冊1，頁652。
2　〔金〕元好問：〈遺山樂府引〉，收錄於施蟄存編：《詞籍序跋萃編》（北京市：中國社會科學出版社，1994年12月），頁450。

僕謂猶有說未盡處，為續四曲〉，評論宋自遜詩詞創作云：「壺山好，文字滿胸中。詩律變成長慶體，歌詞漸有稼軒風。」[3] 戴氏與稼軒同時，可見稼軒詞風在當世已有一定之影響。將稼軒視為模仿對象，又留下相關評論者，尚有稍晚之劉克莊（1187-1269）。劉氏為稼軒詞作序云：

> 公所作，大聲鞺鞳，小聲鏗鍧，橫絕六合，掃空萬古，自有蒼生以來所無。其穠纖綿密者，亦不在小晏、秦郎之下。[4]

用「蒼生以來所無」稱譽稼軒，並提及其於婉麗詞風上，亦不輸晏幾道與秦觀等婉約派名家。〔金〕元好問（1190-1257）詞論主張偏向蘇、辛一派，故論及二人，相對抬高其身價。〈遺山樂府引〉云：「樂府以來，東坡第一，以後便到辛稼軒，此論亦然。」[5] 推尊二人為詞壇第一。〔元〕李長翁（生卒年不詳）為張埜作〈古山樂府序〉提及：「詩盛於唐，樂府盛於宋，宋諸賢名家不少，獨東坡、稼軒傑作，磊落倜儻之氣溢出毫端，殊非雕脂鏤水者所可仿佛。」[6] 指出稼軒詞與眾不同處；〔明〕俞彥（生卒年不詳）《爰園詞話》言及：「惟辛稼軒自度粱肉不勝前哲，特出奇險為珍錯供，與劉後村輩曹洞旁出。」[7] 雖認為稼軒出奇制勝，以奇險風格打破詞體，彰顯新風，在本質上，仍屬旁出而非正宗。而〔明〕毛晉（1599-1659）亦多有讚許，認為稼軒「多撫時感事之作，磊落英多，絕不作妮子態。」[8] 清

3　唐圭璋主編：《全宋詞》（北京市：中華書局，1998年11月），冊4，頁2309。

4　〔宋〕劉克莊：〈辛稼軒集序〉，收錄於施蟄存編：《詞籍序跋萃編》，頁200。

5　〔金〕元好問：〈遺山樂府引〉，收錄於施蟄存編：《詞籍序跋萃編》，頁450。

6　〔元〕李長翁：〈古山樂府序〉，收錄於施蟄存編：《詞籍序跋萃編》，頁488。

7　〔明〕俞彥：《爰園詞話》，收錄於唐圭璋主編：《詞話叢編》，冊1，頁401。

8　〔明〕毛晉：〈稼軒詞跋〉，收錄於施蟄存編：《詞籍序跋萃編》，頁202。

代以前對稼軒詞持正面看法者如是，於「論詞長短句」，亦對稼軒豪放詞風亦有所表態。

金人望，字留村，又字道洲，江蘇淮陰（今江蘇省淮安市）人。與汪森（1653-1726）、閻若璩（1636-1704）、鈕琇（1644-1704）等同時而交游，亦從沈嶧日（1640-？）問詞學，兩人在師友之間。官秦中邑令，有《瓜廬詞》。其〈念奴嬌〉云：

> 稼軒全詞世罕善本，予得於里嫗筐篋中，二十年餘未少離。秦人李生椒其見而嗜之，手抄不輟，不半月過予，俱能出口成誦矣，作此示之。
>
> 稼軒老子，唱新詞、真箇文章游戲。　考亭與稼軒啟曰：「經綸事業，股肱王室之心；游戲文章，膾炙士林之口。」　國色天然誇絕代，說甚蘇豪柳膩。欲覓知音，蛩然空谷，神物終須闒。山行水宿，何曾一日輕離。　詎料逐客飄零，新豐市上，長吉欣交臂。聽我朗吟三兩闋，暗記不遺一字。亟寫蠻牋，逗他粉甲，兩美心堪醉。應知閨閣，近添多少風味。　時李生甫新婚。[9]

詞序說明金氏職於秦地，有李姓後輩見稼軒詞，愛而嗜之，不僅手抄不輟，更能強記誦之，因作詞紀念此事，並言及稼軒詞風。首二句引用《古今詞話》記載朱熹、陳亮與劉過對稼軒之評賞，見錄於〔清〕王奕清《古今詞話》：

> 稼軒與晦庵、同甫、改之交善。晦庵曰：「若朝廷賞罰明，此

9　南京大學中國語言文學系《全清詞》編纂研究室編：《全清詞・順康卷》（北京市：中華書局，2002年5月），冊15，頁8790。

等人盡可用。」同甫答辛啟曰：「經綸事業，股肱王室之心。
遊戲文章，膾炙士林之口。」改之氣雄一世，寄辛詞曰：「古
豈無人，可以似我稼軒者誰。」觀同時之所推獎，則稼軒概可
知矣。[10]

詞下自注「經綸事業」數句出於朱熹。按《歷代詞話》載，此語應為
陳亮所言。鎔鑄陳亮語，讚美稼軒詞文「膾炙士林之口」，說明稼其
詞優秀。再以「國色天然」強化美譽，舉蘇軾與柳永兩種不同風格作
家與之相較，縱如東坡或柳永亦無法超越；甚言稼軒作品為「神物」
難得，幽隱神秘，知音難尋。下片則點出李生與金氏之交遊關係，再
次突顯少年李生嗜愛辛詞，強記誦念，一字不漏。

　　實則金人望所處年代，對漢族士大夫而言，並非軟語紅板低唱之
際。外族入侵以致亡國，多數士大夫驚慌不安、懼怕時局動盪。清廷
舉用人才，卻施以文字獄，出仕儒生動輒得咎，人人自危。稼軒詞中
愛國自傷等內容，正巧撫慰本力求表現、卻進退失據之文士，甚至曾
遭逢牢獄災厄，重見天日之詞人。閱讀並效仿稼軒作意，用以呼應彼
輩心境，故而推崇稼軒詞，透過模仿，抒發自身受辱之憤慨。

　　另外尚有焦袁熹〈采桑子・稼軒〉論及稼軒詞風，詞云：

辛家樂府知何似，起舞青萍。四座都醒。羯鼓聲高眾樂停。
　　胸中塊壘千杯少，髮白燈青。老大飄零。激越悲涼不可
聽。[11]

10 〔清〕王奕清：《歷代詞話》，收錄於唐圭璋主編：《詞話叢編》，冊2，頁1237。《歷
　　代詞話》所輯《古今詞話》是否為〔宋〕楊湜所作，並無確切證明，而今本《古今
　　詞話》則未收此詞條。
11 南京大學中國語言文學系《全清詞》編纂研究室編：《全清詞・順康卷》，冊18，頁
　　10582。

此詞開頭便以自問自答方式，說明辛詞內容為何？上片所用筆法，正如蘇軾〈和子由澠池懷舊〉：「人生到處知何似？應似飛鴻踏雪泥；泥上偶然留指爪，鴻飛那復計東西。」[12]「起舞青萍」、「羯鼓聲高」說明稼軒詞驚艷四座，使眾樂皆停。本為歌樓酒館用紅牙拍板所演繹之歌詞，如今乃聞羯鼓樂音。〔唐〕南卓《羯鼓錄》說明其樂音：「其聲焦沙鳴烈，尤宜促曲急破，作戰杖連碎之聲；又宜高樓晚景，明月清風，破空透遠，特異眾樂。」[13]樂聲特異，眾樂停歇，揭示稼軒詞之特出。稼軒以豪放詞風，描寫報國抗敵、馬革裹屍等捍衛家土之景象，故以「起舞青萍」形象其詞。「青萍」為古代傳說之寶劍，陳琳〈答東阿王鉛牋〉云：「君侯體高俗之林，秉青萍干將之器。」[14]青萍寶劍可斷金切玉，鋒利非凡。舞劍飛揚與詞體原本旖旎柔婉之特質迥異，突顯稼軒詞豪蕩瀟灑、率性縱情，故言「四座都醒」，震懾詞壇眾家。觀察稼軒詞，確有令人一新耳目之氣象，如〈滿江紅·建康史帥致道席上賦〉云：

> 鵬翼垂空，笑人世、蒼然無物。還又向、九重深處，玉階山立。袖裏珍奇光五色，他年要補天西北。且歸來、談笑護長江，波澄碧。　　佳麗地，文章伯。金縷唱，紅牙拍。看尊前飛下，日邊消息。料想寶香黃閣夢，依然畫舫青溪笛。待如今、端的約鐘山，長相識。[15]

---

12 〔宋〕蘇軾撰，傅成、穆儔標點：《蘇軾全集》（上海市：上海古籍出版社，2005年5月），上冊，卷3，頁20。

13 〔唐〕南卓：《羯鼓錄》（上海市：古典文學出版社，1957年4月），頁3。

14 〔明〕張溥輯：《漢魏六朝百三名家集》（臺北市：文津出版社，1979年8月），冊2，頁1173。

15 唐圭璋主編：《全宋詞》，冊3，頁1870。

此闋雖為贈人，字字言他者，卻強烈展露力主抗金、收復失土之政治情懷。以大鵬與補天神祇讚譽史氏，指涉自己與史氏有相同使命，將對抗金國當成首要目標，期許收復中原故土。文字警峭奇拔，熱情豪邁，用典《莊子》、神話，增加詞作可看性。另一首〈滿江紅〉云：

> 漢水東流，都洗盡、髭胡膏血。人盡說、君家飛將，舊時英烈。破敵金城雷過耳，談兵玉帳冰生頰。想王郎、結髮賦從戎，傳遺業。　　腰間劍，聊彈鋏。尊中酒，堪為別。況故人新擁，漢壇旌節。馬革裹屍當自誓，蛾眉伐性休重說。但從今、記取楚樓風，裴臺月。[16]

此詞亦贈別勉友之作。宋孝宗淳熙四年（1177）春，稼軒時任江陵知府（今湖北省江陵縣）兼湖北安撫使。詞中表達期盼友人為國立功，以「盡洗髭胡膏血」起筆，並言飛將李廣善於用兵、威猛無比，期許友人「傳遺業」，繼承遠祖輝煌功績，對抗金做出貢獻。下片傳達自己不能赴前線奮勇殺敵，攜劍無用，有酒亦僅能聊以贈別，更謂「馬革裹屍當自誓」，勉勵李姓友人存英雄懷抱，並申明自己同樣有捐軀報國之信念。稼軒詞中不乏似此慷慨激昂之作，讀來令人心神鼓舞。上片所傳達意念，正如〔宋〕劉辰翁（1232-1297）言及稼軒詞云：「及稼軒橫豎爛漫，乃如禪宗棒喝，頭頭皆是；又如悲笳萬鼓，平生不平事并厄酒，但覺賓主酣暢，談不暇顧。詞至此亦足矣。」[17]二者可互為呼應。

　　下片轉而陳述稼軒報國未果，朝廷不委以重任，雖雄心萬丈卻無法發揮，曾經慷慨激越之吶喊，轉為無可奈何之慨嘆。所謂「文窮而

16　唐圭璋主編：《全宋詞》，冊3，頁1953
17　〔宋〕劉辰翁：〈稼軒詞序〉，收錄於施蟄存編：《詞籍序跋萃編》，頁201。

後工」，歷經多次嬖臣訕謗彈劾，消磨本有積極情懷。焦氏以「胸中塊壘千杯少」，解說稼軒後半生不斷借酒解消塊壘鬱結，內心憂愁與憤怒均化為沉鬱頓挫之文詞，如〈沁園春・戊申歲，奏邸忽騰報，謂余以病挂冠，因賦此〉云：

> 老子平生，笑盡人間，兒女怨恩。況白頭能幾，定應獨往，青雲得意，見說長存。抖擻衣冠，憐渠無恙，合挂當年神武門。都如夢，算能爭幾許，雞曉鐘昏。　　此心無有新冤。況抱甕年來自灌園。但淒涼顧影，頻悲往事，慇懃對佛，欲問前因。卻怕青山，也妨賢路，休門尊前見在身。山中友，試高吟楚些，重與招魂。[18]

此詞寫於邸報空傳稼軒因病掛冠之消息。稼軒遭彈劾，罷官已逾七年，得知此事，便作是詞端正視聽。起頭以笑盡人間，說明早看透人世百態，亦言及白頭催老，應歸隱自去。更舉陶弘景掛冠服於神武門上辭官離去，[19]鋪陳如夢人生，爭長論短已無意義。下片陳述自己抱甕灌園多年，今再傳此事，突悲往昔，曾數次問佛，理解因緣果業。再次面對讒言謗語，憤世嫉俗之心乍起，故以青山喻己，反諷可能妨礙「賢人」飛黃騰達。詞中暗藏機鋒，更表達內心對訕謗等不實指控之消極應對。焦氏所下結論「激越悲涼不可聽」，點出稼軒欲積極作為，不料一路坎坷顛簸，後期詞作雖不減當年熱血，詞人心志情懷卻

---

18 唐圭璋主編：《全宋詞》，冊3，頁1949。

19 《南史》載：「陶弘景字通明，丹陽秣陵人也。祖隆，王府參軍。父貞，孝昌令。……家貧，求宰縣不遂。永明十年，脫朝服挂神武門，上表辭祿。詔許之，賜以束帛，敕所在月給伏苓五斤，白蜜二升，以供服餌。及發，公卿祖之征虜亭，供帳甚盛，車馬填咽，咸云宋、齊以來未有斯事。」見〔唐〕李延壽：《南史》（北京市：中華書局，1975年5月），冊6，卷76，頁1897。

已見消磨，轉而吞吐悲涼心曲。〔清〕周濟（1781-1839）《宋四家詞選目錄序論》言及稼軒云：「稼軒斂雄心，抗高調，變溫婉，成悲涼。」[20]兩人所見略同，周濟則更深化焦氏詞中所說。

二　與南宋諸家比較

焦袁熹在另一首〈采桑子〉，將稼軒與劉過、劉克莊以及陳亮並論，其詞云：

> 癡兒騃女知何恨，學語幽嗚。滴粉搓酥。看取堂堂一丈夫。
> 　　二劉未許曹劉敵，而況其餘。湖海尤麤。　　此句謂同父
> 總與辛家作隸奴。[21]

本闋所論主旨，意在說明南宋豪放詞人模仿辛棄疾，卻無法並駕齊驅，包括劉過、劉克莊，以及焦氏詞題中未提之陳亮等人。此三人詞風近稼軒，後人將彼輩歸為「辛派」詞人。如〔清〕鄒祇謨〈倚聲初集序〉云：「辛、劉、陳、陸諸家，乘間代禪，鯨呿鰲擲，逸懷壯氣，超乎有高望遠舉之思。」[22]又〔清〕張其錦〈梅邊吹笛譜跋〉云：「一派為稼軒，以豪邁為主，繼之者龍洲、放翁、後村，猶禪之北宗也。」[23]均說明二劉、陳亮、陸游等詞風相近，且均仿傚稼軒，

---

20 〔清〕周濟：《宋四家詞選目錄序論》，收錄於唐圭璋主編：《詞話叢編》，冊2，頁1643。

21 南京大學中國語言文學系《全清詞》編纂研究室編：《全清詞・順康卷》，冊18，頁10582。

22 〔清〕鄒祇謨：〈倚聲初集序〉，收錄於葛渭君編：《詞話叢編補編》（北京市：中華書局，2013年3月），冊1，頁384。

23 馮乾輯：《清詞序跋彙編》（南京市：鳳凰出版社，2013年12月），冊2，頁630。

被歸為稼軒一派。此派詞家以稼軒為首，多抒豪逸壯志，呈現大丈夫
之氣格。〔清〕吳衡照《蓮子居詞話》云：「稼軒當宋末造，以文章氣
節自命，交游如朱晦翁、陳同甫、党懷英輩，皆一時儒碩俊雄，而死
後若與疊山有冥契焉，偉矣。」[24]稼軒與陳亮惺惺相惜，互有唱和，
見於稼軒詞中。二人詞載眷懷君國之思，感憤淋漓之致，與「曉風殘
月柳三變」以及「滴粉搓酥左與言」等婉約作風有所不同。故《四庫
全書總目》曰：「其詞慷慨縱橫，有不可一世之慨，於倚聲家為變
調，而異軍特起，能於翦紅刻翠之外，屹然別立一宗。」[25]評論稼軒
詞可別立宗派，展現豪邁沉鬱氣象，拓展詞體新調。

　　下片論及辛派詞家與稼軒之差異，以「二劉未許曹劉敵，而況其
餘」指出劉過、劉克莊，雖能體現慷慨本色，卻無法超越稼軒，仍侷
限於模仿，更遑論其他作家。劉過、劉克莊均以詞聞名，並稱「二
劉」。此處用曹操對劉備所言：「今天下英雄，唯使君與操耳。」[26]足
以抗衡者，則係孫權。稼軒曾用其典故，〈滿江紅・江行，簡楊濟
翁、周顯先〉云：

　　　　過眼溪山，怪都似、舊時曾識。是夢裏、尋常行遍，江南江
　　　　北。佳處徑須攜杖去，能消幾兩平生屐。笑塵埃、三十九年
　　　　非，長為客。　　吳楚地，東南坼。英雄事，曹劉敵。被西風
　　　　吹盡，了無陳跡。樓觀纔成人已去，旌旗未卷頭先白。歎人
　　　　間、哀樂轉相尋，今猶昔。[27]

24　〔清〕吳衡照：《蓮子居詞話》，收錄於唐圭璋主編：《詞話叢編》，冊3，頁2416。

25　〔清〕永瑢、紀昀等撰：《武英殿本四庫全書總目提要》（臺北市：臺灣商務印書
　　館，1983年10月），冊5，卷198，「《稼軒詞》提要」，頁302。

26　〔晉〕陳壽撰，〔南朝宋〕裴松之注：《三國志》〈蜀書〉（北京市：中華書局，1959
　　年12月），冊4，卷32，頁875。

27　唐圭璋主編：《全宋詞》，冊3，頁1870-1871。

下片因地懷古，遙憶孫權當年叱咤風雲，才幹可與權霸一方之曹操、
劉備等人匹敵。焦氏復用其典，寫劉過、劉克莊縱有激昂之氣，卻未
達渾厚沉鬱，無法與稼軒齊驅。〔清〕陳廷焯《詞則》〈放歌集〉評稼
軒此詞云：「悲壯蒼涼，卻不粗鹵，改之、放翁輩終身求之不得
也。」[28]亦提出相近觀點，說明劉過、陸游等人欲步趨稼軒詞境格
調，卻無法達成。大抵詞評家多認為二劉效辛卻不及辛，如〔明〕楊
慎《詞品》云：「劉克莊，字潛夫，號後村。有《後村別調》一卷，
大抵直致近俗，效稼軒而不及者。」[29]〔清〕李調元《雨村詞話》
云：「其時為稼軒客如龍洲劉過，每學其法，時人都稱之，然失之粗
劣。」[30]顯見評價二劉，均以為未能超越稼軒。焦氏隨即提及「湖海
尤龘」，並自注「此句謂同父」，指陳亮為辛派中等而下之者。陳亮，
字同甫，號龍川，婺州永康（今浙江省永康市）人，才氣超邁，喜談
兵，下筆數千言立就。力主抗金，與朱熹、稼軒等交遊。一生坎坷不
遇，著有《龍川詞》。陳亮與稼軒多有唱和，稼軒於〈賀新郎・同父
見和，再用韻答之〉評及陳亮，云：「老大猶堪說。似而今、元龍臭
味，孟公瓜葛。」[31]「元龍」即指陳登，登為「湖海之士」，稼軒將兩
人連結互喻，故焦氏以「湖海」稱指陳亮。雖劉熙載《藝概》說明陳
亮與稼軒「才相若，詞亦相似」[32]，近人沈曾植於《同聲月刊》發表
〈海日碎金・劉融齋詞概評語〉，認為陳亮：「終不堪與稼軒同日語，
非嫌其面目龘，嫌骨理龘耳。」[33]可知陳亮雖有豪放之氣，終嫌骨理

28　〔清〕陳廷焯：《詞則》〈放歌集〉，收錄於孫克強主編：《白雨齋詞話全編》（北京
　　市：中華書局，2013年9月），中冊，頁815。

29　〔明〕楊慎：《詞品》，收錄於唐圭璋主編：《詞話叢編》，冊1，頁510。

30　〔清〕李調元：《雨村詞話》，收錄於唐圭璋主編：《詞話叢編》，冊2，頁1420。

31　唐圭璋主編：《全宋詞》，冊3，頁1889。

32　〔清〕劉熙載：《藝概》，收錄於唐圭璋主編：《詞話叢編》，冊4，頁3695。

33　見龍榆生主編：《同聲月刊》第2卷第11號（1942年11月），頁114。

拙弱粗疏，難與稼軒並論。故焦氏以「總與辛家作隸奴」評價辛派作家，認為南宋部分詞人受稼軒影響，詞風較為豪放，陳亮、二劉用詞體抒發愛國懷抱，雖慷慨激昂近稼軒風格，作法、內容卻不如辛詞多元靈動。〔清〕謝章鋌《賭棋山莊詞話》云：

> 稼軒是極有性情人，學稼軒者，胸中須先具一段真氣奇氣，否則雖紙上奔騰，其中俄空焉，亦蕭蕭索索如牖下風耳。[34]

又如陳廷焯《白雨齋詞話》亦云：「大抵稼軒一體，後人不易學步。無稼軒才力，無稼軒胸襟，又不處稼軒境地，欲於粗莽中見沉鬱，其可得乎。」[35]二者均認為學稼軒不易，需具稼軒之才力與奇氣，始能效其作，否則易墮於叫囂粗豪之病，正如焦氏所言，「總與辛家作隸奴」耳。

另外與稼軒可相提並論者，是同為濟南詞人李清照。田中儀〈望江南〉吟詠濟南，提及當地最負盛名詞人，無疑為「二安」：

> 填詞筆，歷下二安新。柳絮泉頭花似雪，四風閘口草如茵。綺語更誰倫。　辛幼安、李易安，皆濟南人。漁洋云：「詞家二安皆出歷下。」柳絮泉，易安故宅；四風閘，稼軒舊居。[36]

此闋於第三章論及清照已談及，要言之，田氏對稼軒、易安均愛賞之。同為山東詞人，對當地鄉賢表示無限敬賞，論涉二人詞以「新」

---

34 〔清〕謝章鋌：《賭棋山莊詞話》，收錄於唐圭璋主編：《詞話叢編》，冊4，頁3330。

35 〔清〕陳廷焯：《白雨齋詞話》，收錄於唐圭璋主編：《詞話叢編》，冊4，頁3196。

36 張宏生主編，南京大學文學院《全清詞》編纂研究室編：《全清詞·雍乾卷》（南京市：南京大學出版社，2012年5月），冊7，頁3654。

字讚揚，申明「二安」詞別出心裁，受眾人注目。更以「花似雪」與「草如茵」點其故居，亦間接隱射詞風，指出兩人填詞造語，絕妙精彩，無與倫比。呼應王世貞〈論詩餘〉所言「正宗易安第一，旁宗幼安第一。二安之外無首席矣。」[37]田氏此闋並無特地申述稼軒豪放詞之看法，反由其婉約詞亦是絕倫立說，正如沈道寬〈論詞絕句〉之十九提出看法，詩云：

> 稼軒格調繼蘇辛，鐵馬金戈氣象嚴；我愛分釵桃葉渡，溫柔激壯力能兼。[38]

眾人賞其金戈鐵馬之豪放詞氣，沈氏則特賞〈祝英臺近〉具柔婉深情，是詞云：

> 寶釵分，桃葉渡。煙柳暗南浦。怕上層樓，十日九風雨。斷腸片片飛紅，都無人管，倩誰喚，流鶯聲住。　　鬢邊覷。試把花卜心期，才簪又重數。羅帳燈昏，嗚咽夢中語。是他春帶愁來，春歸何處。卻不解、將愁歸去。[39]

此詞為稼軒難得展現剛強以外之柔情作品。上片傷春傷別，寓情於景，「煙柳暗南浦」、「斷腸片片飛紅」，突顯淒哀氛圍。下片細緻描摹女性心態，以花試卜，期間情思游移不定，為良人歸期而惱，體現閨中思婦愁情萬千之神態。〔宋〕張炎肯定稼軒此作，讚美「景中帶

---

37 〔明〕卓人月匯選，徐士俊參評，谷輝之校點：《古今詞統》（瀋陽市：遼寧教育出版社，2001年1月），上冊，頁36。

38 王偉勇：《清代論詞絕句初編》（臺北市：里仁書局，2010年9月），頁170。

39 唐圭璋主編：《全宋詞》，冊3，頁1882。

情，而存騷雅」[40]；〔清〕馮煦《宋六十家詞選》論云：

> 稼軒負高世之才，不可羈勒，能於唐、宋諸大家外，別樹一
> 幟。自茲以降，詞遂有門戶主奴之見。而才氣橫軼者，群樂其
> 豪縱而效之。乃至裏俗浮囂之子，亦靡不推波助瀾，自託辛、
> 劉，以屏蔽其陋，則非稼軒之咎，而不善學者之咎也。即如集
> 中所載〈水調歌頭〉（長恨復長恨）一闋，〈水龍吟〉（昔時曾
> 有佳人）一闋，連綴古語，渾然天成，既非東家所能效顰，而
> 〈摸魚兒〉、〈西河〉、〈祝英臺近〉諸作，摧剛為柔，纏綿悱
> 惻，尤為粗獷一派，判若秦越。[41]

亦肯定稼軒於豪放疏宕詞風外，尚能剛柔並濟，填下纏綿婉轉之作。
〔清〕陳廷焯《白雨齋詞話》亦持相同論點，曰：「稼軒詞著力太重
處，如〈破陣子・為陳同甫賦壯詩以寄之〉、〈水龍吟・過南澗雙溪
樓〉等作，不免劍拔弩張。余所愛者，如『紅蓮相倚深如怨，白鳥無
言定是愁』，又『不知筋力衰多少，但覺新來懶上樓』，又『城中桃李
愁風雨，春在溪頭薺菜花』之類，信筆寫去，格調自蒼勁，意味自深
存。不必劍拔弩張，洞穿已過七札，斯為絕技。」[42]以上諸家論點，
均可與田中儀賞愛稼軒非豪放詞作相發明。

三　細讀辛詞之筆意

　　焦袁熹論及辛棄疾者凡三闋，角度各有不同。〈采桑子・稼軒〉

40　〔宋〕張炎：《詞源》，收錄於唐圭璋主編：《詞話叢編》，冊1，頁264。

41　〔清〕馮煦：《宋六十家詞選》（即《蒿庵論詞》），收錄於唐圭璋主編：《詞話叢
　　編》，冊4，頁3592。

42　〔清〕陳廷焯：《白雨齋詞話》，收錄於唐圭璋主編：《詞話叢編》，冊4，頁3792。

主論其技巧與詞心，詞云：

> 墨花一閃光如電，弔古傷今。感慨悲吟。泪雨淋浪欲滿襟。
> 　　龍蛇一掃三千字，活虎生擒。猛似韓擒。須識伊家苦用
> 心。[43]

稼軒一生為求抗金復國，不僅從金朝奮勇殺敵，一路挺進南宋，成為「歸正北人」；更撰寫〈九議〉與〈美芹十論〉，展現雄才大略與恢復河山之決心。不料成為朝廷主和派眼中釘，南渡期間，歷任滁州、江西、湖南、隆興等地，官職均無法一展長才，更被搆陷、彈劾，羅織「用錢如泥沙，殺人如草芥」[44]等罪名，終致落職。此後閑居帶湖，雖一度起用福建，不久再度退居瓢泉，晚年雖得於浙東、鎮江等抗金前線抵禦外侮，縱有滿腔熱血，身體卻已垂垂老去。面對時局，心存沉痛慨歎與無力回天之悲涼，盡顯於詞作中。

　　焦袁熹肯定「國家不幸詩家幸，賦到滄桑句便工」對於稼軒詞之發展，此詞亦結合生平際遇與文學創作合觀。「墨花一閃光如電」，說明稼軒詞采粲然，如電光石火震撼人目，氣勢驚人；亦指出創作風格與詞壇殊奇不同。後兩句則實際指涉稼軒詞承載內容，稼軒一生遭讒見放，頻換官職；朝政又偏安主和，與其理念相異。當年南下懷抱熱血復國決心，以及面對家國岌岌可危之景況，內心激切，無處可發，忿恨不平之氣，寄託文學作品中。尤喜「弔古傷今」，如〈南鄉子・登京口北固亭有懷〉：

---

43 南京大學中國語言文學系《全清詞》編纂研究室編：《全清詞・順康卷》，冊18，頁10582。

44 〔元〕脫脫等撰：《宋史》（北京市：中華書局，1977年10月），卷401，頁12164。

何處望神州。滿眼風光北固樓。千古興亡多少事，悠悠。不盡
長江滾滾流。　　年少萬兜鍪。坐斷東南戰未休。天下英雄誰
敵手。曹劉。生子當如孫仲謀。[45]

透過弔古，提及據江東與曹、劉抗衡之孫權；〈念奴嬌·登建康賞心
亭呈史致道留守〉：

我來弔古，上危樓、贏得閒愁千斛。虎踞龍蟠何處是，只有興
亡滿目。柳外斜陽，水邊歸鳥，隴上吹喬木。片帆西去，一聲
誰噴霜竹。　　卻憶安石風流，東山歲晚，淚落哀箏曲。兒輩
功名都付與，長日惟消棋局。寶鏡難尋，碧雲將暮，誰勸杯中
綠。江頭風怒，朝來波浪翻屋。[46]

由歷史變遷，寄寓家國感慨，更點出高才如謝安，雖建立奇功，仍不
免受人猜忌，最終只能不問國事，弈棋度餘生。弔古可殷鑑，亦可傷
今，如以孫權自勉雖偏安一時，仍有機會可揮軍北上；又才情如謝
安，雖創建偉業，卻遭人猜忌，無法繼續揮灑長才，使人嗟嘆。稼軒
嗟嘆多緊扣自己遭遇，如〈卜算子〉：

千古李將軍，奪得胡兒馬。李蔡為人在下中，卻是封侯者。
　　芸草去陳根，筧竹添新瓦。萬一朝家舉力田，舍我其誰
也。[47]

---

45 唐圭璋主編：《全宋詞》，冊3，頁1961。
46 唐圭璋主編：《全宋詞》，冊3，頁1874。
47 唐圭璋主編：《全宋詞》，冊3，頁1946。

以兩位李姓將臣對比，李廣奮勇殺敵，功勛彪炳；李蔡則人品、才能均列中下等，卻得以封侯賜邑，位居三公。此詞借古諷今，表現憤懣之情。下片更直述自身處境，說明本用以殺敵抗金之雙手，如今竟只能鋤草修築，直指朝廷摧殘國家棟梁，行徑荒唐。種種弔古傷今、感慨悲吟，終不能改變朝廷忽視人才之無能，故焦氏上片結句以「淚雨淋浪欲滿襟」，表達詞人內心沉痛。稼軒〈水龍吟‧登建康賞心亭〉云：

> 楚天千里清秋，水隨天去秋無際。遙岑遠目，獻愁供恨，玉簪螺髻。落日樓頭，斷鴻聲裏，江南游子。把吳鉤看了，欄干拍遍，無人會、登臨意。　　休說鱸魚堪鱠。儘西風、季鷹歸未。求田問舍，怕應羞見，劉郎才氣。可惜流年，憂愁風雨，樹猶如此。倩何人，喚取盈盈翠袖，搵英雄淚。

楚地山水景致，均為詞人「獻愁供恨」，原因何在？便是不得志之情感，即使面對美景，仍無心欣賞。身上配劍本圖一展長才，如今寶劍在手，卻無實際作為，拍遍欄杆，也沒人會得登臨意圖。下片連用三典故，承接「無人會」之傷感。反用張翰思歸，[48]並以劉備唾棄許汜求田問舍，[49]表示自己絕非棄顧國家之庸碌駑輩，以及桓溫感慨流

---

48 見《世說新語》〈事鑑〉載：「張季鷹辟齊王東曹掾，在洛，見秋風起，因思吳中蒓菜、蓴羹、鱸魚膾，曰：『人生貴得適意爾，何能羈宦數千里以要名爵！』遂命駕便歸。俄而齊王敗，時人皆謂為見機。」見〔南朝宋〕劉義慶編撰，楊勇箋：《世說新語校箋修訂本》（臺北市：文正書局，2000年5月），上冊，頁354。

49 〔晉〕陳壽撰，〔南朝宋〕裴松之注：《三國志》〈魏書〉（北京市：中華書局，1959年12月）：「陳登者，字元龍，在廣陵有威名。又據角呂布有功，加伏波將軍，年三十九卒。後許汜與劉備並在荊州牧劉表坐，表與備共論天下人，汜曰：『陳元龍湖海之士，豪氣不除。』備謂表曰：『許君論是非？』表曰：『欲言非，此君為善士，不宜虛言；欲言是，元龍名重天下。』備問汜：『君言豪，寧有事邪？』汜曰：『昔

年[50]等，再次強調報國決心。然時移事往，稼軒內心感慨終至臨界，故結句有別以往意氣風發，以具象之紅巾翠袖搵淚，說明心中複雜之情緒。下片「龍蛇一掃三千字」，表達稼軒填詞創作時英姿縱橫、飛揚不羈；「龍蛇」本為草書運行筆勢，其不拘法度之形式，恰如稼軒獨創風格。焦氏深刻摹寫稼軒創作技巧與內容涵養，說明其性格與詞格一致，正同「前身青兕」[51]，以「活虎生擒」呼應；而膽識過人，實際沙場克敵之稼軒，焦氏以隋朝「韓擒虎」[52]比附。韓擒虎為滅陳名將，此處將二者連結，說明稼軒英勇正如韓擒虎以精兵取下陳朝首都。稼軒不僅於〈九議〉、〈美芹十論〉提出具體建議，詞集中亦大量承載其愛國情懷與抗金抱負，咀嚼細品，才能瞭解稼軒之別有用心。

　　另外盛本栴〈八聲甘州‧稼軒詞集〉云：

遭亂過下邳，見元龍。元龍無客主之意，久不相與語，自上大牀臥，使客臥下牀。』備曰：『君有國士之名，今天下大亂，帝主失所，望君憂國忘家，有救世之意，而君求田問舍，言無可采，是元龍所諱也，何緣當與君語？如小人，欲臥百尺樓上，臥君於地，何但上下牀之間邪？』表大笑。備因言曰：『若元龍文武膽志，當求之於古耳，造次難得比也。』」（冊1，卷7，頁229-230）

50　見《世說新語》〈言語〉載：「桓公北征，經金城，見前為琅邪時種柳，皆已十圍，慨然曰：「木猶如此，人何以堪！」攀枝執條，泫然流淚。」見〔南朝宋〕劉義慶編撰，楊勇箋：《世說新語校箋修訂本》，上冊，頁101。

51　此語出自《宋史》〈辛棄疾傳〉載義端所言曰：「我識君真相，乃青兕也，力能殺人，幸勿殺我。」（卷401，頁12161）

52　韓擒虎（西元538-592年）字子通，河南東垣（今河南省新安縣）人。其父韓雄以武烈聞名。仕周，官至大將軍。擒虎少慷慨，以勇且有謀稱世，容狀偉岸，有雄傑之姿。好讀書，通經史百家。周太祖另眼相待，令諸子與其遊。後有軍功，歷都督、新安太守，稍遷儀同三司，襲爵新義郡公等。開皇初，高祖有併江南之志，知擒虎文武通才，夙著聲名，故拜為廬州總管，委以平陳重任，甚為敵人所憚。及大舉伐陳，命擒虎為先鋒。率五百人宵濟，襲採石，時守者皆醉，擒虎遂克之。高祖聞而大悅，宴賜羣臣。後陳後主遣領軍蔡徵守朱雀航，聞擒虎將至，眾懼而潰。因唐人諱其名中虎字，故簡寫為韓擒。詳參〔唐〕魏徵等撰：《隋書》〈韓擒虎傳〉（北京市：中華書局，1973年8月），冊5，卷52，頁1339-1340。

記當年、天馬渡江來，旌旗擁貔貅。看長纓繫粵，尺書喻蜀，緩帶輕裘。莫向牛山灑淚，西北有神州。霹靂驚弦響，霜冷吳鈎。　　不似黑頭王掾，似漢家飛將，難覓封侯。笑凌雲傲氣，也作稻粱謀。敞層軒、愛看秋稼，更帶湖、日日狎群鷗。閑吟寫、錦囊詩句，千古長留。[53]

此闋作品，有別於前揭評論李煜、秦觀等人，可看出盛本椆對稼軒詞之喜愛。上片首句化用稼軒〈水龍吟・甲辰歲壽韓南澗尚書〉原詞「渡江天馬南來」[54]寫稼軒南渡而來，代表軍隊首領之旗幟，以貔貅為圖騰，用貔貅亦指稼軒調度軍隊勇猛，是領導能力之將才。以終軍「長纓繫粵」、相如「尺書喻蜀」突顯稼軒才智雙全。終軍請纓、相如喻蜀事，分見於《漢書》、《史記》：

終軍字子雲，濟南人也。少好學，以辯博能屬文聞於郡中。年十八，選為博士弟子。……南越與漢和親，乃遣軍使南越，說其王，欲令入朝，比內諸侯。軍自請：「願受長纓，必羈南越王而致之闕下。」軍遂往說越王，越王聽許，請舉國內屬。天子大說，賜南越大臣印綬，壹用漢法，以新改其俗，令使者留填撫之。[55]

相如為郎數歲，會唐蒙使略通夜郎西僰中，發巴蜀吏卒千人，郡又多為發轉漕萬餘人，用興法誅其渠帥，巴蜀民大驚恐。上

53 南京大學中國語言文學系《全清詞》編纂研究室編：《全清詞・順康卷》，冊19，頁10979。

54 唐圭璋主編：《全宋詞》，冊3，頁1868。

55 〔漢〕班固撰，〔唐〕顏師古注：《漢書》（北京市：中華書局，1962年6月），冊9，卷64下，頁2814-2821。

　　聞之，乃使相如責唐蒙，因喻告巴蜀民以非上意。[56]

終軍降服強敵、建功報國，係稼軒南下欲執行之大事；而武帝派遣司馬相如前往巴蜀，以文誥安撫當地百姓，亦展現相如文采與交際手腕。盛氏用二人行實，說明稼軒正是可受重用之人才。「莫向」二句，亦化用辛詞而來，〈水龍吟・甲辰歲壽韓南澗尚書〉「夷甫諸人，神州沉陸，幾曾回首。」又〈水調歌頭・送楊民瞻〉：「長劍倚天誰問，夷甫諸人堪笑，西北有神州。」[57]利用齊景公泣淚牛山，感慨生命一事，藉此反說，要朝廷不該忘記收復故土。上片末二句再用辛詞〈破陣子・為陳同甫賦壯語以寄〉云：

　　醉裏挑燈看劍，夢回吹角連營。八百里分麾下炙，五十絃翻塞
　　外聲。沙場秋點兵。　　馬作的盧飛快，弓如霹靂弦驚。了卻
　　君王天下事，贏得生前身後名。可憐白髮生。[58]

本應沙場點兵，作戰馬匹飛快，弓箭不斷射擊發出聲響，然而此境，僅能夢中懷想，看寶劍空置。以〈破陣子〉辭意，轉入下片，寫稼軒應似李廣將軍，奮勇抗敵，正如前引〈卜算子〉（千古李將軍）詞，說明小人得志，有志者卻難建功封侯。一身凌雲傲氣，徒施展於謀生持家上。「敞層軒、愛看秋稼」句，則將「稼軒」二字嵌入，說明稼軒落職閑居帶湖，躬耕務農。雖是如此，盛氏仍以「閑吟寫、錦囊詩句，千古長留」，表達高度推崇，認為辛棄疾詞集，足以千古長留。

56　〔漢〕司馬遷撰，〔宋〕裴駰集解，〔唐〕司馬貞索隱，張守節正義：《史記》（北京市：中華書局，1959年9月），冊9，卷117，頁3044。

57　唐圭璋主編：《全宋詞》，冊3，頁1913。

58　唐圭璋主編：《全宋詞》，冊3，頁1940。

最後再探傅世垚〈沁園春・讀辛稼軒詞不忍去手，戲成小詞以送之〉云：

> 愛讀公詞，樂此不疲，何其快乎。念清真匡鼎，說詩無倦，孤高張謂，積卷成車。我亦年來，嗜痂成癖，日入篇中學蠹魚。呀然笑，覺一朝去此，病也堪虞。　　小窗燈火清虛。似大白、頻傾讀漢書。喜將軍上陣，目眥裂破，歸來捉筆，金玉霏如。自是奇人，卓然千古，豈類尋章摘句儒。吟哦處，看江天無際，月影徐徐。[59]

傅世垚，字賓石，河南汝陽（今河南省汝陽縣）人。清康熙二十二年（1683）前後為四川資中縣知縣，有《盤石吟》。此詞明顯模仿辛棄疾讀陶淵明集詞而成。稼軒〈鷓鴣天・讀淵明詩不能去手，戲作小詞以送之〉：

> 晚歲躬耕不怨貧。隻雞斗酒聚比鄰。都無晉宋之間事，自是羲皇以上人。　　千載後，百篇存。更無一字不清真。若教王謝諸郎在，未抵柴桑陌上塵。[60]

此闋為表達愛賞淵明之論詩長短句，傅氏先仿稼軒詞序，再創作一闋〈沁園春〉，書寫對辛詞之看法與認同。此處未用相同詞調，原因在於辛棄疾〈沁園春〉數闋刻意「以文為詞」，傅氏有意仿效，如〈沁園春・和吳子似縣尉〉：

---

59 南京大學中國語言文學系《全清詞》編纂研究室編：《全清詞・順康卷》，冊19，頁11008。

60 唐圭璋主編：《全宋詞》，冊3，頁1963。

我見君來，頓覺吾廬，溪山美哉。悵平生肝膽，都成楚越，只
今膠漆，誰是陳雷。搔首踟躕，愛而不見，要得詩來渴望梅。
還知否，快清風入手，日看千回。　　　直須抖擻塵埃。人怪我
柴門今始開。向松間乍可，從他喝道，庭中且莫，踏破蒼苔。
豈有文章，謾勞車馬，待喚青芻白飯來。君非我，任功名意
氣，莫恁徘徊。[61]

此詞打破句式，運用散文筆法寫成，如「溪山美哉」、「人怪我柴門今
始開」、「庭中且莫，踏破蒼苔」等，均不受詞體章法限制。傅氏擇
〈沁園春〉品論，再仿〈鷓鴣天〉詞序，結合兩詞調創作論詞長短
句，傳承意味濃厚。

　　首句便表達自己對稼軒詞之喜愛，並典用兩位才學豐富、性格卓
然如匡鼎與張謂，說明稼軒其人其作正如匡鼎言詩之生動，張謂文采
之非凡。《漢書》〈匡衡傳〉曰：「匡衡字稚圭，東海承人也。父世農
夫，至衡好學，家貧，庸作以供資用，尤精力過絕人。諸儒為之語
曰：『無說詩，匡鼎來；匡說詩，解人頤。』」[62]匡衡即匡鼎，以匡鼎
說詩，強調稼軒詞內容之精彩動人；而〔元〕辛文房《唐才子傳》載
張謂：

謂字正言，河內人也。少讀書嵩山，清才拔萃，泛覽流觀，不
屈於權勢。自矜奇骨，必談笑封侯。二十四受辟，從戎營、朔
十載，亭障間稍立功勳。以將軍得罪，流滯薊門。有以非辜雪
之者，累官為禮部侍郎。無幾何，出為潭州刺史。性嗜酒簡
淡，樂意湖山。工詩，格度嚴密，語致精深，多擊節之音。今

---

61 唐圭璋主編：《全宋詞》，冊3，頁1915。

62 〔漢〕班固撰，〔唐〕顏師古注：《漢書》，冊10，卷81，頁3331。

有集傳於世。[63]

以張謂不屈於權勢，及善於韻文「語致精深，多擊節之音」比附稼軒。更強調自己嗜辛詞成癖，有如古代「嗜痂」一般。「嗜痂成癖」出自《宋書》〈劉穆之傳〉，載：

> （劉）邕所至嗜食瘡痂，以為味似鰒魚。嘗詣孟靈休，靈休先患灸瘡，瘡痂落床上，因取食之。靈休大驚。答曰：「性之所嗜。」靈休瘡痂未落者，悉褫取以飴邕。邕既去，靈休與何勗書曰：「劉邕向顧見噉，遂舉體流血。」[64]

劉邕性嗜瘡痂，甚至將孟靈休身體未落之瘡痂剝落食用。「嗜痂」並非良舉，傅氏特用其典，反應稼軒於當時非詞之正宗，故以「嗜痂」自嘲；更言及自得其間，如蠹魚悠遊文字，稱嗜辛詞為「病也堪虞」，均以負面語彙反襯賞愛稼軒詞之合理性，並對當時詞壇不賞稼軒者表達抗議。

下片將稼軒詞提高至《漢書》同等地位，用蘇舜欽「漢書下酒」典。〔宋〕龔明之《中吳紀聞》卷二載：「子美豪放，飲酒無算，在婦翁杜正獻家，每夕讀書以一斗為率。正獻深以為疑，使子弟密察之。聞讀《漢書》〈張子房傳〉，至『良與客狙擊秦皇帝，誤中副車』，遽撫案曰：『惜乎！擊之不中。』遂滿飲一大白。又讀至『良曰：始臣起下邳，與上會於留，此天以臣授陛下』，又撫案曰：『君臣相遇，其難如此！』復舉一大白。正獻公聞之大笑，曰：『有如此下物，一斗

63　〔元〕辛文房撰，傅璇琮主編：《唐才子傳校箋》（北京市：中華書局，1989年3月），冊2，頁137-146。

64　〔梁〕沈約：《宋書》（北京市：中華書局，1974年10月），冊5，卷42，頁1308。

誠不為多也。」[65]說明讀稼軒詞正如子美以漢書配酒,其內容氣呈高潔,可閱覽稼軒出將入相之智慧與情操,以及捉筆疾書之才情與學識。最後以「自是奇人,卓然千古」稱譽,強調稼軒並非「尋章摘句」之腐儒。在在可見傅氏對稼軒人格與詞作之高度讚揚。

第二節　論姜夔

　　姜夔(約1155-1221),字堯章,一字石帚,[66]號白石道人,饒州鄱陽人(今江西省波陽縣)人。南宋詞人、詩人書法家與音樂家。姜夔早歲孤貧,寄居其姊漢川夫家,二十餘歲,遊於揚州、合肥,旅食江淮一帶,與范成大、楊萬里、辛棄疾等人交遊。紹熙四年(1193)起,出入張鑑之門,後於湖南、湖州依從蕭德藻;來往蘇州之際,隨詩人范成大。寧宗慶元三年(1197),進〈大樂議〉、〈琴瑟考古圖〉,建議整理國樂;五年(1199)上〈聖宋饒歌鼓吹十二章〉,詔免解與禮部試,不第,以布衣終。姜夔精通音律,工詩詞,善書法,著有《白石道人詩集》、《白石道人歌曲》、《詩說》、《降帖平》、《續書譜》等。

　　姜夔於清代有舉足輕重之地位,各詞派間從預設角度論詞解讀,以致唐、宋詞家於清代出現不同發展。清代前期發展鼎盛之浙西詞派,其開創者朱彝尊推尊姜夔,於是姜詞在清代曾一度被推為經典,影響甚巨,因而使其地位產生改變。朱彝尊〈詞綜發凡〉云:

65　〔宋〕龔明之撰,孫菊園點校:《中吳紀聞》,收錄於《宋元筆記小說大觀》(上海市:上海古籍出版社,1986年10月),冊3,頁2850。

66　據夏承燾考證,姜夔並無「石帚」之字,「姜石帚」始出現於吳文英詞,然夏氏引證說明吳文英所言「姜石帚」非姜夔,「石帚」一詞被清代詞人廣泛接受,故清代論及「石帚」,仍指姜夔其人。詳見夏承燾:〈石帚辨〉,收錄於〔宋〕姜夔撰,夏承燾箋校:《姜白石詞編年箋校》(上海市:上海古籍出版社,2007年11月),頁283-286。

世人言詞，必稱北宋。然詞至南宋，始極其工，至宋季而始極
其變，姜堯章氏最為傑出，惜乎《白石樂府》五卷，今僅存二
十餘闋也。[67]

進一步說明「填詞最雅，無過石帚」[68]、「詞莫善於姜夔」[69]，肯定白
石為南宋填詞能手。浙派汪森亦稱姜夔：

鄱陽姜夔出，句琢字煉，歸於醇雅，於是史達祖、高觀國羽翼
之，張輯、吳文英師之於前，趙以夫、蔣捷、周密、陳允衡、
王沂孫、張炎、張翥效之於後，譬之於樂，舞箾至於九變，而
詞之能事畢矣。[70]

南宋受姜夔影響者既廣且深，高度讚譽其影響力。厲鶚以畫派比附詞
壇，申明「稼軒、後村諸人，詞之北宗也；清真、白石諸人，詞之南
宗也。」[71]而有「南宋勝北宋」之說法。

　　浙西諸人多尊姜夔，故於「論詞長短句」評及唐、宋詞人者，以
論姜夔數量最夥。論及姜夔其人與作品者，包括徐釚（1623-1712）、
邵瑸（1650-1709）、焦袁熹（1661-1736）、陳沆（1705-？）、方成培
（1731-1789）、江炳炎（約1679-？）、詹應甲（1760-？）、王翰青

67　〔清〕朱彝尊、汪森編：《詞綜》（上海市：上海古籍出版社，1978年12月），上
　　冊，頁10。
68　〔清〕朱彝尊、汪森編：《詞綜》，上冊，頁14。
69　朱彝尊：《曝書亭集》，收錄於《景印文淵閣四庫全書》（臺北市：臺灣商務印書
　　館，1988年2月），冊1318，卷40，頁105。
70　〔清〕朱彝尊、汪森編：《詞綜》，上冊，頁1。
71　〔清〕厲鶚：〈張今涪紅螺詞序〉，收錄於馮乾輯：《清詞序跋彙編》（南京市：鳳凰
　　出版社，2013年12月），冊1，頁419。

（約1763-1800）、林克鈺（生卒年不詳）與孫原湘（1760-1829）十家，凡十二闋。可歸納為：「賞姜夔清空高妙」、「與婉約諸子相較」與「仿名作遙寄白石」三端；以下分點敘論，並兼取詞話、詞籍序跋、詩話、筆記及今人著作，加以會通解析。

一　賞姜夔清空高妙

清初詞學，一面承繼明代尊北宋而下，同時則有陳維崧開疆闢土，以蘇、辛詞風為導向，開闢陽羨一派。朱彝尊更別求新徑，定南宋姜夔於一尊，此舉引發浙西詞人聚焦姜詞，並開展詞派理路。邵璸，原名宏魁，字殿先，號柯亭，別號石帆山人，浙江餘姚（浙江省寧波市）人。嘗學詞於朱彝尊，龔翔麟欲以其詞補浙西六家詞之後而為七，有《情田詞》。身為浙派重要成員，對姜夔詞亦青眼以對，其〈月下笛〉詞，序云：「象天表弟書至，索宋諸家詞，僅以《石帚集》應去，偶感舊事，因填此闋」，詞云：

> 鬢老春風，人非舊雨，玉簫慵按。牽愁處，又見青青露庭院。六朝芳草憐輕夢，祇剩有、梅溪半卷。又誰知、公子多情，索儂詞帙，一家家遍。　　湘管。題牋遠。聊寄與姜仙，細聽鶯囀。東牟官閣。花時幾肯吟倦。三山海市供霞想，問可似、西湖曾看。早輸爾、錦香濃，天外飛來點點。[72]

此詞與前節所論金人望〈念奴嬌・稼軒全詞世罕善本，予得於里媼筐篋中，二十年餘未少離。秦人李生椒其見而嗜之，手抄不輟，不半月

---

72 南京大學中國語言文學系《全清詞》編纂研究室編：《全清詞・順康卷》，冊16，頁9326。

過予，俱能出口成誦矣，作此示之〉類似，透過身旁親人友朋對詞人、詞集之喜愛，突顯該詞家之重要。詞中主要傳達邵璸與表弟象天間情誼，透過白石詞連結，以「六朝芳草憐輕夢」，[73]比附兩人正如謝靈運與謝惠連，讚許表弟文學造詣，與品詞之獨到眼光。此詞並無正面評價姜夔，僅以表弟獨選其詞集，再號以「姜仙」推尊之，說明邵氏與表弟格外欣賞姜夔詞。

再看焦袁熹〈采桑子・姜白石〉一闋，論述姜夔為首之詞學脈絡，與其詞創新處。說明白石詞承范成大而來，後變以清空騷雅，果得出奇絕倫；又言此野趣天真，非凡人能效顰。詞云：

范家一隊當先出，白石粼粼。未免清貧。製得新詞果絕倫。

誠知此事由天縱，一片閒雲。野逸天真。寄語諸公莫效顰。[74]

「尤、楊、范、陸」為中興四大詩人，姜夔與范成大、楊萬里最善，而范氏累官至起居郎，故焦袁熹以范成大為文學集團領首稱之，說明「范家一隊」有姜白石甚為特出。范成大於詩壇成就卓越，開啟風氣，所作詩歌特色各異。《四庫全書總目》云：「方回嘗作表詩跋，稱『中興以來，言詩必曰尤、楊、范、陸。誠齋時出奇峭，放翁善為悲壯，公與石湖冠冕佩玉、風度婉雅。』」[75]范成大做詩端莊婉雅，與

73　〔唐〕李延壽：《南史》〈謝惠連傳〉（北京市：中華書局，1975年5月）：「子惠連，年十歲能屬文，族兄靈運嘉賞之，云『每有篇章，對惠連輒得佳語。』嘗於永嘉西堂思詩，竟日不就，忽夢見惠連，即得『池塘生春草』，大以為工。常云『此語有神功，非吾語也』。本州辟主簿，不就。」（冊2，卷19，頁537）

74　南京大學中國語言文學系《全清詞》編纂研究室編：《全清詞・順康卷》，冊18，頁10582。

75　任繼愈、傅璇琮主編：《文津閣四庫全書》（北京市：商務印書館，2005年12月），冊384，頁277。

姜夔路線較近。范家一路而下，於詞壇能繼承范成大而有別當時豪放詞風，轉為雅化者，[76]非白石莫屬。然白石生活困頓清貧，常受人接濟，周密《齊東野語》載〈姜堯章自敘〉曰：

> 某早孤不振，幸不墜先人之緒業，少日奔走，凡世之所謂名公鉅儒，皆嘗受其知矣。內翰梁公於某為鄉曲，愛其詩似唐人，謂長短句妙天下。樞使鄭公愛其文，使坐上為之，因擊節稱賞。參政范公以為翰墨人品，皆似晉、宋之雅士。待制楊公以為於文無所不工，甚似陸天隨，於是為忘年友。復州蕭公，世所謂千巖先生者也，以為四十年作詩，始得此友。待制朱公既愛其文，又愛其深於禮樂。丞相京公不特稱其禮樂之書，又愛其駢儷之文。丞相謝公愛其樂書，使次子來謁焉。稼軒辛公，深服其長短句如二卿。……嗟乎！四海之內，知己者不為少矣，而未有能振之於窶困無聊之地者。[77]

此序不僅談及生活經歷，更細數助己者，對窶困無聊又困躓場屋之徒，姜夔甚有所感。序後更有黃景說論及白石，云：「造物者不欲以涴富貴堯章，使之聲名焜燿於無窮也，此意甚厚。」此語可同焦氏所謂「未免清貧，製得新詞果絕倫」相證。

促成姜夔立於詞壇高峰，范成大等輩實居其功。范氏提供優裕閑適環境，培養詞人審慎度曲，再經由家妓試唱，促使典麗詞風再興。紹熙元年（1190）冬，范成大告老還鄉，姜夔戴雪詣范成大，作〈暗

---

76 王偉勇《南宋詞研究》（臺北市：文史哲出版社，1987年9月）云：「然就詞體演進之歷史觀之，石湖詞乃南宋詞壇由豪放入婉約之關鍵，誠有不可忽視之地位。」（頁284）

77 〔宋〕周密撰，張茂鵬點校：《齊東野語》（北京市：中華書局，1997年12月），卷12，頁211-212。

香〉、〈疏影〉詠梅詞兩闋，范成大則贈家妓小紅[78]，此事傳為文人佳話，亦可見范氏對姜夔才情極為愛賞。羅大經《鶴林玉露》曾載楊萬里稱賞姜夔事，曰：

> 誠齋大稱賞，謂其冢嗣伯子曰：「吾與汝弗如姜堯章也。」報之以詩云：「尤、蕭、范、陸四詩翁，此後誰當第一功。新拜南湖為上將，更差白石作先鋒，可憐公等皆癡絕，不見詞人到老窮？謝遣管城儂已晚，酒泉端欲乞疏封。」[79]

楊萬里認為尤袤、蕭德藻、范成大、陸游之後，詩歌當以姜夔建首功而領先群雄。雖所論為詩，就詞體而言，姜夔於范成大等名家之後，的確成就非凡。

焦氏以為白石係「天縱英才」，不可強學，更用「一片閒雲，野逸天真」點出詞風。白石詞有所謂「清空」特色，力求以氣格清奇、意境雋淡、韻致深美，創造風格。張炎曾為「清空」詞風下定義，曰：

> 詞要清空，不要質實。清空則古雅峭拔，質實則凝澀晦昧。姜白石詞如野雲孤飛，去留無跡。吳夢窗詞如七寶樓台，眩人眼目，碎拆下來，不成片斷。此清空質實之說。[80]

又〔清〕吳淳還〈白石詞鈔序〉亦言及白石對傳統詞風轉變之功：

---

78 〔清〕馮金伯：《詞苑萃編》，收錄於唐圭璋主編：《詞話叢編》，冊3，頁2055。

79 〔宋〕羅大經撰，王瑞來點校：《鶴林玉露》（北京市：中華書局，2008年6月），頁267。

80 〔宋〕張炎：《詞源》，收錄於唐圭璋主編：《詞話叢編》，冊1，頁259。

南宋詞至姜氏堯章，始一變《花間》、《草堂》纖穠靡麗之習。
野雲孤飛，去留無跡，前人稱之審矣。[81]

吳淳還用張炎評白石「野雲孤飛，去留無跡」，說明白石能改南宋詞
壇至雅化之因。故焦氏亦借自張炎，易作「一片閒雲，野逸天真」，
所論則同一理趣，皆指涉詞應清新而超妙。此一特色，乃天資縱橫之
天才，始能自然流露，如〔清〕陳廷焯《白雨齋詞話》所云：

稼軒求勝於東坡，豪壯或過之，而遜其清超，遜其忠厚。玉田
追蹤於白石，格調亦近之，而遜其空靈，遜其渾雅。故知東
坡、白石具有天授，非人力所可到。[82]

陳廷焯既說明東坡、白石均為天授之姿，故別有申論云：「竊謂白石
一家，如閒雲野鶴，超然物外，未易學步。」[83]清初焦袁熹早於陳氏
提出建言前，便於「論詞長短句」中「寄語諸公莫效顰」。此句或緣
浙西詞派諸子而發，焦氏所處年代正係浙西詞派蓬勃發展之際，詞派
中人極力推崇白石詞風，更有意效法，然焦氏論及白石詞，語重心長
道出「不可學」之真義。

　　焦袁熹〈采桑子〉論述白石詩詞淵源，交代傳承，並點明「清
空」為其詞特色，天授之姿固非人人可學，對白石詞藝高妙，作出肯
定並突顯詞壇地位。

　　再看林克鈺論及姜夔作品，填製〈法曲獻仙音・讀白石詞〉，詞
云：

81 〔清〕吳淳還：〈白石詞鈔序〉，收錄於金啟華、張惠民、王恆展、王增學合編：
　　《唐宋詞集序跋匯編》（臺北市：臺灣商務印書館，1993年2月），頁209。
82 〔清〕陳廷焯：《白雨齋詞話》，收錄於唐圭璋主編：《詞話叢編》，冊4，頁3969。
83 〔清〕陳廷焯：《白雨齋詞話》，收錄於唐圭璋主編：《詞話叢編》，冊4，頁3963。

孤鶴橫飛，野雲無跡，妙境伊誰能擬。楚北湘南，西湖東越，
年年去來煙水。奈作客、偏多感，江山一凝睇。　　謫仙耳。
向人間、偶然遊歷。蕭絕處、隨意引商嚼徵。獨力掃穠華，便
清真、睥睨而已。不負知音，賦梅花、夜雪初霽。想吹簫低
唱，著箇小紅船裏。[84]

林克鈺，字式如，號梅心，江蘇金山（今屬上海市）人，諸生。著有
《南邨詞》。就詞調調式而言，林氏所作〈法曲獻仙音〉係依「前段
八句三仄韻，後段九句六仄韻」之姜夔體，呼應讀白石詞後，所作心
得。首二句亦從張炎「姜白石詞如野雲孤飛，去留無跡」改易得來。
孤鶴、野雲均係清空風格之具象，故言詞中「妙境」僅獨白石可擬。
第三句起論及身世，從其詞集可探得，白石一生羈旅窮苦，揚州、湘
中、沔鄂、金陵、吳興、吳松、合肥、蘇州、越中、杭州、梁溪、華
亭、括蒼、永嘉等地往返奔波。「楚北湘南，西湖東越」濃縮其足
跡，並點出次次皆是感離傷心。姜夔〈一萼紅〉下片云：

南去北來何事，蕩湘雲楚水，目極傷心。朱戶黏雞，金盤簇
燕，空歎時序侵尋。記曾共、西樓雅集，想垂楊、還嫋萬絲
金。待得歸鞍到時，只怕春深。[85]

感慨居無定所之命運，見楚水遼闊，無根歸依如己，觸目傷心。又
〈杏花天〉：

---

84 張宏生主編，南京大學文學院《全清詞》編纂研究室編：《全清詞‧雍乾卷》（南京
　市：南京大學出版社，2012年5月），冊16，頁8969。
85 唐圭璋主編：《全宋詞》，冊3，頁2176。

　　綠絲低拂鴛鴦浦。想桃葉、當時喚渡。又將愁眼與春風，待
　　去。倚蘭橈、更少駐。　　　金陵路。鶯吟燕舞。算潮水、知人
　　最苦。滿汀芳草不成歸，日暮。更移舟、向甚處。[86]

每次離別，滿心哀愁無人理會，只有潮水明白無枝可依之辛酸。林氏
充分刻畫白石詞中所表達因天涯漂泊，流離顛沛，故領略甚深之身世
感懷，「寒士多感」乃白石詞基調。

　　下片轉而讚許音樂造詣與填詞高妙。先以「謫仙」言其高度，遺
落人間，展現調度宮商之絕佳能力；更一洗穠麗詞風，轉為清空雅
致。〔清〕江春〈白石道人集序〉云：「唐之李太白、白樂天、溫飛
卿，宋之歐陽永叔、蘇子瞻，皆詩詞兼工者，古或有其人焉。其在南
渡，則白石道人實起而繼之。……其詞則一摒靡曼之習，清空精妙，
夐絕前後。」[87]宋室南渡後，開稼軒承東坡豪放詞派而下，另外更有
接續周邦彥婉約詞風，發展嚴守格律之詞作。然姜氏並未承繼婉媚柔
軟格調，轉而開創清新剛勁之語言風格，與周邦彥產生區隔，故林氏
以「便清真、睥睨而已」說明姜夔有出藍之勢。〔宋〕黃昇《中興以
來絕妙詞選》言及白石云：

　　姜堯章名夔，號白石道人，中興詩家名流。詞極精妙，不減
　　《清真樂府》，其間高處，有美成所不能及。善吹簫，自製
　　曲，初則率意為長短句，然後協以音律云。[88]

---

86 唐圭璋主編：《全宋詞》，冊3，頁2173。
87 〔清〕江春：〈白石道人集序〉，收錄於施蟄存主編：《詞籍序跋萃編》，頁234。
88 〔宋〕黃昇：《中興以來絕妙詞選》，收錄於葛渭君編：《詞話叢編補編》，冊1，頁
　　169。

林氏承黃昇說法，再度將白石與清真填詞互較高下，顯見評者心中認為白石詞略勝一籌。最後化用白石名詩〈過垂虹〉：「自作新詞韻最嬌，小紅低唱我吹簫。曲終過盡松陵路，回首煙波十四橋。」[89]並用前所述及范成大提攜白石自度新曲等故實，視今詞壇成就，果「不負知音」，〈暗香〉、〈疏影〉等詠梅之作，已名流千古。

最後，觀察王翰青（約1763-1800）〈金縷曲・水磨頭弔姜白石〉云：

> 杉牖秋波瀉。響鴻天、寒淥浸空，石函斜跨。十里荷雲香不斷，那日鏡湖亭樹。記白石，老仙曾借。臥看玻璃風日澹，乘嫩涼、曳舸孤山下。誰盪槳，小紅也。　　遙峰翠落眉低亞。齾微暈、賺唱新詞，絳脣飄麝。錯涸吟思漁隱夢，更和簫聲鐙地。乍一霎、西塍長夜。蜀錦茵陳簾押冷，悵韻嬌、啼損唐花謝。過舊館，懷騷雅。[90]

王翰青亦是浙派一員，字文虎，別號鶴野詞客，浙江烏程（今浙江省湖州市）人。諸生，省試屢不第，後入王昶雲南布政使幕中，館於王家，充校讎之役。著有《東遊草》一卷、《鶴野詞》一卷。此詞詞題言「水磨頭[91]弔姜白石」，知係一闋追悼詞。水磨頭與姜夔之連結，蓋緣吳文英所寫〈三姝媚・姜石帚館水磨方氏，會飲總宜堂，即事寄毛

89　北京大學古文獻研究所編：《全宋詩》（北京市：北京大學出版社，1995年3月），冊51，卷2724，頁32044。

90　張宏生主編，南京大學文學院《全清詞》編纂研究室編：《全清詞・雍乾卷》，冊15，頁8287。

91　〔宋〕周密：《武林舊事》（北京市：文化藝術出版社，1998年8月）載水磨頭在西湖葛嶺路，附近有水函橋、放生亭。（頁394）

荷塘〉[92]，小序指出姜夔曾至西湖水磨一帶。然夏承燾考證姜石帚非姜夔，[93]清人普遍不查，仍以石帚為姜夔，故有此作。

上片數句寫西湖水磨頭一方景致，水色湖光，石函橋橫跨，周旁布滿十里荷花，彷彿可見當年姜夔遊歷此地情景。故言白石亦曾借山水之美，抒一己之情。平波如鏡，美人搖槳，更與小紅歌簫相和，呈現才子、佳人合歡情致。下片一轉，思移至今，漁隱夢醒，聽聞簫聲伴隨殘燈，見夜中西塍，更覺江風水冷。西塍，應是西馬塍，在西湖之湖墅。〔元〕陸友《硯北雜志》曾載：「堯章後以疾沒，故蘇石挽之曰：『所幸小紅方嫁了，不然啼損馬塍花。』宋時花藥皆出東、西塍，西馬塍皆名人葬處，白石沒後葬此。蘇石謂小紅若不嫁，則啼損馬塍花時矣。」[94]王翰青就此故實發展，「恁韻嬌、啼損唐花謝」反用典故，說明白石離世，小紅啼損馬塍花，為一代詞人哀悼。王氏內容雖較無涉詞評，卻仍點出詞人生平際遇，與對白石其人存騷雅之思。

二　與婉約諸子相較

承上述可知，評者容易連結婉約名家以評賞白石，除周邦彥外，柳永與秦觀更係與白石互比之對象。如徐倬（1623-1712）〈百字令〉云：

前與棟芳、匡期約，此謂拈弄已多，不欲復唱渭城矣。舟泊金

92　唐圭璋主編：《全宋詞》，冊4，頁2924。

93　詳見夏承燾：〈石帚辨〉，收錄於〔宋〕姜夔撰，夏承燾箋校：《姜白石詞編年箋校》，頁283-286。

94　〔元〕陸友：《硯北雜志》，收錄於鄧子勉編：《宋金元詞話全編》（南京市：鳳凰出版社，2008年12月），下冊，頁2132。

闇，閱匡期《漱芳詞草》，復購得白石翁詞，興不能遏，又填此闋，買菜乎求益也，恐不免解人齒冷矣。計十四疊前韻。

多才季重，向芸窗編易、未經三絕。天與情癡花助艷，自命風騷之烈。送別江郎，渡江洗馬，縞帶花間結。一篇楊柳，為君恨滿南國。　　還尋舊譜烏絲，孤桐徐引、百尺渾無節。煙火人間休過問，只有玄霜絳雪。楚畹蘭香，東籬菊韻，秦柳嫌非潔。招魂何處，廣寒人去縫月。　　范石湖云：「白石詞有裁雲縫月之妙。」[95]

徐倬，字方虎，號蘋村。浙江德清（今浙江省德清縣）人。少學於劉宗周（1587-1645）、倪元璐（1593-1644），康熙十二年（1673）進士，入翰林，官至侍讀。後受命撰《全唐詩錄》成，擢禮部侍郎。有《水香詞》。徐氏詞序言偶然購得白石詞集，興不能遏，故填此闋，說明賞愛白石之心跡。上片扣緊姜夔生平敘寫，談及天縱英才如彼，字裏行間盡顯才情志向，於羈旅行役傳達無限傷感。古人常以折柳送別，白石因累經酬別，故詞中出現許多楊柳垂青之場景，如〈浣溪沙〉下片：

楊柳夜寒猶自舞，鴛鴦風急不成眠。些兒閒事莫縈牽。[96]

〈玲瓏四犯〉下片：

揚州柳，垂官路。有輕盈換馬，端正窺戶。酒醒明月下，夢逐

---

95 南京大學中國語言文學系《全清詞》編纂研究室編：《全清詞·順康卷》，冊6，頁3442。

96 唐圭璋主編：《全宋詞》，冊3，頁2174。

潮聲去。文章信美知何用，漫贏得、天涯羈旅。教說與。春來
要尋花伴侶。⁹⁷

〈驀山溪〉上片：

青青官柳，飛過雙雙燕。樓上對春寒，捲珠簾、瞥然一見。如
今春去，香絮亂因風，沾徑草，惹牆花，一一教誰管。⁹⁸

離別傷情，流離失所，令白石詞瀰漫憂時感世之悲苦愁緒，故以「恨
滿南國」涵蓋。

下片具象點染白石詞風，以「孤桐徐引」、無「人間煙火」、僅
「玄霜絳雪」，表達姜詞高雅清麗，不染塵俗。玄霜、絳雪均道教煉
製仙丹，白石為詞清空纖雅，如不食人間煙火，亦似仙丹入喉之純
致。更舉「楚畹蘭香」與「東籬菊韻」配其質，以屈原筆下蘭圃，淵
明詩中菊園，比附白石詞所呈現高潔質地，非秦觀、柳永可相提並
論。徐氏於浙西詞派風潮下，贊同白石遠勝柳、秦，此風氣一路蔓延
至浙西晚期，所論仍屬一致。如〔清〕郭麐《靈芬館詞話》云：

詞之為體，大略為有四：風流華美，渾然天成，如美人臨妝，
卻扇一顧，花間諸人是也。晏元獻、歐陽永叔諸人繼之。施朱
傅粉，學步習容，如宮女題紅，含情幽艷，秦、周、賀、晁諸
人是也。柳七則靡曼近俗矣。姜、張諸子，一洗華靡，獨標清
綺，如瘦石孤花，清笙幽磬，入其境者，疑有仙靈，聞其聲
者，人人自遠。夢窗、竹屋，或揚或沿，皆有新雋，詞之能事

---

97 唐圭璋主編：《全宋詞》，冊3，頁2178。
98 唐圭璋主編：《全宋詞》，冊3，頁2186。

備矣。至東坡以橫絕一代之才，凌屬一世之氣，間作倚聲，意
若不屑，雄詞高唱，別為一宗。辛、劉則粗豪太甚矣。其餘么
弦孤韻，時亦可喜。溯其派別，不出四者。[99]

由此評論可知，郭氏認為姜、張諸子一洗華靡，獨標清綺，並指出
「詞之能事備矣」，清楚提高白石、玉田等人地位；反觀柳永、秦觀
與周邦彥等輩，以「施朱傅粉」、「含情幽艷」連結詞風，甚至提及柳
永則「靡曼近俗」，詞人作為，高下立判。結句引楊萬里曾對白石詩
歌高度嘉許，可見〔宋〕陳振孫《直齋書錄解題》載楊萬里愛其詩，
讚譽〈歲除舟行〉十絕「裁雲縫月之妙思，敲金戛玉之奇聲」。[100]徐
氏自註：「范石湖云，白石詞有裁雲縫月之妙」，應出自陳振孫《題
解》所言，而誤以為語出范成大，更錯將詩評當詞評引用。

　　同屬浙派之江炳炎（約1679-？），所作〈西江月·題姜白石詞
卷〉，亦針對白石詞進行剖析，論點與徐倬接近，詞云：

　　　筆染滄江紅月，思穿冷岫孤雲。淡然南宋古遺民。抹煞詞壇袞
　　　袞。　　　就令秦郎色減，何嫌柳七聲吞。將金鑄像日三薰，舌
　　　底宮商細問。[101]

江炳炎字研南，浙江錢塘（今浙江省杭州市）人。三十餘年遊寓揚
州，與吳焯、厲鶚、陳章、陳撰等作詩酒之會，有《琢春詞》二卷。
此詞本附於〈白石詞題記〉下，題記曰：

99　〔清〕郭麐：《靈芬館詞話》，收錄於唐圭璋主編：《詞話叢編》，冊2，頁1503。

100　〔宋〕陳振孫撰，徐小蠻、顧美華點校：《直齋書錄解題》（上海市：上海古籍出
　　　版社，1987年12月），頁606。

101　張宏生主編，南京大學文學院《全清詞》編纂研究室編：《全清詞·雍乾卷》，冊
　　　5，頁2709。

《白石詞》世不多見。洪陔華先生獲藏本刻於真州，於是近日
詞人稍知南宋有姜堯章者。第字畫訛舛，頗多缺失。上海周曉
菘因語予曰：「昔留漢上，見書賈持陶南村手錄《白石詞》五
卷，別集一卷，可稱善本，索金六十兩，遂不能有，聽其他
售。猶記集中有〈鶯聲繞紅樓〉一調，為諸譜中未睹，此名至
今往來胸，嘆息不可復見。」未幾，符藥林老友自京師過揚
州，於酒座間論及倚聲上乘，遂示白石全詞相示，云自吳淞樓
觀察處借鈔，即南村所書舊本。……藥林官京師者十年，勤治
之暇，不廢吟詠，而於倚聲尤深得此中味外之味。故能搜討幽
潛，以發奇秘，且俾朋輩傳鈔，冀有新者為之雕播，洵稱白石
功臣，更可作詞壇津筏。[102]

此文翔實記載姜白石詞於清代復現之經過，據夏承燾校訂版本，說明
白石詞自陶宗儀鈔本重現，世人始窺姜詞原貌。清代覆刻傳寫共三十
餘本，大多出於陶鈔，而以陸鍾輝本流行最廣，傳刻最多；而張奕樞
刊本與江炳炎鈔本亦出於陶鈔，行世較晚。[103]張炳炎既得此本而欣喜
抄錄，並將流傳版本軼事，書寫紀錄，保存重要之文獻資料。

　　首二句道出白石因羈旅多方，鋪寫各地美景，以江水串連，別情
融於景色之中；所突顯特點，正如張炎提及「野雲孤飛」，清空高
雅。進而推舉南宋此子，可力抗「詞壇袞袞」。袞袞，有眾多貌，可
指涉當時位居高位之諸多官員。下片同樣提及柳永與秦觀相較，詞才
高超，令秦觀詞讀之無味；妙解音律，使同樣精通音聲之柳永，亦相
形失色。說明同為婉約詞家，白石在度曲與遣詞用字上，均遠勝秦、

---

102 施蟄存主編：《詞籍序跋萃編》，頁238。
103 詳見〔宋〕姜夔撰，夏承燾箋校：《姜白石詞編年箋校》，頁208。

柳。最後更以「將金鑄像日三薰」，應鑄以金身，一日三拜，高度肯
定白石其人其作之價值。

　　再觀陳沆（1705-？）所論。沆字湛斬，號澄齋，浙江海寧（今
浙江省海寧市）人。其〈黃鸝繞碧樹・讀新刻姜白石詩詞合集，喜見
石帚全詞。是集蓋元陶南邨手勘本〉一闋，與江炳炎所論角度略同，
均採版本角度敘述，並抒發心得。茲置於下以便討論，詞云：

　　　　吾愛姜夫子，堂堂雅樂，布衣曾上。戞玉敲金，最新詞石帚，
　　　　盛名天壤。彫殘久矣，早收人、陶家珊網。還幾劫、認取芸香
　　　　未散，瑤華無恙。　　　老去吟懷獨放。賸苕溪、客中還往。笑
　　　　當日、但貧交足倚，朝士誰仗。只羨石湖好事，卻有箇、雲鬟
　　　　覘。遮番大雪催歸，小紅低唱。　「小紅低唱我吹簫」，白石過垂
　　　　虹句也。小紅，石湖所贈，《研北雜志》云其夕大雪。[104]

此闋起首借用李白〈贈孟浩然〉「吾愛孟夫子，風流天下聞」[105]句，
強調姜夔布衣一生，創製雅樂，得當代詩人「戞玉敲金」之美譽，更
受後世所推賞，可謂聲名遠播四方。陳沆強調布衣身分，應是有感自
己屢試不第，以此連結個人遭遇。第七句後，即從版本流傳言說。清
初白石詞猶殘缺不全，慶幸陶宗儀識得珍寶，抄錄收藏，保留全貌，
後世始能覷覓其中奧妙。

　　下片仍就生平敘說，主要聚焦於范成大簡徵新聲一事，此事見載
於〔元〕陸友《硯北雜志》云：

---

104 張宏生主編，南京大學文學院《全清詞》編纂研究室編：《全清詞・雍乾卷》，冊
　　2，頁643-644。

105 〔清〕彭定求等編：《全唐詩》（北京市：中華書局，1960年4月），冊5，卷168，
　　頁1731。

小紅，順陽公（即范石湖）青衣也。有色藝，順陽公之請老，
姜堯章詣之。一日授簡徵新聲，堯章製〈暗香〉、〈疏影〉兩
曲，公使二妓肆習之，音節清婉。堯章歸吳興，公尋以小紅贈
之。其夕大雪過垂虹，賦詩曰：「自琢新詞韻最嬌，小紅低唱
我吹簫。曲終過盡松陵路，回首煙波十里橋。」堯章每喜自度
曲、吟洞簫，小紅輒歌而和之。[106]

因范成大邀請作曲填詞，於今才有佳詞流傳。不僅如此，范氏以家妓
小紅相贈，傳為詞壇佳話。陳沆另一首論及白石者，則與張炎合論，見
〈綺羅香・與余子脩園詞話，偶及石帚、玉田二家集，並廣其意〉云：

廣座徵歌，閒房讀曲，也要神仙流品。耳食詞人，一卷草堂名
稔。誰辨取、石帚生香，那蘸得、玉田殘瀋。問新來、令慢圖
成，調絃摑笛可曾審。　　休訾今樂非古，多少鴻儒哲相，倚
聲還怎。笑我支離，拍遍幾回珊枕。倘樂府、迸落群珠，更天
機、乞將餘錦。肯負了、醉寫烏絲，酒痕紅袖沁。　　《樂府群
珠》、《天機餘錦》，皆舊詞選本。見竹垞翁《詞綜》〈發凡〉。[107]

此關係就明代詞選收錄南宋諸家狀況而發，選論姜、張二人，於明詞
選中受到冷落。據林淑華《姜夔詞接受史》論及明代選收姜詞狀況，
發現《草堂詩餘》並無錄其作品。然以「草堂」命名之選詞，版本繁
複，多達五十二種，林淑華據今可見，尋得二十種，當中僅有《類選
箋釋續草堂詩餘》、《草堂詩餘續集》與《草堂詩餘別集》收白石詞，

106　〔元〕陸友：《硯北雜志》，收錄於鄧子勉編：《宋金元詞話全編》，下冊，頁2132。
107　張宏生主編，南京大學文學院《全清詞》編纂研究室編：《全清詞・雍乾卷》，冊
　　2，頁639-640。

然所收闋數不多，以《別集》收七首最多，餘則僅見兩首。[108]陳氏當
時應得見部分傳本，有感《草堂詩餘》選詞問題，一抒己見。上片敘
述《草堂詩餘》名聲響亮，為明代重要詞選，亦影響清人品詞；然選
詞卻偏於一端，對於南宋諸多優秀詞人如姜夔、張炎等輩，精彩作品
不予收錄，故提問「調絃撇笛可曾審」，對《草堂》選詞頗感不滿與
質疑。陳沆屬浙西詞派一員，捍衛南宋雅詞有不得不為之決心。清初
詞壇已然復興，對於詞之地位仍存有相當疑慮，諸多前輩學者尊體為
說，創作詞體價值與地位，陳沆亦點明此問題，認為詞非小道，「鴻
儒哲相」多屬筆填詞。最後就朱彝尊〈詞綜發凡〉論及古詞集流存至
今不易，端憑後人傳鈔刊刻保留，詞選亦是流傳詞作之方法，惜部分
詞選多隱於藏書家篋中，傳世甚艱。陳氏引用罕見詞選如《樂府群
珠》[109]、《天機餘錦》，感嘆許多好詞因此不傳，殊為可惜。

三　仿名作遙寄白石

仿擬與和韻詞雖不在論詞長短句討論範圍，然若涉及詞中有評及
詞人及其作品，宜從寬認定，納入討論。方成培（1731-1789）〈卜算
子・和姜白石韻八首〉其七云：

> 竹逕帶香行，石澗流春咽。到處梅花一樣春，我看春尤別。
> 　　白石古仙人，琢句如花潔。妙絕青鬢碧蘇詞，只有花能

---

108 關於《草堂詩餘》選姜夔詞之問題，詳見林淑華：《姜夔詞接受史》（臺南市：成
　　功大學中國文學系博士論文，2013年1月），頁82-90。
109 《樂府群珠》為明代無名氏編，今知為散曲選。見《曲學叢書第二集》（臺北市：
　　世界書局，1968年11月）。

說。[110]

方成培，字仰松，號後巖、岫雲，又號聽弈軒，安徽歙縣（安徽省黃
山市）人。精詩古文，尤擅詞。有《味經堂詞稿》、《聽弈軒小稿》、
《香研居詞塵》等。方氏一生窮愁潦倒，淹蹇不得志，故對相同際
遇、才情高妙之姜夔，寄予高度敬賞與連結。此闋所和為姜夔〈卜算
子〉，詞云：

> 象筆帶香題，龍笛吟春咽。楊柳嬌癡未覺愁，花管人離別。
> 　　路出古昌源，石瘦冰霜潔。折得青鬚碧蘚花，持向人間
> 說。[111]

是闋為姜夔晚年作品，因和吏部陳三聘詠梅八首，故白石〈卜算子〉
亦有八闋，此係第七闋。方氏同樣和此八闋詞，並於此詞提出對姜夔
之看法。姜夔此詞以初春時節寫梅，並用楊柳無情，梅花有思，看待
人間離別情事。春來梅消，正與離人心緒相同，故詞人折梅相贈，寄
望再見有日。折枝別情依依，當時送曾氏離會稽，會稽古梅最多，形
狀最殊，范成大《梅譜》載：「古梅會稽最多，……其枝樛曲萬狀。
蒼蘚鱗皴，封滿花身。又有苔鬚垂於枝間，或長數寸，風至，綠絲飄
飄可翫。」[112]白石折梅贈友，以梅寄情，淡寫離緒。

方氏則順原詞情而下，亦寫春日梅花，並表示「到處梅花一樣

---

110 張宏生主編，南京大學文學院《全清詞》編纂研究室編：《全清詞・雍乾卷》（南
　　京市：南京大學出版社，2012年5月），冊3，頁1722。
111 唐圭璋主編：《全宋詞》，冊3，頁2186。
112 〔宋〕范成大撰，孔凡禮點校：《范成大筆記六種》（北京市：中華書局，2002年9
　　月），頁254-255。

春，我看春尤別」，有別何處？便有白石佳詞點染，使春殊而梅異，
正如〈卜算子〉（象筆帶香題）一闋般，令人神往。

　　另外，詹應甲（1760-？）[113]作「填詞圖」，特用白石名作〈疏
影〉詞調填製，內容涉及姜白石圖像，透過描摹畫像，同時勾勒詞人
形象與故實，見〈疏影・題白石填詞圖為錢薾儂作〉云：

　　　穿雲紫玉，向柳陰深處，驚散鷗宿。石帚詞人，放棹苕溪，紅
　　　倚一枝涼竹。江山風月銀簫譜，早按到、宮商南北。只石湖、
　　　湖上梅花，妬煞淺酌人獨。　　白石暗香詞有梅邊吹笛句　　　　還
　　　問九真峯下，女須正畫上，一痕眉綠。　　九真山在沱陽，白石
　　　〈春日岢懷〉有「九真何蒼蒼，乃在清溪尾斷，苐依草木念伯姊」之句
　　　小別鄱陽，七百年來，不見涼篷如屋。馬塍花落西泠路，記唱
　　　徧、念家山曲。　　白石墓在武林西馬塍　　借扇頭、偷寫餘音，洗
　　　卻粉香盈幅。[114]

姜夔著名詞作〈暗香〉、〈疏影〉，有清一代多有仿作。錄〈疏影〉詞
如下：

　　　苔枝綴玉。有翠禽小小，枝上同宿。客裏相逢，籬角黃昏，無
　　　言自倚修竹。昭君不慣胡沙遠，但暗憶、江南江北。想佩環、

---

113 詹應甲，字鱗飛，號湘亭，安徽婺源（今江西省上饒市）人，寄籍江蘇吳縣（今
　　江蘇省蘇州市）。屢應會試不第，乃游幕於燕齊晉豫之間。嘉慶七年（1802）任湖
　　北天門知縣，後歷官南漳、恩施、應山、通山、雲夢、漢陽知縣，署宜昌府通
　　判，陞任直隸州知府。與王芑孫、秦瀛、黃丕烈、鮑桂星、長麟交善。工詩詞與
　　古文，尤工散曲。有《賜綺堂集》。
114 清代詩文集彙編編纂委員會編：《清代詩文集彙編》（上海市：上海古籍出版社，
　　2010年12月），冊465，頁578。

> 月夜歸來，化作此花幽獨。　　猶記深宮舊事，那人正睡裏，
> 飛近蛾綠。莫似春風，不管盈盈，早與安排金屋。還教一片隨
> 波去，又卻怨、玉龍哀曲。等恁時、重覓幽香，已入小窗橫
> 幅。[115]

可知詹氏不僅選用詞調，且和其韻填之。姜夔〈疏影〉詠梅，詹氏
〈疏影〉則觀圖懷人，題材略有不同。上片先就圖畫勾勒，今已無從
考索其畫，僅能以描述文字略探梗概。圖之背景約在水岸邊，可見鷗
鳥柳樹，更有小舟相伴；詞人形象大約持簫獨立，故進而懷想「江山
風月銀簫譜，早按到、宮商南北」，更點用《硯北雜志》石湖、小紅
典故，內心羨慕范成大能參與當時美事一樁。特意強調湖上梅花，係
因〈暗香〉「舊時月色。算幾番照我，梅邊吹笛。喚起玉人，不管清
寒與攀摘。」[116]故有此連結。

下片轉而感嘆詞人已逝，並論及身世背景。鄱陽為白石故里，然
其一生顛沛流離，「涼篷如屋」形容舟行為家之困苦，及四處漂泊之
無奈。最後詞人病逝西馬塍處，此地以馬塍花聞名，用花落路冷，呈
現地區花團錦簇，隨詞人殞落而消失，以強化詞人離世之悲。末數句
則寄託對白石詞甚為崇拜，「借扇頭、偷寫餘音，洗卻粉香盈幅」，表
示白石詞作值得書於扇面，更可洗卻當時綺言靡音，肯定白石詞之超
俗雅致。

浙西詞派推尊白石，故雍乾年間出現不少詠白石像之詩詞，詩如
端木國瑚〈管夢笙索題白石遺像〉、王敬之〈帶山詩來，謂白石道人
最契於梅，當於梅花盛時為白石壽。余適得白石小像石墨，遂相招設
供〉、方熊〈姜白石像，宋時白良玉畫，自題有「鶴氅如烟羽扇風」

---

115 唐圭璋主編：《全宋詞》，冊3，2182。
116 唐圭璋主編：《全宋詞》，冊3，頁2181。

句〉、爰慶源〈白石道人小像為姜玉溪作〉等。詞除詹應甲外，又有
孫原湘作〈暗香〉、〈疏影〉二闋。第三章提及，當時孫原湘等人於江
蘇常熟地區舉辦消寒詞會，詠姜夔像便是主題之一。孫氏詞序云：
「姜白石像，宋時白良玉筆也，二十三世孫恭壽拾諸灰燼之餘，重裝
寄題，既為作詩，復同兒子文枏泛梅薦醴於禮姜館，譜〈暗香〉、〈疏
影〉二闋，以當迎神、送神之曲。」[117]以〈疏影〉一詞觀察：

> 無由畫出，那野雲一片，來去無跡。只畫當風，鶴氅如烟，英
> 姿靜寄蘿碧。容臺倡議成何事，但響落、空江殘篴。想舉朝、
> 玉帶金貂，一箇布衣誰識。　　如我蕭閒故里，水波蕩日去，
> 堅臥巖石。花療清愁，月洗雄心，作了尋常詞客。芳尊手摘寒
> 梅薦，自笑亦、滿身香雪。染翠豪、細譜神絃，少箇小紅低
> 拍。[118]

整體而言，詞作本身風格意在模仿白石詞風，故削弱評詞內涵。前三
句仍以張炎「野雲孤飛，去留無跡」總提，後數句描寫畫中內容，帶
出白石曾憑藉音樂才能製作〈大樂議〉進於朝，然此事並未對姜夔人
生產生改變。故言「容臺倡議成何事，但響落、空江殘篴」。白石透
過「花療清愁，月洗雄心」滌出清空詞風，成為後世宗尚。

第三節　論周密

　　周密（1232-1298），字公謹，號草窗，又號蘋洲、蕭齋。祖籍山
東濟南（今山東省濟南市），後曾祖周秘南渡吳興（浙江省湖州市），

117　清代詩文集彙編編纂委員會編：《清代詩文集彙編》，冊464，頁406。
118　清代詩文集彙編編纂委員會編：《清代詩文集彙編》，冊464，頁406。

隨居於此，故又號四水潛夫、弁陽老人、弁陽嘯翁。早年以門蔭監建
康府都錢庫。理宗景定二年（1261）擔任浙西安撫司馬光祖幕僚。度
宗咸淳元年（1265）為兩浙運司掾。端宗景炎元年（1276），杭州為
元兵所破，周密自此終身寓於杭州，並不仕元朝。其間著《癸辛雜
識》以寄憤；又與王沂孫、李彭老、張炎等輩相唱和，編有《樂府補
題》；又選詞入《絕妙好詞》，保留南宋諸多詞家詞作。著作繁多，包
括《武林舊事》、《齊東野語》、《浩然齋雅談》、《志雅堂雜鈔》等，有
《蘋洲漁笛譜》、《草窗詞》傳世。

　　周密受清代詞家注意，係因所輯《絕妙好詞》，以及與西湖吟社
伙伴唱和之《樂府補題》於清初重新面世，引發諸多討論與仿作，至
此名聲與姜夔、張炎等浙西遵循之名家更為接近。周密《絕妙好詞》
選作範圍為宋室南渡至亡國之前，以選錄精粹著稱，凡七卷，共選入
一百三十三家，收詞三百八十四首。[119]因宋、元時期戰亂，印數過
少，元、明數百年不見著錄，刻本於宋、元之際便已難覓，張炎《詞
源》即言：「惜此版不存，恐墨本亦有好事者藏之。」[120]元、明兩朝
四百年間，更鮮有人提及。朱彝尊編選《詞綜》時，曾發難曰：

> 古詞選本，若《家宴集》、《謫仙集》、《蘭畹集》、《復雅歌
> 辭》、《類分樂章》、《群公詩餘後編》、《五十大曲》、《萬曲類
> 編》及草窗周氏選，皆軼不傳。獨《草堂詩餘》所收最下最
> 傳，三百年來，學者守為《兔園冊》，無惑乎詞之不振也！[121]

119　見〔宋〕周密選編，劉揚忠、蘇利海注評：《絕妙好詞注評》（南京市：鳳凰出版
　　社，2008年12月），前言，頁2。據劉揚忠考證，多有一家李萊詞。

120　〔宋〕張炎：《詞源》，收錄於唐圭璋主編：《詞話叢編》，冊1，頁266。

121　〔清〕朱彝尊、汪森編：《詞綜》，上冊，頁11。

說明古詞選本「皆軼不傳」，歎惋前代詞作零落不全。《絕妙好詞》之重見人世，是柯崇樸、柯煜父子從錢遵王處過錄而來之鈔本，後經校勘刻印於康熙二十四年（1685）傳世。柯煜〈絕妙好詞序〉曰：「於今風雅殆勝囊時，翡翠筆床，人宗石帚；琉璃硯匣，家擬梅溪。爰有好事之家，千金購其善本；嗜奇之士，古影質其秘書。時歲甲子，訪戚虞山，叔丈遵王，招攜永日。……謝氏五車，未足方其名貴；田宏萬卷，由當遜其珍奇。得此一編，如逢拱璧。……從此光華不沒，風景常新。非惟一日之賞心，允矣千秋之勝事。」[122]《絕妙好詞》全編凡一百三十三家，以詞人分列，始自張孝祥，終於仇遠，除少數如蔡松年、仇遠被視為金、元作家之外，幾乎為南宋詞人。陳匪石《聲執》言及：「周氏在宋末，與夢窗、碧山、玉田諸人皆以淒婉綿麗為主，成一大派別。此書即宗風所在，不合者不錄。觀所選於湖、稼軒之詞，可以概見。」[123]可知選詞標準。編選角度以姜夔為宗，故「清空雅致」成為選詞準的，更注重詞體音節、詞藻之美，不注重對現實之反映。選詞十首以上者，包括盧祖皋、姜夔、史達祖、吳文英、李彭老、李萊老、周密、王沂孫八家；周密所作入選最多，達二十二首。

　　周密為南宋末年婉約詞派領袖，亦是浙西詞人所推崇之詞家。清代初期論及周密之長短句，凡六闋，所論者為先著（生卒年不詳）、屠廷楫（生卒年不詳）、焦袁熹（1661-1736）、王初桐（1730-1821）、吳蔚光（1743-1803）、程瑜（約1746-？）六家。屠廷楫一闋於「論柳永」節已述及，此處不再贅提。餘五闋詞歸納兩類：一為「品議詞選之優缺」，針對詞選內容，討論各家看法；二為「深究詞

---

122 〔清〕柯煜：〈絕妙好詞序〉，收錄於施蟄存主編：《詞籍序跋萃編》，頁684。
123 陳匪石：《聲執》，收錄於唐圭璋主編：《詞話叢編》，冊5，頁4958。

集之殊巧」，瞭解周密作品於清初詞人之看法。同時兼取詞話、詞籍
序跋、詩話、筆記及今人著作等，會通解析。

一 品議詞選之優缺

浙派朱彝尊為提倡雅正詞風，編選歷代詞為《詞綜》，然由《詞
綜》編纂過程，發現《絕妙好詞》一書，此選集在南宋末即不傳於
世。朱氏見是書旨趣與己相合，故稱許：「周公謹《絕妙好詞》選本
雖未全醇，然中多俊語。方諸《草堂》所錄，雅俗殊分。」[124]《絕妙
好詞》因屬鶚、查為仁之注本問世，流傳廣泛，如陳匪石《聲執》
云：「清中葉前，以南宋為依歸。樊榭作箋，以後翻印者不止一家，
幾於家弦戶誦，為治宋詞者入手之書。風會所趨，直至清末而未
已。」[125]當時關注詞學者，必然接觸由周密編選，厲、查二人箋校之
注本《絕妙好詞》。

然而傳刻過程亦相當複雜，據黃裳《清刻本》載：

> 《絕妙好詞》，清初始有刻本。柯氏小幔亭刻本在康熙中最
> 早。板片後歸高江村，挖改重印，所謂清吟堂本也。二本余皆
> 有之，世亦多知其書。此雍正項刻，為附傳注最先之本，刊亦
> 最精，余亦有之。惟書品較小，扉葉亦不存。但最珍重之。
> 查、厲箋本盛行於世，而人絕不知此刻實為先河，樊榭實亦列
> 名同勘此書，然於序查本時，亦不道及，幾湮跡人間矣。[126]

---

124 〔清〕朱彝尊：《曝書亭集》（臺北市：臺灣商務印書館，1968年12月），卷43，頁
522。

125 陳匪石：《聲執》，收錄於唐圭璋主編：《詞話叢編》，冊5，頁4958。

126 黃裳撰，董寧文編：《清刻本》，收錄於任繼愈主編：《中國版本文化叢書》（南京
市：江蘇古籍出版社，2002年12月），頁118。

文中所稱「柯氏小幔亭刻本」，即錢曾秘藏之元鈔本。此本流傳概況
如次：康熙二十三年（1684），錢曾族婿柯煜將錢氏藏元鈔本過錄一
部，並與叔父柯崇樸及其他同輩共同校訂，於次年刊行。後康熙三十
年（1698），錢塘高士奇又據「柯氏小幔亭刻本」原板印行，僅將原
板每卷首行下方所標「小幔亭重訂」易為「清吟堂重訂」，更撤下柯
重樸之序言，大致校訂內容再經印行。其中提及「雍正項刻」，即經
清吟堂、小瓶廬等行號印行後，於雍正三年（1725），由項經群玉書
堂所刻，此版刊行後，《絕妙好詞》從此盛行於世。[127]既已便於取
得，詞人諸公如查為仁、厲鶚等，便為此作注。黃氏此言可知厲鶚箋
注過程與版本，雖文中言「刊之最精」，又有厲鶚與諸家曾共為校
勘，卻仍存問題。當時一齊校勘之冷紅詞客（江灝）於雍正六年
（1728）撰〈跋〉語云：「惜勘核近率，魚豕多訛，不無遺憾。」[128]
乃知刊刻雖精，校勘未盡如人意，與江灝〈跋〉語同。黃裳亦云：
「柯崇樸刻《絕妙好詞》，成於康熙乙丑（1685），為是書之第一刻。
白石〈揚州慢〉詞『胡馬』不誤『戎馬』，原刻可貴，惟失詞序
耳。」[129]柯煜得錢遵王秘藏抄本，刻以行世（即南陔本），又有高士
奇重刻，至乾隆十五年（1750），查為仁、厲鶚完成《絕妙好詞箋》，
並通行於世，致《絕妙好詞》原本不復重刻。

　　此外，又有闕卷之說，黃虞稷《千頃堂書目》稱此本詞集共八
卷，然康熙以來，傳本僅存七卷。[130]朱彝尊〈跋〉語云：「第七卷仇

---

127 詳參周密選編，劉揚忠、蘇利海注評：《絕妙好詞注評》，前言，頁4。
128 黃裳：《清代版刻一隅（增訂本）》（上海市：復旦大學出版社，2005年11月），頁179。
129 黃裳：《清代版刻一隅（增訂本）》（上海市：復旦大學出版社，2005年11月），頁179。
130 〔清〕黃虞稷：《千頃堂書目》（臺北市：廣文書局，1981年10月），卷32，頁2259。

仁近殘闕，目亦無存。可惜也。」[131]據鄧喬彬統計分析云：

> 檢《絕妙好詞》七卷，前六卷每卷多則三十人，少則十一人，
> 每卷錄詞均逾五十首，而第七卷僅四人，居末的仇遠僅二首，
> 可見錢氏舊本亦非完璧，《千頃堂書目》作八卷，則所佚為一
> 卷有餘。[132]

可知此詞選之不全。鄧氏又云：「經朱彝尊、柯煜叔侄昆季、高士
奇、查為仁、厲鶚、余集、徐楙諸家校訂，漸臻完善，然仍不乏字句
異同處。」[133]

　　因重新面世難得，又有複雜之刊刻過程，復行於世時，難免引發
質疑贗品，如先著〈高陽臺・看桃花，坐蒼翠菴，疊前韻　時磴仙攜
有周草窗詞選，予疑其贗〉云：

> 日氣烝花，燭光著草，芳郊淡靄輕嵐。曲折山溪，從前並不曾
> 探。枇杷樹下無人到，覆清陰、相向閒談。最情愵。地既忘
> 塵，分外能淹。　　此心未飲先酣。思古人渴甚，誰擘霜柑。
> 暮雨將飛，愁他殘杏高簷。詞家北宋開南宋，要論量、青出於
> 藍。又何嫌。細蕊新葩，怪柏奇杉。[134]

先著字渭求，又字染庵，號躑齋，又號遷夫，別號盉旦子，四川瀘州

131 〔宋〕周密選編，〔清〕查為仁、厲鶚箋：《絕妙好詞箋》（臺北市：世界書局，
　　1956年2月），頁2。

132 鄧喬彬：《詞學廿論》（上海市：上海古籍出版社，2005年6月），頁206。

133 鄧喬彬：《詞學廿論》，頁208。

134 南京大學中國語言文學系《全清詞》編纂研究室編：《全清詞・順康卷》，冊12，
　　頁7254。

人，流寓金陵。善書畫，尤工詩詞，與顧友星、程丹問及名畫家石濤
等交游，有《勸影堂詞》。遊賞之際，吟詠風月，見同行友人攜《絕
妙好詞》，藉詞錄其事，並傳達論詞看法。〈詞潔序〉云：「近日則長短
句獨勝，無不取途涉津於南、北宋。……詞則窮巧極妍，而趨於新，
詩則神槁物隔，而終於敝。宋人之詩，不詞若也。……《詞潔》云
者，恐詞或即於淫鄙穢染，而因以見宋人之所為，固自有真耳。」[135]
強調學詞宜從兩宋，為避詞墮入「淫鄙穢染」，故所選以「真」為訴
求，說明詞應「實之真質，花之生氣」，不僅要有好辭采，內容更需
質真。〈詞潔發凡〉亦云：「宋名家固不一種，亦不能操一律以求」[136]
似乎對當代主流詞派之主張提出質疑。先著認為北宋奠基詞體，至南
宋臻於成熟，應有出藍之勢，開出多元姿態。《詞潔》一編亦著重雅
化，與《絕妙好詞》不同，係選詞更重視詞人聯繫身世之感與社稷之
憂，但在強調雅化下，如辛棄疾、劉克莊等輩，所選仍寡。先著與周
密於選詞之審美傾向略異，又有感南宋正值離亂，周氏所選，卻追求
音合聲雅，琢句鍊字之作，因以為贗品。針對贗品一說，為《詞潔》
撰寫〈發凡〉之吳德旋（1767-1840）云：

> 張玉田極稱周草窗選為精粹，其時已云板不存矣。近日有鋟藏
> 本以行世者，似從陸輔之《詞旨》拈出名句。依序排次，載以
> 全詞，初覺姓氏絢然可觀，細閱之，未必確為舊本。蓋好事者
> 為之，使周選此亦不足尚也。[137]

---

135 〔清〕先著、程洪輯，劉崇德、徐文武點校：《詞潔》（保定市：河北大學出版
　　社，2007年9月）。是書有先著作序，可略見其詞學觀點，見序，頁1-2。
136 〔清〕先著、程洪輯，劉崇德、徐文武點校：《詞潔》，〈詞潔發凡〉，頁2。
137 〔清〕先著、程洪輯，劉崇德、徐文武點校：《詞潔》，〈詞潔發凡〉，頁1。

透過此序，可知吳氏與先著看法一致，甚至可推論《絕妙好詞》偽造說，恐為當時詞壇流傳之疑點。

再看吳蔚光〈好事近‧書《絕妙好詞》後〉云：

> 千樹碧桃花，花裏一聲鶯脆。這樣清圓明豔，散在烏絲內。
> 　忽然激越忽淒涼，玉笛橫吹碎。真箇合他名目，是曹娥碑背。[138]

吳氏字哲甫，一字執虛，號竹橋，又號湖田外史，世居安徽休寧（今安徽省黃山市），隨父遷居江蘇常熟（今江蘇省蘇州市）。乾隆四十五年（1780）進士，選庶吉士，分校四庫館。散館授禮部主事，以病假歸，退居林下二十餘年。工詩，少與黃景仁、高文照、楊芳燦、汪端光齊名，聲噪於兩浙間。兼長倚聲，尤深於姜夔、張炎，嘗撰《姜張詞得》二卷。又著有《小湖田樂府前集》十卷、《續集》四卷。由此可知其審美傾向與詞派所宗。

上片以碧樹、桃花、鶯聲響脆形容《絕妙好詞》之內容，更合以「清圓明豔」四字說明選詞特色，正符合浙西詞派所主張「雅音正軌」[139]；下片則談及《絕妙好詞》名稱由來。此典故可見《世說新語》〈捷悟〉云：

> 魏武嘗過曹娥碑下，楊脩從，碑背上見題作「黃絹幼婦，外孫齏臼」八字。魏武謂脩曰：「解不？」答曰：「解。」魏武曰：

---

138 張宏生主編，南京大學文學院《全清詞》編纂研究室編：《全清詞‧雍乾卷》，冊11，頁6101。

139 〔清〕戈載編，杜文瀾校注：《宋七家詞選‧碧山詞跋》，收錄於《河洛文庫》（臺北市：河洛圖書出版社，1978年5月），冊99，卷5，頁35。

「卿未可言，待我思之。」行三十里，魏武乃曰：「吾已
得。」令脩別記所知。脩曰：「黃絹，色絲也，於字為絕。幼
婦，少女也，於字為妙。外孫，女子也，於字為好。韲臼，受
辛也，於字為辭。所謂『絕妙好辭』也。魏武亦記之，與脩
同，乃歎曰：「我才不及卿，乃覺三十里。」[140]

吳氏以名目「曹娥碑背」，引出「絕妙好辭」之典故。焦袁熹論詞長
短句〈采桑子〉亦於上片提及此典故，詞曰：「周郎識曲勤搜採，黃
絹題名。編琲聯瓔，好煞篇篇有個瓊。」[141]亦以「黃絹題名」意指
「絕妙好詞」四字。吳氏此詞肯定周密選詞之妙，一如詞選名稱。

　　另外言及《絕妙好詞》者，即上述焦袁熹〈采桑子〉（周郎識曲
勤搜採）闋，此詞序曰：「周草窗所選《絕妙好詞》一書，其中用瓊
字甚多，草窗自為詞亦然。此等字平實無味，不識草窗何故乃苦愛
之。」[142]焦氏下片正為此而發，詞云：「從來隻字關飛動，箇箇金
鈴。玉磬聲聲。好煞周郎不解聽。」焦氏上片肯定周密有「識曲」能
力，並且編選詞集，集中正是「編琲聯瓔」，篇篇珠玉。焦氏認為詞
選去取嚴謹，體例明確，僅收錄清空騷雅、柔婉典麗之詞作。雖給予
正面評價，恰如《四庫全書總目》所云：「宋人詞集，今多不傳，併
作者姓名，亦不盡見於世。零璣碎玉，皆賴此以存，於詞選中，最為
善本。」[143]又如高士奇〈絕妙好詞序〉所言：「草窗周公謹，集選宋

---

140 〔南朝宋〕劉義慶編撰，楊勇箋：《世說新語校箋修訂本》，上冊，頁524-525。

141 南京大學中國語言文學系《全清詞》編纂研究室編：《全清詞·順康卷》，冊18，
　　頁10584。

142 南京大學中國語言文學系《全清詞》編纂研究室編：《全清詞·順康卷》，冊18，
　　頁10584。

143 〔清〕永瑢、紀昀等撰：《武英殿本四庫全書總目提要》，冊5，卷199，「《絕妙好
　　詞箋》提要」，頁320。

南渡以後諸人詩餘凡七卷，名之曰《絕妙好詞》。公謹生於宋末，以博雅名東南，所作音節淒清，情寄深遠，非徒以綺麗勝者。茲選披沙揀金，合一百三十二人，為詞不滿四百，亦云精矣。」[144]不料選集因自己特殊喜好，而選入字句語彙雷同者。觀察《絕妙好詞》所選，的確存在不少含「瓊」字之詞作，數量多達二十五次。[145]焦氏以為周密詞選有此特色，係因周氏自我創作上之鍾愛，無形體現審美標準於詞選中。再觀察周密《草窗詞》，更觸目見得「瓊」字身影。詞集亦用該字達二十二次，甚至有同一主題，或一詞出現兩次之狀況，如〈木蘭花慢〉之二上片：

　　碧霄澄暮靄，引瓊駕、碾秋光。看翠闕風高，珠樓夜午，誰擣玄霜。滄茫。玉田萬頃，趁仙查、咫尺接天潢。彷彿凌波步影，露濃佩冷衣涼。[146]

〈木蘭花慢〉之八下片：

　　扁舟。纜繫輕柔。沙路遠、倦追遊。望斷橋斜日，蠻腰競舞，蘇小牆頭。偏憂。杜鵑喚去，鎮綿蠻、竟日挽春留。啼覺瓊疏

---

144 〔清〕高士奇：〈《絕妙好詞》序〉，收錄於施蟄存主編：《詞籍序跋萃編》，頁684。

145 關於《絕妙好詞》所收「瓊」字之詞，可參唐玉鳳：《清初詞人焦袁熹「論詞長短句」及其詞研究》（新北市：花木蘭文化出版社，2014年3月），中冊，頁365-370。

146 唐圭璋主編：《全宋詞》，冊5，頁3264。此詞有長序曰：「西湖十景尚矣。張成子嘗賦〈應天長〉十闋誇余曰：『是古今詞家未能道者。』余時年少氣銳，謂此人間景，余與子皆人間人，子能道，余顧不能道耶，冥搜六日而詞成。成子驚賞敏妙，許放出一頭地。異日霞翁見之曰：『語麗矣，如律未協何。』遂相與訂正，閱數月而後定。是知詞不難作，而難於改；語不難工，而難於協。翁往矣，賞音寂然。姑述其概，以寄余懷云。」

午夢，翠丸驚度西樓。¹⁴⁷

〈瑤花慢〉：

　　朱鈿寶玦。天上飛 瓊 ，比人間春別。江南江北，曾未見，謾
擬梨雲梅雪。淮山春晚，問誰識、芳心高潔。消幾番、花落花
開，老了玉關豪傑。　　　金壺翦送 瓊 枝，看一騎紅塵，香度
瑤闕。韶華正好，應自喜、初識長安蜂蝶。杜郎老矣，想舊
事、花須能說。記少年，一夢揚州，二十四橋明月。¹⁴⁸

〈六么令・春雪再和〉下片：

　　風靜 瓊 林翠沼。片片隨春到。吟韉十里新堤，怪四山青老。
玉唾珠塵怕掃。句冷池塘草。白天寒皎。飛 瓊 何在，夢覓梨
雲度仙島。¹⁴⁹

周密愛用「瓊」字創作而不自覺，焦氏認為「瓊」字「平實無味」，
一二闋用之尚可，成篇累牘則不佳，故下片諷周密用字遣詞失審，認
為選詞佳妙可存珠玉，應當擁有如「箇箇金鈴，玉磬聲聲」之填詞能
力，更需瞭解隻字片語均牽一髮而動全身，敗筆一字足矣。故審慎用
字，為詞人基本條件。然周密卻於此失度，無怪焦袁熹以「不解聽」
諷此缺陷。

---

147 唐圭璋主編：《全宋詞》，冊5，頁3265。此詞與上闋同屬一組詞。
148 唐圭璋主編：《全宋詞》，冊5，頁3269。此詞有長序：「后土之花，天下無二本。
　　方其初開，帥臣以金餅飛騎進之天上，間亦分致貴邸。余客輦下，有以一枝（下
　　有闕漏）」
149 唐圭璋主編：《全宋詞》，頁3284。

二　深究詞集之殊巧

另一方面，詞評家亦針對周密作品進行析論，如王初桐〈慶春宮‧題《蘋洲漁笛譜》〉：

> 麗闋裁雲，清歌戛玉，夢窗石帚同調。綵扇留題，瓊簫修譜，豔香都入粉稿。做鼙吟罷，又編就、群珠絕妙。偷聲減字，顧曲周郎，賦情多少。　　畫橈歲歲西湖，燕約鶯盟，柳昏花曉。卻憶家山，鵲華煙雨，偏向弁陽投老。倦遊滋味，遡陳跡、輕衫短帽。都應付與，破屋秋風，亂流殘照。[150]

首數句便繫聯姜夔以降南宋婉約一脈。「麗闋裁雲，清歌戛玉」，係化用楊萬里評姜夔詩之語：「裁雲縫月之妙思，敲金戛玉之奇聲」[151]，以此稱美周密詞，即說明姜夔、吳文英等人度曲填詞之水平一致，技法、風格亦近同。此言與周濟評周密「公謹敲金戛玉，咀嚼雪盥花，新妙無與為匹」[152]、「草窗鏤冰刻楮，精妙絕倫」[153]看法相同。上片亦點出編選《絕妙好詞》之貢獻，以「又編就、群珠絕妙」說明選詞精妙，留存珠玉。更以「偷聲減字，顧曲周郎，賦情多少」，強調周密善解音律，乃審音度律之高才。

　　程瑜〈瑞鶴仙〉，其詞序云：「弁陽嘯翁《蘋洲漁笛譜》綿密溫

---

150 張宏生主編，南京大學文學院《全清詞》編纂研究室編：《全清詞‧雍乾卷》，冊8，頁4658。
151 〔宋〕陳振孫撰，徐小蠻、顧美華點校：《直齋書錄解題》，頁606。
152 〔清〕周濟：《介存齋論詞雜著》，收錄於唐圭璋主編：《詞話叢編》，冊2，頁1634。
153 〔清〕周濟：《宋四家詞選目錄序論》，收錄於唐圭璋主編：《詞話叢編》，冊2，頁1644-1645。

麗，為詞家準的。余夙愛倚聲，於翁詞略有悟會。近官綱州，與修邑
乘。知翁於景炎間來宰是邑，設幸生同時，獲親杖履、侍言笑，騷壇
讌遊之樂，當復何如？寧僅數百載下，求翁之文采風流於遺編零落中
耶？撫今追昔，繼以浩歌。」錄詞於下：

> 舊漁苕雪住。又棹人西泠，新盟鷗鷺。春風唱洲渚。把閒情吹
> 到，蘋花香處。諧宮協呂。費曲裏、周郎屢顧。弄悠揚、短笛
> 聲聲，多少笠簑煙雨。　　遙溯。風流琴鶴，水繡山稠，我來
> 遲暮。斜陽幾度。詞仙跡，渺何許。算番番花柳，紛紛蜂蝶，
> 誰是孤吟俊侶。展芸編、遠寄相思，歠餘感賦。[154]

程瑀字去瑕，浙江仁和（今浙江省杭州市）人。乾隆六十年（1795）
舉太學博士。與鄭澐（生卒年不詳）、孫錫（生卒年不詳）等交，多
有倡和。詞宗浙派，家法儼然，尤服膺厲鶚。有《小紅樓詞》。此闋
詞就「遺編零落」而發。程氏既為浙派一員，對周密《蘋洲漁笛
譜》、《絕妙好詞》亦高度肯定，故詞序提及「綿密溫麗，為詞家準
的」，正合浙西法度。

　　此作為讀後心得，程氏是詞可能仿效周密集中之「論詞長短
句」，如〈踏莎行・題中仙詞卷〉：

> 結客千金，醉春雙玉。舊遊宮柳藏仙屋。白頭吟老茂陵西，清
> 平夢遠沉香北。　　玉笛天津，錦囊昌谷。春紅轉眼成秋綠。
> 重翻花外侍兒歌，休聽酒邊供奉曲。[155]

154　張宏生主編，南京大學文學院《全清詞》編纂研究室編：《全清詞・雍乾卷》，冊
　　 12，頁6685。

155　唐圭璋主編：《全宋詞》，冊5，頁3290。

結合詞人身世，以婉致筆寫純雅句，降低「評論」程度，讀來仍符合
周密對詞之標準，周密「論詞長短句」均有此特色。程詞以「苔雪」
點其居處，「西泠」言及集社唱和；「蘋花」連結詞集名。「諧宮協
呂」、「費曲裏、周郎屢顧」肯定周密音樂造詣。上片句句協美，並無
破壞詞之體製，然相對而言，議論程度減低。下片抒感，對於周密之
愛賞，特用「詞仙」標舉地位；最後以「孤吟俊侶，展芸編、遠寄相
思，歡餘感賦」，遙寄追慕崇敬。

第六章
結論

　　清代前期「論詞長短句」透過《清詞別集百三十四種》、《全清詞·順康卷》、《全清詞·順康卷補編》、《全清詞·雍乾卷》、《清詞珍本叢刊》與《清代詩文集彙編》等書，加上目前可見補遺《全清詞》漏收詞之相關篇章，逐一核對詞題、詞序與詞作內容，計蒐輯凡四百四十二家，一一三一首作品，數量極為可觀。在千餘闋論詞長短句中，約有一百六十闋論及唐、五代至宋朝詞人，並兼及遼國作家，及部分以綜述形式討論唐、宋詞人概況之作品。雖「論詞長短句」以當代互評之風氣較盛，然多為友朋間酬贈、或名家崇拜風氣所產生之作品，內容上易流於溢美，評騭優劣較無法持平公允。而清人品評前代作家，不僅可就歷史宏觀角度觀察，對於不同作家之高下得失，更可直議指瑕，較具文學批評之意義。以下提出數點，總結本文之研究成果。

一　解析：論詞長短句述要

（一）義界

　　論詞長短句過去未有專稱，蒐輯查索必須探究原詞，方能理解內容是否屬於以詞論詞。本文綜合各家說法，給予論詞長短句一客觀義界：「論詞長短句是韻文式論詞之一，且前承於論詩絕句，雖未定名，並散落在詞人詞集中。利用不同詞調兼及詞序提出詞學主張，相

對於論詞絕句之理性，論詞長短句感性成分較高。主要類型分為系統性評論與詞集題詠，內容涉及詞體體製、詞人生平與創作、單一詞作或詞集內容之評價，以及詞派源流與主張。」

（二）溯源

論詞長短句之起源歷來有幾派說法，一為源於中唐，二為源於南宋，三為源於明代。本文細究各家脈絡，進一步提出論詞長短句起源於南宋初年。〔金〕王喆悟道後所作〈解佩令・愛看柳詞，遂成〉一詞，可視為有意識評判詞人、詞體之作品；稍晚之汪莘〈鵲橋仙・書所作詞後〉以詞自評，亦已有意識進行以詞論詞之觀點闡述。此二家為明確以詞論詞之開端。而南宋末年有劉克莊、張炎等人以詞評說，散見詞集當中。宋元之際，更出現西湖吟社相互唱和，題評詞作，增加不少論詞長短句。然此風氣不彰，僅停留於吟社社友間互評，以詞論詞之風尚無有效開展。

（三）成因

清代詞學復興，詞人間唱和酬詠，互相以詞題贈，增加品評彼此作品機會，因而使「論詞長短句」創作量大增。究其具體原因，包括「尊體現象」、「呼應詞籍」及「逞材炫技」等。清初詞人試圖以不同方式體現「尊體」主張。雖常見於詞集題序跋中，然評者為求簡便，利用韻文譜寫想法，或聯章創作數首論詞詩詞，保留詞史名家、名作及相關評論。另外，友朋互相評賞題論，由於作品本身為「詞」，許多評論者針對詞集內容直接填詞品論，用相同體製創造所謂「評語」，此現象大量出現於清人詞集中。又刊刻成書之作品，集末出現當時讀閱後相關評論者題贈，均是詞人間互相品評得來。而清代地域性詞人就近結識，集眾成派，更出現家族成員集體創作，各自揮灑，

並觀摩較勁。因而詞集中經常出現唱和題詠類作品。部分詞評家進行
品論過程，有刻意炫技，一較高下之意味。肇此數種成因，使「論詞
長短句」得於清代數量倍增。

（四）特色

論詞長短句長短句本依調填詞，即使用以評論亦然。故詞家可選
不同詞調創作，對陳述論詞觀點有更大空間。更可打破詞體體製，以
散文形式創作。另外，詞評家亦可透過詞序，將部分詞學意見表述於
上，經由詞序突顯理論，再運用曲詞內容加強情感，發表對受評者之
看法。其二，論詞長短句因體製短小，可隨時品題，此現象會造成評
論意見缺乏系統性，較接近心得隨想。其三，論詞長短句因為使用詞
體進行批評，無形當中與批評對象產生內在連結，評論者對詞籍作品
表達看法，經常選擇該詞集代表作，或有特殊意涵者，其重點在於呼
應原作。其四，清代詞壇發展走向地域性、群體性，多數評家會推舉
鄉里前代詞人，或與己同姓之詞人，推尊其詞壇地位，甚而言辭溢
美。另外，「論詞長短句」經常使用一些技巧，包含：摘句化用，標
舉詞風；喜談本事，突顯議題；比附名人，類聚歸派；舉事顯人，知
人論世；擇調和韻，譽咎褒貶；題序考證，以詞懷人等，無形中營造
寫作特色。

二　發展：內外變因與影響

（一）外在變因增加其侷限

論詞長短句於發展上，確實受到外部力量影響，首當其衝者，便
是論詞絕句。論詞絕句與論詞長短句皆源於論詩絕句而來，雖有清一

代此二體幾乎同步發展，然「論詞絕句」承「論詩絕句」之正宗名號，已早有定名，二體間無形演變為主從關係。實際考察，發現「論詞絕句」雖有固定以此特有名稱進行創作，卻與論詞長短句作意相同，多數均係以「題」、「讀」、「書」某詞（集），或者某詞（集）題辭為主。仍必須透過閱讀詩詞內容，方能辨識是否有論詞之線索。雖論詞長短句有其優勢，即在於詞調內容承載文字數量不一，評者可自行選用不同詞調撰寫，綜觀清代前期千餘首論詞長短句顯示，發現評論者以「長調」作為載體之機率相當高，使用中長調評論者達五成以上，足見論詞長短句運用長調創作之普遍性，此現象正好與論詞詩相異。然此優勢無法賦予論詞長短句於韻文式論詞之絕對與超然，內容上較易淪為酬詠溢美；而論詞絕句則因體製短小，內容較常理性書寫，故用以應酬之機率較論詞長短句低。評論者考量創作便利性，選用韻文論詞時，仍優先考量絕句體製，故論詞絕句出現組詩或系統性評論之頻率，遠高出論詞長短句。

（二）內在特質提高其價值

雖因「論詞絕句」影響體製選擇與數量，仍有詞評家反其道而行，刻意選擇使用論詞長短句品評。如焦袁熹以五十五闋組詞表達對詞體觀念，及關注詞人間詞風特色，以此建立詞史脈絡。透過編選詞集，進階撰成「論詞長短句」，建立詞學理路。《此木軒詞集》中有〈采桑子・編纂〈樂府妙聲〉竟作〉，所論詞人綜貫唐、五代、宋、遼數代，揀選詞家，自成詞史，具文學批評之功。焦氏有少數論詞詩，且無詞學專門著作，此組詞可析理其詞學觀，補充個人詞學理論。同樣包括盛本栯、杜詔、保培基、金兆燕、孫原湘等，所填論詞長短句，各有特色，均可透顯詞人之詞學觀點。另外，論詞長短句存有之內在特質，即易淪為友朋酬唱，缺少理性批評。此本為體製之小

疵，然從另一角度觀察，透過詞人間相互品題，可瞭解交友網絡，親屬關係，勾勒家族性詞人群體，以及補充詞派成員譜系。尚有一種內在連結，亦是模仿論詩絕句而來。論詩或論詞絕句嘗效法前賢，如袁枚〈仿元遺山論詩〉、楊恩壽〈論詞絕句翻閱近人詞集，仿元遺山論詩體各題一絕，僅見選本暨生存者概付闕如〉等，以仿作方式，特意學習模仿對象之評論方式與技巧，創作屬於自己之論詞詩，在論詞長短句裏亦有此現象，如焦袁熹〈解佩令・題江湖載酒集後〉、錢孫鍾〈解佩令・讀《靜志居琴趣》，即用其自題詞集韻〉均步趨朱彝尊〈解佩令・自題詞集〉所採用之詞調，並模仿該詞作意與風格。又評論者評及周密詞，部分評論者採取仿周密所作論詞長短句之風格，以上各種作法，均與此體製產生強烈之內在連結。

三　價值：研究成果之綜述

（一）瞭解以詞品詞之內容與風尚

本文雖主論清人評唐宋詞人，所選十家，包括李白、李煜、柳永、蘇軾、秦觀、辛棄疾、姜夔、周密、李清照與朱淑真（附其他女性詞人）等，均為討論度較高之作家。受清代詞人討論較多者，亦深具某種指標性，且呈現某種詞壇風尚。如辛棄疾於雍乾年間較少被討論，而姜夔、周密、張炎則反之，均呈現當時詞壇特有現象。又如時代背景、政策改變，或地域性詞人群設題吟詠，均或多或少影響詞人品議前代詞家之選擇。富議題性之詞人，亦為詞評家重點關注對象。如詞家三李，李白具有詩詞「仙格化」之超然地位、李煜擁有帝王特殊身分、李清照有性別與再嫁失節議題，皆使彼輩被討論度提升。秦、柳與蘇軾，則涉及詞風婉約與豪放不斷論戰之效應。而本應被高

度關注卻未被討論者，包括溫庭筠與周邦彥，此二家於論詞絕句文本中，卻有一定數量之討論，或可從另一角度思考此現象。本文討論之時間範圍，橫跨晚明至嘉慶初年，綿亙雲間、柳州、西泠、廣陵、陽羨與浙西等詞派之消長，雖主要以陽羨、浙西派作家創作論詞長短句居多，然各家學詞門徑不同，又隨歲月經歷詞觀改易，所傾慕效法之前代偶像自然不同。當然，受限於論詞長短句常推舉鄉里前輩，此亦為該體製之變因。雖如此，本文所論十家，各自代表清代前期詞壇所宗尚之詞風。

（二）補充詞學接受史之重要文獻

詞壇多數作者均無詞話之專著，其他詞學意見均散布於詞集序跋或論詞詩與論詞長短句中，故整理並分析「論詞長短句」，可補充且建立詞家之詞學觀。如陳維崧並無詞學專門著作，研究陳氏詞學理論者，均從所題序跋資料梳理得來。陳氏撰有二十五闋論詞長短句，可作序跋資料之補充或互證。撰有詞話著作如田同之，於《西圃詞說》無從探得李煜相關評論，卻可從論詞長短句予以補充。又如陳聶恒既寫論詞絕句，又有論詞長短句作品，兩者互補融通，可釐清陳氏詞學意見。焦袁熹雖無詞話紀錄詞學理論，卻填製論詞長短句五十餘闋，系統性討論唐宋詞家，並綜論詞體與作法。將此組詞與其他論詞詩進行整理，便能探得焦氏詞學觀點，稍補缺乏詞話專著之遺憾。

（三）開發詞學研究之面向與門徑

王偉勇提出詞學接受研究面向十種，其一即為論詞長短句。近代詞學研究多集中考索單人詞集，分析文本，後來漸轉為主題性研究。研究斷代亦從唐宋，逐步跨越至明清。清代詞學大興，亦是古典詞創作總結，在百家爭鳴之際，詞學評論資料鑫出，研究者多鎖定「詞

話」一脈，前輩學者戮力整理文獻，湧現許多新材料，研究角度從原本詞話專著，轉而對詞集評點、詞集序跋、詞選、論詞詩、論詞長短句等領域擴展。本文致力蒐輯清代前期論詞長短句所得千餘首，容有整理文獻、補充詞學資料之功。又針對以詞論詞之議題析理前因始末、細部詮釋論詞文本，對往後研究該議題者，應具開創之貢獻。

四　展望：論題開發與延伸

　　本文鎖定於清代前期一百五十年間，歷順、康、雍、乾四代之論詞長短句，雖得千餘首作品，卻非清代論詞長短句全貌。因《全清詞》目前僅出版至「雍乾卷」，嘉、道以降猶無詞總集面世，資料遍布四方，蒐羅上更是巨大挑戰。然嘉道年間正逢常州詞派興起，浙西派逐漸沒落之際，常州詞人是否更常藉助韻文表達自己論詞之觀點？是否於中晚期亦出現如焦袁熹有系統性論詞之評論家？或者是否有更多不歸順派別之獨立詞評家，透過論詞長短句彰顯自我看法？均有待資料蒐集整理後得到答案。

　　另外，晚清幾位填製論詞長短句之組詞作家，如朱祖謀、姚鵷雛與盧前等人，兩岸博碩士論文雖有以朱、盧為研究對象，卻未見對其論詞長短句進行細部分析之研究。而渠等既為論詞長短句之重要作家，吾人實有必要深入瞭解其篩選條件為何？是否遺漏重要作家？批評角度是否涉入詞派色彩？又具備何種批評特色？組詞是否可能構築評家之詞學觀？以上諸多疑問，有待未來逐一剖析。

　　其次，千餘闋「清代前期論詞長短句」，本文僅討論十分之一強，有待開發空間尚多。如同題共構之「填詞圖」效應，陳維崧帶起詠圖風潮，其前因後果為何？而出現後學陸續仿作，更出現女性填詞圖，當中異同亦值得關注。再者，論詞長短句雖多歌功頌德、溢美親

友，卻仍存在不少可探究之議題。如透過詞人相互評論，可勾勒其交友譜系，或親戚關係，還可為詞派組成作一釐清，甚至觀察詞派細微處，瞭解同中求異之支流等。亦可透過此等材料，進行詞人群體研究，瞭解家族性詞人群之詞學活動，建構詞學史料。

重要參考書目

一、本參考書目共分七大類，其下再分以小類細分。

二、書目欄位依「書名」、「編／著者朝代」、「編／著者名」、「出版城市」、「出版社」、「出版年月」與「叢書版本」，由左至右依序排列。若遇古今著作混合排列，今人編／著之「編／著者朝代」則不顯示；期刊論文部分，則依照著者、篇名、期刊名、刊號、出刊年月，由左至右依序排列。

三、古籍方面，以作者時代順序排列，同一朝代則依「姓氏筆畫」由少至多遞增排序之；如遇總集、選集、史書有朝代先後問題，以書名朝代先後排序；《詞話叢編》一書，則依原書目錄排列。

四、今人著作（包含當代研究論著、學位論文、期刊論文等）以「出版年月」遞增為序，其次再以「姓氏筆畫」由少至多排列。

一　經、史著作

《毛詩正義》　〔漢〕毛公傳　鄭玄箋　〔唐〕孔穎達正義　臺北市　藝文印書館　2001年12月　《十三經注疏》本

《史記》　〔漢〕司馬遷撰　〔宋〕裴駰集解　〔唐〕司馬貞索隱　張守節正義　北京市　中華書局　1959年9月

《漢書》　〔漢〕班固撰　〔唐〕顏師古注　北京市　中華書局　1962年6月

《三國志》 〔晉〕陳壽撰 〔南朝宋〕裴松之注 北京市 中華書
　　　　局 1959年12月

《晉書》 〔唐〕房玄齡等撰 北京市 中華書局 1974年11月

《宋書》 〔南朝梁〕沈約 北京市 中華書局 1974年10月

《陳書》 〔唐〕姚思廉 北京市 中華書局 1973年5月

《南史》 〔唐〕李延壽 北京市 中華書局 1975年5月

《隋書》 〔唐〕魏徵等撰 北京市 中華書局 1973年8月

《舊唐書》 〔後晉〕劉昫等撰 北京市 中華書局 1975年5月

《新唐書》 〔宋〕宋祁、歐陽脩等撰 北京市 中華書局 1975年
　　　　2月

《唐才子傳校箋》 〔元〕辛文房撰 傅璇琮主編 北京市 中華書
　　　　局 1989年3月

《舊五代史》 〔宋〕薛居正 北京市 中華書局 1976年5月

《新五代史》 〔宋〕歐陽脩 北京市 中華書局 1974年12月

《十國春秋》 〔清〕吳任臣撰 徐敏霞、周瑩點校 北京市 中華
　　　　書局 1983年12月

《宋史》 〔元〕脫脫等撰 北京市 中華書局 1977年10月

《金史》 〔元〕脫脫等撰 北京市 中華書局 1975年7月

《遼史》 〔元〕脫脫等撰 北京市 中華書局 1977年10月

《清史稿》 趙爾巽等撰 北京市 中華書局 1977年12月

《清史列傳》 清國史館原編 王鍾翰點校 北京市 中華書局
　　　　1987年11月

二　詞學著作

（一）總集、叢編

《全唐五代詞》　曾昭岷、曹濟平、王兆鵬、劉尊明編　北京市　中
　　　華書局　1999年12月

《全宋詞》　唐圭璋主編　北京市　中華書局　1998年11月

《全宋詞補輯》　孔凡禮補輯　臺北市　源流出版社　1982年12月

《全金元詞》　唐圭璋主編　北京市　中華書局　2000年10月

《全明詞》　饒宗頤初纂　張璋總纂　北京市　中華書局　2004年1月

《全明詞補編》　周明初、葉曄輯編　杭州市　浙江大學出版社
　　　2007年1月

《百名家詞鈔》　〔清〕聶先、曾王孫編　清康熙綠蔭堂刻本

《清詞別集百三十四種》　楊家駱主編　臺北市　鼎文書局　1976年
　　　8月

《全清詞・順康卷》　南京大學中國語言文學系《全清詞》編纂研究
　　　室編　北京市　中華書局　2002年5月

《清詞珍本叢刊》　張宏生主編　南京市　鳳凰出版社　2007年12月

《全清詞・順康卷補編》　張宏生主編　南京市　南京大學出版社
　　　2008年5月

《全清詞・雍乾卷》　張宏生主編　南京大學文學院《全清詞》編纂
　　　研究室編　南京市　南京大學出版社　2012年5月

（二）選集

《花間集　尊前集》　〔後蜀〕趙崇祚輯　〔明〕湯顯祖評　劉崇
　　　德、徐文武點校　保定市　河北大學出版社　2006年10月

《花庵詞選》　〔宋〕黃昇　臺北市　臺灣商務印書館　1988年2月
　　　《景印文淵閣四庫全書》本

《絕妙好詞箋》　〔宋〕周密選編　〔清〕查為仁、厲鶚箋　臺北市
　　　世界書局　1956年2月

《絕妙好詞注評》　〔宋〕周密選編　劉揚忠、蘇利海注評　南京市
　　　鳳凰出版社　2008年12月

《精選名儒草堂詩餘》　〔元〕鳳林書院輯　程端麟校點　瀋陽市
　　　遼寧教育出版社　2003年3月

《百家詞》　〔明〕吳訥原編　林大椿重編　天津市　天津市古籍書
　　　店　1992年3月

《詞林萬選　詞選（附續詞選）》　〔明〕楊慎編選　〔清〕張惠言
　　　編選　劉崇德、徐文武點校　保定市　河北大學出版社
　　　2006年6月

《古今詞統》　〔明〕卓人月匯選　徐士俊參評　谷輝之校點　瀋
　　　陽市　遼寧教育出版社　2001年1月

《詞綜》　〔清〕朱彝尊、汪森編　上海市　上海古籍出版社　1978
　　　年12月

《詞潔》　〔清〕先著、程洪輯　劉崇德、徐文武點校　保定市　河
　　　北大學出版社　2007年9月

《宋七家詞選》　〔清〕戈載編　杜文瀾校注　臺北市　河洛圖書出
　　　版社　1978年5月　《河洛文庫》本

《近三百年名家詞選》　龍榆生　上海市　上海古籍出版社　1979年
　　　10月

《詞選》　胡適　臺北市　臺灣商務印書館　1980年5月

《域外詞選》　夏承燾選校　張珍懷、胡樹淼注釋　北京市　書目文
　　　獻出版社　1981年11月

（三）別集

《南唐二主詞校訂》　〔南唐〕李璟、李煜撰　〔宋〕無名氏輯　王
　　　仲聞校訂　北京市　中華書局　2009年2月

《南唐二主詞新釋輯評》〔南唐〕李璟、李煜撰　楊敏如編著　北京
　　　市　中國書店　2008年6月

《柳永詞校注》　〔宋〕柳永撰　賴橋本校注　臺北市　黎明文化事
　　　業　1995年4月

《柳永詞新釋輯評》　〔宋〕柳永撰　顧之京、姚守梅、耿小博編著
　　　北京市　中國書店　2007年1月

《樂章集校註》　〔宋〕柳永撰　薛瑞生校註　北京市　中華書局
　　　2007年10月

《蘇軾詞編年校注》　〔宋〕蘇軾撰　鄒同慶、王宗堂校注　北京市
　　　中華書局　2002年9月

《東坡樂府編年箋注》　〔宋〕蘇軾撰　石聲淮、唐玲玲箋注　臺北
　　　市　華正書局　2005年9月

《蘇軾詞新釋輯評》　〔宋〕蘇軾撰　朱靖華、饒學剛、王文龍、饒
　　　曉明編著　北京市　中國書店　2010年6月

《秦觀詞新釋輯評》　〔宋〕秦觀撰　徐培均編著　北京市　中國書
　　　店　2003年1月

《淮海居士長短句箋注》　〔宋〕秦觀撰　徐培均箋注　上海市　上
　　　海古籍出版社　2008年8月

《李清照詞新釋輯評》　〔宋〕李清照撰　陳祖美編著　北京市　中
　　　國書店　2003年1月

《李清照詩詞集》　〔宋〕李清照撰　朱傳東編　濟南市　濟南出版
　　　社　2008年6月

《酒邊詞》　〔宋〕向子諲　臺北市　臺灣商務印書館　1988年2月
　　　　《景印文淵閣四庫全書》本

《辛棄疾詞新釋輯評》　〔宋〕辛棄疾撰　朱德才、薛祥生、鄧紅梅
　　　　編著　北京市　中國書店　2006年1月

《增訂本稼軒詞編年箋注》　〔宋〕辛棄疾撰　鄧廣銘箋注　臺北市
　　　　華正書局　2007年2月

《陳亮龍川詞箋注》　〔宋〕陳亮撰　姜書閣箋注　北京市　人民文
　　　　學出版社　1998年3月

《龍川詞校箋》　〔宋〕陳亮撰　夏承燾校箋　上海市　上海古籍出
　　　　版社　1982年4月

《龍洲詞校箋》　〔宋〕劉過撰　馬興榮校注　南昌市　江西人民出
　　　　版社　1999年9月

《姜白石詞詳注》　〔宋〕姜夔撰　黃兆漢編著　臺北市　臺灣學生
　　　　書局　1998年2月

《姜白石詞編年箋校》　〔宋〕姜夔撰　夏承燾箋校　上海市　上海
　　　　古籍出版社　2007年11月

《姜白石詞箋注》　〔宋〕姜夔撰　陳書良箋注　北京市　中華書局
　　　　2009年7月

《後村詞箋註》　〔宋〕劉克莊撰　錢仲聯箋注　上海市　上海古籍
　　　　出版社　1980年7月

《山中白雲詞箋》　〔宋〕張炎撰　黃畬校箋　杭州市　浙江古籍出
　　　　版社　1994年12月

《飲水詞箋校（修訂本）》　〔清〕納蘭性德撰　趙秀亭　馮統一箋
　　　　校　北京市　中華書局　2009年3月

《此木軒直寄詞》　〔清〕焦袁熹　清嘉慶十年（1805）刻本　藏於
　　　　中國國家圖書館

《拜石山房詞鈔》 〔清〕顧翰 上海市 上海古籍出版社 2002年
　　3月 《續修四庫全書》本

《姚鵷雛文集：詩詞集》 姚鵷雛 上海市 上海古籍出版社 2009
　　年6月

（四）詞話、詞譜

《碧雞漫志》 〔宋〕王灼 北京市 中華書局 2005年10月 《詞
　　話叢編》本

《苕溪漁隱叢話》 〔宋〕胡仔 北京市 中華書局 2013年3月
　　《詞話叢編補編》本

《拙軒詞話》 〔宋〕張侃 北京市 中華書局 2005年10月 《詞
　　話叢編》本

《詞源》 〔宋〕張炎 北京市 中華書局 2005年10月 《詞話叢
　　編》本

《樂府指迷》 〔宋〕沈義父 北京市 中華書局 2005年10月
　　《詞話叢編》本

《藝苑卮言》 〔明〕王世貞 北京市 中華書局 2005年10月
　　《詞話叢編》本

《爰園詞話》 〔明〕俞彥 北京市 中華書局 2005年10月 《詞
　　話叢編》本

《詞品》 〔明〕楊慎 北京市 中華書局 2005年10月 《詞話叢
　　編》本

《詩餘圖譜》 〔明〕張綖 上海市 上海古籍出版社 2002年3月
　　《續修四庫全書》本

《窺詞管見》 〔清〕李漁 北京市 中華書局 2005年10月 《詞
　　話叢編》本

《古今詞論》　〔清〕王又華　北京市　中華書局　2005年10月
　　《詞話叢編》本

《填詞雜說》　〔清〕沈謙　北京市　中華書局　2005年10月　《詞
　　話叢編》本

《索引本詞律》　〔清〕萬樹　臺北市　廣文書局　1988年9月

《遠志齋詞衷》　〔清〕鄒祇謨　北京市　中華書局　2005年10月
　　《詞話叢編》本

《花草蒙拾》　〔清〕王士禛　北京市　中華書局　2005年10月
　　《詞話叢編》本

《金粟詞話》　〔清〕彭孫遹　北京市　中華書局　2005年10月
　　《詞話叢編》本

《詞苑叢談》　〔清〕徐釚　收錄於朱崇才編　《詞話叢編續編》
　　北京市　人民文學出版社　2010年6月

《欽定詞譜》　〔清〕王奕清等編撰　北京市　學苑出版社　2008年
　　6月

《歷代詞話》　〔清〕王弈清等撰　北京市　中華書局　2005年10月
　　《詞話叢編》本

《雨村詞話》　〔清〕李調元　北京市　中華書局　2005年10月
　　《詞話叢編》本

《西圃詞說》　〔清〕田同之　北京市　中華書局　2005年10月
　　《詞話叢編》本

《靈芬館詞話》　〔清〕郭麐　北京市　中華書局　2005年10月
　　《詞話叢編》本

《介存齋論詞雜著》　〔清〕周濟　北京市　中華書局　2005年10月
　　《詞話叢編》本

《宋四家詞選目錄序論》　〔清〕周濟　北京市　中華書局　2005年
　　10月　《詞話叢編》本

《詞苑萃編》 〔清〕馮金伯 北京市 中華書局 2005年10月
　　《詞話叢編》本

《蓮子居詞話》 〔清〕吳衡照 北京市 中華書局 2005年10月
　　《詞話叢編》本

《樂府餘論》 〔清〕宋翔鳳 北京市 中華書局 2005年10月
　　《詞話叢編》本

《雙硯齋詞話》 〔清〕鄧廷楨 北京市 中華書局 2005年10月
　　《詞話叢編》本

《蓼園詞評》 〔清〕黃蘇 北京市 中華書局 2005年10月 《詞
　　話叢編》本

《雨華盦詞話》 〔清〕錢裴仲 北京市 中華書局 2005年10月
　　《詞話叢編》本

《詞學集成》 〔清〕江順詒輯 宗山參訂 北京市 中華書局
　　2005年10月 《詞話叢編》本

《賭棋山莊詞話》 〔清〕謝章鋌 北京市 中華書局 2005年10月
　　《詞話叢編》本

《蒿庵論詞》 〔清〕馮煦 北京市 中華書局 2005年10月 《詞
　　話叢編》本

《菌閣瑣談》 〔清〕沈曾植 北京市 中華書局 2005年10月
　　《詞話叢編》本

《藝概》 〔清〕劉熙載 北京市 中華書局 2005年10月 《詞話
　　叢編》本

《詞壇叢話》 〔清〕陳廷焯 北京市 中華書局 2005年10月
　　《詞話叢編》本

《白雨齋詞話》 〔清〕陳廷焯 北京市 中華書局 2005年10月
　　《詞話叢編》本

《白雨齋詞話全編》　〔清〕陳廷焯撰　孫克強等編校　北京市　中華書局　2013年9月

《復堂詞話》　〔清〕譚獻　北京市　中華書局　2005年10月　《詞話叢編》本

《歲寒居詞話》　〔清〕胡薇元　北京市　中華書局　2005年10月　《詞話叢編》本

《詞徵》　〔清〕張德瀛　北京市　中華書局　2005年10月　《詞話叢編》本

《人間詞話》　王國維　北京市　中華書局　2005年10月　《詞話叢編》本

《飲冰室評詞》　梁啟超　北京市　中華書局　2005年10月　《詞話叢編》本

《五代詞話》　夏敬觀　北京市　中華書局　2013年3月　《詞話叢編補編》本

《聲執》　陳匪石　北京市　中華書局　2005年10月　《詞話叢編》本

《蕙風詞話》　況周頤　北京市　中華書局　2005年10月　《詞話叢編》本

《唐五代詞紀事會評》　史雙元　合肥市　黃山書社　1995年12月

《明詞紀事會評》　尤振中、尤以丁　合肥市　黃山書社　1995年12月

《清詞紀事會評》　尤振中、尤以丁　合肥市　黃山書社　1995年12月

《唐宋人詞話》　孫克強　鄭州市　河南文藝出版社　1999年8月

《歷代詞話》　張璋等編　鄭州市　大象出版社　2002年3月

《歷代詞話續編》　張璋等編　鄭州市　大象出版社　2005年11月

《唐宋詞匯評‧兩宋卷》　吳熊和主編　杭州市　浙江教育出版社　2006年12月

《近現代詞話叢編》　沈澤棠、黃濬等撰　合肥市　黃山書社　2009年3月

三　詩文集著作

（一）總集

《先秦漢魏晉南北朝詩》　逯欽立輯校　臺北市　學海出版社　1991
　　　年2月
《漢魏六朝百三名家集》　〔明〕張溥輯　臺北市　文津出版社
　　　1979年8月
《樂府詩集》　〔宋〕郭茂倩　北京市　中華書局　1979年11月
《全唐詩》　〔清〕彭定求等編　北京市　中華書局　1960年4月
《全唐文》　〔清〕董誥等編　北京市　中華書局　1983年11月
《全宋詩》　北京大學古文獻研究所編　北京大學出版社　1998年12月
《清代詩文集彙編》　清代詩文集彙編編纂委員會編　上海市　上海
　　　古籍出版社　2010年12月

（二）別集

《莊子今註今譯》　〔先秦〕莊子撰　陳鼓應註譯　臺北市　臺灣商
　　　務印書館　2004年3月
《列子集釋》　〔先秦〕列禦寇撰　楊伯峻集釋　臺北市　華正書局
　　　1987年9月
《楚辭補註》　〔漢〕王逸注　〔宋〕洪興祖補注　臺北市　藝文印
　　　書館　2000年10月
《楚辭注釋》　楊金鼎等注　臺北市　文津出版社　1993年9月
《白居易集》　〔唐〕白居易　臺北市　里仁書局　1980年10月
《蘇軾全集》　〔宋〕蘇軾撰　傅成、穆儔標點　上海市　上海古籍
　　　出版社　2005年5月

《黃庭堅詩集注》 〔宋〕黃庭堅撰 〔宋〕任淵等注 劉尚榮校點
　　　北京市　中華書局　2003年5月

《豫章黃先生文集》 〔宋〕黃庭堅　臺北市　臺灣商務印書館
　　　1967年11月　《四部叢刊正編》本

《朱淑真集注》 〔宋〕朱淑真撰 〔宋〕魏仲恭輯 〔宋〕鄭元佐
　　　注　冀勤輯校　北京市　中華書局　1985年1月

《石湖居士詩集》 〔宋〕范成大　臺北市　臺灣商務印書館　1967
　　　年9月　《四部叢刊初編》本

《梁谿遺稿》 〔宋〕尤袤撰 〔清〕尤侗輯　北京市　商務印書館
　　　2005年12月　《文津閣四庫全書》本

《誠齋集》 〔宋〕楊萬里　臺北市　臺灣商務印書館　1967年9月
　　　《四部叢刊初編》本

《辛稼軒詩文箋注》 〔宋〕辛棄疾撰　辛更儒箋注　上海市　上海
　　　古籍出版社　1995年12月

《白石道人詩集》 〔宋〕姜夔　臺北市　臺灣商務印書館　1967年
　　　9月　《四部叢刊初編》本

《後村先生大全集》 〔宋〕劉克莊　臺北市　臺灣商務印書館
　　　1967年9月　《四部叢刊初編》本

《遺山先生文集》 〔金〕元好問　臺北市　臺灣商務印書館　1967
　　　年9月　《四部叢刊初編》本

《李漁全集》 〔清〕李漁　杭州市　浙江古籍出版社　1991年8月

《陳迦陵文集》 〔清〕陳維崧　臺北市　臺灣商務印書館　1967年
　　　9月　《四部叢刊初編》本

《松桂堂全集》 〔清〕彭孫遹　臺北市　臺灣商務印書館　1987年
　　　8月　《景印文淵閣四庫全書》本

《漁洋精華錄集釋》 〔清〕王士禎撰　李毓芙、牟通、李茂肅整理
　　　上海市　上海古籍出版社　1999年12月

《西堂文集》　〔清〕尤侗　臺北市　廣文書局　1970年12月

《曝書亭集》　〔清〕朱彝尊　臺北市　臺灣商務印書館　1988年2月　《景印文淵閣四庫全書》本

《樊榭山房集》　〔清〕厲鶚撰　〔清〕董兆熊注　陳九思校　上海市　上海古籍出版社　1992年6月

《此木軒全集》〔清〕焦袁熹　上海市　上海圖書館古籍室所藏鈔本

《紫峴山人全集》　〔清〕張九鉞　上海市　上海古籍出版社　2002年3月　《續修四庫全書》本

《春融堂集》　〔清〕王昶　上海市　上海古籍出版社　2002年3月　《續修四庫全書》本

《容齋詩集》　〔清〕茹綸常　上海市　上海古籍出版社　2002年3月　《續修四庫全書》本

《彊村叢書》　朱祖謀　上海市　上海古籍出版社　1989年8月

（三）詩、文評

《詩品》　〔南朝梁〕鍾嶸撰　陳廷傑注　北京市　人民文學出版社　1980年2月

《文心雕龍注釋》　〔南朝梁〕劉勰撰　周振甫注釋　臺北市　里仁書局　1998年9月

《樂府古題要解》　〔唐〕吳兢　臺南市　莊嚴文化事業公司　1997年6月　《四庫全書存目叢書》本

《後山詩話》　〔宋〕陳師道　北京市　人民文學出版社　2006年6月　《詩話總龜》本

《西清詩話》　〔宋〕蔡絛　南京市　鳳凰出版社　1998年12月　《宋詩話全編》本

《冷齋夜話》　〔宋〕惠洪　南京市　鳳凰出版社　2008年12月　《宋金元詞話全編》本

《直齋書錄解題》　〔宋〕陳振孫撰　徐小蠻、顧美華點校　上海市　上海古籍出版社　1987年12月

《少室山房筆叢》　〔明〕胡應麟　臺北市　臺灣商務印書館　1986年2月　《景印文淵閣四庫全書》本

《詩藪》　〔明〕胡應麟　上海市　上海古籍出版社　2002年3月　《續修四庫全書》本

《文體明辨序說》　〔明〕徐師曾撰　羅根澤校點　北京市　人民文學出版社　1998年5月

《靜志居詩話》　〔清〕朱彝尊撰　〔清〕姚祖恩編　黃君坦校點　北京市　人民文學出版社　1990年10月

《漁洋詩話》　〔清〕王士禛　臺北市　木鐸出版社　1988年9月　《清詩話》本

《千頃堂書目》　〔清〕黃虞稷　臺北市　廣文書局　1981年10月

《此木軒論詩彙編》　〔清〕焦袁熹　藏於上海圖書館古籍室　《此木軒全集》本

《歷代詩話》　〔清〕何文煥編　北京市　中華書局　2004年6月

《武英殿本四庫全書總目提要》　〔清〕永瑢、紀昀等撰　臺北市　臺灣商務印書館　1983年10月

《歷代詩話續編》　丁福保　北京市　中華書局　2006年8月

四　筆記、小說、雜著

《七略》　〔漢〕劉向撰　〔清〕姚振宗輯錄　臺北市　成文出版社　1978年7月　《書目類編》本

《世說新語校箋修訂本》　〔南朝宋〕劉義慶編撰　楊勇箋　臺北市　文正書局　2000年5月

《松窗雜錄》 〔唐〕李濬 臺北市 木鐸出版社 1982年5月

《羯鼓錄》 〔唐〕南卓 上海市 古典文學出版社 1957年4月

《明皇雜錄》 〔唐〕鄭處海 上海市 上海古籍出版社 2000年3
月《唐五代筆記小說大觀》本

《開元天寶遺事》 〔五代〕王仁裕撰 丁如明輯校 上海市 上海
古籍出版社 1985年1月 《開元天寶遺事十種》本

《唐摭言》 〔五代〕王定保 上海市 上海古籍出版社 2000年3
月《唐五代筆記小說大觀》本

《默記》 〔宋〕王銍撰 朱杰人點校 北京市 中華書局 1997年
12月

《唐語林校證》 〔宋〕王讜撰 周勛初校證 北京市 中華書局
1997年12月

《澠水燕談錄》 〔宋〕王闢之撰 呂友仁點校 北京市 中華書局
1981年3月

《萍州可談》 〔宋〕朱彧撰 李偉國點校 北京市 中華書局
2007年11月

《建炎以來繫年要錄》 〔宋〕李心傳 北京市 中華書局 1988年
4月

《朝野遺記》 〔宋〕佚名 南京市 鳳凰出版社 2008年12月
《宋金元詞話全編》本

《雁門野說》 〔宋〕邵思 南京市 鳳凰出版社 2008年12月
《宋金元詞話全編》本

《齊東野語》 〔宋〕周密撰 張茂鵬點校 北京市 中華書局
1997年12月

《武林舊事》 〔宋〕周密 北京市 文化藝術出版社 1998年8月

《能改齋漫錄》 〔宋〕吳曾 臺北市 木鐸出版社 1982年5月

《夢溪筆談》　〔宋〕沈括撰　張富祥注譯　北京市　中華書局
　　　2009年10月

《容齋隨筆》　〔宋〕洪邁　北京市　中華書局　2005年11月

《方輿勝覽》　〔宋〕祝穆撰　祝洙增訂　北京市　中華書局　2003
　　　年6月

《范成大筆記六種》　〔宋〕范成大撰　孔凡禮點校　北京市　中華
　　　書局　2002年9月

《卻掃編》　〔宋〕徐度　上海市　上海古籍出版社　2012年7月
　　　《宋元筆記小說大觀》本

《吹劍續錄》　〔宋〕俞文豹　南京市　鳳凰出版社　2008年12月
　　　《宋金元詞話全編》本

《後山談叢》　〔宋〕陳師道撰　李偉國點校　北京市　中華書局
　　　2007年11月

《江南別錄》　〔宋〕陳彭年　鄭州市　大象出版社　2003年10月
　　　《全宋筆記》本

《郡齋讀書志》　〔宋〕晁公武撰　孫猛校證　上海市　上海古籍出
　　　版社　1990年10月

《清異錄》　〔宋〕陶穀　臺北市　臺灣商務印書館　1986年8月
　　　《景印文淵閣四庫全書》本

《貴耳集》　〔宋〕張端義撰　李保民點校　上海市　上海古籍出版
　　　社　2001年12月　《宋元筆記小說大觀》本

《老學庵筆記》　〔宋〕陸游　上海市　上海書店出版社　1999年2
　　　月　《宋元詞話》本

《宣和畫譜》　〔宋〕無名氏　長沙市　湖南美術出版社　2002年4月

《獨醒雜志》　〔宋〕曾敏行撰　朱杰人校點　上海市　上海古籍出
　　　版社　2001年12月　《宋元筆記小說大觀》本

《侯鯖錄》 〔宋〕趙令畤撰 孔凡禮點校 北京市 中華書局
　　2002年9月 《歷代史料筆記叢刊》本

《金石錄》 〔宋〕趙明誠 臺北市 臺灣商務印書館 1985年8月
　　《景印文淵閣四庫全書》本

《石林燕語》 〔宋〕葉夢得撰 宇文紹奕考異 侯忠義點校 北京
　　市 中華書局 2006年3月

《避暑錄話》 〔宋〕葉夢得撰 徐時儀校點 上海市 上海古籍出
　　版社 2001年12月 《宋元筆記小說大觀》本

《朱子語類》 〔宋〕黎靖德編 王星賢點校 北京市 中華書局
　　1986年3月

《鐵圍山叢談》 〔宋〕蔡絛 臺北市 新興書局 1975年2月
　　《筆記小說大觀》本

《希通錄》 〔宋〕蕭參 臺北市 臺灣商務印書館 1986年8月
　　《景印文淵閣四庫全書》本

《鶴林玉露》 〔宋〕羅大經撰 王瑞來點校 北京市 中華書局
　　2008年6月

《湘山野錄》 〔宋〕釋文瑩撰 鄭世剛、楊立揚點校 北京市 中
　　華書局 2007年8月

《東坡志林》 〔宋〕蘇軾 北京市 中華書局 1921年9月

《中吳紀聞》 〔宋〕龔明之撰 孫菊園點校 上海市 上海古籍出
　　版社 1986年10月 《宋元筆記小說大觀》本

《硯北雜志》 〔元〕陸友 南京市 鳳凰出版社 2008年12月
　　《宋金元詞話全編》本

《南村輟耕錄》 〔元〕陶宗儀 北京市 中華書局 1959年2月

《說郛三種》 〔元〕陶宗儀 上海市 上海古籍出版社 1988年10月

《唐音癸籤》 〔明〕胡震亨 濟南市 齊魯書社 2005年6月
　　《全明詩話》本

《警世通言》　〔明〕馮夢龍　臺北市　光復書局　1998年8月

《喻世明言》　〔明〕馮夢龍　臺北市　光復書局　1998年8月

《蜩笑偶言》　〔明〕鄭瑗　上海市　商務印書館　1939年12月
　　　《叢書集成初編》本

《分甘餘話》　〔清〕王士禛撰　張世林點校　北京市　中華書局
　　　1989年2月

《池北偶談》　〔清〕王士禛　北京市　中華書局　1997年12月

《此木軒雜著》　〔清〕焦袁熹　北京市　學苑出版社　2005年9月
　　　《清代學術筆記叢刊》本

《焦南浦先生年譜》　〔清〕焦以敬、焦以恕編　北京市　北京圖書
　　　館出版社　1999年4月　《北京圖書館藏珍本年譜叢刊》本

《陔餘叢考》　〔清〕趙翼　上海市　上海古籍出版社　2002年3月
　　　《續修四庫全書》本

《十駕齋養新錄》　〔清〕錢大昕　上海市　上海古籍出版社　2002
　　　年3月　《續修四庫全書》本

五　當代研究論著

《唐宋詞人年譜》　夏承燾　臺北市　明倫出版社　1970年12月

《宋人生卒考示例》　鄭騫　臺北市　華世出版社　1977年1月

《辛稼軒年譜》　鄭騫　臺北市　華世出版社　1977年1月

《詞律探原》　張夢機　臺北市　文史哲出版社　1981年11月

《詞學論叢》　唐圭璋　上海市　上海古籍出版社　1986年6月

《南宋詞研究》　王偉勇　臺北市　文史哲出版社　1987年9月

《中國古今地名大辭典》　謝壽昌等編　臺北市　臺灣商務印書館
　　　1987年9月

《靈谿詞說》 繆鉞、葉嘉瑩 上海市 上海古籍出版社 1987年11月

《唐宋詞論稿》 楊海明 杭州市 浙江古籍出版社 1988年5月

《唐宋詞名家論集》 葉嘉瑩 臺北市 正中書局 1990年1月

《詞學古今談》 繆鉞、業嘉瑩 臺北市 萬卷樓圖書公司 1992年
　　　10月

《唐宋詞集序跋匯編》 金啟華、張惠民、王恆展、王增學合編 臺
　　　北市 臺灣商務印書館 1993年2月

《陽羨詞派研究》 嚴迪昌 濟南市 齊魯書社 1993年2月

《詞籍序跋萃編》 施蟄存主編 北京市 中國社會科學出版社
　　　1994年12月

《詞的審美特性》 孫立 臺北市 文津出版社 1995年2月

《南宋姜吳典雅詞派相關詞學論提之探討》 劉少雄 臺北市 臺灣
　　　大學出版委員會 1995年5月

《北宋十家詞研究》 黃文吉 臺北市 文史哲出版社 1996年3月

《龍榆生詞學論文集》 龍榆生 上海市 上海古籍出版社 1997年
　　　7月

《蘇軾年譜》 孔凡禮 北京市 中華書局 1998年2月

《吳熊和詞學論集》 吳熊和 杭州市 杭州大學出版社 1999年4月

《清詞史》 嚴迪昌 南京市 江蘇古籍出版社 1999年8月

《稼軒詞探賾》 李卓藩 臺北縣 天工書局 1999年10月

《唐宋詞史論》 王兆鵬 北京市 人民文學出版社 2000年1月

《蘇詩彙評》 曾棗莊輯 成都市 四川文藝出版社 2000年1月

《日本填詞史話》 〔日〕神田喜一郎撰 程郁綴、高野雪譯 北京
　　　市 北京大學出版社 2000年10月

《姜夔與南宋文化》 趙曉嵐 北京市 學苑出版社 2001年5月

《清詞叢論》 葉嘉瑩 石家莊市 河北教育出版社 2001年5月

《詩詞曲語辭匯釋》　張相　北京市　中華書局　2001年8月

《李清照新傳》　陳祖美　北京市　北京出版社　2001年9月

《女性詞史》　鄧紅梅　濟南市　山東教育出版社　2002年4月

《清刻本》　黃裳撰　董寧文編　南京市　江蘇古籍出版社　2002年
　　　12月　《中國版本文化叢書》本

《中國詞學史》　謝桃坊　成都市　巴蜀書社　2002年12月

《宋人年譜叢刊》　吳洪澤、尹波主編　成都市　四川大學出版社
　　　2003年1月

《清末四大家詞學及詞作研究》　卓清芬　臺北市　臺灣大學出版委
　　　員會　2003年3月

《宋代詞話的美學研究》　顏翔林　長沙市　湖南師範大學出版社
　　　2003年5月

《內闈──宋代的婚姻和婦女生活》　伊沛霞　南京市　江蘇人民出
　　　版社　2004年5月

《清代詞學》　孫克強　北京市　中國社會科學出版社　2004年7月

《女性審美文化宋代女性文學研究》　舒紅霞　北京市　人民出版社
　　　2004年7月

《南宋江湖詞派研究》　郭鋒　成都市　巴蜀書社　2004年10月

《清代辛稼軒接受史》　朱麗霞　濟南市　齊魯書社　2005年1月

《詞學廿論》　鄧喬彬　上海市　上海古籍出版社　2005年6月

《朱彝尊詞綜研究》　王翠玲　北京市　中華書局　2005年7月

《清代詞學發展史論》　陳水雲　北京市　學苑出版社　2005年7月

《清代版刻一隅（增訂本）》　黃裳　上海市　復旦大學出版社
　　　2005年11月

《辛派三家詞研究》　蘇淑芬　臺北市　文史哲出版社　2006年3月

《《花間集》接受史論稿》　李冬紅　濟南市　齊魯書社　2006年6月

《閨塾師——明末清初江南的才女文化》　高彥頤　南京市　江蘇人
　　民出版社　2006年6月

《第四屆宋代文學國際研討會論文集》　沈松勤編　杭州市　浙江大
　　學出版社　2006年10月

《兩宋詞人叢考》　王兆鵬等撰　南京市　鳳凰出版社　2007年5月

《夜宴圖：浮華背後的五代十國》　杜文玉　臺北市　聯經出版社
　　2007年6月

《明清詞派史論》　姚蓉　桂林市　廣西師範大學出版社　2007年7月

《中國詞學研究體系建構稿》　崔海正　濟南市　齊魯書社　2007年
　　10月

《清詞珍本叢刊》　張宏生主編　南京市　鳳凰出版社　2007年12月

《圖成行樂：明清文人畫像題詠析論》　毛文芳　臺北市　臺灣學生
　　書局　2008年1月

《雲間派文學研究》　劉勇剛　北京市　中華書局　2008年2月

《文學美學與接受史研究》　陳文忠　合肥市　安徽大學出版社
　　2008年4月

《明末清初詞風研究》　張世斌　天津市　天津古籍出版社　2008年
　　4月

《清初清詞選本考論》　閔豐　上海市　上海古籍出版社　2008年5月

《清初遺民詞人群體研究》　周煥卿　上海市　上海古籍出版社
　　2008年11月

《清代詞學批評史論》　孫克強　上海市　上海古籍出版社　2008年
　　11月

《第五屆宋代文學國際研討會論文集》　鄧喬彬主編　廣州市　暨南
　　大學出版社　2009年8月

《詩詞越界研究》　王偉勇　臺北市　里仁書局　2009年9月

《唐宋詞簡釋》　唐圭璋　北京市　人民文學出版社　2010年4月

《第二屆兩岸韻文學學術研討會論文集──韻文的欣賞與研究》　世
　　　新大學中文系主編　臺北市　世新大學　2010年4月

《清代論詞絕句初編》　王偉勇編　臺北市　里仁書局　2010年9月

《唐宋詞在明末清初的傳播與接受》　陳水雲　北京市　中國社會科
　　　學出版社　2010年10月

《中國古典詞學理論批評承傳研究》　胡建次　南京市　鳳凰出版社
　　　2011年6月

《清代譚瑩「論詞絕句」研究》　王曉雯　新北市　花木蘭文化出版
　　　社　2011年9月

《清代詞社研究》　萬柳　鄭州市　中州古籍出版社　2011年10月

《宋詞排行榜》　王兆鵬、郁玉英、郭紅欣　北京市　中華書局
　　　2012年1月

《唐宋詞的定量分析》　王兆鵬　北京市　北京大學出版社　2012年
　　　2月

《清代「論詞絕句」論北宋詞人及其作品研究》　趙福勇　新北市
　　　花木蘭文化出版社　2012年3月

《2012詞學國際學術研討會論文集（金元明清卷）》　陳水雲、潘碧
　　　華主編　吉隆坡市　馬來亞大學　2012年8月

《秦觀詞接受史》　許淑惠　新北市　花木蘭文化出版社　2012年9月

《卷中小立亦百年：明清女性畫像文本探論》　毛文芳　臺北市　臺
　　　灣學生書局　2013年6月

《李煜詞接受史》　黃思萍　新北市　花木蘭文化出版社　2013年9月

《清詞序跋彙編》　馮乾輯　南京市　鳳凰出版社　2013年12月

《溫庭筠接受研究》　郭娟玉　臺北市　萬卷樓圖書公司　2013年12月

《清初詞人焦袁熹「論詞長短句」及其詞研究》　唐玉鳳　新北市
　　　花木蘭文化出版社　2014年3月

《歷代論詞絕句箋注》　程郁綴、李靜編著　北京市　北京大學出版
　　　社　2014年7月

《論詞絕句二千首》　孫克強、裴喆編著　天津市　南開大學出版社
　　　2014年12月

《中國歷代詞調名辭典（新編本）》　吳藕汀、吳小汀編　臺北市
　　　秀威資訊科技公司　2015年7月

《馮煦詞學及其詞研究》　許仲南　新北市　花木蘭文化出版社
　　　2016年9月

六　學位論文

《論詩絕句發展之研究》　周益忠　臺北市　臺灣師範大學國文學系
　　　碩士論文　1982年6月

《宋代論詩詩研究》　周益忠　臺北市　臺灣師範大學國文學系博士
　　　論文　1989年7月

《宋代詞學批評研究——批評形式與文化詮釋》　程志媛　南投縣
　　　暨南國際大學中國語文學系碩士論文　2001年7月

《梅鼎祚《青泥蓮花記》研究》　陳慧芬　高雄市　中山大學中國語
　　　文學系碩士論文　2003年6月

《清代詞學尊體之論述研究》　顏妙容　高雄市　中山大學中國語文
　　　學系博士論文　2005年11月

《論陽羨詞派對蘇辛的接受與發展》　黃水平　重慶市　西南大學中
　　　國古代文學碩士論文　2011年4月

《清代論詞絕句研究》　韓配陣　廣州市　暨南大學中國語言文學系
　　　碩士論文　2011年5月

《朱孝臧與其《彊村叢書》研究》　施惠玲　臺北市　東吳大學中國
　　　文學系碩士論文　2012年7月

《姜夔詞接受史》 林淑華 臺南市 成功大學中國文學系博士論文 2013年1月

《康熙詞壇研究》 李宏哲 天津市 南開大學中國古代文學博士論文 2013年5月

《清代王沂孫詞接受史》 楊大衛 高雄市 中山大學中國文學系碩士論文 2014年2月

《中國傳統論詞詞研究》 夏晨 南昌市 南昌大學中文系碩士論文 2014年5月

《民國學人詞研究》 譚若麗 長春市 吉林大學文學院博士論文 2015年5月

《查昇《宮詹公詩餘存稿》研究》 陳昱廷 臺南市 成功大學中國文學系碩士論文 2015年7月

《鄭騫〈讀詞絕句三十首〉之研究》 李家毓 臺中市 中興大學中國文學系碩士論文 2016年7月

《晚清民國時期論詞絕句研究》 李甜甜 南昌市 南昌大學中文系碩士論文 2018年5月

《清代中期論詞絕句研究》 邱青青 南昌市 南昌大學中文系碩士論文 2018年5月

七　期刊、會議論文

白毫子（阮綿審） 〈鼓枻詞〉 《詞學季刊》第3卷第2號 1936年6月

沈曾植 〈海日碎金・劉融齋詞概評語〉 《同聲月刊》第2卷第11號 1942年11月

官桂銓 〈關於柳永的葬地〉 《福建論壇》1982年第6期

宋邦珍　〈厲鶚〈論詞絕句〉的傳承與創新〉　《輔英學報》第11期
　　　　1991年12月

鄧紅梅　〈朱淑真事跡新考〉　《文學遺產》1994年第2期

范道濟　〈從〈論詞絕句〉看厲鶚論詞「雅正」說〉　《黃岡師專學
　　　　報》第14卷第2期　1994年4月

范三畏　〈試談厲鶚論詞絕句〉　《社科縱橫》1995年第1期

陶　然　〈論清代孫爾準、周之琦兩家論詞絕句〉　《文學遺產》
　　　　1996年第1期

吳洪澤　〈〈洞仙歌〉（冰肌玉骨）公案考索〉　《四川大學學報（哲
　　　　學社會科學版）》2002年第2期

趙曉濤、劉尊明　〈「教坊丁大使」考釋〉　《學術研究》2002年第9
　　　　期

張　毅　〈論徐燦拙政園詩餘〉　《漳州師範學院學報（哲學社會科
　　　　學版）》2003年第1期

谷　建　〈《後山詩話》作者考辨〉　《海南師範學院學報（社會科
　　　　學版）》第17卷　2004年2月

王輝斌　〈柳永生平訂正〉　《南昌大學學報（人文社會科學版）》
　　　　第35卷第5期　2004年9月

陶然、劉琦　〈清人七家論詞絕句述評〉　《廈門教育學院學報》第
　　　　7卷第1期　2005年3月

王偉勇、鄭琇文　〈〔清〕江昱〈論詞十八首〉探析〉《國文學報·高
　　　　師大》第5期　2006年12月

王偉勇　〈清代「論詞絕句」論溫庭筠詞探析〉　《文與哲》第9期
　　　　2006年12月

陶子珍　〈清代張祥河〈論詞絕句〉十首探析〉　《成大中文學報》
　　　　第15期　2006年12月

曹明升　〈清人論宋詞絕句脞說〉　《貴州社會科學》2007年第2期

謝永芳　〈陳澧的詞學研究〉　《東莞理工學院學報》第14卷第4期　2007年8月

陶子珍　〈清詩論宋代女性詞人探析——以汪芑、方熊、潘際雲之作品為例〉　《花大中文學報》第2期　2007年12月

孫克強　〈詞學理論的重要載體——簡論清代論詞詩詞的價值〉《廣州大學學報（社會科學版）》第7卷第1期　2008年1月

趙福勇　〈清代「論詞絕句」論賀鑄〈橫塘路〉詞探析〉　《臺北大學中文學報》第4期　2008年3月

陳雪軍　〈屠廷楎生平考辨及其《鹿干草堂詞》輯補〉　《中文自學指導》2008年第4期

邱美瓊、胡建次　〈論詞絕句在清代的運用與發展〉　《重慶社會科學》2008年第7期

卓清芬　〈顧太清題詠女性詩詞集作品探析〉　《湖南文理學院學報（社會科學版）》第33卷第4期　2008年7月

陳尤欣、朱小桂　〈馮煦〈論詞絕句十六首之三〉略論〉　《作家雜誌》2008年第8期

張學軍　〈開啟粵西地域文學意識的詞論家——朱依真〉　《經濟與社會發展》2008年第10期

秦瑋鴻　〈況周頤詞集之詞論文獻考〉　《河池學院學報》第28卷第6期　2008年12月

胡建次　〈清代論詞絕句的運用類型〉　《廣西社會科學》2009年第2期

陸有富　〈從文廷式一首論詞詩看其對常州詞派的批評〉　《語文學刊》2009年第4期

謝永芳　〈譚瑩的〈論詞絕句〉及其學術價值〉　《圖書館論壇》第29卷第2期　2009年4月

王小英、祝東　〈論詞詞及其詮釋方法──以朱祖謀〈望江南〉雜題
　　　　我朝諸名家詞集後為中心〉　《學術論壇》2009年第9期

張仲謀　〈明代論詞詞九首解讀〉　《南京師範大學文學院學報》
　　　　2009年第3期　2009年9月

秦瑋鴻　〈論況周頤之詞集及其價值〉　《作家雜誌》2009年第20期
　　　　2009年10月

孫克強、楊傳慶　〈清代論詞絕句的詞史觀念及價值〉　《學術研
　　　　究》2009年第11期

王偉勇　〈清代「論詞絕句」之價值──以論唐、五代、兩宋詞為
　　　　例〉　四川大學文學與新聞學院、西南民族大學文學院主辦
　　　　「第六屆宋代文學國際學術研討會」會議論文　2009年10月

王偉勇　〈搜輯清代論詞絕句應有之認知〉　澳門大學社會科學及人
　　　　文學院主辦「第二屆中華詞學國際學術研討會」會議論文
　　　　2009年12月

王淑蕙　〈清代「論詞絕句」論張炎詞舉隅探析〉　《雲漢學刊》第
　　　　20期　2009年12月

詹杭倫　〈潘飛聲〈論粵東詞絕句〉說略〉　《西南師範大學學報
　　　　（哲學社會科學版）》2010年第1期

張　瓊　〈柳永蹭蹬科場原因及相關問題新考〉　《廈門教育學院學
　　　　報》第12卷第1期　2010年2月

林宏達　〈宋翔鳳論詞長短句評《絕妙好詞》三首探析〉　《雲漢學
　　　　刊》第21期　2010年6月

秦瑋鴻　〈蕙風詞論輯補〉　《河池學院學報》第30卷第3期　2010
　　　　年6月

許仲南　〈論馮煦詞學的浙派面相──以師友、論詞與詞作為主要考
　　　　察對象〉　《有鳳初鳴年刊》第6期　2010年10月

陳水雲　〈論詞絕句的歷史發展〉　《國文天地》第26卷第6期
　　　　2010年11月

胡可先　〈浮玉詞初集與清初東南詞壇〉　《安徽大學學報（哲學社
　　　　會科學版）》2011年第1期

張巽雅　〈清代「論詞絕句」論秦觀詞探析〉　《雲漢學刊》第22期
　　　　2011年2月

夏婉玲　〈清代「論詞絕句」論馮延巳詞探析〉　《雲漢學刊》第22
　　　　期　2011年2月

林宏達　〈清代「論詞絕句」論李璟及其作品探析〉　實踐大學主辦
　　　　「2011年文化創意產業發展新趨勢國際研討會──應用語文
　　　　發展新思維」會議論文　2011年5月

孫赫男　〈清代中期論詞絕句詞學批評特徵平議〉　《求是學刊》第
　　　　38卷第4期　2011年7月

吳　悅　〈從〈望江南・飲虹簃論清詞百家〉看盧前詞史觀〉　《文
　　　　學界（理論版）》2011年第10期

吳　悅　「詞有別才兼本色」──淺論盧前的尊體意識　《文學評
　　　　論》2011年第10期

裴　喆　〈清初詞人焦袁熹及其論詞詞〉　《中國韻文學刊》第25卷
　　　　第4期　2011年10月

戴榮冠　〈清代論詞絕句論黃庭堅詞探析〉　《高應科大人文社會科
　　　　學學報》第8卷第2期　2011年12月

張　方　〈略探周之琦詞學思想〉　《北方文學》2011年第12期

楊婉琦　〈周之琦〈心日齋十六家詞錄〉之附題探析〉　《雲漢學
　　　　刊》第24期　2012年1月

程嫩生、張西焱　〈清代書院詞學教育〉　《海南大學學報人文社會
　　　　科學版》第30卷第1期　2012年2月

劉於鋒　〈晚清楊恩壽的詞學主張及在湖湘派中的定位〉　《船山學
　　　　刊》2012年第4期

周振興　〈清代論詞絕句論秦觀〈滿庭芳〉探析〉　《臺中教育大學
　　　　學報：人文藝術類》第26卷第1期　2012年6月

徐　瑋　〈論譚瑩對浙派的接受與反撥〉　《文藝理論研究》2012年
　　　　第6期

王偉勇　〈兩宋「論詞詩」及「論詞長短句」之價值〉　《成大中文
　　　　學報》第38期　2012年9月

沙先一、張宏生　〈論清詞的經典化〉　《中國社會科學》2013年第
　　　　12期

陳佳慧　〈陳文述「論詞絕句」十一首探析〉　《雲漢學刊》第26期
　　　　2013年2月

楊大衛　〈汪孟鋗〈題本朝詞十首〉析探〉　《師大學報・語言與文
　　　　學類》第58卷第1期　2013年3月

沙先一　〈論詞絕句與清詞的經典化〉　《江蘇師範大學學報（哲學
　　　　社會科學版）》第39卷第3期　2013年5月

張宏生　〈雍乾詞壇對陳維崧的接受〉　《中國文化研究所學報》第
　　　　57期　2013年7月

許瑞哲　〈清代沈初〈論詞絕句〉十八首探析〉　《臺北市立大學學
　　　　報》第44卷第2期　2013年11月

譚若麗　〈論詞詞蠡測：以盧前〈望江南・飲虹簃論清詞百家〉為中
　　　　心〉　《文藝評論》2014年第2期

王偉勇　〈析論宋末元初詞壇對周密之接受〉　《成大中文學報》第
　　　　44期　2014年3月

楊大衛　〈清代「論詞絕句」論王沂孫詞探析〉　《臺南大學人文與
　　　　社會研究學報》第48卷第1期　2014年4月

錢錫生、陳斌　〈從歷代詞選、詞評和唱和看秦觀詞的傳播和地位〉
　　　《中國韻文學刊》第28卷第2期　2014年4月

王偉勇　〈《清代詩文集彙編》之詞學價值〉　《國文學報》第55期
　　　2014年6月

陳雪婧　〈為同時代詞人畫像：張炎論詞詞的形象書寫〉　《天水師
　　　範學院學報》第35卷第4期　2015年7月

林宏達　〈清前期「論詞長短句」論李煜及其作品探析〉　《彰化師
　　　大國文學誌》第31期　2015年12月

滕聖偉　〈焦袁熹論詞詞〈采桑子‧編纂《樂府妙聲》竟作〉概述〉
　　　《唐山文學》2016年第1期

林宏達　〈試析清代前期「論詞長短句」論秦觀及其作品〉　《止
　　　善》第20期　2016年6月

林宏達　〈清代前期「論詞長短句」論周密《絕妙好詞》及其詞作探
　　　析〉　成功大學中國文學系第二屆「海東論壇」研究生論文
　　　發表會　2016年6月

林宏達　〈論詞長短句之溯源與成因〉　中國詞學研究會、河北大學
　　　文學院中國曲學研究中心、國學傳承與發展協同創新中心主
　　　辦「2016保定‧詞學國際學術研討會」　2016年8月27日

林宏達　〈清代前期「論詞長短句」論柳永及其作品探析〉　《嘉大
　　　中文學報》第11期　2016年11月

林宏達、何淑蘋　〈民國以來「論詞」詩詞研究論著目錄〉　《書目
　　　季刊》第50卷第4期　2017年3月

韓鵬飛　〈論浙西六家論詞詞〉　《人文雜志》2017年第8期

韓鵬飛　〈況周頤論詞詞評析〉　《內蒙古大學學報（哲學社會科學
　　　版）》第50卷第2期　2018年3月

林宏達　〈從「論詞長短句」觀察家族詞人群填詞概況──以清人張

玉穀為中心〉 中國詞學學會、江南大學人文學院主辦
「2018詞學國際學術研討會」 2018年8月24日

張仲謀、薛冉冉 〈清初論詞詞繁盛成因分析〉 《南京師範大學文
學院學報》2018年第3期

林宏達 〈從清人沈道寬〈論詞絕句〉四十二首建構其詞學觀〉
《成大中文學報》第66期 2019年9月

林宏達 〈清人孫原湘「論詞長短句」評唐宋詞人探析──兼論「詞
家三李」傳播狀況〉 清華大學華文文學研究所主辦「2019
臺灣詞學研討會」 2019年11月22日

文學研究叢書・詞學研究叢刊 0805003

清前期「論詞長短句」評唐宋詞人研究

作　　者　林宏達
責任編輯　宋亦勤

發 行 人　林慶彰
總 經 理　梁錦興
總 編 輯　張晏瑞
編 輯 所　萬卷樓圖書股份有限公司
　　　　　臺北市羅斯福路二段 41 號 6 樓之 3
　　　　　電話 (02)23216565
　　　　　傳真 (02)23218698

發　　行　萬卷樓圖書股份有限公司
　　　　　臺北市羅斯福路二段 41 號 6 樓之 3
　　　　　電話 (02)23216565
　　　　　傳真 (02)23218698
　　　　　電郵 SERVICE@WANJUAN.COM.TW
香港經銷　香港聯合書刊物流有限公司
　　　　　電話 (852)21502100
　　　　　傳真 (852)23560735

ISBN 978-986-478-366-3
2020 年 7 月初版
定價：新臺幣 500 元

如何購買本書：

1. 劃撥購書，請透過以下郵政劃撥帳號：
   帳號：15624015
   戶名：萬卷樓圖書股份有限公司
2. 轉帳購書，請透過以下帳戶
   合作金庫銀行 古亭分行
   戶名：萬卷樓圖書股份有限公司
   帳號：0877717092596
3. 網路購書，請透過萬卷樓網站
   網址 WWW.WANJUAN.COM.TW

大量購書，請直接聯繫我們，將有專人為
您服務。客服：(02)23216565 分機 610

如有缺頁、破損或裝訂錯誤，請寄回更換
版權所有・翻印必究

國家圖書館出版品預行編目資料

清前期「論詞長短句」評唐宋詞人研究 / 林宏
達撰. -- 初版. -- 臺北市 ：萬卷樓, 2020.07
　　面 ；　公分. -- (文學研究叢書. 詞學研究叢
刊 ; 805003)
ISBN 978-986-478-366-3(平裝)

1.詞論 2.唐代 3.宋代

823.84　　　　　　　　　　　　109010713